Was geschah damals wirklich im Forschungszentrum der Universität? Vor sechzehn Jahren nahm Kate Maddox an einer wissenschaftlichen Studie zur Bekämpfung eines Erkältungsvirus teil. In jenem Sommer verliebte sie sich in den jungen Arzt Stephen, aber ihr Aufenthalt auf der Forschungsstation endete traumatisch. Das Einzige, an das sie sich erinnert, ist die Flammenhölle, der sie in letzter Minute entkam und in der Stephen starb. Danach floh Kate in ein neues Leben nach Amerika. Jetzt kehrt sie mit ihrem kleinen Sohn nach England zurück, diesmal um ihrer unglücklichen Ehe zu entrinnen, und die Vergangenheit wird plötzlich lebendiger, als ihr lieb ist …

Louise Voss und Mark Edwards veröffentlichten ihr gemeinsames Debüt »Fieber« zunächst online im Eigenverlag, der Sensationserfolg führte wochenlang die Ranglisten großer Online-Buchhändler an. Auch die darauffolgende Printausgabe eines großen Publikumsverlags stürmte die britischen Bestsellerlisten. Louise Voss und Mark Edwards leben mit ihren Familien im Süden von London.

Louise Voss & Mark Edwards

Fieber

THRILLER

Aus dem Englischen
von Beate Brammertz

btb

Die englische Originalausgabe erschien 2011 unter dem Titel
»Catch your Death« bei HarperCollins Publishers Ltd., London.

MIX
Papier aus verantwortungsvollen Quellen
FSC® C083411

Verlagsgruppe Random House FSC® N001967
Das für dieses Buch verwendete FSC®-zertifizierte Papier
Lux Cream liefert Stora Enso, Finnland.

1. Auflage
Deutsche Erstveröffentlichung November 2014,
btb Verlag in der Verlagsgruppe Random House GmbH, München

Umschlaggestaltung: semper smile, München
Umschlagmotiv: Kevin Cruff/CORBIS
Satz: Uhl + Massopust, Aalen
Druck und Bindung: CPI – Clausen & Bosse, Leck
SL · Herstellung: sc
Printed in Germany
ISBN 978-3-442-74570-8

www.btb-verlag.de
www.facebook.com/btbverlag
Besuchen Sie auch unseren LiteraturBlog www.transatlantik.de

Für die Kinder: Gracie, Ellie, Poppy und Archie.

Prolog

Vor sechzehn Jahren

Die Welt stand in Flammen.

Oder vielleicht war sie gar nicht mehr auf der Welt. Vielleicht war das hier die Hölle. Die Hitze, der Schwefelgeschmack auf ihrer Zunge, die Übelkeit, die Qualen. Kreischen gellte durch die Luft, unablässig, monoton, ein Schrei der Verzweiflung in immer gleicher Tonlage. Sie schlug die Augen auf und erblickte eine Gestalt, die über sie gebeugt war: ein schwebender Teufel mit feuerroten Haaren. Sie versuchte zu rufen, brachte aber nur ein Krächzen heraus, und das Gesicht des Teufels war nahe, der Sulfurgestank seines Atems hing in ihren Nasenlöchern.

»Kate, Kate, steh auf! Komm schon!«

Sie starrte hoch und blinzelte. Allmählich wurde das Gesicht schärfer. Kein Teufel, sondern Sarah, ihre rothaarige Zimmergenossin.

Sarah schob das dünne Laken beiseite, das Kates Körper bedeckte, nahm sie bei den Händen und zog sie hoch. Kates Schlafanzug war klamm und kalt, ihre Haut wüstenheiß. Sie hatte fast einundvierzig Grad Fieber. Sarah erging es ähnlich, doch sie hatte auf ihren Laken gelegen, zum Schlafen zu krank.

Kates nackte Füße berührten den Boden. Es tat weh. Alles tat weh. Ihr Körper war ein einziger Bluterguss, der bei jeder Berührung schmerzte.

»Komm schon.«

Kate hörte das Kreischen immer noch und hielt sich die Ohren zu. Nur ein einziges Mal hatte sie sich in ihrem Leben so krank gefühlt, damals als Kind. Ganz vage erinnerte sie sich an eine Krankenschwester mit schwarzer Haut und freundlichen Augen, die sie mit einem Schwamm und kaltem, eiskaltem Wasser abgewaschen hatte. Es war ihre schmale, bebende Brust hinuntergetropft und hatte den Bund ihrer Schlafanzughose durchnässt. Bei dem Martyrium hatte sie matt geschrien. Nach ihrer Mutter geschrien, obwohl ihre Mutter längst tot war.

Sie wünschte, die Krankenschwester wäre jetzt hier, um sie mit Wasser abzukühlen, um das Feuer zu löschen, das auf ihrer Haut tobte.

Ihr Blick richtete sich auf die Vorhänge. Im Laufe der Nacht, während sie immer wieder eingedöst war, gepeinigt von Fieberträumen, hatte sie kleine Männchen mit boshaften Augen gesehen, die an diesen Vorhängen baumelten. Sarah stieß die Tür auf, und sie traten aufeinander gestützt in den Flur. Kate hatte das dumpfe Gefühl, böse auf Sarah sein zu müssen, aber sie konnte sich nicht an den Grund erinnern.

Im selben Moment, als Kate und Sarah ihr Zimmer verließen, tauchten zwei junge Frauen aus dem Nachbarraum auf. Denise und Fiona, die Mädchen aus Glasgow, zu denen sie eigentlich keinen Kontakt haben durften, mit denen sie aber dennoch kommuniziert hatten: Wie Internatsschülerinnen hatten sie durch die Wände geredet und gekichert, sich raffinierte Methoden ausgedacht, Zettelchen aus den Fenstern zu reichen, befestigt am Ende eines Spazierstocks, den Sarah im Park des Zentrums gefunden hatte.

»Ist es echt?«, fragte Fiona. Ihre Stimme war belegt, die Nase verstopft.

Kate glaubte, sie redete in einer Fremdsprache oder vielleicht in der Sprache Satans. Was, wenn das hier alles Teufel waren, die sie foltern, sie in die Hölle verschleppen wollten? Sie geriet in Panik und versuchte, sich loszureißen.

Denise fing sie auf und wäre fast selbst gefallen, doch es gelang dem schottischen Mädchen, sie vor einem Sturz zu bewahren.

»Es kann kein Probealarm sein«, beantwortete Fiona ihre eigene Frage.

»Machen wir bloß, dass wir hier rauskommen«, sagte Denise und ging vor.

Sie packte Sarah an einer Hand und Kate, die immer wieder zurückblieb und sich mit wildem Blick umsah, an der anderen. Wo war der Rest? Waren sie die letzten Menschen, die sich noch im Gebäude befanden?

»Wir werden sterben«, schluchzte Kate. »Wir werden sterben.«

Denise bedeutete ihr, still zu sein. »Nein, werden wir nicht. Der Ausgang ist gleich um die Ecke. Komm schon, Kate. Wir sind fast da.«

Sie bogen um die Ecke und standen direkt vor einer Wand aus dichtem Rauch.

»O Gott!«

Kate stieß ein leises, angstvolles Kreischen aus und wehrte sich, aber Denise hielt sie fest. »Beruhige dich!«

Mittlerweile schwitzten sie alle, während die Korridore sich mit Hitze füllten. Der Rauch brannte ihnen derart in den Augen, dass ihnen die Tränen kamen. Vier junge Frauen in Schlafanzügen, aneinandergeklammert und wie gelähmt von der primitivsten aller Ängste.

»Wir müssen zurück«, sagte Denise.

Sie drehten sich um und rannten los – selbst die kränkliche Kate und Sarah, die von Denise und Fiona an den Händen gehalten wurden. In der Ferne vernahmen sie einen Knall, und mit einem Schlag war der ganze Korridor voll Rauch, der ihnen hinterherstürzte, sie jagte und überholte. Der stechende Qualm erwischte sie, und wie Ertrinkende gerieten sie in Panik und schluckten etliche Lungen voll von dem Zeug, beißend, bitter und tödlich. Ihre Körper wurden von Hustenanfällen geschüttelt.

Sarah fiel auf die Knie, Fiona blieb stehen und wollte sie wieder hochziehen. Denise ließ Kate los, um helfen zu können, und während sie Sarah mit letzter Kraft auf die Beine zerrten, spähte Kate nach vorn. Sie waren jetzt von allen Seiten eingeschlossen, Rauch erfüllte den ganzen Korridor, und Kates Augen tränten heftig, während sie versuchte, sich einen Reim auf das zu machen, was sie vor sich sah.

Gestalten kamen durch den Rauch auf sie zu. Die Teufel. Gekommen, um sie zu holen. Das Kreischen ging weiter.

Einer der Teufel packte sie. Sie wollte sich wehren, aber der Teufel war zu stark. Er hob sie hoch und trug sie tiefer in den Rauch hinein. Kraftlos trat sie um sich. Auch ihre Freundinnen wurden gepackt. Kate beschloss, nicht mehr zu kämpfen. Sie wünschte bloß, sie hätte Gelegenheit gehabt, sich von Stephen zu verabschieden.

Stephens Gesicht war das Letzte, was sie sich vorstellte, bevor sie in die verheißungsvolle Dunkelheit entglitt.

Als sie wieder zu sich kam, lag sie im Freien auf dem Gras. Sie hob den Kopf und sah, dass Sarah direkt neben ihr lag. Sarah hob den Arm und winkte matt. Kate wollte mit ihr reden, doch im nächsten Augenblick verlor sie wieder das Bewusstsein.

Beim nächsten Mal, als sie erwachte, schlingerte sie inmitten eines Sturms aus Chaos und Verwirrung. Ärzte und Forscher rannten mit flatternden weißen Kitteln umher. Ein Mann in roter Uniform, ein Feuerwehrmann, stand in der Nähe und trank aus einem weißen Becher. Sie hörte das charakteristische Heulen einer Polizeisirene, vermischt mit dem ohrenbetäubenden Schrillen eines Alarms.

Sie rollte sich auf die Seite, hustete heftig und spuckte schwarzen Schleim.

»Kate!« Denise tauchte vor ihr auf. »Geht's dir gut?« Ihre blonden Haare waren grau vor Ruß, Wangen und Stirn ebenfalls mit Dreck verschmiert.

Kate setzte sich auf. Ihre Brust schmerzte. Ihr Kopf schmerzte. Aber sie war am Leben. »Was ist passiert?«

»Erinnerst du dich nicht?

Sie konzentrierte sich. »Ich erinnere mich an … Teufel. Etwas aus der Hölle. Ich dachte, ich wäre tot.«

»Ich dachte auch, dass wir sterben. Im Zentrum ist ein Feuer ausgebrochen. Wie es aussieht, ist das ganze Gebäude, in dem wir waren, ausgebrannt.«

Zum ersten Mal sah sich Kate den Schauplatz vor sich genau an. In der Dunkelheit stiegen immer noch Rauchwolken von dem langen, schmalen Gebäude empor, das sie seit einer Woche ihr Zuhause genannt hatte. Überall waren Feuerwehrautos. Die uniformierten Männer standen mit Schläuchen aufgereiht da und schickten Wassersalven ins Feuer, die das feindliche Element bekämpften.

»Wir hatten Glück«, sagte Denise.

»Ist jemand umgekommen?«

»Keine Ahnung.«

»Was ist mit Fiona?«

»Fiona ist dort drüben. Allerdings weiß ich nicht, wo Sarah steckt. Sie haben sie mit uns zusammen rausgebracht, aber seitdem habe ich sie nicht mehr gesehen.«

»Vor einer Minute war sie noch hier. Als ich zu mir gekommen bin, habe ich sie gesehen. Sie hat mir zugewinkt. Dann habe ich das Bewusstsein verloren.«

»Vielleicht hat man sie schon ins Krankenhaus gebracht…« Sie verstummte. »Aber da drinnen waren noch mehr Mädchen. Ich habe nicht gesehen, ob sie noch jemanden rausgebracht haben. Es ist viel zu chaotisch, um zu wissen, was genau los ist.«

Kate stemmte sich auf die Beine. Ihr schwirrte der Kopf, und sie sah nur noch verschwommen. Ihr war so übel. Was zum Teufel hatten sie ihr gestern gegeben? Das hier war keine normale Erkältung.

»Ich schau mal nach Fiona und geh dann auf die Suche nach Sarah«, sagte Denise, berührte kurz Kates Hand und verschwand wieder im Chaos.

Während Kate noch versuchte, stillzustehen und auch die Welt davon abzuhalten, sich um sie zu drehen, kam ein Mann in einem weißen Kittel auf sie zu. Kate bedachte ihn mit einem kurzen Blick. Der Mann war groß und dünn und irgendwie unheimlich. Ungefragt streckte er die Hand nach ihr aus und legte sie ihr auf die Stirn, was Kate zurückzucken ließ. Sie wusste, es gab einen Grund dafür, dass sie Angst vor ihm hatte, doch in ihrem Fieberwahn konnte sie sich nicht mehr erinnern, was es war.

»Kate. Sie sollten nicht hier draußen sein… Sie sind zu krank.«

Sie ignorierte ihn. »Kennen Sie Stephen? Stephen Wilson? Haben Sie ihn gesehen?«

Er schüttelte den Kopf. »Kommen Sie… Sie sollten sich wirklich ausruhen. Sie haben viel Rauch eingeatmet. Und Sie haben Fieber.« Er sah sich um, als suchte er jemanden, der helfen könnte. Leise murmelte er etwas vor sich hin. Etwas über jemanden, der sich einmischte?

Mehr hörte sie nicht, denn seine Worte wurden von ihrem Hustenanfall übertönt. Ihr Hals fühlte sich an wie eine aufgescheuerte Wunde.

Der unheimliche Mann half ihr, sich hinzusetzen. Dann blickte er sich wieder um und sagte: »Bleiben Sie hier, okay? Bleiben Sie einfach hier sitzen.«

Ein weiterer Hustenanfall trieb ihr die Tränen in die Augen, und als er vorüber war, war der Mann verschwunden.

Sie musste Stephen finden. Er hatte ihr gesagt, er würde heute Abend bis spät arbeiten. Sie hatte sich mit ihm treffen wollen, und er meinte, er habe ihr vielleicht etwas zu sagen. Sie stand wieder auf, brauchte ihre gesamte restliche Energie, um sich aufrecht zu halten, und steuerte auf das Gebäude und die Feuerwehrleute zu.

»Stephen«, versuchte sie zu rufen, aber ihre Stimme war zu schwach. Ihr war schwindlig und übel. Sie wollte sich hinlegen, schlafen. Doch sie musste ihn unbedingt finden – ihn sehen und sich vergewissern, dass es ihm gut ging, bevor sie sich ausruhen konnte. Eigentlich bestand kein Grund zu der Annahme, dass ihm etwas zugestoßen sein könnte. Sein Büro befand sich in einem gesonderten Flügel des Zentrums. Doch sie wollte Gewissheit haben. Sie liebte ihn.

In der Ferne machte sie Gestalten nah beim Gebäude aus. Die Dunkelheit und der Rauch ließen sie als bloße Silhouetten erscheinen. Zwei Feuerwehrleute trugen eine Bahre mit einer reglosen Gestalt nach draußen, jemand, der in etwa Stephens Größe und Statur hatte. Ein Arm hing schlaff über den Rand der Trage, und als sie näher kamen, erspähte Kate die vertraute klobige Armbanduhr, die Stephen gehörte. Sie war geschwärzt, wie der Arm, an dem sie festgemacht war, doch Kate erkannte sie sofort wieder.

Es *war* Stephen. Sie wollte loslaufen, aber ihre Beine waren zu schwach, ihre Lunge zu verstopft. Mit den nackten Füßen rutschte sie auf dem Gras aus und taumelte nach vorn. Als sie sich wieder auf die Beine rappelte, versperrte ihr der Wissenschaftler – derselbe Mann, der ihr die Stirn gefühlt hatte – den Weg.

»Sie müssen sich ausruhen«, sagte er mit Nachdruck.

»Aber Stephen«, flüsterte sie und streckte die Hand in Richtung des Gebäudes aus, und auf einmal herrschte überall um sie her Bewegung, ein Krankenwagen raste vorbei, Feuerwehrleute liefen auf das Zentrum zu, und der Wissenschaftler packte sie am Arm und zückte eine Spritze. Ein kurzer Stich und ein noch kürzerer Kampf, bevor Benommenheit von ihr Besitz ergriff. Wieder verlor sie das Bewusstsein.

Das Letzte, was sie sah, war der Wissenschaftler, der mit gerunzelter Stirn auf sie herabblickte, während hinter ihm Sanitäter auf dem Gras neben Stephen kauerten. Einer von ihnen schüttelte den Kopf.

Sie erfuhr nie, ob sie tatsächlich geschrien oder es sich nur eingebildet hatte.

1
Gegenwart

Die junge Frau, die auf der Pritsche lag, schien tot zu sein, aber dann nieste sie. Bei der heftigen Bewegung verkrampfte sich ihr dürrer Leib. Sie öffnete die blutunterlaufenen Augen und hob einen Arm, um ein Taschentuch aus der Schachtel auf dem Nachtkästchen zu ziehen. Doch noch während sie den Arm ausstreckte, verkrampfte sich ihr Körper erneut, und sie warf die Schachtel zu Boden. Zu schwach, um sie wieder aufzuheben, lag die Frau reglos da, bis ein weiterer Niesanfall ihren Körper erschütterte wie eine Gewehrsalve.

Zwei Männer beobachteten das Mädchen. Einer war Anfang vierzig, wirkte jedoch jünger, weil sein Gesicht keinerlei Falten zeigte. Seine Haut war sonnengebräunt von seinem kürzlichen Urlaub in Bangkok, und auf den ersten Blick war er ungewöhnlich attraktiv, wie ein Model aus einem Werbespot für Rasierer oder schnelle Autos. Doch jedem, der sein Gesicht länger als ein paar Sekunden betrachtete, musste etwas Eigenartiges auffallen. Er glich immer noch einem Model, aber einem aus einer Zeitschrift oder von einer Plakatwand, zeitlos erstarrt, leblos. Am schlimmsten waren seine Augen, die klein und tot wie die eines Hais funkelten. Hinter vorgehaltener Hand – niemand wagte es, ihn offen zu kritisieren – nannte man ihn den Roboter.

Er hieß John Sampson.

Der andere Mann hieß Gaunt – niemand hatte ihn jemals seinen Vornamen verwenden gehört. Er war größer und blasser, mit einer Haut, der man die Monate und Jahre an künstlich beleuchteten Orten wie diesem hier ansah. Er war so dünn, dass es den Anschein hatte, als würde er dahinsiechen. Wenn er sich in sein Labor einschloss, vergaß er oft zu essen. Nahrung war unwichtig, Schlaf auch. Es gab zu viel zu tun, zu viele aufregende Dinge, die entdeckt und getestet werden mussten. Mit einem Nicken zu der Frau auf der Liege sagte er: »Sie ist gestern Abend eingetroffen. Wir haben sie in Heathrow abgeholt und direkt hierhergebracht.«

»Was ist sie?«, fragte Sampson. »Chinesin? Thailänderin?«

Sie erinnerte ihn an ein Mädchen, das er in Bangkok kennengelernt hatte. Träge fragte er sich, ob die Familie immer noch nach dem Mädchen suchte, oder ob sie mittlerweile aufgegeben hatten. Ob es sie überhaupt kümmerte.

»Genau genommen Vietnamesin. Sie heißt Lien. Dreiundzwanzig Jahre alt, wohnhaft in Hanoi. Spricht kein einziges Wort Englisch – oh, außer ›bitte‹. ›Bitte, bitte, bitte.‹ Das hat sie einige Male gesagt, bevor sie des Sprechens nicht mehr mächtig war. Ich frage mich, was man ihr drüben in Aussicht gestellt hat? Ein neues Leben in England: einen guten Job, eine Wohnung, eine Waschmaschine und einen Farbfernseher …?«

Sampson betrachtete Lien durch die Einwegscheibe.

»Was ist es? Vogelgrippe?«, fragte er.

Gaunt, der einen weißen Arztkittel trug und dessen Englisch nach gehobener Mittelschicht klang, nahm die Brille ab und kaute an dem Bügel. Nach einer Weile sagte er: »Nein. Das hier ist etwas Neues.« Er lächelte. »Und in der Tat sehr beeindruckend. Das muss ich unseren Freunden in Asien lassen. SARS. Vogelgrippe. Beides sehr eindrucksvoll. Aber das hier ist sogar noch besser.«

»Tödlich?«

Der Arzt lachte. »O ja! Unendlich mehr als die Vogelgrippe.«

John Sampson sah wieder zu Lien. Während die Männer sich unterhielten, hatte sie versucht, nach dem Wasserglas zu greifen, das neben der Schachtel mit den Taschentüchern gestanden hatte, aber auch das warf sie um. Wasser tropfte an der Seite des Nachtkästchens hinunter und bildete eine Pfütze am Boden.

»Ich möchte mit ihr sprechen.«

»Das ist leider nicht möglich. Sie ist höchst ansteckend. Sie müsste nur in Ihre Richtung atmen, und Sie würden sich infizieren.«

»Schade.« Sampson hätte gern herausgefunden, wie sich das Mädchen fühlte.

»Wollen Sie genau sehen, wie ansteckend die Sache ist?«

Gaunt bedeutete Sampson, ihm zu folgen. Sie gingen den unwirtlichen grellen Korridor ein kleines Stück entlang, unter Neonröhren, die gelegentlich flackerten, und blieben vor einem anderen kleinen Zimmer mit einer Einwegscheibe stehen. Eine zweite Frau, diese hier weiß, mit blondierten Haaren und dunklem Ansatz, saß auf der Bettkante. Sie sah unglücklich und verwirrt aus. Die Krankheit war nicht so weit fortgeschritten wie bei Lien, aber die Frau hatte eine rote Nase und rosafarbene Augen, und sie hielt eine Schachtel mit Taschentüchern auf dem Schoß.

Sampson wartete auf die Erklärung des Arztes.

»Sie ist Prostituierte. Serbin. Man hat sie gestern Abend hergebracht. Sie war sauber – keine Viren, keine Probleme, bemerkenswert gesund für eine Frau ihres Metiers. Auf wie alt schätzen Sie sie? Ungefähr sechsundzwanzig?«

Sampson nickte langsam. Die junge Frau war wunderschön. Er stellte sich vor, wie er sie hielt, wie er bei ihr saß, während sie im Sterben lag. Sie würde erklären, wie sich ihre Schmerzen und ihr Leiden und die Angst anfühlten. Er würde ihr über das schmutzige Haar streichen, sobald sie ihren letzten Atemzug tat.

»Wir haben sie zwanzig Sekunden in ein Zimmer mit Lien gesteckt«, sagte Gaunt. »Sie haben sich weder berührt noch miteinander gesprochen. Acht Stunden später haben sich bei ihr die ersten Symptome gezeigt. Aber sie selbst ist noch nicht ansteckend. Sie können sich mit ihr unterhalten, wenn Sie wollen.«

Sampson hob die Augenbrauen.

Der Arzt trommelte mit den Fingern gegen die Scheibe, und die Frau sah hoch. Eine goldene Kette mit einem Medaillon hing um ihren Hals. Unter dem Mantel der Krankheit sah die Frau wütend und trotzig aus. Ihr Mund bewegte sich, doch sie konnten nicht hören, was sie sagte. Vielleicht flehte die Frau sie an. Oder stieß Worte des Zorns aus. Wie dem auch sei, ihre Worte waren so vergeblich wie ihre Hoffnungen.

»Das ist das Bemerkenswerteste an diesem Virus«, sagte der Arzt, ohne auf das Mädchen zu achten. »Es gibt eine sichere Phase. Fünfzehn Stunden lang ist der Überträger nicht ansteckend, auch wenn sich allmählich Symptome zeigen. Mein Kontakt in Asien hat mir berichtet, sie wollten ein Virus entwickeln, mit dem man eine bestimmte Zeit ohne Risiko arbeiten kann. Bei diesem Virenstamm ist es möglich, den Überträger sicher an einen weit entfernten Ort zu schaffen, genau wie Lien hier. Könnte im Krieg nützlich sein. Wie eine Zeitbombe. Und eignet sich perfekt für unsere Ziele.«

Sampson nickte, ohne den Blick von der jungen Prostituierten abzuwenden. »Den Leuten, die mit Lien im Flugzeug waren, fehlt also nichts.«

Gaunt redete ungerührt weiter. Irgendetwas davon, wie

kurz sie davor standen, ihre Pläne zu verwirklichen. Sampson blendete ihn aus und beobachtete weiter die Frau, die auf der Liege vor sich hin schniefte. Er wartete darauf, dass der Arzt den Mund hielt und die Tür aufsperrte, damit er mit ihr sprechen könnte und Antworten auf seine Fragen bekäme. Danach, wenn sie ansteckend wurde und er gehen musste, würde er erfahren, welchen Auftrag der Arzt für ihn im Sinn hatte.

Wen sollte er wohl diesmal umbringen?

2
Gegenwart

England war genau so, wie sie es in Erinnerung hatte. Grau, mit einem drückenden Himmel, selbst im Sommer. Menschen, die von einem Ort zum nächsten hasteten, jeglichen Augenkontakt vermieden, eingeschlossen in ihre eigene Welt. Die Musik, die sie hörten, um sich von der Außenwelt abzuschotten, kam heutzutage eher von einem iPod als von einem Walkman, und der Müll auf den Straßen trug andere Markennamen, aber abgesehen davon kam es ihr vor, als hätte sie eine Zeitreise gemacht. Sogar die Teenager trugen die gleiche Kleidung, die sie selbst vor zwanzig Jahren getragen hatte. Punk und Gothic waren wieder in Mode. Eine düstere Mode für eine düstere Stadt.

Es tat so gut, wieder zurück zu sein.

Kate Maddox spürte ein heftiges Zerren an ihrem Arm und blickte hinab in ein weit aufgerissenes, blaues Paar Augen – Augen wie die ihren, hatte Vernon immer gesagt. »Die Augen seiner Mutter und die Nase seines Vaters.« Hoffentlich war das alles, was Jack von seinem Vater geerbt hatte. Andere Merkmale, die Mutter und Sohn verbanden, waren dunkelbraunes Haar – Kates lang und wellig, bis über die Schultern, und Jacks kurz geschnitten, aber in genau demselben kastanienbraunen Ton, dazu Sommersprossen auf dem Nasenrücken, die nur im Sommer wirklich sichtbar wurden, und ein ansteckendes, unbeschwertes Lachen. Wie Kate würde Jack, wenn er erwachsen war, wohl groß und schlank sein. Insgeheim genoss sie den Gedanken, dass er eines Tages den kurzbeinigen, stiernackigen Vernon überragen würde.

»Mum, Mum, sieh mal – das ist der Roboter, von dem ich dir erzählt habe!«

Jack zeigte auf ein Schaufenster – *Hamleys*, stellte Kate fest, der riesige Spielzeugladen, in den sie ihre eigenen Eltern früher immer gezogen hatte –, in dem ein weißer Spielzeugroboter im Schaufenster auf und ab tapste. Sie konnte sich nur vage erinnern, dass Jack ihr von einem Roboter erzählt hatte, doch es war offenkundig, dass seine Gedanken in letzter Zeit ausschließlich um dieses Spielzeug gekreist hatten. Es war erstaunlich, wie er sich inmitten des größten Tumults immer noch auf solche Dinge konzentrieren konnte. Andererseits war es aber auch beruhigend. Obwohl sie dem Sechsjährigen noch nicht genau erklärt hatte, wie anders ihr Leben fortan sein würde. Diesen Schritt hatte sie immer wieder vor sich hergeschoben.

»Können wir ihn uns anschauen? Bitte?«

»Okay.«

Sie ließ sich zum Schaufenster führen, wo Jack die Handfläche gegen die Scheibe drückte und dem weiß-silbrigen Roboter zusah, wie er eine Vielzahl an Tricks vollführte. »Er ist so cool«, hauchte er.

»Hm.«

Jack blickte zu ihr hoch. »Es würde mich wirklich glücklich machen, wenn ich ihn hätte.«

Bei seiner verschlagenen Ausdrucksweise musste sie lächeln, dann riss sie sich zusammen und runzelte die Stirn. »Der ist wahrscheinlich zu teuer.«

Mit zusammengekniffenen Augen spähte Jack auf das Preisschild. »Achtzig Pfund. Wie viel ist das in Dollar?«

»Zu viel.«

Sie spürte, wie er in sich zusammensackte, und ein Anflug von Schuldgefühlen überkam sie, bevor sie sich über sich selbst ärgerte. 80 Pfund *waren* zu viel für ein Spielzeug, obwohl sie und Vernon ihrem Sohn in letzter Zeit viele teure Geschenke gekauft hatten. Schlechtes-Gewissen-Geschenke. Geschenke, mit denen sie um Jacks Zuneigung buhlten. Die meisten dieser Spielzeuge waren immer noch in Boston, in Jacks vollgestopftem Kinderzimmer mit der Red-Sox-Tagesdecke und den Postern, die jeden Zentimeter Wand bedeckten.

Die Augen des Roboters leuchteten rot auf, und Jack kreischte vor Vergnügen. »Cool. Ich muss unbedingt Tyler davon erzählen.«

Tyler war Jacks bester Freund. Bei der Erwähnung seines Namens kamen die Schuldgefühle mit voller Wucht zurück. War sie eine schlechte Mutter? Was würde Jack tun, wenn sie ihm die Wahrheit sagte? Sie betrachtete den Roboter und Jacks begeisterten Gesichtsausdruck, während er das Spielzeug bewunderte. Dann entschied sie, gegen die erste Regel des Elterndaseins zu verstoßen: Niemals nachgeben, sobald man einmal Nein gesagt hatte.

»Andererseits bist du in letzter Zeit ein ziemlich braver Junge gewesen.«

Dreißig Minuten später saßen sie im McDonald's am Leicester Square – eine weitere Ausnahme für Jack, der normalerweise kein derart ungesundes und mit künstlichen Zusatzstoffen versetztes Fastfood bekam. Jedes andere Kind in dem Schnellrestaurant starrte mit neiderfülltem Blick Jacks weißen Roboter an.

Jack wiegte ihn in seinem Schoß und aß seinen Veggieburger mit einer Hand, während Kate trotz des Ketchups, der jeden Moment herabzutropfen drohte, ruhig zu bleiben versuchte. Der verfluchte Roboter war fast so groß wie ihr Sohn, und nun würden sie ihn die ganze Zeit mit sich herumschleppen müssen. Was hatte sie sich nur dabei gedacht? Sie hatte sich von ihren Schuldgefühlen einwickeln lassen.

»Ich nenne ihn Billy«, verkündete Jack feierlich. »Billy, das ist meine Mum.«

Der Roboter piepste aufs Stichwort.

»Freut mich, deine Bekanntschaft zu machen, Billy«, sagte Kate und spießte eine Tomatenscheibe auf.

»Mum, wo wohnt die Queen?«

»Ganz in der Nähe, im Buckingham Palace.«

»Billy und ich würden sie gern besuchen.«

»Ich bin sicher, sie fände es toll, Billy zu treffen, aber ich glaube nicht, dass die Queen Besucher empfängt.«

Jack dachte darüber nach. »Liegt es daran, dass ich Amerikaner bin?«

»Du bist zur Hälfte Brite.«

»Welche Hälfte?«

»Die bessere Hälfte.«

»Daddy hat gesagt, die meisten Briten sind eingebildet und haben schlechte Zähne, wie der Mann da drüben.«

Der Mann, auf den Jack zeigte, hatte tatsächlich Zähne, die aussahen, als würden sie beim bloßen Anblick einer Zahnbürste vor Schreck ausfallen. Er blickte wütend zu ihnen herüber, und Kate duckte sich in ihrem Plastikstuhl.

»Jack, schsch.« Die meisten Briten waren also eingebildet? Das war das Heuchlerischste, was Vernon je von sich gegeben hatte – immerhin war er der verdammte Snob in der Familie. Er war derjenige, der sich wegen des *Pöbels* weigerte, Economy zu fliegen. Er war derjenige, der keinen einzigen Bekannten hatte, der nicht an einer Eliteuniversität studiert hatte.

»Sind meine Zähne amerikanisch?«

»Ja.«

»Was ist mit Billys?«

»Ich glaube nicht, dass er Zähne hat. Aber wenn er welche hätte, wären sie in China hergestellt, wie der Rest von ihm.«

»Mum, was essen Roboter?«

Sie hielt einen der Chips hoch, die sie Jack ebenfalls aus lauter Schuldgefühlen gekauft hatte. »Microchips?«

Sie kicherten beide, und der Mann mit den schwarzen Zähnen warf ihnen erneut einen düsteren Blick zu. »Komm schon, wir müssen los. Ich bin müde und will baden.«

»Gehen wir zurück zum Hotel?«

»Ja.«

»Mum.«

»Ja?«

»Ich muss nicht baden, oder?«

»Das kommt darauf an, wie gut du dich von jetzt an bis zur Schlafenszeit aufführst.«

Sie verließen das Schnellrestaurant und tauchten in das Getümmel draußen ein. Kate, die die Hand ihres Sohns hielt, schob sich an einer Menschenmenge vorbei, die sich um einen Straßenjongleur gebildet hatte.

Als sie den Bordstein erreichten und Kate ein freies Taxi mit orangefarbenem Licht sah, streckte sie den Arm in die Luft, doch ein Geschäftsmann, das Handy ans Ohr geklemmt, schnappte es ihr vor der Nase weg. Das Taxi fuhr im Schneckentempo davon – der Verkehr kam in diesem Teil Londons nur schleppend voran, wo Staus zur Tagesordnung gehörten und den Touristen ein weiteres Thema lieferten, über das sie sich auf Postkarten auslassen konnten. Kate fluchte leise. Suchend blickte sie sich nach einem weiteren Taxi um.

Und sah einen Geist.

3

»Stephen!«

Das Leben steckt voller Momente wie diesem – Bauchentscheidungen, unbewusst getroffen, und wenn jemand später fragt: »Warum hast du das getan?«, lautet die einzige ehrliche Antwort: »Keine Ahnung.« Kate konnte keine andere Erklärung geben, als dass sie in dieser Sekunde in eine Nacht zurückkatapultiert worden war, in der sie geglaubt hatte, sie wäre gestorben und zur Hölle gefahren. In die Nacht, in der sie verzweifelt auf dem Gelände der Cold Research Unit herumgeirrt war und nach ihrem Geliebten gesucht hatte.

Und hätte sie ihn damals gefunden, hätte sie seinen Namen gerufen, wie sie es jetzt tat.

Doch er reagierte nicht.

Der Mann auf der anderen Straßenseite zuckte weder zusammen, noch änderte sich sein Gesichtsausdruck. Er stand einfach da, trank aus einem Starbucks-Becher und blickte stirnrunzelnd in die Ferne. Er trug ein Nadelstreifensakko und ausgeblichene Jeans. Sein Haar hätte einen frischen Schnitt vertragen können und hing ihm über die Brillengläser. Während Kate ihn anstarrte, erkannte sie dieselben Altersspuren, die sie auch an sich selbst im Spiegel bemerkt hatte: Krähenfüße, Linien um die Mundwinkel, die eine Geschichte des Lächelns erzählten, die Furchen auf der Stirn, ein Vermächtnis der Traurigkeit. Als der Wind ihm das Haar zerzauste, bemerkte sie, dass es sich lichtete, wenn auch nur ein wenig. Aber es war definitiv *er*. Obwohl das völlig unmöglich war.

Kate fühlte sich, als hätte ihr jemand einen Schlag in die

Magengrube verpasst. Sie war so atemlos wie in jener Nacht, als das Zentrum in Flammen aufgegangen war. Die Menschen und der Verkehr um sie herum verschwammen. Allein Stephen zeichnete sich scharf ab. Er setzte sich in Bewegung, ließ den Kaffeebecher in einen Mülleimer fallen und hastete weiter.

»Mum, suchen wir nach einem Taxi?«

»Ja. Ich … komm jetzt.«

»Wohin gehen wir?«

Sie antwortete nicht. Stattdessen führte sie Jack über die Straße und folgte dem Mann, der Stephen zum Verwechseln ähnlich war, aber nicht Stephen sein konnte, denn der war in jener Nacht im Feuer umgekommen. Der fremde Mann bahnte sich einen Weg durch eine ruhigere Straße in Richtung Shaftesbury Avenue.

»Mum, warum gehen wir so schnell?«

»Ich habe es eilig.«

Jack jammerte. »Aber ich bin müde. Meine Beine tun weh.«

Sie hätte hier und jetzt aufhören und sich an ihren ursprünglichen Plan halten sollen – ein Taxi zurück zum Hotel nehmen, ein heißes Bad einlassen und Jack den Kinderkanal im Hotelfernsehen schauen lassen. Das hier war vollkommen verrückt. Stephen war tot. Er war seit sechzehn Jahren tot. Das war bloß irgendein Kerl, der ihm ähnlich sah, ein Doppelgänger. Hatte nicht jeder irgendwo sein Gegenstück? Vielleicht bildete sie sich die Ähnlichkeit auch nur ein, gab sich der sinnlosen Fantasie hin, dass Stephen immer noch am Leben war. Kate hatte ihn seit sechzehn Jahren nicht mehr gesehen, wie konnte sie also behaupten, dass dieser Mann ihm wie aus dem Gesicht geschnitten war?

Aber das war er. Stephens Züge hatten sich vor eineinhalb Jahrzehnten in ihr Gedächtnis eingebrannt. Was auch immer sonst sie vergessen hatte, *ihn* hatte sie nie vergessen. Und dieser Kerl sah ihm zum Verwechseln ähnlich. Das war eigenartig und eine Untersuchung wert.

Sie fühlte sich geradezu genötigt, ihm zu folgen, trotz des Gejammers ihres Sohns.

Der Mann bog in die Shaftesbury Avenue ab. Die Gesichter berühmter Hollywood-Schauspieler starrten von den Plakatwänden der Theater zu ihr herab. Jack sagte irgendetwas über »Tschitti Tschitti Bäng Bäng«. Der Geist oder Doppelgänger oder was auch immer er war, bog nach rechts ab. Glücklicherweise kam er in dem Menschengewühl nicht allzu schnell voran, sodass er sie nicht abschüttelte, obwohl Kate Jack samt seines Roboters hinter sich herschleifen musste. Der Kerl bog erneut um die Ecke, dann noch einmal, und schließlich befanden sie sich auf einer ruhigeren Straße, die von chinesischen Restaurants und Ramschläden mit billigen Taschen und Kunstseide gesäumt war.

»Mum, Billy ist auch müde«, stöhnte Jack und fuchtelte genau in dem Moment mit seinem Roboter in der Luft herum, als der Fremde stehen blieb und sich umdrehte.

Er sah Kate fest in die Augen. »Warum verfolgen Sie mich?«

Kate kam sich wie eine Idiotin vor. Das war die Tat einer Wahnsinnigen, genau das Verhalten, das Vernon ihr immer vorwarf. *Du brauchst Hilfe. Pillen. Du solltest jemanden aufsuchen. Lass mich Doktor Mackenzie anrufen.* Und sie hatte geweint, war wütend geworden, hatte protestiert – *Ich bin nicht verrückt. Mit mir ist alles in Ordnung. Ich will keine Medikamente. Die brauche ich nicht.* Es war die Art, wie er sie ansah. Ihr das Gefühl gab, als würde sie tatsächlich den Verstand verlieren.

Weiß der Himmel, was Vernon hierzu gesagt hätte.

Der Geist/Doppelgänger machte ein paar zögerliche Schritte auf sie zu. Er blickte sie neugierig an, dann Jack und wieder sie.

»Stephen?«, fragte sie und hielt den Atem an.

Er schüttelte den Kopf. »Sie müssen sich irren.«

Er schien nicht wütend zu sein. Das war schon einmal etwas. Zumindest würde er sie nicht anschreien. Aber obwohl er sagte, sie hätte sich geirrt, und obwohl sie natürlich wusste, dass es sich bei ihm nicht um Stephen handeln konnte, war er ihrem vor langer Zeit verstorbenen Freund wie aus dem Gesicht geschnitten – und klang auch haargenau wie er. Ihre Stimmen waren identisch: wortgewandtes Englisch, sanfter Tonfall, intelligent. Sexy.

Da bemerkte sie, dass Jack mit weit aufgerissenen Augen zu ihr hochsah, verängstigt von dem fremden Mann. Sie legte ihrem Sohn die Hand auf den Kopf und lächelte. Auch dem Mann schien die Verwirrung des Jungen nicht entgangen zu sein. Er zwinkerte ihm zu.

»Es tut mir wirklich leid«, sagte Kate hastig. »Ein dummes Missverständnis. Sie sehen genau wie jemand aus, den ich einmal gekannt habe, der mir sehr nahegestanden hat, und ich musste versuchen herauszufinden, ob Sie … das ist dumm, weil …«

»Er tot ist.«

Ihr Geplapper verstummte augenblicklich, und sie starrte ihn an.

»Wenn ich mich nicht täusche, meinen Sie Stephen Wilson?«

Sie nickte wortlos.

Der Mundwinkel des Mannes hob sich zu einem Lächeln. »Er war mein Bruder.«

4

Ania, die hoteleigene Babysitterin, hatte reichlich Erfahrung mit neurotischen Eltern, die zwischen Sorge und Ungeduld hin- und hergerissen waren – der Ungeduld, die Stadt zu erkunden und sich von ihren Kindern nicht den Urlaub diktieren zu lassen. Aber diese Frau mit ihrem kleinen Jungen schien besorgter zu sein als der Durchschnitt. Ihre Stimme zitterte beim Reden, und auf dem Weg zur Tür ließ sie ihre Handtasche fallen. Ihr Geldbeutel, ihre Schlüsselkarte und Taschentücher kullerten über den Teppich, und sie bückte sich hastig, um alles aufzuheben. Überspannt. Vielleicht war hier auch etwas im Busch. Irgendwie erweckte sie diesen Anschein. Sie hatte etwas vor, das ihr Unbehagen bereitete. Ein Geheimnis.

Wenn Ania eine Wette eingehen müsste, würde sie darauf tippen, dass ein Mann im Spiel war.

Der Junge hingegen war die Ruhe selbst, lehnte sich in seinem Sessel zurück, den Spielzeugroboter an die Brust gedrückt, während er mit der freien Hand geschickt auf der Fernbedienung herumdrückte und zwischen Cartoons, Musikvideos und einer Naturdoku hin und her zappte. Er kicherte beim Anblick von Erdmännchen, die über den Bildschirm tollten. Vielleicht hatte er noch nicht begriffen, dass seine Mutter gleich gehen würde. Oder er war sich ihrer Liebe derart sicher, dass er wusste, sie würde zurückkommen – normalerweise waren es die unsicheren Typen, die am meisten austickten.

Ania schaffte es schließlich, die nervöse Frau auf den Korridor zu schieben. Der Junge hatte einen amerikanischen Akzent, aber die Mutter war Engländerin. Faszinierend. Wo war der Vater? Nicht dass es Ania wirklich interessierte. Solange sie bezahlt wurde, kümmerte es sie nicht sonderlich. Aber ihr gefiel der Junge. Er wirkte nett.

Die Frau sagte: »Hier ist meine Handynummer und der Name und die Telefonnummer des Restaurants, nur für alle Fälle. Ich heiße übrigens Kate. Und Jack haben Sie ja schon kennengelernt.«

»Okay.«

»Tschüss, Jack, mein Liebling!«, rief sie. »Wir sehen uns später.«

»Tschüss.« Er blickte nicht auf. Die Erdmännchen waren spannender.

Ania war erleichtert – kein Tobsuchtsanfall, mit dem sie fertig werden musste. Gut. Es kitzelte ihr in der Nase, und sie musste niesen.

Kate drehte sich um. »Sind Sie erkältet?«

Sie schüttelte den Kopf. »Vielleicht ist etwas im Anflug.«

»Hm. Nun, das kommt darauf an, ob Ihr Körper mit diesem Virus schon einmal in Berührung gekommen ist. Wenn ja, werden Ihre Antikörper die Erkältung abwehren, dann bricht sie nicht aus.«

Ania nickte, unsicher, was sie sagen sollte. Sie war froh, als die besorgte Mutter endlich verschwand.

Kate tauchte aus der U-Bahn-Station auf und warf einen Blick auf ihre Uhr. Wie sooft war sie überhastet aufgebrochen und nun viel zu früh dran. Vernon hatte sich ständig über ihr zwanghaftes Bedürfnis aufgeregt, pünktlich und verlässlich zu sein. Am Anfang hatte er es liebenswert gefunden. Ein positiver Charakterzug. Später hatte er es nur noch als ein weiteres Anzeichen ihrer Verklemmtheit betrachtet.

Sie spazierte die Charing Cross Road hinauf und blieb vor einem Buchladen voller medizinischer und wissenschaftlicher Fachbücher stehen. Ein paar davon erkannte sie wieder. Ein Werk mit dem Titel *Die Seuche am Horizont* stach ihr ins Auge. Es beinhaltete mehrere Zitate von Kate. In Boston besaß sie ein signiertes Exemplar. Der Autor hatte Kate wegen ihrer Studien zum West-Nil-Virus interviewt, einer potenziell tödlichen Krankheit, die in den Vereinigten Staaten zum ersten Mal 1999 ausgebrochen war, in New York. Das WNV, wie Virologen es nannten, rief bei Menschen Muskelschwäche und Verwirrtheit hervor und konnte zu Meningitis, Lähmungserscheinungen und gelegentlich zum Tod führen. Es war ein besonders interessantes Virus (wenn Kate das im Kreis von Nicht-Wissenschaftlern sagte, hoben sie die Augenbrauen, verwundert darüber, wie jemand etwas so Schreckliches interessant finden konnte), und zwar aufgrund des Übertragungswegs. Mücken infizierten sich, wenn sie Vögel, zum Beispiel Krähen, stachen, die das Virus in sich trugen. Und diese Stechmücken konnten wiederum Menschen anstecken. Kates Team versuchte, einen Impfstoff gegen das WNV zu entwickeln. Bis jetzt erfolglos.

Kate betrachtete ihr Spiegelbild in der dunklen Scheibe. Ihr Gesicht war blass, die Augen riesengroß. Sie hatte sich nicht entscheiden können, ob sie sich schminken sollte. Das hier war natürlich kein Date, aber manchmal war sie selbstsicherer, wenn sie Make-up trug, fühlte sich der Welt weniger schutzlos ausgeliefert, weshalb sie einen Hauch Lipgloss und etwas Wimperntusche aufgetragen hatte. Dennoch hatte sie schon besser ausgesehen. Ein riesiger Teil von ihr wollte sich in ihrem Hotelzimmer verkriechen und fernsehen, Jack sicher an sich gedrückt. Sie hoffte, dass ihm nichts fehlte. Die Babysitterin hatte einen fähigen Eindruck gemacht, doch was wäre – hier ließ sich Kate von ihrer Fantasie mitreißen –, wenn sie eine Kindsmörderin war, eine Handlangerin für einen internationalen Kindersklavenring, oder einfach nur völlig verantwortungslos?

Im Stillen schimpfte sie sich aus. *Mach dich nicht lächerlich, Kate. Beruhige dich. Es ist eine angesehene Hotelkette, die Frau hatte Referenzen.*

Sie strich sich das Haar hinters Ohr und straffte die Schultern. *Alles, was du tust,* ermahnte sie sich, *ist, den Bruder deines ehemaligen Freundes zu treffen.*

Paul.

»Zwillinge«, hatte er gesagt, eine Sekunde nachdem sie sich auf der Straße begegnet waren und er ihr erklärt hatte, dass er Stephens Bruder war. Stephen hatte damals mit keiner Silbe einen Zwillingsbruder erwähnt, was ihr im Nachhinein sehr sonderbar erschien. Vielleicht hatte er es ihr aber auch erzählt, und sie hatte es vergessen. So viel aus jenem Sommer war hinter dichtem Nebel verborgen. Wenn sie versuchte, sich an diese Zeit zu erinnern, war es, als wollte sie ohne Kontaktlinsen ein Straßenschild entziffern. Sosehr sie sich auch anstrengte, konnte sie die Details durch den Dunstschleier nicht ausmachen. Letztlich wurde ihr Bemühen zu schmerzhaft, und sie gab auf.

Wenn sie die Begegnung mit Paul vor ihrem geistigen Auge Revue passieren ließ, schauderte sie. Sie war sich so linkisch vorgekommen, wie sie dort mit Jack gestanden und das Dröhnen des Londoner Verkehrs mit lauter Stimme hatte übertönen müssen. Auch Paul schien sich unwohl zu fühlen. Sie konnte es ihm nicht verübeln – einer Frau gegenüberzustehen, die einen anstarrte, als wäre man ein Phantom, würde wohl jeden nervös machen.

»Woher haben Sie Stephen gekannt?«, hatte er gefragt.

Kate hatte Jacks Blick gespürt. Ein Teil von ihr wollte sich umdrehen und weglaufen. Aber sie war hypnotisiert von dem Gesicht dieses Fremden, der dem Mann, den sie vor langer Zeit geliebt hatte, so sehr ähnelte. Abgesehen von mulmigem Unbehagen strahlte sein Gesicht Güte aus, wie Stephens Gesicht damals. Jäh überkam sie der Drang, sich ihm an den Hals zu werfen, ihn fest an sich zu drücken und zu küssen. Jahrelang hatte sie von einem Moment wie diesem geträumt – zufällig Stephen zu begegnen, der ihr sagte: »Es war alles ein Missverständnis. Die Berichte über meinen Tod waren übertrieben.« Dann hätten sie sich umarmt, und all die Jahre wären wie weggewischt gewesen.

Bloß dass der Mann vor ihr nicht Stephen war.

»Wir waren befreundet«, sagte sie.

»An der Uni?«

Beinahe hätte sie ihm eine Lüge aufgetischt, aber sie sagte: »Nein. Ich habe ihn in der Cold Research Unit in Salisbury kennengelernt.«

»Oh.«

Sie sagte: »Ich war dort.«

»Damals … als er …?«, fragte er leise.

»Ja.«

Da mischte sich Jack in das Gespräch ein. »Mummy, was redest du da? Billy ist langweilig. Und er muss mal.«

Jacks Worte brachten die beiden Erwachsenen zum Lachen.

»Wirklich, es tut mir leid«, sagte Kate. »Normalerweise verfolge ich keine wildfremden Menschen durch die Straßen.«

Paul lächelte. »Ist schon okay. Es ist verständlich.«

»Vielleicht. Aber ich sollte jetzt lieber gehen und Billy und seinen Besitzer zurück ins Hotel bringen.«

»Hotel? Sie wohnen nicht in London?«

»Wir wohnen in Boston«, sagte Jack.

»Wirklich?«

Kate stand kurz davor, sich umzudrehen und zu gehen, zögerte dann jedoch. Eigentlich wollte sie sich nicht verabschieden, doch hier noch länger herumzutrödeln, wäre sinnlos.

»Warten Sie«, sagte Paul, obwohl sie sich noch gar nicht von der Stelle gerührt hatte. »Wollen wir uns zum Abendessen treffen?«

»Ich …«

»Es wäre schön, mit jemandem zu reden, der meinen Bruder gekannt hat. Unsere Eltern sprechen nicht über ihn, weil es sie zu sehr aufregt. In letzter Zeit habe ich auch unsere alten Freunde nicht mehr getroffen. Manchmal habe ich das Gefühl, als hätte er nie existiert.« Er grinste schief. »Außer dass ich ihn jedes Mal sehe, wenn ich in den Spiegel schaue.«

Kate wusste nicht, was sie sagen sollte.

»Nun, wie wär's mit Abendessen? Sie können Jack mitbringen und – Billy, so heißt er, nicht wahr? –, wenn Sie möchten.«

Bevor sie es sich anders überlegen konnte, platzte es aus ihr heraus: »Wo? Wann?«

Er zeigte die Straße hinab auf ein Restaurant. »Mögen Sie chinesisch? Wir könnten uns dort um sieben treffen.«

»In Ordnung.« Als sie sich umdrehte, fiel ihr auf, dass sie ihm ihren eigenen Namen bisher noch nicht verraten hatte.

»Ich heiße Kate«, sagte sie.

Als sie das sagte, geschah irgendetwas. Es war, als würde ihm der Name etwas sagen, auch wenn er nicht sicher war, was. Der Moment verstrich, und er lächelte. »Okay, dann bis später.«

Sie schlug zwanzig Minuten tot, indem sie langsam durch Soho zu dem chinesischen Restaurant schlenderte. Es war ein warmer, bewölkter Abend, und die Straßen waren voller Menschen in T-Shirts, die sich vor Pubs drängten. Sie hatte seit Jahren nicht geraucht, aber jetzt verspürte sie ein heftiges Verlangen nach einer Zigarette. Und Cider. Sie glaubte auch zu wissen, warum: Sie traf sich mit einem Mann, den sie nicht kannte, zum Abendessen. So etwas hatte sie seit langer, langer Zeit nicht mehr getan. Es versetzte sie zurück in die Vergangenheit, gab ihr das Gefühl, wieder jung zu sein. Sie hatte weder vor, zu rauchen noch Cider zu trinken oder mit diesem Mann ins Bett zu steigen, aber sie wäre nicht völlig überrascht, wenn sie es dennoch täte. In letzter Zeit hatte sie vieles getan, was ihr überhaupt nicht ähnlich sah.

Sie blieb einen Moment vor dem Restaurant stehen, sog den Geruch nach gekochtem Reis, süßsaurer Soße und Glutamat ein. Sie betrachtete ein Hühnchen-Trio, das sich in einem Schaufenster auf der anderen Straßenseite an einem Spieß drehte, und musste wegsehen. Auch Fleisch hatte sie seit Jahren nicht mehr gegessen. Noch etwas, das Vernon ärgerte – mit einer gottverdammten Vegetarierin zusammenzuleben.

»Als wir uns kennengelernt haben, hast du den Geschmack von Fleisch geliebt«, sagte er, und die versteckte sexuelle Anspielung hatte sie schaudern lassen. Sie musste aufhören, an ihn zu denken. Aber wie sollte sie das anstellen? Wenn er herausfand, was sie getan hatte – was schon sehr bald der Fall sein würde … Sie wollte keinen Gedanken mehr daran verschwenden.

Das musste sie auch nicht. Genau in diesem Moment erschien Paul, tauchte wie aus dem Nichts auf und grinste nervös.

»Ich habe Jack bei einer Babysitterin im Hotel gelassen«, sagte sie. »Ich hoffe, ihm geht's gut. Ich dachte nur, so wäre es einfacher, sich richtig zu unterhalten.«

»Alles klar«, sagte er gelöst.

Sie hatte sich Sorgen gemacht, er könnte denken, dass sie sich an ihn heranmachen wollte und deshalb ihren Sohn an eine Fremde abgeschoben hatte, oder dass sie eine schlechte Mutter wäre – aber er ließ sich nichts anmerken. »Ich bin am Verhungern«, fügte er hinzu.

Er führte sie in das heiße, lärmende Restaurant. Die laute Gesprächskulisse konnte das Geklapper von Tellern im Hintergrund an der Durchreiche nicht ganz übertönen. Ein Kellner lotste die beiden zu einem Tisch, knallte zwei Speisekarten vor sie auf die Tischplatte und verschwand sofort wieder.

Als Paul die Verblüffung auf Kates Gesicht bemerkte, erklärte er: »Sie sind hier berühmt für ihre Unhöflichkeit. Das macht einen Teil des Reizes aus.«

Sie tauschten ein paar Minuten Belanglosigkeiten über das milde Wetter und chinesisches Essen aus, bestellten bei einem anderen Kellner Getränke und studierten die Speisekarte.

Der erste Kellner tauchte wieder auf. »Ja?«, erkundigte er sich barsch und sah aus, als wäre er viel lieber ganz woanders.

Paul nannte dem Kellner ein paar Zahlen von der Speisekarte, und Kate folgte seinem Beispiel.

»Sind Sie Vegetarierin?«, fragte er. Als sie nickte, hakte er nach: »Essen Sie Fisch?«

»Nein, ich bin Vegetarierin.« Sofort bereute sie ihren gereizten Unterton. »Tut mir leid, es ist nur so, dass das jeder fragt – fast automatisch. Echte Vegetarier essen keinen Fisch.«

»Das werde ich mir merken.« Er tat so, als würde er sich einen Vermerk auf einem unsichtbaren Notizblock machen. »Auch Fische haben Gefühle.«

Er war charmant. Genau wie Stephen – oder besser gesagt, wie Stephen es wäre, hätte er sechzehn Jahre Übung gehabt. Sie musste sich immer wieder ins Gedächtnis rufen, dass das dort nicht Stephen war. Sie durfte nicht vergessen, dass sie diesen Mann erst an diesem Nachmittag kennengelernt hatte. Ihre Fantasie erfüllte sich nicht. Auf dem Weg ins Restaurant hatte sie sich ständig gefragt, warum sie das hier tat, was ihre Motive waren. Im Grunde lief es auf zwei Dinge hinaus.

Nummer eins: Sie hatte nie mit jemandem über Stephen reden können. Und nun freute sie sich wie sein Bruder auf die Gelegenheit, sich mit jemandem über ihn auszutauschen – jemandem, der ihn sehr gut gekannt hatte. Vielleicht konnte sie auf diese Weise, nach all den vielen Jahren, eine Art – und sie hasste das Wort, fand jedoch kein besseres – *Schlussstrich* ziehen.

Nummer zwei: Sie war froh über die Ablenkung. Seit ihrer Ankunft in London hatten sich ihre Gedanken allein um eine Sache gedreht, und ihr Gehirn brauchte eine Pause von der quälenden Unruhe. Und gab es einen besseren Weg, sich nicht um die Zukunft zu sorgen, als sich auf die Vergangenheit zu konzentrieren?

»Nun«, fragte Paul. »Was bringt Sie nach London? Verwandtenbesuche?«

Es war viel zu kompliziert, um es in Worte zu fassen, selbst wenn sie es gewollt hätte. »Nein. Eigentlich nicht. Jack und ich werden hierher zurückziehen.« Sie spielte mit ihren Stäbchen, unsicher, wie viel sie ihm verraten sollte. »Im Moment suche ich nach einer Stelle und bin völlig entsetzt von den Immobilienpreisen hier in London.«

»Wo leben Sie noch mal? Ach ja, Boston, nicht wahr?«

»Ja.«

»Nett.« Er wartete darauf, dass sie weiter ins Detail ging, aber sie war nicht besonders gesprächig. »Und was tun Sie in Boston?«

»Ich arbeite in Harvard.«

»Als ...?«

Kate legte ihre Stäbchen auf den Tisch. »Ich bin Professorin im Fachbereich Immunologie und Infektionskrankheiten, spezialisiert auf die Untersuchung und Behandlung von Viren.«

Sie beobachtete Paul eingehend, um seine Reaktion zu testen. Wenn sie Menschen erzählte, welchen Beruf sie hatte, gab es normalerweise zwei Arten von Reaktionen. Schwache Männer von der Sorte, die sich von klugen Frauen eingeschüchtert fühlten, versuchten dann, sie zu übertrumpfen oder kleinzumachen. Andere – etwa Menschen, mit denen sie sich auf den wenigen Partys unterhielt, die sie besuchte – wichen vor ihr zurück, als könnten sie sich bei ihr anstecken.

Paul schien weder eingeschüchtert noch verängstigt zu sein. »Cool. So haben Sie also Stephen kennengelernt? Sie haben mit ihm zusammen in der Cold Research Unit gearbeitet?«

»Nein, ich war als freiwillige Versuchsperson dort. Ich hatte gerade erst meinen Uniabschluss in der Tasche. Danach bin ich nach Harvard gegangen, und abgesehen von ein paar kurzen Stippvisiten bin ich nie zurückgekommen.«

»Bis jetzt?«

»Bis jetzt«, wiederholte sie, während sie darüber nachdachte, wie sonderbar es war, dass man ein Leben so schnell und schmerzlos zusammenfassen und all die wichtigen Details auslassen konnte. Wie sie nach Harvard geflogen war, immer noch im Schockzustand, nur Wochen nach Stephens Tod. Die Jahre, die sie in dem Graduiertenprogramm der immunologischen Abteilung verbracht hatte. Sie war Vernon Maddox begegnet und hatte ihn geheiratet – einen Mann, der das genaue Gegenteil von Stephen gewesen war –, und dann war Jack gekommen. Der glorreiche Tag, an dem sie Professor Kate Maddox geworden war. Die Arbeit und Jack waren erfüllend und wunderbar gewesen, aber das Übel mit Vernon hatte genau zu jener Zeit eingesetzt. Sein Geduldsfaden war im Laufe der Jahre immer kürzer geworden, offenbar proportional umgekehrt zu seinen Nasenhaaren. Was Kate an ihm anfänglich als leidenschaftlich und offen wahrgenommen hatte, empfand sie schon bald als tyrannisch und unangenehm.

Das alles erzählte sie Paul natürlich nicht.

»Und was machen Sie?«, fragte sie.

»Sie werden es nicht glauben, aber ich jage ebenfalls Viren.«

»Wirklich?«

»Ja – aber eine andere Sorte. Computerviren. Oder besser gesagt den Abschaum, der sie programmiert und im Internet verbreitet.«

»Sind Sie ein Cop?«

»Nein. Nicht wirklich. Ich arbeite für eine Internet-Security-Firma. Ein sehr spannendes Arbeitsfeld.«

Sie lächelte. »Hört sich für mich ein bisschen nerdhaft an.«

»Äh, sagt die Professorin für – was war es gleich? – Immunologie und Infektionskrankheiten?«

»Touché.«

Paul lachte. »In der Tat, viele Menschen halten es für einen Job für Nerds, und ich verbringe tatsächlich viel Zeit vor dem Computerbildschirm. Aber dasselbe gilt doch auch für Sie.«

»Da haben Sie recht. Zu viel Zeit.«

»Außer dass Sie jetzt nach London ziehen. Geht es hier an eine Universität? Sagen Sie den amerikanischen Eliteuniversitäten auf Nimmerwiedersehen?«

Er stellte viele Fragen. Stephen war auch immer so neugierig gewesen, hatte an allem und jedem Interesse gezeigt.

Ihr Essen kam. Der Kellner knallte es auf den Tisch und schob unwirsch ihre Gläser beiseite, bevor er wieder davonstapfte. Kate war zu sehr mit der Frage beschäftigt, wie ehrlich sie sein sollte, um sich an der Unhöflichkeit des Kellners zu stören. Sollte sie Paul erzählen, dass sie nicht den blassesten Schimmer hatte, wie ihre berufliche Zukunft aussah? Und dass es sie außerdem im Moment kein bisschen interessierte?

»Im Augenblick lasse ich mir alle Möglichkeiten durch den Kopf gehen«, sagte sie ausweichend.

»Ich verstehe.«

Sie leerten ihre Bierflaschen, und Paul hob die Hand, um eine zweite Runde zu bestellen. Kate leckte sich die Lippen. In letzter Zeit trank sie kaum mehr Alkohol, und das Bier schmeckte gut: süß und stimmungsaufhellend. Es löste ihre Zunge.

»Erzählen Sie mir von Stephen«, sagte sie. »Wie war er als Kind?«

Paul tunkte eine Frühlingsrolle in die süße Chilisoße und biss ab. »Anfangs war er der Anführer. Er war der Zweitgeborene – kam fünf Minuten nach mir –, aber anschließend hat er seine, ich meine unsere Kindheit damit zugebracht, diesen Unterschied wettzumachen. Er hat als Erster ›Daddy‹ gesagt, ist als Erster statt zu krabbeln im Wohnzimmer gelaufen und als Erster auf den Baum am Ende unseres Gartens geklettert. Er hatte als Erster eine Freundin. Melissa, so hieß sie. Sie wohnte gleich die Straße runter, hatte einen Pony und Sommersprossen. Wir hatten ein Lager, eigentlich nur einen kleinen Unterschlupf zwischen ein paar Büschen, und er hat sie dorthin mitgenommen und mit ihr geknutscht. Ich war schrecklich eifersüchtig.«

Er stieß ein Lachen aus, das irgendwie sonderbar klang. »Ich glaube, ich habe ihn um vieles beneidet. Wir sind ständig in Konkurrenz geraten, wollten immer die besseren Schulnoten haben oder beim Fußball gewinnen. Ausnahmsweise war ich da besser als er – im Sport war er ein hoffnungsloser Fall –, aber im akademischen Bereich hat er mich um Längen geschlagen. Gut im Fußball zu sein, hat mir mehr Punkte bei den Klassenkameraden eingebracht, aber gute Noten sind bei meinen Eltern besser angekommen.«

»Erzählen Sie weiter«, sagte Kate leise. Ihr war, als könnte sie ihm die ganze Nacht zuhören, während er sich über Stephen ausließ.

»Ich weiß nicht, was ich Ihnen sonst noch erzählen soll. Da gibt es so viel.« Einen Moment lang wirkte er nachdenklich. »Es gab eine Zeit, als wir in die Pubertät kamen, da wollten wir keine Zwillinge mehr sein. Wir wollten Individuen sein. Ich war dabei die treibende Kraft – Stephen war der Wissenschaftler, hatte die Nase immer in einem Buch oder führte Experimente mit seinem Chemiebaukasten durch, den er jedes Jahr erweiterte. Als er ins Teenageralter kam, schienen seine Gerätschaften sein gesamtes Zimmer einzunehmen. Wir haben es sein Gasimperium genannt.« Die Erinnerung ließ ihn lächeln. »Stephen lebte in einer Traumwelt – einer Welt des Verstands –, weshalb ihm kaum aufgefallen ist, dass ich mich richtig ins Zeug gelegt habe, um mich so sehr wie möglich von ihm zu unterscheiden. Ich trug mein Haar ganz kurz, habe mich für Hip-Hop begeistert.« Er grinste wieder. »Breakdance war damals groß in Mode.«

»Daran erinnere ich mich gut.«

»Stephen würde sich nicht erinnern, wenn er hier wäre. Er wusste überhaupt nicht, was auf den Straßen los ist. Ich habe ihn deshalb immer aufgezogen, und meine Freunde auch. Sie haben ihn alle für den größten Streber der Welt gehalten und konnten kaum glauben, dass er mein Bruder war. Ich habe meine Kumpel mit nach Hause gebracht, wenn meine Eltern abends ausgegangen sind, und wir, meine kleine Gang, haben ihn immer verarscht, ihn Professor und anderes blödes Zeug genannt. Wir waren Idioten.«

Kate sagte nichts. *Mein armes Baby,* dachte sie, und für einen Moment war sie wütend auf Paul. Sie hatten beide mehrere Minuten nichts gegessen. Paul starrte in die Ferne, in die Vergangenheit.

»Da war dieser Junge, mit dem ich rumgehangen habe, dieser Terry. Ich mochte ihn nicht sonderlich, aber er wollte sich unbedingt unserer Clique anschließen, weil er dieselbe Musik mochte wie wir. Und alle anderen hatten Angst vor ihm. Er war ein kleiner Psycho, die Sorte Junge, die Frösche zum Spaß quält, jüngere Kinder terrorisiert und ihnen das Pausengeld klaut. Die Sorte Mensch, um die ich heutzutage einen großen Bogen machen würde.

Er hatte es auf Stephen abgesehen. Jeden Tag, sei es auf dem Pausenhof oder dem Weg nach Hause, hat er sich ihm an die Fersen geheftet, ihn aufgezogen. Er hat nie Hand an ihn gelegt, aber Stephen gehörte zu der Sorte Kind, die jegliche Konfrontation hasst. Terry hat sich vor ihm aufgebaut und zum Beispiel gesagt: ›Ich habe gehört, dass du mich einen Wichser genannt hast‹, und Stephen hat es dann vehement mit zitternder Stimme bestritten. Stephen hielt Terry ganz bestimmt für einen Wichser, doch er hätte sich nie getraut, das offen zu sagen, nicht einmal mir gegenüber.«

Kate wollte am liebsten in die Vergangenheit hineingreifen und Stephen umarmen. Und außerdem diesen Terry verprügeln. Eine lebhafte Fantasie stieg in ihr auf, wie sie dazwischentrat und ihren Freund verteidigte.

Sie wusste, wie es war, drangsaliert zu werden. Sie hatte zugelassen, dass ihr dieses Schicksal selbst zuteilgeworden war, und das über einen langen Zeitraum. Erst kürzlich hatte sie den Mut gefunden, für sich einzutreten.

»Haben Sie nichts dagegen getan?«, fragte sie.

Mit dem Stäbchen schob Paul die Nudeln auf seinem Teller hin und her. »Nein. Ich meine, ich habe schon gesagt: ›Komm schon, Terry, lass ihn in Ruhe‹, aber das war es dann auch, und ich habe es ohne besonderen Nachdruck gesagt. Ich hatte Angst vor Terry – er war so unberechenbar –, und ein Teil von mir war wohl froh. Froh, dass ich es nicht war. Dass ich der coole Bruder war. Schrecklich, oder?«

Kate antwortete nicht. Sie fragte sich, in welche Art Teenager sich Jack verwandeln würde. Einen grausamen? Oder in den weichen Typ wie Stephen? Hoffentlich keins von beidem.

»Dann, eines Tages, hat mich Stephen völlig überrascht. Terry hat sein altes Lied gesungen, ›Du hast mich einen Wichser genannt‹ und ›Willst du dich mit mir anlegen?‹. Da hat Stephen seine Schultasche abgestellt – ich sehe noch genau, wie er sie hat fallen lassen – und gesagt: ›Okay, wie du willst.‹ Er ist auf ihn zugegangen und hat Terry mit der Faust mitten ins Gesicht geschlagen. Hat ihn regelrecht umgehauen.«

»Wahnsinn!«

»Genau das habe ich auch gedacht. Am liebsten hätte ich

ihm zugejubelt. Und Stephen hat lässig seine Tasche aufgehoben, ist über Terry hinweggestiegen – der viel zu erschrocken war, um sich zu rühren – und weggegangen. Ich würde gern behaupten, dass Terry aus seinen Fehlern gelernt hat, aber am nächsten Tag hat er einfach jemand anders drangsaliert, jemanden, der jünger und schüchterner war. Stephen hingegen hat er von dem Augenblick an in Ruhe gelassen.« Paul seufzte. »Ich schäme mich immer noch, dass ich ihm nicht beigestanden habe. Im Laufe der Zeit wurden wir wieder Freunde. Das mussten wir doch, immerhin waren wir Brüder. Manchmal, meistens um vier Uhr morgens, wache ich auf und denke an ihn. Ich wünschte, es gäbe einen Weg, wie ich es wiedergutmachen könnte. Wäre Stephen hier, würde ich ihn um Verzeihung bitten.«

Es folgte betretene Stille, und Kate bemerkte, wie er mit sich rang, noch mehr zu offenbaren.

»Alles in Ordnung?«, fragte sie.

Statt einer Antwort griff er in seine Jackentasche und zog ein gefaltetes Blatt Papier heraus. Er zeigte es ihr nicht, hielt es einfach nur in Händen und starrte in die Ferne. Kate konnte regelrecht hören, wie seine Gedanken ratterten. Bei Stephen war es immer genauso gewesen.

»Als Sie mir Ihren Namen genannt haben«, erklärte er, »wusste ich, dass ich ihn schon einmal gehört habe.«

»Stephen hat Ihnen von mir erzählt?«

»Ja. In gewisser Weise. Ich hatte schon lange nicht mehr daran gedacht, aber ja, ich habe Ihren Namen sofort wiedererkannt. Ich bin nach Hause gegangen, um mich zu vergewissern, dass ich es mir nicht einbilde oder mir mein Gedächtnis einen Streich spielt. Und da war es, schwarz auf weiß.«

»Ich verstehe nicht.«

Paul klopfte auf das Blatt Papier. »Ein paar Tage vor seinem … vor dem Feuer hat er mir geschrieben. Und Sie erwähnt.«

»Und Sie haben den Brief die ganze Zeit aufbewahrt?«

»Ich habe jede Erinnerung an Stephen aufgehoben, die ich in die Finger bekommen habe. Aber diesen Brief – den hätte ich sowieso behalten.«

»Warum?«

Er reichte ihn ihr. »Lesen Sie, dann werden Sie es verstehen.«

Zögerlich nahm sie das Blatt, und als das Papier ihre Fingerspitzen berührte, durchzuckte sie ein Schauder, ein Frösteln, als würde der Geist sie berühren, den sie zu sehen geglaubt hatte.

5

Das Besteckklappern und Gemurmel der anderen Gäste hörte sie längst nicht mehr. Paul und sie umgab eine Wand der Stille. Die Worte auf dem Papier waren alles, was zählte. Sie erkannte Stephens Handschrift. Vor diesem Brief hätte Kate sie niemals beschreiben können, aber als sie sie sah, erinnerte sie sich an die geschwungenen Ls, sein enges, unordentliches Gekrakel. Die Handschrift eines Arztes. Mehr als einmal hatten sie darüber Witze gemacht.

Der Brief ging über zwei DIN-A4-Seiten. Den ersten Absatz überflog sie rasch. Stephen begann mit ein paar Nichtigkeiten – dem Wetter, Kricket, »hoffentlich konntet ihr alle das Spiel schauen«, etc. Doch dann veränderte sich der Ton des Briefs schlagartig. Die Schrift wurde ungleichmäßiger, noch chaotischer. Es wirkte, als wäre er in großer Eile geschrieben worden. Es gab Rechtschreibfehler, Durchstreichungen. So untypisch für den Stephen, den sie kannte.

Einmal, allein in seiner Wohnung, während er auf der Arbeit gewesen war, hatte sie aus dem hintersten Winkel seines Bücherregals ein altes Notizbuch ausgegraben, mit selbst verfassten Gedichten, ein paar bruchstückhaften Geschichtenanfängen, Erinnerungen an Orte, die er besucht hatte. Sie hatte ihm nie erzählt, dass sie das Notizbuch gefunden hatte, für den Fall, dass es ihm peinlich wäre. Abgesehen davon fürchtete sie natürlich, dass er sauer wäre, weil sie in seinen Sachen herumgeschnüffelt hatte. Dann waren da die Nachrichten, die er ihr geschrieben hatte, Karten an kleinen Geschenken, die er ihr nach Hause brachte. Sorgfältig und immer akkurat geschrieben. Diesen Brief, mit seinen Fehlern und vielen Bleistiftmarkierungen, musste er im betrunkenen Zustand verfasst haben. Oder unter extremem Stress.

Am Ende des Briefs gab es einen Absatz, der ihr sofort ins Auge sprang:

Ich habe ein Mädchen kennengelernt, ihr Name ist Kate. Wir mussten unsere Beziehung vor den Leuten hier geheim halten, aber ich glaube nicht, dass wir die Einzigen sind, die Geheimnisse haben …

Kate gelang es nicht, die nächste Passage zu entziffern. Zwei Zeilen waren mit dickem schwarzem Filzstift ausgestrichen, überdeckten alles außer den Bogen einiger hoher Buchstaben sowie die unteren Zipfel. Sie übersprang den Teil.

Ich hoffe, du triffst sie eines Tages. Wenn das passieren sollte und ich nicht da bin, sag ihr, dass ich sie geliebt habe. Sag ihr, sie hatte recht. Und bitte sie in meinem Namen um Verzeihung.

»Ist bei Ihnen alles in Ordnung?«, fragte Paul und berührte Kate am Handgelenk.

Sie riss die Hand weg, als wären seine Finger glühende Kohlen, dann blickte sie auf, überwältigt und kurzzeitig sprachlos. *Ist bei mir alles in Ordnung? Nein.*

Sie starrte wieder auf den Brief, las ihn erneut, wie jemand, der gerade die Mitteilung erhalten hatte: *Tut mir leid, der Bluttest war positiv. Sie sind durchs Examen gefallen. Sie haben den Job nicht bekommen, den Sie unbedingt wollten. Ich liebe dich nicht mehr.*

»›Sag ihr, sie hatte recht.‹« Sie las den Satz laut vor. »Womit hatte ich recht?«

Paul hob eine Augenbraue. »Ich hatte gehofft, das könnten Sie mir sagen.«

»Und was soll ich ihm vergeben?«

»Das wissen Sie nicht?«

Sie verzog das Gesicht, klopfte sich mit der flachen Hand gegen die Schläfen, um so vielleicht die Erinnerungen herauszutrommeln. Da war wieder dieser dicke Nebel, der sich über ihr Bewusstsein legte und die Vergangenheit einhüllte.

»Wissen Sie denn nicht irgendetwas?«, bohrte Paul nach. »Ich hebe den Brief nun schon seit Jahren auf. Ich muss ihn hundertmal gelesen haben. Und jedes Mal stellt sich mir die Frage, wovon Stephen da nur spricht. Was waren das für Geheimnisse? Wer war das Mädchen namens Kate, und womit hatte sie recht? Nach Stephens Tod war ich regelrecht davon besessen herauszufinden, was es mit der Sache auf sich hat. Ich meine, es war offensichtlich, dass er nicht ganz er selbst war, als er den Brief geschrieben hat. Normalerweise war er so ruhig und vernünftig. Nicht emotionslos, aber nüchtern. Sie wissen doch, was ich meine?«

Kate wusste es.

»Was hatte diese Kate mit ihm angestellt, dass er so war, und was hatte er ihr angetan, das sie ihm verzeihen sollte? Ich habe Mum und Dad gefragt, ob sie irgendetwas von Ihnen wussten, aber sie sagten, sie hätten in den Monaten vor Stephens Tod kaum von ihm gehört. Ich habe mit den paar engen Freunden gesprochen, die er hatte, doch die wussten auch nichts. Sie waren die geheimnisvolle, unbekannte Frau. Niemand hatte auch nur den blassesten Schimmer, wer Sie waren. Dieser Brief war der einzige Beweis für Ihre Existenz. Ich habe mir lange den Kopf zermartert, und dann habe ich mich gezwungen, alles zu vergessen – das musste ich, um mit meinem Leben weiterzumachen. Aber ich habe immer gehofft, dass ich diese Kate eines Tages treffe und sie mir erzählen kann, womit sie recht hatte.«

Kates Stimme zitterte. »Ich weiß es nicht. Ich erinnere mich nicht.«

»Können Sie es nicht versuchen? Sich zurückerinnern?«

»Sie verstehen das nicht.« Sie erklärte ihm, wie bruchstückhaft ihr Gedächtnis war. »Es ist so frustrierend. An einiges kann ich mich unglaublich gut erinnern, aber dann sind da diese Löcher. Ich erinnere mich an fast nichts von meinem zweiten Aufenthalt im Zentrum, als es niedergebrannt ist.«

»Sie waren zweimal dort?«

»Ja. Es ist ... nun ja, vielleicht erkläre ich es Ihnen ein andermal. Dieser Brief wurde während meines zweiten Aufenthalts geschrieben. Mit was auch immer ich also recht hatte, es muss zu diesem Zeitpunkt geschehen sein.«

»Könnte es nicht einfach etwas mit Ihrer Beziehung zu tun gehabt haben? Vielleicht meinte er nur, dass Sie recht hatten in Bezug auf, keine Ahnung, dass Sie es probieren wollten, während er Zweifel hatte. Irgendetwas in der Art?«

»Nein, das kann es nicht sein. Was hat es mit diesen Geheimnissen auf sich?« Kate verstummte für ein paar Sekunden, auch wenn die Blase um sie herum blieb, die die Gespräche der anderen Gäste ausblendete. »Sie müssen mich für verrückt halten, aber obwohl ich mich nicht an die Einzelheiten erinnere, weiß ich, dass da etwas war, etwas, worüber wir uns gestritten haben. Etwas, das mit der CRU oder Stephens Job zu tun hatte. Ich kann es regelrecht vor mir sehen. Es fast schmecken. Aber es ist, als ob ...« Sie hielt inne.

»Was?«

Sie sah ihm in die Augen. »Ich habe Angst. Angst davor, was die Wahrheit sein könnte. Ich komme mir vor wie die Heldin in einem Horrorfilm, die draußen vor der Tür eines großen, gruseligen Hauses steht, die Hand auf der Klinke, und weiß, wenn sie die Tür aufschiebt, wird sie endlich erfahren, wie das Monster aussieht. Aber das möchte ich gar nicht.«

Paul lehnte sich vor. »In den Filmen geht das Mädchen immer in das gruselige Haus.«

»Ich weiß. Aber mein Gehirn lässt das nicht zu.«

»Warum nicht? Es ist so sonderbar, dass Sie sich an nichts erinnern können. Sechzehn Jahre sind doch eigentlich keine Zeit.«

Kate nippte an ihrem Bier und fragte sich, ob er ihr nicht glaubte. Ihr Herzschlag hämmerte immer noch in ihren Ohren, aber der erste Schreck war überwunden, und die vernünftige Wissenschaftlerin in ihr trat hervor. Hier gab es ein Problem. Wie konnte sie es lösen?

Seufzend schüttelte sie den Kopf. »Ich bin wirklich müde nach dem langen Flug. Morgen habe ich sicherlich einen klareren Kopf – nicht dass ich glaube, dass ich mich an mehr erinnern kann, aber vielleicht kann ich mir einen Reim darauf machen, *warum* ich mich nicht erinnere. Macht es Ihnen etwas aus, wenn wir jetzt gehen?«

»Wo sind Sie abgestiegen?«, fragte er.

Sie nannte ihm den Namen ihres Hotels.

»Das liegt auf meinem Weg. Nehmen wir ein Taxi, und ich setze Sie dort ab.«

Die nächsten paar Minuten – der Spaziergang, um ein Taxi zu finden, die Taxifahrt selbst – rauschten verschwommen an ihr vorbei. Als der Wagen vor dem Hotel hielt, sagte Kate: »Es tut mir wirklich leid, dass ich Ihre Fragen zu dem Brief nicht beantworten kann.«

»Hmm.« Seine Laune schien gedrückt zu sein.

»Es ist nichts, das ich kontrollieren kann – ich wünschte, ich *könnte* mich erinnern.«

Er gab keine Antwort.

Kate schob die Wagentür auf und stieg aus, dann lief sie mit gesenktem Kopf ins Hotel, durch die Drehtür und zum Lift. Ihr fehlte die Kraft, schon wieder über die Lücken in ihrem Gedächtnis zu sprechen, sich einem Kerl gegenüber zu rechtfertigen, den sie gerade erst kennengelernt hatte. Sie fühlte sich emotional ausgelaugt. Bis morgen früh wollte sie an nichts denken müssen. Sie wollte nur Jack sehen und ihn an sich drücken, bevor sie zu Bett ging.

Das Taxi scherte aus und fuhr um den kreisrunden Vorplatz des Hotels, zurück zur Hauptstraße. Paul sank in das Polster zurück und versuchte, alles in seinem Kopf Revue passieren zu lassen.

Er konnte nicht glauben, dass Kate fast alles aus jenem Sommer vergessen hatte. Verdammt, wie frustrierend. In diesem Augenblick durchzuckte ihn ein Anflug von Schuld, und er bereute, wie er sich am Ende ihres Treffens aufgeführt hatte. Er wäre nicht überrascht, wenn sie überhaupt nicht mehr mit ihm sprechen wollte. Was schrecklich wäre – nicht nur, weil es bedeuten würde, dass diese Verbindung zu seinem Bruder verloren wäre, sondern auch, weil … nun ja, weil er sie mochte.

»Halten Sie an, ich muss aussteigen.«

Der Fahrer funkelte ihn an. »Sie müssen was?«

Paul drückte ihm eine Zehn-Pfund-Note in die Hand. »Tut mir leid. Hab meine Meinung geändert.«

Er musste noch einmal mit Kate reden, sich entschuldigen. Und vielleicht könnte er ihr helfen, ihr Gedächtnis wiederzufinden, endlich ans Licht bringen, was in jenem Sommer geschehen war. Dieses Feuer – die offizielle Geschichte lautete, es sei ein Unfall gewesen. Aber was, wenn das eine fadenscheinige Begründung war, die bei genauerem Hinsehen wie ein brennendes Kartenhaus in sich zusammenfiel? Schlechte Wortwahl. Er verzog das Gesicht. Es war ihm immer wie ein eigenartiger Zufall erschienen, dass Stephen diesen sonderbar emotionalen Brief wenige Tage vor seinem Tod geschrieben hatte. Bisher hatte er nie die Chance gehabt, der Wahrheit auf die Spur zu kommen. Aber jetzt, da er Kate gefunden hatte, bestand zumindest die Möglichkeit. Er würde die Wahrheit aufdecken, um seines Bruders willen. Um Wiedergutmachung zu leisten für all die Male, die er ihn früher im Stich gelassen hatte. Seine rührselige Sentimentalität ließ ihn zusammenzucken – aber sie war echt.

Die Aufzugtüren öffneten sich mit einem Klingeln, und Kate steuerte auf ihr Zimmer zu. Sie warf einen Blick auf ihre Armbanduhr. Neun Uhr – Jack sollte längst schlafen. Die Babysitterin würde wahrscheinlich fernsehen und wäre überrascht, dass Kate so früh zurück war. Vielleicht würde sie fragend eine Augenbraue heben, sich insgeheim wundern, was schiefgelaufen war. Womöglich würde sie denken, dass es diese alberne Glucke nicht ertragen konnte, länger als zwei Stunden von ihrem Kind getrennt zu sein.

Kate nahm ihre Schlüsselkarte aus der Geldbörse, zog sie durch den Schlitz am Türschloss und schob die Tür auf.

Das Zimmer war leer.

Die Babysitterin und Jack waren verschwunden.

6

John Sampson blickte auf seine LED-Uhr auf dem Armaturenbrett. 22:02. Seit Stunden parkte er nun schon vor dem McDonald-Taylor Research Institute am Stadtrand von Oxford, einem grauen, tristen Industriegebiet – außer Sichtweite der traumhaften Turmspitzen, aber dennoch mit der Universität verbunden. Hier wurde in anonymen Flachbauten Forschung betrieben. In diesem Teil der Stadt spazierten die Touristen nicht mit vor Ehrfurcht offen stehenden Mündern herum, kauften Postkarten und fotografierten einander vor Orten, die sie in ihren Reiseführern nachgeschlagen oder auf eigene Faust entdeckt hatten. Abgesehen von einer Handvoll Tierschützern schenkte niemand diesen Gebäuden einen zweiten Blick. Und es waren diese Demonstranten, die nun dafür verantwortlich waren, dass Sampson warten musste.

Sie lungerten am Zaun herum. Zwei Frauen mittleren Alters, dazu eine jüngere Frau, recht attraktiv auf ihre blasse, vegane Art, sowie ein Kerl mit Bart. Sampson war vor ein paar Stunden schon einmal vorbeigefahren und hatte dieselbe Gruppe plus ein halbes Dutzend anderer Leute gesehen. Jetzt war nur noch der harte Kern übrig geblieben. Sie trugen Plakate mit der Aufschrift: STOPPT DIE GRAUSAMKEIT. Andere zeigten erschreckende Bilder von Affen mit der Überschrift GEFOLTERT. Sampson fragte sich, was sie wohl von den Dingen halten würden, die er vor ein paar Tagen gesehen hatte: die kränklichen Frauen, eingepfercht in winzige Zimmer; ihre ausdruckslosen, verzweifelten Gesichter, zitternd und wimmernd. Wären die Demonstranten beim Anblick misshandelter Menschen ebenso bestürzt? Das interessierte ihn wirklich. Er fragte sich, ob diese mitfühlenden Seelen in der Lage wären, ihm Menschlichkeit beizubringen.

Er nahm einen langen Zug von seiner Zigarette, dann drückte er sie in dem herausziehbaren Aschenbecher seines Wagens aus. Er hatte im Moment keine Zeit, sich über diesen Scheiß Gedanken zu machen. Er sollte einen Job erledigen, und die verdammten Demonstranten hielten ihn davon ab.

Wie lange würden sie noch ausharren? Hinter ihnen brannte ein einziges Licht in den Fenstern des Instituts. Nur ein Auto parkte noch auf dem Parkplatz der Mitarbeiter.

Der Wagen gehörte Dr. David Twigger, einem Wissenschaftler, der auf Viren bei Tieren spezialisiert war. Die Demonstranten hatten sich wegen der Makaken und Ratten draußen versammelt, die er für seine Experimente benutzte. Er argumentierte, dass die Arbeit an Tieren unverzichtbar sei, auch wenn er selbst wünschte, es gäbe Alternativen. Er hatte erklärt, dass die Forschung, die er hier betrieb, Krankheiten galt, die Tiere befielen, nicht Menschen. Sie versuchten, Tiere zu *retten*, Viren zu bekämpfen, die Haus-, Nutz- und Wildtieren schadeten. Die Demonstranten hielten dagegen, dies sei alles schön und gut, aber warum sollten ein paar Tiere leiden, damit andere in Zukunft gerettet werden konnten? Außerdem waren sie überzeugt, dass nur so viel Mühe in die Erforschung dieser Krankheiten gesteckt wurde, weil die Wissenschaftler fürchteten, die Viren könnten auf Menschen übertragbar sein. Die Vogelgrippe war das beste Beispiel.

Es war ein moralischer Irrgarten – Sampson war froh, dass er keine Moral besaß –, und tatsächlich zog das Institut keine derartigen Protestaktionen wie etwa das Huntingdon Life Sciences oder ähnlich umstrittene Orte an, an denen die Wissenschaftler und Mitarbeiter tagtäglich mit Drohungen zu leben hatten. Die Proteste hier waren gemäßigt und verhalten, ausgeführt von einem kleinen Haufen Ortsansässiger.

Dr. Twigger schenkte den Demonstranten keinerlei Aufmerksamkeit und arbeitete bis spät in die Nacht, hatte sich mit Leib und Seele seiner Forschung verschrieben. Die anderen Mitarbeiter waren längst nach Hause gegangen, und jetzt waren nur noch Dr. Twigger und zwei Sicherheitsbeamte im Institut. Das Gebäude wurde mit Videoüberwachung und Stacheldraht geschützt, aber da dieses Labor auf Tierkrankheiten spezialisiert war und keine Viren aufbewahrte, die Menschen gefährlich werden konnten, und sich die Proteste zudem bisher in Grenzen gehalten hatten, waren die Sicherheitsstandards nicht besonders hoch – insbesondere im Vergleich zu anderen Forschungszentren, die Sampson kannte. Die Tierschützer warteten draußen, um Twigger Beschimpfungen zuzurufen, wenn er nach Hause fuhr, und bewarfen vielleicht noch seinen Wagen mit Eiern. Aber niemand hatte bisher ihn oder das Gebäude tätlich angegriffen.

Heute Abend machte es den Anschein, als würde Twigger sein Labor nicht verlassen. Zumindest nicht bis weit nach Mitternacht. Sampson beobachtete die kleine Gruppe Demonstranten, die die Köpfe zusammensteckten und über ihren nächsten Schritt diskutierten. Ihrer Körpersprache nach zu urteilen, wollte die jüngere Frau bleiben, während die anderen, insbesondere der Bärtige, nach Hause in ihre Betten wollten, um den Schlaf der Gerechten zu schlafen.

Die Mehrheit gewann, und sie machten sich schlurfend auf den Weg und nahmen die Transparente mit.

Sampson sah ihnen nach. An der Straßenecke trennten sie sich. Die drei älteren Mitglieder der Gruppe spazierten in die eine Richtung, während die jüngere Frau in die andere ging. Er könnte sie sich schnappen und für später in den Kofferraum sperren. Um zu sehen, ob sie ihm *tatsächlich* etwas beibringen könnte.

Aber er hatte keine Zeit. Twigger könnte herauskommen, während er fort war, was bedeuten würde, dass Sampson am nächsten Tag wiederkommen müsste. Und so weit würde es nicht kommen. Er wollte die Sache heute Nacht hinter sich bringen.

Er beobachtete, wie die blasse Veganerin davoneilte. Wahrscheinlich studierte sie an der Universität. Sie würde niemals erfahren, wie knapp sie gerade dem Tod entronnen war.

Er klappte das Handschuhfach auf, schnappte sich eine Skimaske und zog sie sich über den Kopf. Vorn auf der Sturmhaube waren drei Buchstaben zu lesen: ALF. Jeder würde glauben, die Demonstranten hätten sich plötzlich entschieden, ihren Kampf zu verschärfen. Als Nächstes zog er ein Paar schwarze Lederhandschuhe über, öffnete die Wagentür, stieg aus und ging zum Zaun.

Auf dem Weg sprangen ihm ein paar Flugblätter ins Auge, die die Tierschützer hatten fallen lassen. Er hob eines auf und besah es sich genauer. Eine Katze starrte ihn an – die erbärmlichste Katze, die er je gesehen hatte –, und der Text darunter beschrieb bis ins kleinste Detail jedes Experiment, das an dem Tier und vielen seiner Artgenossen vorgenommen worden war. »Gefoltert im Namen der Wissenschaft.«

Sampson schüttelte den Kopf. Diese Menschen kannten die wahre Bedeutung von Folter nicht. Hätte er Zeit gehabt, hätte er es dem veganen Mädchen beibringen können, aber jetzt war es zu spät. Das Flugblatt hingegen kam wie gerufen. Er faltete es und steckte es sich in die Jackentasche.

Auf den Zaun zu klettern, war einfach. Oben benutzte er eine Drahtschere, um den Stacheldraht zu durchtrennen, dann ließ er sich geschmeidig auf der anderen Seite ins Gras fallen. Das Gebäude war dreißig Meter entfernt. Er holte tief Luft. Er musste schnell sein. Doch genau darin lag seine Stärke.

Eine Kamera schwenkte auf ihn, während er auf das Gebäude zutrabte. Er wusste, die Kamera würde die Buchstaben auf seiner Sturmhaube erfassen. Er wusste, die Wachmänner – wahrscheinlich Expolizisten oder ehemalige Soldaten, eingelullt von zu vielen ereignislosen Nächten, in denen sie auf leere Bildschirme gestarrt hatten – würden in Panik geraten und herauskommen, um ihn abzufangen, bevor sie Verstärkung holten. Aber selbst wenn sie Unterstützung riefen, hätte Sampson seinen Auftrag längst erledigt, bevor sie kämen.

Er behielt recht. Die Außenlichter schalteten sich ein, die Tür flog auf. Zwei Wachmänner liefen heraus, einer mit einem Bürstenhaarschnitt, der andere mit kurzen blonden Haaren. Der Kurzhaarschnitt stürzte sich als Erster auf ihn, rief ihm im Laufen ein »Stehen bleiben!« zu. Aber im grellen Licht sah Sampson Verwirrung auf dem Gesicht des Wachmanns. Er verstand nicht, warum der Kerl mit der Sturmmaske immer noch direkt auf ihn zurannte. Sich ihm in den Weg stellte. Als der Bürstenhaarschnitt stehen blieb und die Pistole ansetzte, zückte Sampson, ohne langsamer zu werden, das Messer, das er eben aus der Tasche geholt hatte, und schleuderte es geschickt auf seinen Angreifer. Es wirbelte durch die Luft und bohrte sich tief in die Kehle des Wachmanns.

Der Bürstenhaarschnitt fiel ins Gras. Ein paar Schritte hinter ihm sah der blonde Wachmann seinen Kollegen zu Boden taumeln und kam stolpernd zum Stehen. Er hob seine Waffe und feuerte, aber Sampson hatte genau das erwartet und tauchte nach links ab, sodass die Kugel an ihm vorbeizischte. Bevor der Wachmann einen zweiten Schuss abgeben konnte, hatte sich Sampson schon auf ihn gestürzt.

Er packte den Arm des Wachmanns am Ellbogen sowie am Handgelenk und hob den Oberschenkel. Dann riss er den Unterarm des Blonden blitzschnell nach unten. Knochen zersplitterten. Der Wachmann verschluckte sich an seinem eigenen Schrei. Sampson nahm den Kopf des Mannes in beide Hände, und mit einer einzigen raschen Drehung brach er ihm das Genick.

Er trat über den Leichnam hinweg und rannte durch die Tür, die die unfähigen Wachmänner hatten offen stehen lassen. Im Gebäude warf er der Orientierung halber einen Blick nach links und rechts und lief zu dem Labor, in dem Dr. Twiggers Licht hell brannte.

Sampson trat die Labortür auf und sah Dr. Twigger, der ihn bereits erwartete. Der Wissenschaftler stand am anderen Ende des Raums und hielt eine Metallstange in der Hand. Sampson vermutete, dass der Doktor die Stange zur eigenen Sicherheit aufbewahrte. Wie sinnlos. Hinter ihm waren sechs Käfige aufgereiht, in denen jeweils ein Makake hockte. Die Affen mit dem braun gefärbten Fell starrten ihn unnachgiebig durch ihre Gitterstäbe an. Zwischen Sampson und dem Doktor stand ein Tisch, auf dem sich Laborgerätschaften befanden: Hochleistungsmikroskope, ein Computer, Reagenzgläser, ein Durcheinander aus Glaskolben und Schüsseln und anderem Zubehör aus dem Laboralltag. Ein Paar Gummihandschuhe lag umgekrempelt auf dem Tisch, als wäre es hastig ausgezogen worden.

Dr. Twigger war ein dünner Mann Ende vierzig mit Haaren, die einen frischen Schnitt vertragen könnten. Er sah verängstigt aus, versuchte jedoch verzweifelt, sich seine Angst nicht anmerken zu lassen.

»Verschwinden Sie«, befahl er mit zitternder Stimme und hob die Stange hoch.

Sampson ging auf ihn zu und schlug dem Arzt mit der Faust ins Gesicht, bevor dieser die Metallstange schwingen konnte. Im nächsten Moment hatte er sie Twigger entrissen und warf sie quer durchs Labor. Das laute Klirren schreckte die Affen auf und ließ sie kreischen. Sie sprangen in ihren Käfigen auf und ab und fletschten die Zähne. Sampsons Augen huschten zu ihnen.

Twigger zog sich mühsam hoch. Blut tropfte ihm aus dem linken Nasenloch, und er wischte es sich mit dem Ärmel seines weißen Kittels ab.

»Wenn Sie vorhaben, die Tiere dort zu befreien, begehen Sie einen großen Fehler. Sie sind krank und werden Menschen angreifen. Ein Affe in diesem Zustand kann eine Menge Schaden anrichten.«

Sampson ignorierte ihn. Er marschierte zum Computer und drückte auf eine Taste, ließ den Arzt dabei jedoch keine Sekunde aus den Augen. Er prüfte die Zahlen auf dem Bildschirm, ging dann in die Hocke und zog die Festplatte heraus.

»Wo sind die Backups?«, fragte er.

»Backups? Es gibt keine.«

Sampson legte die Festplatte auf den Tisch und stürmte auf Twigger zu, der einen Schritt in Richtung der Käfige machte. Die Affen stürzten in ihren Käfigen vor und zischten bedrohlich.

»Wo sind die Backups?«, wiederholte er.

»Es gibt keine …«

Sampson packte den Arzt, wirbelte ihn herum und hielt

ihn am Genick fest. Mit der freien Hand öffnete er die Tür des nächsten Käfigs und schob den Kopf des Arztes hinein. Dr. Twigger wusste es besser und unterdrückte einen Schrei. Sampson spürte, wie der Arzt zitterte.

Der Affe setzte sich auf den Käfigboden, beäugte den Schädel des Arztes und bleckte die scharfen Zähne.

»Die Tiere können also eine Menge Schaden anrichten?«, fragte Sampson.

Der Arzt sprach im Flüsterton. »Ja. Bitte.«

»Ich kann Sie nicht hören.«

»*Bitte.*«

Er drückte Twiggers Kopf noch weiter hinein, froh um seine Lederhandschuhe. Die anderen Affen klammerten sich an ihren Gitterstäben fest, beobachteten abwartend. Wenn Affen tatsächlich Pläne schmieden und von Rache träumen konnten, dann hatten sie sicherlich davon geträumt, es diesem Mann heimzuzahlen, der sie eingesperrt und krank gemacht hatte.

»Wo sind die Backups?«, wiederholte Sampson.

Twiggers Stimme hatte sich um eine Oktave erhöht. »Im Safe.«

»Wo ist der Safe?«

»Im …« Ohne Vorwarnung war der Affe kreischend zur anderen Seite des Käfigs gesprungen. Twigger schrie ebenfalls, aber im letzten Moment zog ihn Sampson zurück und schlug dem Affen die Tür vor der Nase zu. Das Tier knallte gegen die Gitterstäbe und landete wimmernd auf dem Käfigboden.

»Der Standort des Safes und die Kombination«, sagte Sampson mit seiner ruhigen, monotonen Stimme.

Twigger hatte sich in die Hose gemacht – Sampson konnte es riechen. Twigger warf dem Affen, der nun kopfschüttelnd seinen Käfig durchschritt, einen nervösen Blick über die Schulter zu.

Allmählich verlor Sampson die Geduld. Wieder schnappte er sich den Arzt und schob ihn zurück zum Käfig.

»Nein!«, schrie Twigger. »Der Safe ist nebenan. Die Kombination lautet 6471.«

»Vielen Dank. Und das AG-769-Virus?«

»Was?«

»AG-769. Wo ist das?«

Der Arzt war offensichtlich verwirrt. »Warum wollen Sie das haben?«

»Sagen Sie mir einfach, wo es ist.«

Doch der Arzt hatte sich längst verraten. Seine Augen waren nach links gehuscht.

»Vielen Dank«, sagte Sampson.

Er schob den Arzt zu Boden und kniete sich auf seine Brust. Dann drückte er ihm die Nase mit Zeigefinger und Daumen zu und bedeckte ihm mit der anderen Hand den Mund. Twiggers Augen waren weit aufgerissen und sahen ihn flehend an. Die Affen blickten aus ihren Käfigen auf ihn herab. Schließlich hörte Dr. Twigger auf, sich zu wehren. Sampson hatte gehofft, im Moment des Todes irgendetwas zu spüren – nicht notwendigerweise Mitleid oder Traurigkeit, Wörter, die er im Lexikon nachgeschlagen und deren Bedeutung er zu verstehen versucht hatte –, sondern überhaupt irgendetwas.

Aber wie immer fühlte er nichts.

Allerdings hatte er kostbare Sekunden damit vergeudet, dem Arzt die Kombination zu entlocken – beim nächsten Mal würde er sich sofort auf die Hoden stürzen, das funktionierte immer. Er öffnete den Kühlschrank, nahm die Phiole mit dem AG-769-Virus heraus und steckte sie in das gefütterte Briefkuvert, das er in seiner Innentasche aufbewahrte. Zurück im Wagen würde er sie in einem tragbaren Kühlschrank deponieren. Als er die Festplatte holte, fiel ihm schlagartig ein, dass er beinahe etwas vergessen hätte. Er fischte das Flugblatt der Tierschützer mit dem Bild der Katze aus seiner Gesäßtasche und ließ es auf die Brust des toten Arztes fallen.

Im Büro öffnete er den Safe und entwendete die Backup-CDs, auf denen die entscheidenden Computerdaten gespeichert waren.

Er verließ das Gebäude und eilte durch die Dunkelheit zu seinem Auto.

Beim Einsteigen klingelte eines seiner beiden Handys. Das zweite. Nur eine einzige Person besaß diese Nummer. Spionierte Gaunt ihm etwa hinterher, um sicherzugehen, dass er den Auftrag auch wirklich ausgeführt hatte? Dieses Arschloch. Er hatte ihn noch nie enttäuscht.

»Alles erledigt«, fauchte er, als er ans Telefon ging.

Die Stimme am anderen Ende war ruhig. »Ausgezeichnet. Davon war ich überzeugt. Aber das ist nicht der Grund meines Anrufs.«

»Nicht?«

»Nein. Ich habe einen weiteren dringlichen Auftrag für Sie. Wir haben gerade den Hinweis bekommen, dass eine alte … Patientin kürzlich nach England zurückgekehrt ist.«

»Okay.«

»Ihr Name lautet Kate Maddox.«

7

Kalte Panik flutete Kates Inneres, als sie das Hotelzimmer betrat. Das hier konnte nicht wahr sein.

»Jack? *Jack*!« Sie brüllte seinen Namen. Wo steckte er? In ihrem Kopf rief sie seinen Namen, immer und immer wieder, während sie mitten im Zimmer stand, sich langsam im Kreis drehte, die Hand an der Stirn. In einer Art Trance öffnete sie die Badezimmertür und blickte hinein. Erfüllt von törichter Hoffnung – zumindest hielt sie sie im Rückblick für töricht – suchte sie im Wandschrank und hinter dem Sofa, als könnte sich Jack dort verstecken, im nächsten Moment herausspringen und »Buh!« rufen. Die Zeit schien stehen geblieben zu sein, und Kate wartete verzweifelt darauf, dass die Realität mit einem Schlag zurückkäme und diese sonderbare zeitlupenartige Übelkeit vertrieb.

Eine Sekunde später erwachte sie aus ihrer Starre.

Sie riss die Tür auf und raste den Korridor in Richtung Aufzug hinab. Ihr Mantel bauschte sich hinter ihr. Sie hämmerte auf den Knopf ein, drückte ihn, drückte ihn wieder, stampfte mit dem Fuß auf und murmelte: »Komm schon, komm schon, verdammt noch mal, *komm* schon«, während sie darauf wartete, dass sich die roten Zahlen über der Aufzugtür veränderten. Die Ziffern – 9, 8, 7 – nahmen mit sadistisch qualvoller Langsamkeit ab. Sie wollte schon aufgeben und die Treppe benutzen, da kam der Lift. Die Türen öffneten sich mit einem Klingeln und spuckten eine Frau mittleren Alters in einem Pelzmantel aus. Die Frau schien es nicht besonders eilig zu haben.

Kate griff in den Aufzug, legte der Frau die Hand auf den Ellbogen und zog sie energisch, wenn auch sanft in den Korridor, schlüpfte dann an ihr vorbei und drückte den Tür-schließen-Knopf. Der Mund der Frau war zu einem überraschten Kreis erstarrt, während sich die Türen vor ihr schlossen.

Hätte Kate geglaubt, dass kräftiges auf und ab Springen den Aufzug schneller nach unten bringen würde, sie hätte es getan. Szenen aus düsteren Filmen und erschreckende Zeitungsüberschriften liefen vor ihrem geistigen Auge ab. Jack in den Händen eines Pädophilen. Jack, der mit dem Gesicht nach unten in der eisigen Themse trieb. Aber diese Bilder lösten sich rasch auf. Entsetzlich, wie sie waren, waren sie dennoch nicht ihre größte Angst. Sie war in der vergangenen Woche nicht jede Nacht aufgewacht, weil sie sich vor Fremden fürchtete. Ihre Angst trug ein vertrautes Gesicht. Zutiefst vertraut. Das Gesicht hatte während der letzten zehn Jahre fast jeden Morgen auf dem Kissen neben ihr gelegen, seit sie in einer kleinen Bostoner Kapelle das Gelöbnis abgegeben hatte, ihn zu lieben, zu ehren und ihm zu gehorchen.

Die Menschen brachen ständig Versprechen. Der Gedanke zuckte flüchtig im hintersten Teil ihres Bewusstseins auf und war im nächsten Moment fort, ausradiert von der Panik über Jacks Verschwinden.

Konnte Vernon sie so schnell aufgespürt haben? Konnte er wirklich herausgefunden haben, was sie vorhatte, und ihr nachgereist sein? Sie hatte keine Zeit, über eine Antwort nachzudenken. Die Aufzugtüren sprangen auf, sie stürzte hinaus – und prallte gegen einen japanischen Geschäftsmann, der mit seinem Gepäck am Lift gewartet hatte. Mit rudernden Armen taumelte er nach hinten, und auch Kate strauchelte und verlor einen Schuh, aber im nächsten Augenblick war sie wieder auf den Beinen und rannte auf die Rezeption zu. Die Hotelangestellten starrten sie an. Jeder in der Lobby starrte sie an. Es kümmerte sie nicht.

Sie knallte mit der flachen Hand auf den Schalter. »Rufen Sie die Polizei!«

»Madam, was ist los?« Die Empfangschefin, das Haar zu einem strengen Pferdeschwanz zurückgebunden, sprach leise.

»Mein Sohn. Haben Sie meinen Sohn gesehen?«

»Wie sieht er denn aus?« Die Rezeptionistin wirkte, als wäre sie an hysterische Gäste gewöhnt, und redete mit Kate, als wollte diese ein Missgeschick beim Reinigungsservice zur Anzeige bringen. Am liebsten hätte Kate über den Tresen gegriffen und sie geschüttelt. Ihr Mutterinstinkt hatte vollkommen die Kontrolle über sie gewonnen. Nichts und niemand war mehr von Bedeutung.

Die Rezeptionistin sagte: »Können Sie ihn besch…?«

Kate ließ sie nicht ausreden. »Er war mit einer Ihrer Babysitterinnen im Hotelzimmer, und jetzt ist er verschwunden. Sie sind beide verschwunden.« Ihre Stimme bebte bei dem letzten Wort, während sie versuchte, nicht in Tränen auszubrechen. Sie musste stark bleiben. Und diese Idioten kapierten es nicht. Eine weitere Welle der Panik schmetterte über sie hinweg, warf sie beinahe um.

Die Rezeptionistinnen wechselten besorgte Blicke. Eine von ihnen sagte: »Ich hole den Manager.«

Die Empfangschefin fragte: »Wie lautet Ihre Zimmernummer, Madam?«

Kate schüttelte den Kopf. »502. Mein Sohn wurde entführt. Herrgott noch mal – rufen Sie einfach die Polizei!« Beim letzten Satz hob sie die Stimme, die letzten paar Worte zittrig vor Angst.

Die Rezeptionistin legte ihr die Hand auf den Unterarm. »Madam, wie alt ist Ihr Sohn? Wie sieht er aus? Vielleicht haben wir ihn gesehen.«

Sie holte tief Atem, versuchte sich zu beruhigen. »Er ist sechs. Er hat hellbraunes Haar und trägt einen …« Sie hielt inne. Was hatte er getragen? Sie stellte ihn sich vor ihrem geistigen Auge vor, wie er auf dem Bett ferngesehen hatte, bereits in seinem Pyjama. Sie hatte ihn nach dem Bad bettfertig gemacht, weil ihr die Vorstellung nicht behagte, dass die Babysitterin ihn umzog. Und jetzt, genau in diesem Augenblick, was tat die Babysitterin ihm da an? Hinterging ihn. Hinterging sie beide. Wie viel hatte Vernon ihr dafür gezahlt? Kate kochte innerlich vor Wut. *Wo ist er?*

»Er trägt einen orangefarbenen *Findet-Nemo*-Pyjama, mit einem großen Clownsfisch vorn drauf, Sie wissen schon, aus dem Film …«

Die Rezeptionistin nickte über Kates Schulter. »Wie der Junge dort drüben?«

Kate wirbelte herum.

Eine kleine Gestalt in einem orangefarbenen Pyjama mit offener Jeansjacke darüber taumelte ausgelassen aus dem Aufzug, Billy den Roboter an sich gepresst. Der Junge drehte sich augenblicklich zurück und drückte den Knopf auf der Schalttafel neben dem Lift, obwohl er bereits mit offenen Türen dastand, während die Babysitterin nachsichtig im Innern wartete. Der Junge lachte über etwas, das die Babysitterin gesagt hatte.

»Jack!«

Kate durchquerte hastig die Lobby. Als sie ihren Sohn erreichte, riss sie ihn hoch und drückte ihn so fest an sich, dass er »Aua!« schrie.

»Gott sei Dank…« Sie drehte sich zu der Babysitterin um. »Was zum Teufel soll das? Sie dumme…«

»Mum, Ania hat mich im Aufzug rauf- und runterfahren lassen. Es war super. Wir sind hoch aufs Dach und dann raus und zum Dachgarten, und ich habe ganz London gesehen.«

Ihn immer noch umarmend, sagte Kate: »Wie oft habe ich dir schon gesagt, dass du nicht mit Fremden mitgehen darfst?«

Jack wand sich. »Ania ist keine Fremde. Sie ist meine Freundin. Kann ich jetzt runter?«

Kate setzte ihn ab und wandte sich wieder an die Babysitterin, die beschwichtigend die Hände hob.

»Hey, tut mir leid – er ließ sich nicht beruhigen, deshalb habe ich ihm gesagt, er könnte ausnahmsweise mit dem Aufzug fahren, wenn er dafür anschließend brav ins Bett geht. Wir hatten eine Abmachung.«

Kate verengte die Augen zu Schlitzen. »Verschwinden Sie!«

»Ich hätte ihn niemals aus dem Hotel gebracht. Das ist nicht fair. Ich hatte Sie nicht so früh zurückerwartet. Aber wenn Sie es so sehen, tut es mir leid.« Ania zuckte mit den Schultern und stolzierte zum Schalter und den gaffenden Rezeptionistinnen hinüber.

Kate wusste, dass sie sich schon bald in Grund und Boden schämen würde. Sie würde es bitter bereuen, die Babysitterin angeschrien zu haben, auch wenn sie es unmöglich fand, dass sie das Hotelzimmer mit Jack für etwas Geringeres als einen Feueralarm verlassen hatte (allein bei dem Gedanken an einen Feueralarm lief es Kate selbst nach all der Zeit noch kalt über den Rücken).

Sie würde sich auch schrecklich fühlen, die Frau mit dem Pelzmantel aus dem Aufzug gezerrt und den Geschäftsmann umgerannt zu haben. Wäre sie zwei Minuten später aus dem

Zimmer gekommen, wäre wahrscheinlich Jack in dem Lift gewesen statt der Frau im Pelz, und all die Peinlichkeiten wären ihr erspart geblieben. Sie würde sich entschuldigen. Im Moment verspürte sie allerdings nichts als Erleichterung. Ihre größte Angst hatte sich nicht bewahrheitet. Zumindest noch nicht.

Sie ging in die Hocke, streichelte Jack übers Haar und dachte: *Von jetzt an werde ich dich keine Sekunde mehr aus den Augen lassen.*

»Du hattest also Spaß?«, fragte sie mit einem gezwungenen Lächeln.

»Ja, es war super.« Da entdeckte er etwas hinter ihr und sagte: »Hey, Mum, sieh mal! Der Mann.«

»Was?«

»Da ist der Mann, den wir heute getroffen haben.«

Kate drehte den Kopf und erkannte Paul, der sie von seinem Platz an der Tür aus anstarrte.

Paul hatte genau in der Sekunde das Hotel betreten, als Kate aus dem Aufzug gestürmt und mit dem unglückseligen Geschäftsmann zusammengestoßen war. Verblüfft hatte er zugesehen, wie Kate den Kerl über den Haufen gerannt hatte, zur Rezeption gelaufen war und wild zu gestikulieren begonnen hatte. Er konnte nicht hören, was sie sagte, und sah nur ihren Hinterkopf. Was zum Teufel stimmte nicht mit ihr?

Während er beobachtete, wie sie Menschen umwarf und dem Hotelpersonal einen Schwall von Beschimpfungen entgegenschleuderte, fragte er sich, ob sie die Entschuldigung verdiente, derentwegen er eigentlich gekommen war.

Beinahe hätte er auf dem Absatz kehrtgemacht und das Hotel verlassen.

Aber als er sich zum Gehen umwandte, sah er aus dem Augenwinkel das Kind, Jack, mit einer anderen Frau durch die Türen desselben Aufzugs kommen, nur wenige Minuten nach Kate. Sie wirbelte herum, und der Ausdruck auf ihrem Gesicht – diese unsägliche Erleichterung – verriet ihm die ganze Geschichte, die hier vorgefallen war. Sie war nicht verrückt. Sie war eine Mutter. Paul hatte keine eigenen Kinder, aber er erinnerte sich an die Male, als er klein gewesen und weggeschlendert war, völlig selbstvergessen im Supermarkt oder Gartencenter, während seine Eltern verzweifelt nach ihm gesucht hatten. Er erinnerte sich an ihre Freude und die Wut, sobald sie ihn wiederfanden – oder manchmal ihn und Stephen, wenn sie gemeinsam verschwunden waren.

Anstatt das Weite zu suchen, blieb er, wo er war, und wartete darauf, dass Kate ihn bemerkte. In Bezug auf sie hatte er sich immer noch keine klare Meinung gebildet. Er wusste nichts über sie. Und obwohl er nachvollziehen konnte, wie erschrocken sie gewesen sein musste, als sie ins Hotel zurückgekommen war und ihren Sohn nicht hatte finden können, war er weiterhin der Meinung, dass sie ein wenig überreagierte.

Später, als er die ganze Wahrheit kannte, verstand er genau, warum Kate sich so aufgeführt hatte.

8

»Sollen wir noch einen Kaffee trinken?« Paul nickte in Richtung Hotellounge.

Kate zögerte. »Ich weiß nicht. Jack gehört längst ins Bett.«

Aber Jack war viel zu aufgedreht, um jetzt ins Bett gehen zu wollen. *Anias Strategie war Schwachsinn,* dachte Kate. Sie selbst war auch nicht mehr müde. Ihr Körper war mit Adrenalin vollgepumpt. Außerdem waren sie erst seit wenigen Tagen in England, und ihre innere Uhr hatte sich noch nicht umgestellt, weshalb es nicht überraschte, dass sie beide hellwach waren.

»Ich würde wirklich gern darüber reden, was Sie vorhin gesagt haben«, sagte Paul.

Da meldete sich Jack zu Wort: »Mum, ich will eine heiße Schokolade.«

Sie seufzte. »Okay. Aber dann ist wirklich Schlafenszeit, ohne Wenn und Aber.«

»Magst du heiße Schokolade?«, fragte Jack Paul mit Inbrunst, als hinge etwas Weltbewegendes von der Antwort ab.

»Es ist eines meiner absoluten Lieblingsdinge – besonders wenn sie mit einer Sahnehaube und diesen kleinen Marshmallows oben drauf serviert wird«, erwiderte Paul, und Jack pflichtete ihm nickend bei.

»Kann ich heute auf meiner Marshmallows und eine Sahnehaube haben?«, fragte er Kate, die die Augen verdrehte, jedoch nickte.

Jack und Paul lächelten sich an, und etwas an dieser kleinen Geste brach Kate das Herz. Die Szene kam einer ihrer alten

Fantasien erschreckend nahe: Stephen, der darin der Vater ihres Kindes war. Es war lächerlich. Wie die Familie, von der sie so oft geträumt hatte. Doch dann schüttelte sie das Bild ab. *Erde an Kate. Stephen ist tot. Paul ist sein Bruder, aber er ist ein Fremder. Und Jacks Vater ist ein Arschloch namens Vernon.*

Sie brauchte dringend einen Kaffee.

Sie setzten sich auf weiche Sofas aus brüchigem Leder, Kate und Jack auf der einen Seite, Paul auf der anderen. Kate nippte an ihrem Kaffee. Paul war aufgekratzt, rang offensichtlich mit einer Vielzahl an Fragen, unsicher, welche er zuerst stellen sollte. Kate konnte sehen, dass sie und Paul sich in vielerlei Hinsicht ähnelten – beide waren daran gewöhnt, mit Computern, Zahlen und Fakten umzugehen. Die Wissenschaftlerin und der Computerfreak – oder besser gesagt Experte. Paul war zu cool für einen klassischen Computernerd, und noch dazu viel zu attraktiv. Setzte man sie ins Labor oder vor einen PC, waren sie wie Delphine im Wasser. Stellte man ihnen unangenehme Fragen, strampelten sie ungelenk und wurden nervös.

Sie blickte zu Jack hinüber, der erwachsen wirken wollte, als er über seine heiße Schokolade blies.

»Gut?«, fragte ihn Paul, und er zuckte mit den Achseln.

»Keine Marshmallows«, sagte Jack missmutig, doch er machte deshalb keinen Aufstand, was Kate eigentlich befürchtet hatte.

Sie war eine gute Mutter. Davon war sie überzeugt, trotz allem, was Vernon behauptete, und Ania, die Babysitterin, und wahrscheinlich das gesamte Hotelpersonal. Vermutlich hielten sie sie für eine psychopathische Glucke.

Auf einmal begann Jack zu schwanken. Kate musste ihm die Tasse aus der Hand nehmen, und kurz darauf schloss er die Augen, lehnte sich ins Sofa zurück und schlief ein.

»Er ist ein süßes Kind«, sagte Paul.

»Ich weiß. Und ganz besonders lieb ist er, wenn er schläft.«

»Das meinen Sie nicht ernst.«

Sie hob eine Augenbraue. »Offensichtlich haben Sie keine Kinder.«

»Nein. Nicht einmal Neffen oder Nichten.«

Kate strich ihrem schlafenden Sohn übers Haar. Es war so weich, seine Kopfhaut warm unter ihrer Handfläche. Sie schauderte bei der Erinnerung daran, wie entsetzlich der Gedanke gewesen war, ihn zu verlieren. Sie nahm einen großen Schluck Kaffee.

»Wollen Sie mir jetzt von Ihnen und Stephen erzählen?«, fragte Paul. »Erzählen Sie mir, woran Sie sich erinnern. Zum Beispiel: Wie haben Sie sich kennengelernt? Erinnern Sie sich daran?«

Kate starrte in ihre Tasse. »Ja. Ich erinnere mich, wie ich ihn kennengelernt und wie ich ihn verloren habe. Es ist das ganze Zeug mittendrin, das ich nicht mehr weiß.«

»Es tut mir leid, wenn ich vorhin gereizt gewirkt habe, aber ich muss gestehen, ich verstehe das einfach nicht. Es hört sich unglaublich an, dass Sie so viel vergessen haben.«

»Aber so ist es nun mal!«

»Tut mir leid …«

»Nein, ist schon okay. Ich weiß, dass es dumm klingt. Wie konnte ich nur den wichtigsten Sommer meines Lebens vergessen? Es ist eine Amnesie, auch wenn ich nicht weiß, was sie hervorgerufen hat.«

»Haben Sie schon mal jemanden aufgesucht, um sich Hilfe zu holen?«

Sie schüttelte den Kopf. »Jahrelang wollte ich mich überhaupt nicht erinnern. Es war einfach zu schmerzhaft.«

»Sie haben die Erinnerungen also verdrängt?«

»Keine Ahnung. Vielleicht.« Sie seufzte. »Ich war viel zu beschäftigt mit meinem Job und mit meinem Sohn. Bis ich zurück nach England gekommen bin und Sie gesehen habe, habe ich ganze Arbeit geleistet und vergessen, dass es überhaupt etwas gibt, an das ich mich eigentlich erinnern sollte. Und jetzt erscheinen Sie auf der Bildfläche, zeigen mir einen Brief – einen regelrechten Tritt in die Vergangenheit – und bitten mich, Ihnen alles zu erzählen. Wissen Sie, wie sich das anfühlt? Es ist das Gleiche, als wollte man sich an die Details eines Buchs erinnern, das man vor Jahren gelesen hat. Man weiß, dass man es gelesen hat. Man kann sich immer noch ein paar Szenen ins Gedächtnis rufen und sinngemäß den Inhalt nacherzählen, aber der Rest davon, die Details, das Ende – all das ist verschwunden oder zumindest so tief vergraben, dass man es nicht mehr an die Oberfläche zerren kann.«

Kate strich über die kleine Narbe knapp unterhalb ihres Haaransatzes und schob die Finger unter den langen Seitenpony, den sie sich hatte wachsen lassen, um das Mal zu verbergen. Vernon hatte ihr diese Verletzung zugefügt – in einem seiner entsetzlichen Wutanfälle, als sie ihm den Rücken zugewandt hatte und aus dem Zimmer gestürmt war, hatte er ein gebundenes Bibliotheksbuch nach ihr geworfen. Im genau falschen Moment hatte sie sich wieder umgedreht, und die scharfe, mit Plastik eingeschlagene Ecke hatte ihr die Stirn aufgeritzt. Es hatte ihr drei Stiche und einen sehr reumütigen Ehemann eingebracht – zumindest für ein oder zwei Wochen.

»Kate, ist schon in Ordnung«, erwiderte Paul sanft. »Es tut mir leid. Nach meinen anfänglichen Versuchen herauszufinden, worum es in dem Brief ging, habe ich mich gezwungen, ihn mir aus dem Kopf zu schlagen – bis heute. Sie sind die einzige Person, die mir helfen kann, der Sache auf den Grund zu gehen.«

»Ich weiß.« Sie leerte ihre Tasse.

»Erzählen Sie mir einfach, woran Sie sich erinnern.«

»Okay.« Sie fuhr den Rand ihrer Kaffeetasse mit dem Finger nach. »Dann brauchen wir aber mehr von dem Zeug hier.«

Kate überprüfte, ob Jack immer noch tief schlief, und begann zu erzählen. »Es ist sechzehn Jahre her. Ich hatte im Mai meine Prüfungen abgelegt, und dann – nun ja, ich wusste nicht recht, was ich den Sommer über tun sollte. Ich erinnere mich, mit meinen Freunden ausgegangen zu sein, immer noch in meinem Talar. Wir haben am Flussufer gesessen und billigen Wein getrunken. All die anderen Studenten haben sich gefreut, das Studium endlich abgeschlossen zu haben. Es wurde viel über die Zukunft geredet, über Jobs und Reisen, aber ich wusste, dass ich weiterstudieren wollte. Virologie war schon damals meine Leidenschaft. Ich weiß, es hört sich sonderbar an, sich für ein solches Wissensgebiet zu interessieren, aber dafür gibt es einen Grund. Aber ich schweife vom Thema ab. Das Wichtige ist, dass ich nach meinem Examen etwas Ruhe brauchte. Einen Ort, an dem ich meine Batterien aufladen konnte.

Ich erinnere mich, dass ich zu meiner Großtante gefahren bin – ich sollte wohl erklären, dass meine Eltern beide gestorben sind, als ich noch klein war, an einem seltenen Virus mit dem Namen Watoto. Wahrscheinlich muss man kein Psychologe sein, um herauszufinden, warum ich letztendlich gerade bei diesem Studienfach gelandet bin …«

»Es tut mir leid …«

»Meine Tante Lil hat mich aufgezogen, und nachdem ich meine Abschlussprüfung in der Tasche hatte, bin ich zu ihr nach Bath zurückgekehrt. Ich erinnere mich, wie ich mich eines Abends nach dem Essen zu ihr gesetzt und ihr von meinem Wunsch erzählt habe, irgendwohin in den Urlaub zu fahren. Aber ich hatte kein Geld, und sie meinte: ›Leonard sucht immer nach Freiwilligen. Warum gehst du nicht zu ihm und bleibst eine Weile dort?‹«

»Wer ist Leonard?«

»Leonard Bainbridge war ein alter Freund der Familie. Er war das höchste Tier in der CRU. Vielleicht hat Stephen Ihnen von ihm erzählt?«

Paul schüttelte den Kopf. »Er hat mir wenig von seiner Arbeit erzählt.«

»Die CRU, also die Cold Research Unit, war ein Forschungszentrum, das nach dem Krieg von der Regierung gegründet worden war. Der Auftrag lautete, ein Heilmittel gegen Erkältungen zu finden, wobei das Hauptaugenmerk darauf lag, die ökonomischen Kosten des Virus zu verringern – zum größten Teil verursacht durch Fehlzeiten bei der Arbeit. Es lag knapp außerhalb von Salisbury, auf dem Gelände eines ehemaligen Militärkrankenhauses.«

»Ich erinnere mich, dass Stephen nach Salisbury gezogen ist. Aber ich dachte, er hätte bei diesem anderen mikrobiologischen Forschungszentrum gearbeitet – Porton Down. Das ist auch in Salisbury, nicht wahr?«

»Es liegt dort in der Region, ein paar Meilen außerhalb der Stadt, auf der anderen Seite. Doch die CRU war eine völlig eigenständige Einrichtung. Ich habe damals ein wenig recherchiert und herausgefunden, dass das Zentrum immer auf der Suche nach Freiwilligen war. Normalerweise haben sie in den Lokalzeitungen inseriert, einen Aufenthalt im Zentrum als eine Art skurrilen Urlaub für Menschen angepriesen, die ihren Beitrag für das Wohl Englands leisten wollten. Wie Butlins, nur mit weniger Gesang und mehr Naseputzen.«

Paul grinste, und Kate fuhr fort: »Sie haben also Menschen gebeten, für zehn Tage bei ihnen zu wohnen, damit sie ihnen bei ihrer Forschung halfen. Es kostete natürlich nichts. Sie boten Kost und Logis, und das Schlimmste, was einem passieren konnte, war ein Schnupfen. Nicht einmal eine Grippe – nur eine ganz normale Erkältung.«

Sie lächelte kläglich. »Ich hatte schon viele Erkältungen – und Schlimmeres. Damit würde ich klarkommen, da war ich sicher. Es schien die perfekte Lösung zu sein – ein Ort, an dem ich entspannen konnte, und wegen meines Interesses an Viren und Krankheiten glaubte ich, ich könnte Gutes tun, indem ich mich freiwillig meldete, und vielleicht sogar noch etwas dazulernen. Tante Lil versicherte mir, dass die Landschaft um Salisbury für einen ruhigen Urlaub wunderbar geeignet wäre. Man durfte mit niemandem reden, abgesehen von den Mitarbeitern und dem Zimmergenossen. Aber damit hatte ich kein Problem. Nach vier Jahren Universität war ich ganz froh, mich eine Weile mit niemandem unterhalten zu müssen.«

Paul nippte an seinem Kaffee und wartete einen Moment, während Kate ihre Gedanken sammelte.

»Ich kannte Leonard nicht besonders gut, auch wenn ich ihn als kleines Mädchen ein paar Mal im Haus meiner Eltern getroffen habe und er mir sehr sympathisch gewesen war. Aber Tante Lil hat ihn im Zentrum angerufen und gesagt, ich wolle als Freiwillige kommen. Ich habe am Telefonhörer gelauscht. Es klang, als wollte er sie von der Idee abbringen, doch sie hat ihn bedrängt, und am Ende hat er eingelenkt. Ich fuhr Anfang Juni. Es war ein wunderschöner Sommer in jenem Jahr. Rekordverdächtige Hitze.«

Jack murmelte etwas im Schlaf. Er hatte Billy an seinen Bauch gedrückt – wohl kaum das weichste aller Kuscheltiere. Kate fragte sich, wie lange es dauern würde, bis Jack seiner überdrüssig wurde und zum nächsten Spielzeug überging, das er unbedingt haben musste. Vielleicht würde er sich auch wieder seinem schmuddeligen Teddybären zuwenden, der immer mal wieder in seiner Gunst stieg.

»Wie dem auch sei«, sagte sie, »ich habe meinen Rucksack gepackt und den Zug nach Salisbury genommen.«

»Wo Sie Stephen getroffen haben?«

»Ja. Ganz gleich, welche Erinnerungen ausgelöscht sein mögen, diese eine ist geblieben: der Tag, an dem ich Ihren Bruder kennengelernt habe. Und mich verliebte.«

9

Vor sechzehn Jahren

Kate Carling fühlte sich erstaunlich sorglos, wenn man bedachte, dass sie gerade einen Stapel von Lehrbüchern in Bath in den Zug geschleppt hatte. Lehrbücher, die sie trotz ihres unablässigen Fleißes wahrscheinlich nicht lesen würde. Sie hatte gerade ihr Examen bestanden, und diese Reise sollte eine Auszeit vom Lernen sein. Aber der Mensch war ein Gewohnheitstier, und sie würde im Oktober ihren Doktor in Virologie beginnen – es schadete also nicht, die Bücher mitzunehmen, nur für den Fall, dass ihr langweilig wurde. Das T-Shirt klebte ihr längst am Rücken, als sie ihr Ziel am späten Nachmittag erreichte, und beide Schultern schmerzten ihr von dem Rucksack mit den schweren Büchern – aber das Wissen, dass sie überhaupt nichts lesen *musste*, wenn sie nicht wollte, ließ sie frohlocken.

Ein freundlicher Mann mittleren Alters in einem verrosteten weißen Minibus hatte Kate von der Bahnstation in Salisbury abgeholt und durch das Stadtzentrum gefahren, wobei er sie auf die hoch aufragende graue Turmspitze der historischen Kathedrale zu ihrer Rechten aufmerksam machte – als hätte man die übersehen können! Allmählich lichteten sich die Häuser, und der Kirchturm wurde zu einem sich verdünnenden, schmalen Speer hinter ihnen, bis es mit einem Schlag den Anschein hatte, als wären sie mitten auf dem Land.

»Da wären wir«, sagte der Mann heiter, während er vor einer Reihe unscheinbarer grauer und grüner Nissenhütten hielt. »Trautes Heim, Glück allein! Lassen Sie mich Ihnen mit Ihren Sachen helfen. Himmel noch mal, was haben Sie denn da drin? Ziegelsteine?«

»Lehrbücher. Für den Fall, dass ich keine Lust mehr habe, Kitschromane zu lesen und mir die Fußnägel zu lackieren.«

Der Mann lachte. Er hatte eine glänzende Glatze und große gelbe Zähne, aber dennoch etwas Gewinnendes an sich. »Nun, die können Sie vielleicht wirklich gebrauchen. Hier gibt's keine durchzechten Nächte im Pub. Lassen Sie mich Ihnen Ihr Zimmer zeigen. Einer der Ärzte wird gleich zu Ihnen kommen, um Sie zu untersuchen und Ihnen alles Nötige zu erzählen. Ich bin übrigens Geoffrey. Hausmeister, Gärtner, Chauffeur und Mädchen für alles. Sie werden mich und meinen Kollegen, Mr. Sampson, hier herumlaufen sehen, als wüssten wir nicht, was wir tun. Wir sind die mit den weißen Kitteln … Da ist es, Zimmer siebzehn. Nicht das Ritz, aber Sie werden sich hier wohlfühlen.«

»Es ist wunderbar. Vielen Dank.«

Kate stellte erfreut fest, dass sich ihr Zimmer am Ende der Hütte befand, mit Blick auf sanft geschwungene Hügel, die von Wiesenblumen gesprenkelt waren. Sobald Geoffrey verschwunden war, stieß sie die Fenster auf und fächerte sich mit dem Schnellhefter voller nützlicher Informationen Luft ins Gesicht. Es roch nach Gras und warmer Erde. Zwei weiße Schmetterlinge flatterten in ihr Blickfeld, und Schwalben schossen hoch über ihr im Sturzflug herab. Sie seufzte vor Freude. Okay, vielleicht würde es ihr ein wenig den Spaß verderben, wenn sie sich eine Erkältung einfing – aber es war das Risiko wert. Kein Kochen, nur lange, einsame Spaziergänge plus viel Schlaf, der nicht von nächtelangen Saufgelagen ihrer Mitbewohner gestört wurde. Am Ende der zwei Wochen würde sie sich wie neugeboren fühlen.

Sie drehte sich wieder um und nahm ihr Zimmer in Augenschein: weiß gestrichene Wände, zwei Einzelbetten, zwei

Schreibtische, ein kleiner Fernseher, ein Transistorradio, zwei Nachttische und eine Tür, die zu einem winzigen Badezimmer führte. Sie hoffte, ihre Zimmergenossin wäre nett. Jemand Schreckliches würde der Sache wahrlich einen Dämpfer verpassen, sogar noch mehr als eine laufende Nase. Vielleicht hatte sie sogar Glück und das Zimmer für sich allein. Sie öffnete den Reißverschluss ihres Rucksacks, zog ein frisches T-Shirt heraus, nahm ihren Kulturbeutel und fischte nach Buster, ihrem Teddy aus Kindheitstagen.

Nachdem sie Buster auf das Kissen des Betts gesetzt hatte, das dem Fenster am nächsten stand, streifte sie sich das verschwitzte T-Shirt über den Kopf und schleuderte es in eine Ecke. Dann ging sie ins Badezimmer, füllte das Becken mit lauwarmem Wasser und wusch sich mit einem Waschlappen das Gesicht, den Hals und die Achseln. Sie trocknete sich ab und schlenderte gerade in ihrem BH zurück ins Zimmer, als sich zu ihrem Entsetzen die Tür öffnete und ein extrem großer und attraktiver Mann in weißem Kittel eintrat, einen Arztkoffer und ein Klemmbrett in Händen.

Kate stieß ein Kreischen aus und bedeckte ihre Brüste mit den Armen. Der Mann sah nicht viel älter aus als sie selbst, was die Sache noch peinlicher machte. »Haben Sie hier noch nie etwas von Anklopfen gehört? Ist es das, was mich erwartet – keinerlei Privatsphäre in den nächsten zwei Wochen?«

»Es tut mir wirklich schrecklich leid«, sagte der Mann, der auf eine sehr arztuntypische Art bis zu den Haarwurzeln errötete. »Ich habe wirklich geklopft. Sie haben mich wohl nicht gehört.«

»Entschuldigen Sie mich einen Moment«, sagte sie in dem Versuch, würdevoll zu klingen, während sie sich ihr frisches T-Shirt schnappte und ins Badezimmer zurückhuschte.

Als sie wieder auftauchte, hatte der Mann seine Tasche auf einen der Schreibtische gestellt. Außerdem schien er seine Fassung wiedergewonnen zu haben, denn er grinste sie an, und das ziemlich frech.

»Sollen wir noch mal von vorn beginnen? Ich bin Dr. Wilson. Ich brauche nur ein paar Angaben von Ihnen und eine Blutprobe, wenn das in Ordnung ist.«

»Kate Carling – auch wenn Sie das vermutlich bereits wissen«, entgegnete Kate, die sich ebenfalls ein Grinsen nicht verkneifen konnte. Er hatte eines dieser Gesichter, das man einfach anlächeln musste: einen herrlich geschwungenen Mund, wunderschöne, große braune Augen und die Art zerzaustes Haar, das sie in ihrer Teenagerzeit an Robbie Williams geliebt hatte. Ihr wurde bewusst, dass sie einander anstarrten, den Blick viel länger hielten als unbedingt nötig.

Dr. Wilson räusperte sich und zog einen Kugelschreiber aus der Brusttasche seines Laborkittels. Kate war entzückt, dass er im Gegensatz zur Mehrheit der Biochemiker in Oxford keine Fülle an Stiften bei sich hatte. Ihr Blick glitt zu seinen Füßen, und sie war sogar noch erleichterter, als sie bemerkte, dass er hippe Adidas-Turnschuhe trug und keine grünen Frotteesocken und Sandalen, was, wie sie allmählich fürchtete, die Uniform ihres Berufsstands war.

»Nun, wenn wir kurz diesen einfachen Fragebogen zu Ihrer Gesundheit durchgehen könnten … Setzen Sie sich bitte.« Er zeigte auf die Bettkante, während er den Stuhl am Schreibtisch umdrehte, um ihr gegenüber Platz zu nehmen. »Hatten Sie schon einmal eine der folgenden Krankheiten: Mumps? Masern? Grippe? Windpocken? Lungenentzündung?«

»Nein, nein, ja, ja, nein«, sagte Kate gehorsam, wobei sie auf Dr. Wilsons schlanke Hände starrte, während er verschiedene

Kästchen abhakte. Die Liste schien nicht enden zu wollen, bis Kate merkte, dass sie abschaltete und automatisch antwortete, ohne jedoch die Augen von dem Arzt abwenden zu können.

»Irgendwelche andere Krankheiten, die bisher nicht genannt wurden?«

Kate konzentrierte sich wieder. »Oh. Ja. Als ich zwölf war, hatte ich das Watoto-Virus.«

Dr. Wilson setzte sich auf. »Wirklich? Du meine Güte! Das ist außergewöhnlich. Ich habe noch nie jemanden getroffen, der diese Krankheit hatte. Sie hatten Glück, dass Sie überlebt haben.«

»Ich weiß. Anscheinend habe ich auch lange mit dem Tod gerungen. Wir haben damals in Afrika gelebt. Meine Eltern sind beide daran gestorben. Meine Schwester war die Einzige, die nicht erkrankt ist.«

»Das ist ein extrem fieses Virus, nicht wahr?«

Kate gelang es, ihre Stimme so weit in den Griff zu bekommen, dass der Schmerz nicht durchschimmerte, der sie immer überkam, wenn sie über dieses Thema sprach. »Ja – der Name leitet sich von dem suahelischen Wort für Kinder ab, weil die ersten Opfer aus einer Schule neben dem Nil in Kenia stammten.

Wir haben in Tansania gewohnt. Im Laufe der vergangenen fünfzig Jahre gab es immer mal wieder einen Ausbruch von Watoto in der Nähe des Nils. Tansania, Uganda, Ägypten und Ruanda, wenn ich mich recht erinnere. Meine Eltern hatten mich und meine Schwester ein Jahr von der Schule beurlaubt, während sie in einem Dorf für eine internationale Hilfsorganisation arbeiteten. Wir waren zufällig dort, als eine Epidemie ausbrach, die Dutzenden Dorfbewohnern das Leben kostete. Wir waren zur falschen Zeit am falschen Ort.«

Stephen hatte aufgehört, sich Notizen zu machen. Er wippte mit dem Kugelschreiber zwischen den Zähnen und betrachtete Kate mit Mitgefühl und etwas, das Ehrfurcht gleichkam.

»Ich habe darüber gelesen. Es ist wie Ebola, nur über die Luft übertragbar, nicht wahr?«

Kate schauderte, als sie sich die Symptome ins Gedächtnis rief, die sie an ihren Eltern beobachtet hatte. Sie hatten sich in den Hütten auf ihren Feldbetten vor Schmerzen gekrümmt, bis sie buchstäblich verblutet waren.

»Im Anfangsstadium grippeähnliche Symptome mit Fieber, Husten und Schnupfen – dann blutiges Erbrechen und Durchfall. Zu meinem Glück hat die Hilfsorganisation meine Schwester und mich über die Grenze in ein Krankenhaus nach Nairobi ausgeflogen. Miranda wurde unter Quarantäne gestellt und hat sich nicht angesteckt, und ich habe nach mehreren Wochen am Tropf überlebt. Die Sterblichkeitsrate liegt bei achtzig Prozent, was bedeutet, dass wir beide unglaubliches Glück hatten.«

Stephen atmete hörbar aus. »Sie sind wohl eine Optimistin? Ich würde sagen, Sie hatten unglaubliches *Pech*, sich das Virus überhaupt einzufangen.«

»Wie schon gesagt, wir waren zur falschen Zeit am falschen Ort. Zumindest musste ich ihnen nicht beim Sterben zusehen …« Ihre Stimme brach und verlor sich, und sie senkte verlegen den Blick.

»Es tut mir wirklich leid wegen Ihrer Eltern«, sagte er.

»Danke, Doktor«, erwiderte sie unbeholfen.

»Bitte, nennen Sie mich Stephen.«

»Wirklich?« Kate war aufrichtig überrascht. Das wirkte sehr informell. Vielleicht … *O nein, mach dich nicht lächerlich,* ermahnte sie sich. Er konnte unmöglich nach so kurzer Zeit schon auf sie stehen, oder? Sie glaubte nicht an Liebe auf den ersten Blick … aber er hatte eindeutig eine äußerst sonderbare Wirkung auf sie.

Dr. Wilson – *Stephen*, dachte Kate, während sie seinen Namen im Kopf ausprobierte und es ihr gefiel, wie er darin klang – räusperte sich. »Nun – ja – Stephen wäre schön … wenn auch vielleicht nicht dann, wenn andere Leute anwesend sind … Ach, übrigens, ich habe vorhin eine Frage vergessen: Familienstand?«

Ihre Augen trafen sich wieder, verwoben sich, und Kates Herz begann so fest zu hämmern, dass sie froh war, bereits auf dem Bett zu sitzen. Unwillkürlich blickte sie hinter sich auf das frische weiße Kopfkissen und die wabenförmig gemusterte Krankenhausdecke und errötete bei der Vorstellung, Stephen könnte ahnen, dass sie sich ausmalte, wie sie beide sich darin wälzten.

»Single«, sagte sie bestimmt. »Definitiv … Single.«

Sie unterhielten sich noch eine Weile über Kates Krankheit, und Stephen entspannte sich sichtlich, wurde lebhaft und gesprächig. *Er ist umwerfend,* dachte Kate. Redete er mit allen passabel aussehenden jungen Frauen so oder nur mit ihr?

Und irgendwie wusste sie, dass es nur bei ihr so war.

»Na schön, kümmern wir uns jetzt um Ihre Blutprobe, damit wir sie heute Nachmittag analysieren können.«

Er befestigte einen schwarzen Stauschlauch über ihrem linken Ellbogen, hielt sanft ihren Unterarm und betrachtete die Venen, die dick und rot zum Vorschein kamen. Bei seiner Berührung bekam Kate eine Gänsehaut.

»Das wird nur ein kleiner Piekser – nichts Err … uh, ich meine Aufregendes.« Kate schluckte schwer und blickte über seine Schulter, damit ihr auf keinen Fall ein Grinsen entschlüpfte. Seine Hände zitterten ganz leicht, aber dennoch spürte Kate fast nichts, als die Nadel in ihre Vene stach. Schweigend beobachteten sie beide, wie sich die Spritze mit zähflüssigem, dunklem Blut füllte.

»Fertig«, verkündete er, zog die Nadel gekonnt heraus, verschloss die Röhre und beschriftete sie, bevor er ein winziges rundes Pflaster auf die weiche Haut an der Innenseite von Kates Ellbogen klebte. »Da Sie noch nicht unter Quarantäne stehen, können Sie zum Abendessen um sechs in den Speisesaal gehen. Ich glaube, die meisten anderen hier sind bereits in Quarantäne, weshalb Sie vielleicht allein essen müssen. Lesen Sie bitte die Anweisungen in der Mappe dort, die erklären die Regeln zum Kontakt mit den anderen Patienten und was Sie dürfen und nicht dürfen und ob und wann wir Sie mit einer Erkältung anstecken.«

»Ob?«

»Ja – nicht jeder, der hier ist, wird angesteckt. Sie könnten Teil einer Kontrollgruppe sein. Oh, Ihre Zimmergenossin sollte im Laufe des Nachmittags eintreffen. Sie bekommen eine Dame namens …« Er sah auf seinem Klemmbrett nach. »… Mrs. Harrington. Georgina Harrington. Sie ist Anfang fünfzig, also sollten Sie lieber keine wilden Partys feiern und sie vom Schlafen abhalten.«

Jegliche Enttäuschung, die Kate womöglich empfunden hätte, weil ihre Zimmergenossin so viel älter war als sie selbst, wurde durch die Art seines Lächelns wettgemacht.

»Keine wilden Partys?«, erkundigte sie sich mit unbewegter Miene. »Aber was in aller Welt soll ich nur tun, damit mir hier nicht langweilig wird?«

Er streckte langsam den Arm aus und berührte mit dem Zeigefinger sanft ihren Handrücken.

»Ich kann Ihnen versprechen, Sie werden sich nicht langweilen. Zumindest nicht während meiner Schicht.«

Nachdem er fort war, legte sich Kate auf ihr Bett und spielte das gesamte Treffen in Gedanken noch einmal durch. Ein breites Lächeln stahl sich auf ihr Gesicht. Sie konnte nicht glauben, was er zu ihr gesagt – oder was sie zu ihm gesagt hatte. Es sah ihr überhaupt nicht ähnlich, so vorlaut und kokett zu sein. Aber dieser Stephen Wilson hatte etwas Besonderes an sich, mit seinem blonden, zerzausten Wuschelkopf und der Art, wie er sie mit seinen großen braunen Augen angesehen hatte …

Sie änderte ihre Meinung, was den Spaziergang anbelangte, und zog sich ins Bad zurück, wo sie diesmal ihre Bikinizone zupfte und sich die Beine rasierte. Sie hatte nicht erwartet, das hier tun zu müssen – aber sie beschlich das untrügliche Gefühl, es könnte nicht schaden. Dumm war nur, dass sie das Zimmer mit dieser Georgina teilen musste. Aber vielleicht hatte Stephen seine eigene Wohnung, wo sie …

Nein, Schluss damit, ermahnte sich Kate. *Er ist dein Arzt! Wahrscheinlich wird sowieso nichts passieren.*

Aber irgendwie wusste sie, dass es unausweichlich war. »Nein, ich glaube, ich werde mich kein bisschen langweilen«, sagte sie laut.

10

Die Anstrengung, die Geschichte zu erzählen, hatte ihren Tribut gefordert. Kate versuchte, ein Gähnen zu unterdrücken, aber es entschlüpfte ihr dennoch, und dann gähnte auch Paul, und sie sahen sich an und mussten lachen.

»Ich glaube, ich gehöre ins Bett«, sagte sie.

»Ich auch.«

Während sie aufstanden, drehte sich Paul weg, um die Jacke anzuziehen, und als er sich zurückdrehte, verwoben sich ihre Blicke. Ein Knistern lag in der Luft. Oder bildete sie sich das nur ein? Die Müdigkeit, die dazu führte, dass sich ihr Körper sonderbar anfühlte, die starken Emotionen, die sie bewegten, die Erwähnung des Betts und der unbestreitbare Umstand, dass dieser Mann hier Stephen zum Verwechseln ähnlich sah – all das bildete eine gefährliche Mischung. Sie wandte die Augen ab, konzentrierte sich darauf, Jack hochzuheben – gütiger Himmel, der Kleine wurde langsam schwer! –, und hoffte inständig, dass sie nicht so knallrot geworden war, wie es ihr häufig passierte – und falls doch, dass Paul es nicht bemerkt hatte.

Als sie ihn genauer musterte, erkannte sie, dass die Zwillingsbrüder nicht völlig identisch aussahen. Sie war sicher, dass Paul einen Tick größer und breiter war, und an einem seiner Vorderzähne war an der Seite ein winziges Stück abgebrochen … aber was spielten ihre Gemeinsamkeiten oder Unterschiede schon für eine Rolle? Der springende Punkt war, er war nicht Stephen. Es würde sich wie Verrat anfühlen, sich auf seinen Bruder einzulassen – oder? Nicht dass Paul an ihr interessiert war, und ihm würde es zweifellos auch wie ein Vertrauensbruch vorkommen. Außerdem könnte er verheiratet sein. Auch wenn er diesbezüglich nichts erwähnt hatte und keinen Ring trug … Am liebsten hätte sie sich geohrfeigt. *Kate, was zum Teufel ist los mit dir? Das ist das Letzte, was du im Moment brauchen kannst.*

»Treffen wir uns morgen früh wieder hier«, schlug Paul vor. »Neun Uhr?«

»Sagen wir lieber halb zehn.«

»Okay.«

Er schien unentschlossen zu sein. Was hatte er nur vor? Sie beschlich das eigentümliche Gefühl, dass er sich nicht entscheiden konnte, ob er sie zum Abschied küssen sollte oder nicht.

»Gute Nacht, Paul«, sagte sie.

»Okay. Gute Nacht.«

Sie beobachtete, wie er die Lobby durchschritt. Bei der Drehtür blickte er sich noch einmal um und nickte ihr zu. Ein kleiner Schauder durchzuckte sie.

Nachdem sie Jack ins Bett gebracht hatte – er hatte sich den gesamten Weg von der Lounge bis zu ihrem Hotelzimmer nicht gerührt, und schon wieder verfolgten sie die paranoiden Gedanken, dass sie eine schlechte Mutter war, weil er weder die Zähne geputzt noch sich das Gesicht gewaschen hatte –, legte sich Kate hin und versuchte, ihm in den Schlaf zu folgen. Aber ihr Gehirn war zu aufgedreht, und ihr Herz weigerte sich, langsamer zu schlagen. Also stand sie wieder auf, holte sich ein Glas Wasser und trat hinaus auf den Balkon. Von ihrem Zimmer überblickte man den Fluss, die Lichter am Südufer der Themse schimmerten orange und zitronengelb auf dem Wasser. Stimmen wehten zu ihr herauf: ein Mann, der rief, eine lachende Frau. Ein Flugzeug schwebte am Himmel zwischen den Wolken.

Ihr Leben war ein heilloses Durcheinander. Ihre Ehe war zerbrochen, sie hatte weder ein Zuhause noch einen Job und wahrscheinlich keine Freunde mehr. Die einzigen Menschen, die ihr blieben, waren Tante Lil, die sie kaum wiedererkannt hatte, und ihre Schwester Miranda samt Familie.

Als sie das Flugzeug in Boston bestiegen hatte, hatte sie das berauschende Gefühl neu gefundener Freiheit durchströmt, eine Euphorie, bei der sie am liebsten aus ihrem Sitz aufgesprungen wäre und vor Freude laut geschrien hätte. Aber wie bei einem Gefangenen, der nach vielen Jahren endlich aus der Haft entlassen wird, hielt dieses Hochgefühl nicht lange an. Die Welt dort draußen war furchteinflößend.

Und obwohl ein Teil von ihr – der Teil, der sich nach Sicherheit und Bequemlichkeit sehnte – zurück in die Staaten fliehen wollte, wusste sie, dass sie das Richtige getan hatte. Auch diese Phase würde sie noch überwinden.

Wenn Vernon dich nicht vorher findet, flüsterte eine innere Stimme.

Nein, er würde sie nicht finden. Und selbst wenn, was könnte er schon tun?

Er wird behaupten, du hättest deinen eigenen Sohn entführt. Er hat immer damit gedroht, dich bis ans Ende der Welt zu jagen, wenn du je versuchen solltest, ihm seinen Sohn zu entreißen. Er wird Jack mit sich nehmen. Du wirst ihn verlieren.

Nein! Das durfte nicht geschehen. Sie hatte Jack zu seinem eigenen Wohl nach England gebracht. Es war der richtige Schritt. Und sie war Engländerin – das Gesetz würde sie hier schützen, nicht wahr? Sie würden nicht zulassen, dass Vernon ihr ihren Sohn raubte, oder?

Kate dachte daran zurück, wie stark sie sich anfänglich zu Vernon hingezogen gefühlt hatte, und wie unglaublich es ihr nun rückblickend erschien, dass sie jemals so für ihn empfunden hatte.

Er war kein auffallend attraktiver Mann gewesen, aber er hatte diese magische, aphrodisierende Eigenschaft besessen, nämlich Charme – und das im Übermaß. Das erste Mal hatte sie ihn bei einem Literaturfest in Boston gesehen, als er einen Vortrag über Gertrude Steins Leben und Werk gehalten hatte. Kate war aus einer Laune heraus hingegangen, denn sie hatte das Gefühl gehabt, die nicht-wissenschaftlichen Synapsen ihres Gehirns stimulieren zu müssen, bevor sie verkümmerten und verwelkten. Gertrude Stein und Alice B. Toklas hatten sie schon immer fasziniert. Sie war in die Bibliothek gegangen, in der der kostenlose Vortrag stattfinden sollte, und hatte sich vorn in die Mitte einer langen, gebogenen Stuhlreihe gesetzt. Vernon war vor sein dürftiges Publikum getreten mit dem Gebaren eines Mannes, der im Madison Square Garden auf die Bühne schritt, und nicht vor einem halben Dutzend Menschen in einer Bibliothek einen Vortrag hielt. Was für ein Trottel, hatte sich Kate gedacht – bis er anfing zu reden. Er war so leidenschaftlich, so clever und wortgewandt und kannte sich bei dem Thema so gut aus, dass am Ende alle anwesenden Frauen seinem Charme erlegen waren. Und das wusste er – mit jeder Zuhörerin hatte er lange Augenkontakt gehalten, und als er verkündete: »Noch Fragen?«, blitzte ein Funkeln in seinen Augen auf, und jede Frau im Saal hätte am liebsten laut gerufen: »Wollen Sie ein Date mit mir?«

Aber es war Kate, die er an jenem Tag auserwählte, und nachdem er sich von zwei atemberaubenden Studentinnen losgerissen hatte, die ihn nach dem Vortrag mit Fragen löcherten, stellte er sich ihr beim Rückgabeschalter vor.

»Ich liebe Ihren Akzent«, hatte er gesagt. »Darf ich Sie zum Abendessen einladen?«

Die folgenden Monate waren Kate wie ein einziger langer Fallschirmsprung vorgekommen – ein ständiges Taumeln von einer neuen Erfahrung zur nächsten, Adrenalinstöße und der Nervenkitzel des Unbekannten. Vernon führte sie in eine Welt der Kultur ein, die sie nie zuvor erlebt hatte (oder sich hätte leisten können): das Ballett, die Oper, Kunstfilme, Lyrik-Cafés. Er gab ihr eine Leseliste, so lang wie ihr Arm, entsetzt von der Vorstellung, dass sie noch nie Dichter der Beat Generation gelesen hatte, und trug feierlich Stellen aus *Unterwegs* vor, während sie in seinem Doppelbett lagen, ein Arm von ihm lässig um ihren Hals geschlungen, in der freien Hand einen Joint.

Dennoch gab es trotz ihrer Vernarrtheit Teile seiner Persönlichkeit, die ihr von Anfang an nicht gefielen: die Art, wie er sich häufig über seine Kollegen und Studenten lustig machte und sich gnadenlos auf ihre Schwächen stürzte. Anfangs hatte Kate gelacht, denn trotz seiner Grausamkeit war es lustig, aber nach einer Weile versuchte sie, das Thema zu wechseln, sobald er lästerte und sich das Maul über andere zerriss. Sie stritten sich häufig, lautstarke, schmerzvolle Auseinandersetzungen, bei denen er sie als langweilige Spießerin beschimpfte. Dann verließ sie die Wohnung und wollte Schluss machen. Aber er kam ihr jedes Mal nach und umwarb sie mit seinen Worten, die wieder ganz sanft waren, und lockte sie zurück in sein Leben und sein Bett. Es war so anders als all ihre früheren Beziehungen, und die Unvorhersehbarkeit reizte sie.

Doch dann nahm alles viel zu rasch einen ungünstigen Verlauf, als Vernon nicht für die Professur ernannt wurde, die er längst in der Tasche zu haben glaubte. Damals waren sie seit einem Jahr verheiratet, Jack war ein Säugling und das Geld knapp. Es half auch nicht, dass sie in einem winzigen Apartment auf dem Campus wohnten. Unglücklicherweise fiel seine Absage ungefähr in die Zeit, als Kate ihren Doktor verliehen bekam, und Vernon konnte sich kaum dazu durchringen, ihr zu gratulieren. Am Tag ihrer Promotion entschuldigte er sich mit der Ausrede, er habe Migräne. Später fand sie heraus, dass er mit einer seiner hübschen Studienanfängerinnen in einer Bar gesehen worden war.

Der Anblick einer Mücke, die in der Nähe des Fensters herumschwirrte, riss Kate aus ihren unerfreulichen Erinnerungen. Augenblicklich glitten ihre Gedanken stattdessen zu ihrer Arbeit – die vielen langen Stunden, in denen sie in ein Elektronenmikroskop gestarrt, das West-Nil-Virus und andere Erreger untersucht hatte. Viren waren so winzig, dass sie nur durch ein modernes Elektronenmikroskop gesehen werden konnten. So winzig, dass Hunderttausende auf die Größe eines Stecknadelkopfs passten. Kate und ihre Forscherkollegen verbrachten ihre Leben in dieser Miniaturwelt.

Wenn nur all ihre Probleme so klein wären – und nicht riesig wie die Sache mit Stephen und Paul. Sie war nicht nach England zurückgekehrt, um Gespenster zu jagen. Auf dem Weg hierher hatte sie tatsächlich keinen einzigen Gedanken an Stephen oder die Cold Unit verschwendet – nichts hätte ihr ferner gelegen. Es war nicht gelogen, als sie Paul sagte, sie hätte seit Jahren nicht mehr an das Zentrum gedacht.

Aber jetzt hatte sie Paul getroffen und den Brief gelesen, und eine Wunde, die sie längst verheilt glaubte, war wieder aufgebrochen. Gefühle, die sie für tot erachtet hatte, hatten sich als höchst lebendig entpuppt.

Spät am Abend, nachdem Paul gegangen war, hatte sie mit dem Gedanken gespielt, bei Morgengrauen auszuchecken und in ein anderes Hotel zu ziehen. Diese Komplikation brauchte sie nicht. Sie musste eine Schule für Jack finden, eine neue Arbeit für sich. Sie musste so schnell wie möglich eine Wohnung suchen, Jack zuliebe und damit Vernon ihr nicht vorwerfen könnte, sie wäre eine verantwortungslose Vagabundin.

Aber wäre sie imstande, mit ihrem Leben weiterzumachen, ohne die Antworten auf all die Fragen zu kennen? Sie entschied, dass sie noch ein oder zwei Tage mit Paul verbringen würde, um herauszufinden, was wirklich vorgefallen war. Das schuldete sie Stephen. Anschließend, selbst wenn sie der Wahrheit nicht auf den Grund gegangen waren, würde sie die Fragen beiseiteschieben und sich um ihren Neuanfang kümmern.

Kate wusste noch nicht, dass sie innerhalb von achtundvierzig Stunden um ihr Leben rennen würde und ein Neuanfang nicht in Frage kam.

11

Paul wartete an der Rezeption, als Kate am nächsten Morgen aus dem Aufzug stieg, Jack an ihrer Seite. Paul stand auf, um sie zu begrüßen, wobei er ebenso müde aussah, wie sie sich fühlte, wenn auch gleichzeitig erleichtert. Vielleicht hatte er sich gesorgt, dass sie sich aus dem Staub gemacht haben könnte. Sie entschied sich, ihm nicht zu erzählen, wie kurz davor sie gestanden hatte, genau das zu tun. Sie würde ihm auch nicht verraten, wie erleichtert *sie* war, denn beim Anziehen hatte sie sich gefragt, ob er wirklich käme. Was, wenn er es sich plötzlich anders überlegt hätte? Sie konnte sich lebhaft vorstellen, wie er zu Hause gesessen und still in sich hineingelacht hatte bei dem Gedanken, wie verrückt er war, sich auf diese völlig Durchgeknallte mit dem sonderbaren Gedächtnis eingelassen zu haben.

Obwohl er erschöpft aussah, machte es den Eindruck, als habe er sich mit seinem Äußeren Mühe gegeben. Sein Haar war gewaschen und modisch mit Gel bearbeitet, auch wenn es auf der einen Seite schon wieder flach anlag, und er schien Aftershave zu tragen. Vielleicht einen Hauch zu viel. »Was ist los?«, fragte er bestürzt. »Habe ich etwas im Gesicht?«

Kate begriff, dass sie Paul unverhohlen angestarrt hatte, und schüttelte lachend den Kopf.

»Ich habe meinen Laptop mitgebracht, damit wir…« Er hielt inne, als er bemerkte, dass er etwas vergessen hatte. »Guten Morgen, Jack.«

»Hallo. Äh.« Er blickte hilfesuchend zu seiner Mutter.

Paul lachte. »Macht nichts, Kumpel, ich konnte mir in deinem Alter auch keine Namen merken.«

Jack wirkte verwirrt. »Mein Name ist Jack, nicht Kumpel. Sie riechen komisch.«

»Jack!«, rief Kate. »Tut mir leid, Paul. Sie riechen nicht komisch. Sie riechen … gut.«

Pauls Gesicht verzog sich vor Verlegenheit, während er mit einer Antwort rang. Er wurde von Jack gerettet, der sagte: »Mummy, was gibt's zum Frühstück? Ich hab Hunger.«

»Sollen wir zu Starbucks gehen?«, fragte Paul und fügte hinzu: »Dort gibt es WLAN.«

»Es mag dort WLAN geben, aber ich bin nicht sicher, ob man dort ein sehr gesundes Frühstück bekommt«, sagte Kate. Aber jetzt wollte Jack natürlich unbedingt zu Starbucks, und Kate lenkte schließlich ein. Gestern McDonald's, heute das. Wenn die Sache erledigt war, würde Jack einen Monat lang nichts weiter als Bio-Obst und -Gemüse essen.

»Ich habe gestern Abend meine Eltern angerufen«, sagte Paul. »Ich wollte noch mal nachfragen, ob sie nicht doch kurz vor seinem Tod einen Brief von Stephen erhalten haben, nur für den Fall, dass er ihnen auch geschrieben hat. Das hat er nicht, und dann habe ich mich mies gefühlt, weil ich in der Vergangenheit gewühlt und sie so an ihn erinnert habe.«

Kate legte ihm die Hand auf den Arm. »Höchstwahrscheinlich denken sie sowieso tagtäglich an ihn.«

»Ja. Vermutlich haben Sie recht.«

»Es heißt, den Verlust eines Kindes überwindet man nie.« Sie musste die Stimme leicht heben, um sich über dem Lärm der Milch Gehör zu verschaffen, die in großen Edelstahlkannen geschäumt wurde.

Paul runzelte die Stirn. »Manchmal wünschte ich mir nur, sie würden erkennen, dass sie zwar ein Kind verloren, aber immer noch ein zweites haben.«

Kate wartete, dass er fortfuhr, doch in diesem Moment rückten sie weiter in der Schlange vor, und der Barista nahm ihre Bestellung auf. Sie betrachtete Pauls Profil, während er für sie alle zahlte, und spürte die vertraute Beklommenheit in ihrer Kehle. *Nicht weinen*, ermahnte sie sich streng.

Sie fanden einen Tisch im hinteren Teil des Coffeeshops und setzten sich. Kate schmetterte Jacks Bitte ab – »Nein, du bekommst keinen Kuchen zum Frühstück, Jack« –, obwohl der Druck in ihrer Kehle und hinter ihren Augen so zugenommen hatte, dass sie kaum sprechen konnte. Sie musste augenblicklich wieder aufstehen.

»Ich gehe nur rasch zur Toilette. Jack, sei ein braver Junge.«

Auf der Toilette vergrub sie das Gesicht in den Händen und ließ den Tränen freien Lauf. Nach einer Weile putzte sie sich die Nase, wischte sich über die Augen und musste beim Anblick der Gestalt im Spiegel mit der zerflossenen Wimperntusche lachen. Rasch wusch sie sich das Gesicht im Waschbecken. Sie bezweifelte, dass Paul das plötzliche Fehlen von Wimperntusche auffallen würde, es sei denn, er wäre ein ungewöhnlich aufmerksamer Beobachter. Und wenn er wüsste, dass sie geweint hatte und nachfragen würde? Was würde sie ihm sagen? Immerhin war sie nicht einmal sicher, ob sie es selbst wusste.

Sie setzte ein Lächeln auf und trat aus der Toilette – doch als sie zu ihrem Tisch sah, war er leer, und das Herz schlug ihr bis zum Hals.

»Hey, Mummy!«

Jack und Paul hatten nur den Tisch gewechselt, mit Billy dem Roboter, der auf einem Stuhl zwischen ihnen hockte. Sie durchschritt den Raum auf wackligen Beinen. Paul hatte seinen Laptop geöffnet und sagte: »Jack wollte am Fenster sitzen. Ist bei Ihnen alles in Ordnung? Sie sehen blass aus.«

»Mir geht's gut.« Rasch riss sich Kate zusammen. Ihr Blick huschte über die Zeitung, die vor ihnen lag, und blieb erschrocken bei der Schlagzeile hängen. In der Titelgeschichte ging es um einen »umstrittenen« Wissenschaftler, der in seinem Labor ermordet aufgefunden worden war. Tierschützer wurden beschuldigt, auch wenn sie jegliche Mittäterschaft leugneten. Es gab ein herzzerreißendes Bild des Arztes mit seiner Familie. Die Geschichte ließ Kate bis ins Innerste erschaudern, und sie nahm die Zeitung und warf sie auf einen leeren Stuhl. »Was haben Sie vor?«, fragte sie Paul.

Er drehte den Laptop, damit sie den Bildschirm sehen konnte, dann klickte er Google an und tippte »Cold Research Unit Salisbury« ein. Er überflog die Treffer. »Hier gibt es Seiten über die Geschichte des Zentrums. Vielleicht steht auf einer von ihnen etwas, das uns hilft.«

»Mal sehen«, sagte Kate und las die Seite flüchtig durch. Ein Schwarz-Weiß-Foto von einem Ausschnitt des Zentrums war dort abgebildet, aufgenommen aus der Ferne. Die blockhaften, funktionellen Gebäude und die Grünflächen dahinter. Ein Frösteln überkam sie, und die Härchen auf ihren Armen stellten sich auf. Sie las: *Das Zentrum brannte nieder, ohne dass ein Gegenmittel gegen Erkältungskrankheiten gefunden wurde.* All die Jahre der Forschung ohne jeden Erfolg. War alles Zeitverschwendung gewesen? Allein die Möglichkeit erfüllte sie mit unendlicher Traurigkeit, insbesondere wegen Leonard und Stephen.

»Das hier liefert nur die offizielle Geschichte des Zentrums, und die auch nur in sehr verkürzter Form«, erklärte sie.

Er ging zur Ergebnisseite der Suchmaschine zurück und klickte ein paar andere Resultate an. Nur sehr spärliche Informationen waren zu finden.

»Das Internet ist keine große Hilfe«, seufzte er. »Was jammerschade ist. Ich bin so daran gewöhnt, alles, was ich brauche, bei Google zu finden.«

Kate trommelte mit den Fingern auf den Tisch. Neben ihr malte Jack versonnen ein Bild von Billy, der auf einem fremden Planeten stand und einen Laserstrahl auf ein Alien mit unzähligen Tentakeln schoss. Sie spürte Pauls wachsende Enttäuschung und wünschte inständig, sie könnte ihm helfen.

»Wer könnte sonst noch wissen, worüber Stephen womöglich mit Ihnen geredet hat? Gibt es da jemanden, dem Sie sich anvertraut haben könnten? Freunde? Familie?«

»Abgesehen von meiner Schwester Miranda ist Tante Lil meine einzige Familie, und sie wäre keine große Hilfe, selbst wenn ich ihr alles erzählt hätte. Sie ist dement und erkennt selbst mich kaum noch.«

Sie dachte an den frustrierenden Besuch im Pflegeheim vor zwei Tagen zurück, eine der deprimierendsten Erfahrungen in ihrem Leben. Die lebhafte, liebevolle Frau, die sich all die Jahre um sie und Miranda gekümmert hatte, nachdem ihre Eltern gestorben waren, war völlig verschwunden und durch ein jammerndes Geschöpf mit durchschimmernder Haut ersetzt, deren Körper und Geist nicht mehr richtig funktionierten.

»Oh, das ist schrecklich, tut mir leid. Bei meiner Großmutter war es auch so. Es ist fürchterlich, jemanden auf diese Art zu verlieren, wenn sie immer noch am Leben sind. Es kommt einem vor, als könnte man nicht einmal um sie trauern.«

Erneut traten Kate Tränen in die Augen. »Ja, genau so fühle ich mich. Und sie wusste nicht einmal, wer Jack war – sie hat ihn ständig Ernest genannt. So hieß ihr kleiner Bruder.«

Paul warf ihr einen solch mitfühlenden Blick zu, dass sie wegschauen musste. »Also nein, mit Lil würden wir nicht weiterkommen, und mit Miranda habe ich sicherlich über nichts von alldem gesprochen. Wir standen uns nicht sonderlich nahe, und außerdem hat sie zu jener Zeit an der Uni in Edinburgh studiert.«

»Sie haben mir von Ihrem ersten Aufenthalt im Zentrum erzählt. Was ist bei Ihrem zweiten Besuch geschehen, nach dem Feuer? Woran erinnern Sie sich?«

Sie blickte zu Jack. Er war immer noch in seine Zeichnung vertieft.

»Ich erinnere mich an die Nacht des Feuers.« Sie erzählte Paul, wie sie aus dem Gebäude geflohen, ohnmächtig geworden und draußen wieder aufgewacht war. Dann hatte sie Stephens Leichnam gesehen, der herausgetragen wurde. Anschließend musste sie wieder das Bewusstsein verloren haben, auch wenn sie diese sonderbare, verschwommene Erinnerung an einen Arzt hatte, einen Kerl in einem weißen Kittel – wobei sie das womöglich mit ihrem nächsten Erinnerungsfetzen verwechselte: im Krankenhaus aufzuwachen.

»Ich wollte wissen, wie lange ich schon im Krankenhaus liege, und sie meinten drei Wochen. Das konnte ich nicht glauben. Drei Wochen – einfach weg. Anscheinend war ich mehrmals aufgewacht, aber ich konnte mich nicht erinnern. Das war eines der ersten Dinge, die sie mich gefragt haben: Woran erinnern Sie sich?

Anfangs war da gar nichts. Ich hatte nicht den blassesten Schimmer, was passiert war. Sie erklärten mir, dass es bei Menschen, die ein Trauma erlitten haben, häufig zu einer Amnesie kommt, auch wenn sie mir nicht erzählen wollten, was genau dieses Trauma ausgelöst hat. Ich bekam mit, wie die Ärzte und Krankenschwestern leise über mich tuschelten. Sie meinten, ich müsste mich ausruhen und zu Kräften kommen, bevor man mich entlassen könnte. Also ließ ich mich von ihnen gesund pflegen.«

Sie starrte durch das Fenster auf die Londoner Straße. Ein Pärchen ging händchenhaltend vorbei. Ein Obdachloser bat auf der anderen Straßenseite um Kleingeld. Rote Busse und schwarze Taxis. Nach sechzehn Jahren in Boston erschien ihr alles so fremd.

»Es dauerte zwei Tage, bis ich mich an das Feuer und Stephen erinnern konnte. Ich glaube, ich habe geschrien, als die Erinnerung zurückkam. All die Krankenschwestern sind herbeigeeilt, und ich glaube, dass mir ein Beruhigungsmittel gegeben wurde. Als ich wieder aufgewacht bin, war da dieser Mann, der in mein Zimmer kam und sich an mein Bett setzte und mit mir darüber sprach, wie ich mich fühlte. Ich habe damals angenommen, er wäre Psychologe. Er sagte, dass ich das Begräbnis verpasst hätte, und bohrte ständig nach, woran ich mich sonst noch erinnern könnte. Ich habe ihm erzählt, dass ich mich daran erinnerte, ins Zentrum gekommen zu sein, und dann an das Feuer. Das war alles. Wenn ich jetzt im Nachhinein darüber nachdenke, hatte ich fast den Eindruck, als wäre er über meine Antwort erleichtert.«

Paul schüttelte den Kopf. Nun war er derjenige, der aussah, als stünde er den Tränen nahe.

»Alles okay bei Ihnen?«, fragte Kate.

»Tut mir leid. Sie haben mich nur an das Begräbnis erinnert – der Gedanke, dass Stephen in diesem Sarg lag, so schwer verbrannt, dass meine Eltern ihn nicht einmal identifizieren konnten, war einfach schrecklich. Dazu benötigte man seine zahnärztlichen Unterlagen …«

Kate biss sich auf die Lippe. Wann würde sie aufhören, so überemotional zu reagieren?

»Erzählen Sie weiter«, sagte Paul. »Bei mir geht's schon wieder.«

Sie lächelten sich mit tränenfeuchten Augen an.

»Ich bin noch drei Wochen im Krankenhaus geblieben. Rückblickend kommt es mir wie ein Traum vor. Weiße Wände, weiße Laken, Menschen in weißen Kitteln, die wie Engel zu mir kamen und mit gedämpften Stimmen zu mir sprachen. Sie brachten mir Bücher und Puzzles. Fernsehen oder Radio waren verboten. Es gab großartiges Essen. Aber ich erinnere mich nicht, was oder ob mir überhaupt irgendetwas körperlich gefehlt hat. Ich hatte weder einen Gips noch Schmerzen. Ich kann mir keinen Reim darauf machen, warum ich so lange dort bleiben musste.«

»Es war demnach kein normales NHS-Krankenhaus?«

»Nein. Sie meinten, es wäre eine Privatklinik. Aber im Grunde hat mir niemand besonders viel erzählt. Sobald ich Fragen gestellt habe, wurde ich beschwichtigt, dass ich mir keine Sorgen machen müsste und in guten Händen wäre. Und die Sache war die, ich war so müde, dass ich überhaupt nicht die Kraft hatte, viele Fragen zu stellen. Es gab dort auch andere Patienten. Manchmal habe ich sie gesehen, wenn ich einen kleinen Spaziergang machte, auch wenn ich immer begleitet wurde und nie die Möglichkeit bekam, mich mit einem von ihnen zu unterhalten. Ein paar Mal habe ich eine Frau in der Nacht weinen gehört. Vielleicht haben mich die anderen Patienten auch nachts weinen gehört. Obwohl ich mich die meiste Zeit über ganz gut gefühlt habe.«

»Haben sie Ihnen Medikamente verabreicht?«

»Tonnenweise Pillen, und das jeden Tag. Mir wurde gesagt, dass sie mir helfen würden, schneller gesund zu werden und mein Gedächtnis zurückzuerlangen.«

»Und was war mit Ihrer Tante? Hat sie Sie besucht?«

»Ich wollte sie sehen und habe nach ihr gefragt, aber sie meinten, das wäre schwierig. Laut dem Personal dort hat sie mich anscheinend ganz am Anfang einmal besucht, woran ich mich offensichtlich nicht erinnern konnte. Als ich jedoch nicht locker ließ, gestatteten sie einen Besuch. Meine Tante wirkte besorgt. Sie hat mir erzählt, dass sie darum gebeten hatte, mich in das hiesige Krankenhaus zu verlegen, doch die Ärzte hätten ihr erklärt, ich wäre in der Privatklinik besser aufgehoben. Tante Lil gehört der Generation an, die Ärzten zu hundert Prozent vertraut, weshalb sie nicht widersprochen hat. Und sie meinte, Leonard höchstpersönlich hätte sie angerufen und ihr versichert, ich wäre in den besten Händen.«

Eine weitere Erinnerung kam zurück. »Leonard hat mich am Ende meines Krankenhausaufenthalts besucht.«

»Wie lautet sein Nachname?«

»Bainbridge.«

Paul tippte den Namen in die Suchmaschine ein und fand eine Seite über Leonard Bainbridge. »Ein Nachruf. Er ist vor zwei Jahren verstorben. Krebs. Hier folgt ein Absatz über die CRU, aber nur der übliche Kram. Es heißt, er hat eine Ehefrau, Jean, zurückgelassen, aber keine Kinder. Was wollte dieser Bainbridge von Ihnen?«

Kate war traurig über den Tod des onkelhaften, warmherzigen Mannes, den sie höchstens ein Dutzend Mal gesehen, der jedoch einen tiefen Eindruck bei ihr hinterlassen hatte. Sie starrte auf den Computerbildschirm, bis die Worte verschwammen, während sie sich Leonards Besuch ins Gedächtnis rief.

12

Vor sechzehn Jahren

Leonard hockte auf einem harten Stuhl neben ihrem Bett, und sein Lächeln verlieh dem Zimmer Wärme. Er war ein vornehm aussehender Mann in einem Tweedanzug, mit scharfsichtigen blauen Augen, vollem weißem Haar und einem gepflegten weißen Bart.

Nun, da er hier neben ihr saß, erinnerte sich Kate an seine Besuche bei ihren Eltern, als sie in dem großen Haus in den South Downs gewohnt hatten, bevor sie nach Afrika gezogen waren. Kate war acht oder neun Jahre alt gewesen. Sobald ihr Vater hörte, dass Leonard auf dem Weg zu ihnen war, wurde er ganz aufgeregt und fuhr rasch mit dem Wagen bei Lewes vorbei, um richtigen Kaffee und frisches Brot zu kaufen. Er schickte Kate in den Garten, wo sie Blumen pflücken sollte. Kate protestierte – ihr gefielen Blumen besser in der Erde als in einer Vase –, aber ihr Vater bestand darauf. Sie bezweifelte, dass sie diesem alten Mann, diesem Leonard, wer auch immer das sein mochte, überhaupt auffallen würden, weshalb es Kate überraschte, dass er als Drittes nach Kates niedlichem Aussehen und dem Wohlbefinden ihrer Eltern die Vase mit den Blumen auf dem Kaminsims bemerkte und erklärte, wie hübsch sie wären.

»Auch wenn ich immer das Gefühl habe, dass die Blumen in der Erde glücklicher sind. Meinst du nicht auch, Kate?«, sagte er.

Es war, als hätte er ihre Gedanken gelesen, und von diesem Moment an war sie von ihm fasziniert. Sie war so froh, dass Miranda an jenem Tag zum Spielen zu einer Freundin gegangen war – sie konnte auf die Konkurrenz ihrer süßen, kleinen Schwester liebend gern verzichten. Leonard und ihr Vater gingen in den Garten, um sich zu unterhalten, und sie hängte sich an ihre Fersen, versuchte, die beiden zu belauschen. Als sich ihr Vater umdrehte und sie verscheuchen wollte, winkte Leonard sie näher heran und zog einen Schokoriegel, einen Curly-Wurly, aus seiner Jackentasche. Kate schlenderte ins Haus zurück, wo sie ihn mit Charlie, ihrem schwarzen Labrador, teilte.

Im Bett in der Klinik sagte sie: »Du hast mir Schokolade geschenkt.«

»Wirklich?«

»Ja. Ich vermute, du wolltest mich loswerden.«

Er lachte und tätschelte ihr die Hand, die am Rand der Matratze lag. »Ich nehme an, ich wollte, dass du mich magst.«

»Das hat geklappt. Danach habe ich mich immer auf deine Besuche gefreut. Nicht wegen der Schokolade«, fügte sie hastig hinzu. »Ich war von dir fasziniert. Du warst wie der Großvater, den ich mir immer gewünscht habe. Gütig und weise.«

Etwas an der Art, wie er auf ihr Geständnis reagierte, ließ sie glauben, sie hätte etwas Falsches gesagt, und sie errötete. Er schien aufgewühlt zu sein, doch dann kehrte sein liebevolles Lächeln zurück, und er griff in die Innentasche seines Jacketts, zauberte einen braunen Umschlag hervor und reichte ihn ihr.

Sie betrachtete ihn argwöhnisch. »Was ist das?«

»Deine Prüfungsergebnisse.«

»O mein Gott! Die habe ich völlig vergessen. Wie ist das nur möglich? Ich habe das Gefühl, als hätte ich einfach *alles* vergessen.«

Er tätschelte ihr die Hand. »Probleme mit dem Gedächtnis, hm? Nun ja, du hast viel durchgemacht, Kate. Es überrascht mich nicht, dass die Dinge … verschwommen sind.«

Kate strich mit dem Finger am Rand des Umschlags entlang. »Ich habe Angst.«

»Nicht doch. Dafür gibt es keinen Grund.«

»Ich habe seit Monaten nicht mehr an Oxford oder mein Examen gedacht, aber als du mir das hier gegeben hast, habe ich auf einmal etwas erkannt: Ich will diesen Abschluss. Unbedingt.«

Er lächelte sie wieder an. »Öffne den Umschlag, Kate.«

Ihre Hände zitterten, als sie einen Fingernagel unter die Lasche schob und den Umschlag aufriss. Sie holte das Blatt Papier heraus, das sie in ihrer Vorstellung schon unzählige Male erhalten hatte, damals, früher, in ihrem alten Leben. Sie schaffte es kaum, den Blick zu senken.

»Nun?«, fragte er. »Bist du glücklich?«

»Eine Eins. Verdammt noch mal … tut mir leid … ich habe eine Eins!« Verwundert starrte sie auf das Blatt Papier.

»Eine Eins. Ja, das wusste ich bereits. Du bist eine brillante junge Frau, Kate.«

Tränen liefen ihr die Wangen hinab und tropften auf ihre Handrücken. Sie lachte und weinte zugleich. Eine Eins! Mit Auszeichnung! Sie wollte jeden anrufen, den sie kannte, und ihnen die Nachricht am Telefon mitteilen, auf den Straßen tanzen und all den hochnäsigen Schnöseln, die ihr in Oxford begegnet waren, zuschreien: »Seht, was ich geschafft habe!« Ja, all diesen arroganten Männern, die glaubten, dass Frauen keine Wissenschaftlerinnen sein können, dass Marie Curie eine Ausnahme von der Regel gewesen war.

Leonard grinste, und Kate, die sich nicht zurückhalten konnte, beugte sich vor und umarmte ihn überschwänglich.

»Tut mir leid«, sagte sie. »Ich habe deine Schulter nass gemacht.«

»Ich vermute, das sind Tränen der Freude.«

»Ja. *Ja.*« Aber dann dachte sie: *Wenn nur Stephen hier wäre, um mein Glück mit mir zu teilen,* und ihre Tränen schlugen in Tränen der Traurigkeit um.

Leonard bot ihr ein Taschentuch an, mit dem sie sich die Augen trocknete, und winkte ab, als sie es ihm zurückgeben wollte. Schniefend und bemüht, sich zu sammeln, sah sie Leonard an, und plötzlich überkam sie der überwältigende Drang, ihn etwas zu fragen – aber als sie den Mund öffnete, war die Frage verschwunden. Sie wusste, da war etwas, das sie ihn unbedingt fragen musste, nicht nur wegen des Feuers und Stephen oder der Schließung des Zentrums, sondern etwas, das vorher geschehen war, während ihres Aufenthalts in der CRU. Könnte sie doch nur diese Erinnerungen aus ihrem nutzlosen Gehirn herausprügeln.

Bevor sie sich deswegen aufregen konnte, sagte Leonard: »Ich muss wegen etwas sehr Wichtigem mit dir reden, Kate. Deine Auszeichnung in Virologie erfüllt mich mit großem Stolz. Und ich weiß, wie stolz dein Vater auf dich gewesen wäre. Viren gehören zu den schlimmsten Feinden der Menschheit, und an ihrer Erforschung beteiligt zu sein, an dem Kampf, sie zu verstehen und einen Weg zu finden, diese gefährlichen Erreger aufzuhalten, nun, ich war immer der festen Überzeugung, dass dies eines der wichtigsten Wissenschaftsgebiete ist. Auch eines der aufregendsten. Und die Forschung ist derart vorangeschritten, seit ich jung war.« Er bemerkte, wie ihre Aufmerksamkeit abschweifte, und beeilte sich hinzuzufügen: »Keine Sorge, ich will dich nicht damit langweilen, wie es zu meiner Zeit war.«

»Aber es interessiert mich …«

»Ist schon in Ordnung. Im Moment geht es nicht um mich.

Es geht um dich und deine Zukunft. Kate, du hast eine brillante Zukunft in diesem Kampf gegen Viren vor dir. Du könntest viel Gutes tun. Unglaublich viel Gutes. Dieses Fachgebiet braucht Leute wie dich, mit Verstand und Tatkraft. Und da ist noch mehr. Ein persönlicher Beweggrund. Wegen dem, was deinen lieben Eltern widerfahren ist. Derek und Francesca.«

Sie wartete, dass er fortfuhr, fragte sich, ob er vielleicht eine Träne vergießen würde. Doch er hatte sich rasch wieder im Griff.

»Ich hoffe, du empfindest es nicht als anmaßend, aber sobald ich von deinen Ergebnissen erfahren habe, habe ich einen alten Freund von mir in Harvard angerufen. Professor James Scott. Der Mann ist ein Genie und Dekan der Fakultät für Immunologie und Infektionskrankheiten. Ich habe ihm alles über dich erzählt, Kate, und er will sich mit dir treffen. Er würde gern mit dir darüber reden, ob du an einer Stelle als Wissenschaftlerin in seinem Institut interessiert bist.«

»O mein Gott! Aber was ist mit meinem Promotionsstudiengang in Oxford? Ich soll im Oktober anfangen.«

»Würde dir Harvard nicht eher zusagen?«

»Ja, natürlich, aber …«

»Kate, keine Sorge. Ich kümmere mich um alles. Und dann hoffe ich, du empfindest es nicht als zu anmaßend von mir, aber ich habe dir bereits einen Flug nach Boston gebucht. Mir wurde versichert, es ginge dir gut genug, dass du nächste Woche entlassen werden kannst.«

Er legte ihr einen weiteren Umschlag aufs Bett, diesmal mit einem Flugticket.

»Nun, was sagst du?«

Sie war sprachlos. Harvard. Die Universität dort war berühmt dafür, die fortschrittlichste und zukunftsweisendste

Abteilung für Immunologie zu betreiben, der ideale Ort für eine junge Virologin, um als Wissenschaftlerin zu lernen und zu wachsen. Aber nicht nur das – es war Amerika! Bilder von Wolkenkratzern, breiten Straßen, Bostons wunderschönen alten Gebäuden und der Pracht der Neuen Welt schwirrten ihr durch den Kopf. Es war Amerika, wo die wichtige Forschung stattfand. Und das Beste daran: Es war weit weg. Die perfekte Möglichkeit für einen Neubeginn.

Sie wollte nicht mehr in diesem Land leben, wenn Stephen nicht hier war.

Kate nahm das Flugticket und fragte: »Wann geht der Flieger?«

13

»Und das war es«, sagte sie, als sie einen letzten Schluck von ihrem Kaffee genommen hatte. »Ich habe Professor Scott getroffen, der mir eine Stelle anbot, und bin nie zurückgekehrt.«

Sie spürte ein Ziehen an ihrem Arm. »Mummy, ich muss Pipi machen«, sagte Jack.

»Okay. Dann komm. Und sag nicht Pipi machen, sag, ich muss aufs Klo.«

Als sie zurück zum Tisch kamen, sagte Paul: »Wäre doch nur Bainbridge am Leben. Ich wette, er könnte uns helfen. Sind Sie sicher, dass es sonst niemanden gibt? Hatten Sie irgendwelche Freunde im Zentrum? Was ist mit Ihrer Zimmergenossin?«

Kate verschlug es fast den Atem. »*Ja*. Sarah. Sie war bei meinem zweiten Aufenthalt meine Zimmergenossin.« Ein Bild blitzte in ihrem Kopf auf, wie sie und Sarah dem Feuer entflohen. »Mit ihr habe ich wahrscheinlich die meiste Zeit verbracht. Wenn dort irgendetwas faul war, könnte es gut sein, dass ich mich ihr anvertraut habe.«

Aufregung machte sich auf Pauls Gesicht breit.

»Allerdings hatte ich keinen Kontakt mehr zu ihr, nachdem ich die CRU verlassen habe.«

»Oh.«

»Ich erinnere mich nicht einmal mehr an ihren Nachnamen.«

»Glauben Sie, es könnte Ihrem Gedächtnis auf die Sprünge helfen, wenn wir dorthin fahren und der CRU einen Besuch abstatten würden?«

»Vielleicht.«

»Also gut.« Er drehte den Laptop zurück zu sich.

»Was tun Sie?«, fragte Kate.

»Den schnellsten Weg nach Salisbury finden.«

Zurück in ihrem Hotelzimmer packte Kate ihren und Jacks Koffer. Ihr Herz hämmerte schnell, und ihr Körper kribbelte. Es kam fast sexuellem Verlangen gleich, einer Mischung aus Erregung und Beklommenheit über das, was nun auf sie wartete. Auch Jack war aufgeregt und hüpfte wild auf dem Bett herum.

»Hör auf«, sagte sie.

Er hüpfte weiter.

»Jack, komm runter.«

Meckernd und mosernd legte er sich mit dem Rücken aufs Bett und sagte: »Mummy, wohin fahren wir?«

»Wir machen eine Spazierfahrt auf der Autobahn.«

»Was ist eine Autobahn?«

»Ein Highway.«

»Cool. Fahren wir in Pauls Auto?«

»Ja.«

»Es ist wahrscheinlich nicht so schön wie Daddys Auto. Daddys Auto ist echt groß und schnell, nicht wahr?«

Um seinen kleinen Penis zu kompensieren, dachte Kate. »Ja, das ist es.«

»Mummy, ist Paul jetzt dein Freund?«

Sie sah sich nicht im Spiegel, war jedoch sicher, dass ihre Wangen knallrot geworden waren. »Nein, natürlich nicht. Er ist nur *ein* Freund.«

»Dein neuer Freund. Wie Billy mein neuer Freund ist.«

»Ja, Liebling. Das trifft es genau.«

Ihr »neuer Freund« wartete in der Lobby. Er nahm Kate beide Koffer ab, und gemeinsam gingen sie in Richtung seines Wagens, der auf dem Hotelparkplatz stand. Mit einem weiteren Kribbeln stellte Kate fest, dass Paul überraschend muskulöse Arme hatte. Jack trottete hinter ihnen her. »Mummy, können wir auf dem Highway bei KFC essen?«

»Nein.«

»Taco Bell?«

»In England gibt's keine Taco Bell.«

»Wie wäre es mit Subway?«, schlug Paul vor.

Jack verzog das Gesicht und streckte die Zunge heraus. »Bäh. Ich hasse Subway.«

»Na schön, wie du willst«, sagte Paul. »Dann halten wir eben bei Little Chef.«

»Okay.«

Paul und Kate wechselten ein Lächeln, und Jack blickte zu ihnen hoch. »Paul, meine Mum hat gesagt, du bist nicht ihr Freund, du bist nur *ein* Freund. Aber sie ist mit meinem Dad verheiratet, also könntest du sowieso nicht ihr Freund sein, nicht wahr? Daddy würde das überhaupt nicht gefallen.«

Kate stöhnte auf. »Ja-ack.«

Sie konnte Pauls Gesicht nicht sehen, um darin zu lesen, ob die Vorstellung ihn amüsierte oder ihm blankes Entsetzen entlockte. Sie wusste, wie töricht es war, aber es hätte sie tief getroffen, hätte er entsetzt ausgesehen. Außerdem hatte Jack vollkommen recht. Daddy würde das überhaupt nicht gefallen.

Eine Minute, nachdem sie den Parkplatz verlassen hatten, bog John Sampson dort ein.

14

»Wie kann ich Ihnen helfen, Sir?«

Sampson hielt seinen Polizeiausweis nicht für gefälscht, denn er *war* nicht gefälscht – er war dem immer noch warmen Leichnam eines Detective Inspectors entwendet und nur insofern verändert worden, als er nun Sampsons Gesicht zeigte. In Situationen wie dieser erwies er sich als nützlich. Echte Kriminelle oder Menschen, die häufig mit dem Gesetz in Konflikt kamen, waren normalerweise wenig beeindruckt und nicht sonderlich kooperativ. Aber wenn man den Polizeiausweis einem gewöhnlichen Mitglied der Gesellschaft unter die Nase hielt und sich überheblich genug aufführte, rissen sie sich geradezu darum, einem zu helfen. Es war ganz einfach.

Er zückte den Ausweis und sagte: »Wer ist hier zuständig?«

Zwei Hotelangestellte standen hinter der Rezeption, eine brünette Frau und ein Mann, von dem Sampson mit ziemlicher Sicherheit wusste, dass er homosexuell war. Er konnte es spüren, so wie jemand mit einer Katzenphobie die Anwesenheit eines solchen Tiers spürte. Er schauderte und musste die Zähne zusammenbeißen, als sich der Mann vorbeugte und mit schwuchtelhafter Stimme zu ihm sagte: »Der Manager ist im Moment nicht hier, Sir. Vielleicht können wir Ihnen behilflich sein?«

Sampson wandte sich an die Frau und legte ein Foto auf den Schalter. »Diese Frau soll bei Ihnen abgestiegen sein.«

Die beiden Hotelangestellten warfen sich einen vielsagenden Blick zu.

Sampson bohrte nach: »Nun?«

Die Frau sagte: »Auf dem Bild hier sieht sie viel jünger aus, aber sie hat hier gewohnt. Allerdings hat sie vorhin ausgecheckt.«

»War es geplant, dass sie heute abreist?«

»Ich bin nicht sicher. Lassen Sie mich nachschauen.«

Die Frau kannte Kates Namen, obwohl sie tagtäglich mit Hunderten von Gästen zu tun hatte. *Interessant,* dachte Sampson.

Sie suchte im Computer nach Kates Namen und sagte: »Eigentlich sollte sie noch eine weitere Woche hier wohnen, auch wenn es in einer Anmerkung heißt, ihr Aufenthalt wäre unbefristet.«

Es war erstaunlich, wie viele vertrauliche Informationen Menschen einem anvertrauten, wenn sie glaubten, man wäre Polizist. Es war das menschliche Bedürfnis nach Tratsch, nur in einer neuen Dimension. Allein die Angst, ihre Arbeit zu verlieren, machte die Menschen umsichtig. Wenn sie hingegen das Gefühl hatten, die Informationen preisgeben zu müssen – oder eine Ausrede hatten, es zu tun –, quietschten sie wie Ferkel auf der Schlachtbank.

»Warum haben Sie sich diesen vielsagenden Blick zugeworfen, als ich Ihnen das Foto gezeigt habe?«

Der Kerl konnte es kaum erwarten, es ihm auf die Nase zu binden. »Sie hatte letzte Nacht eine kleine Auseinandersetzung mit einer unserer Babysitterinnen.« Er erzählte ihm von dem Vorfall am vergangenen Abend.

»Und sie und das Kind sind also heute Morgen abgereist?«

»Ja, zusammen mit dem Mann, der bei ihnen war.«

Sampson verengte die Augen zu Schlitzen. Bei diesem verfluchten Homo lief es ihm eiskalt über den Rücken. »Ein Mann? Können Sie ihn beschreiben?«

»Äh, er hatte wirklich hübsche Augen. Ende dreißig, würde ich sagen. Ich gebe keinen sehr guten Zeugen ab, nicht wahr, Officer?«

Die Frau fragte: »Stecken die beiden in Schwierigkeiten?«

Sampson zählte leise bis drei und sagte: »Vielleicht.«

Die Hotelangestellten sahen sich an und schienen vor Aufregung fast zu platzen.

»Gibt es hier Überwachungskameras?«

Der Homo nickte. »Ich kann Ihnen alles zeigen, wenn Sie wollen.«

Sampson erbleichte. Er nickte der Frau zu. »Nein, Sie zeigen es mir.«

»Okay.« Sie wandte sich an ihren Kollegen. »Kannst du dich so lange um alles kümmern, Damien?«

»Das dürfte kein Problem sein.«

Sampson konzentrierte sich auf den Hintern der Rezeptionistin, während sie ihn zum Büro des Sicherheitsangestellten führte. Sie hatte einen hübschen Arsch. Sehr weiblich. Ihr Haar war zu einem kurzen Pferdeschwanz zurückgebunden, der ihren Nacken besonders gut zur Geltung brachte. Eine gute Stelle, um hineinzubeißen.

»Wie ist Ihr Name?«, fragte er.

»Michelle.«

»Sie sind sehr hilfreich, Michelle. Ich werde Sie nicht vergessen.«

Sie strich sich übers Haar. »Das tue ich doch gern.« Sie senkte die Stimme und ließ den Blick nach links und rechts schweifen, als wollte sie sichergehen, dass niemand sie belauschte. »Ganz ehrlich, ich hatte schon vor der Sache mit der Babysitterin ein komisches Gefühl, was diese Mrs. Maddox angeht.«

»Wirklich?«

»Ja. Sie schien nervös zu sein, als hätte sie vor irgendetwas Angst.«

Sie brannte vor Neugier, warum er hinter Kate her war. Falls sie es herausfände, würde sie es jedoch bitter bereuen, denn dann bliebe ihm nichts anderes übrig, als sie zu töten.

Nachdem Sampson vergangene Nacht das Virus und die Festplatte abgeliefert hatte, war ihm ein Bild von Kate überreicht worden. Auf dem Foto sah sie ein bisschen blass um die Nase und erschöpft aus – das Bild wurde ihr nicht einmal ansatzweise gerecht. Es zeigte nicht ihre wahrhaft außergewöhnliche Schönheit. Das Foto war sechzehn Jahre alt, aufgenommen, als sich die beiden, er und Kate, in der CRU aufgehalten hatten.

»Es könnte ein paar Tage dauern, bis wir ein aktuelleres Foto bekommen«, hatte Gaunt gesagt. »Ihr Name ist jetzt Kate Maddox.«

»Ich dachte, ich würde sie nie mehr wiedersehen«, sagte Sampson, während er das Bild betrachtete. Kate Maddox. Sie musste verheiratet sein. Dieser Gedanke hatte eine sonderbare Wirkung auf ihn, ihm wurde schwindelig. Ein Gefühl, das er seit sehr langer Zeit nicht mehr verspürt hatte.

Genau genommen seit sechzehn Jahren.

»Mir ist zu Ohren gekommen, dass sie eingereist ist. Wahrscheinlich macht sie hier nur Ferien oder besucht Freunde. Aber als Vorsichtsmaßnahme möchte ich, dass Sie herausfinden, was sie vorhat. Nur für alle Fälle.«

»Und wenn sie etwas vorhat?«

»Dann melden Sie sich bei mir. Es besteht die Möglichkeit, dass wir etwas tun müssen, was wir schon vor langer Zeit hätten tun sollen.«

Sampson spürte, wie er hart wurde.

Michelle klopfte an der Tür des Sicherheitsdiensts und drückte sie auf. Ein Kerl in einer blauen Uniform saß vor ein paar Farbbildschirmen, die verschiedene Bilder des Hotels zeigten. Die Lobby, den Parkplatz, die Korridore, das Restaurant. *The Sun* lag ausgebreitet vor ihm da. Sampson hatte bereits die Zeitungen überflogen und erfreut festgestellt, dass die *Animal Liberation Front* für den Tod von Dr. Twigger verantwortlich gemacht wurde. Michelle erklärte dem Wachmann, dass der Detective hier die Überwachungsaufnahmen der Lobby von diesem Vormittag bräuchte.

Schnaubend und seufzend spielte der Wachmann an ein paar Knöpfen auf seinem Schreibtisch herum, und die Menschen in der Lobby gingen stumm rückwärts.

»Sie ist erst vor einer halben Stunde abgereist«, sagte Michelle, »wir brauchen also nicht weit zurückzuspulen.« Sie betrachtete eingehend den Bildschirm, und nach ungefähr einer Minute sagte sie: »Da ist sie. Stopp!«

Das Bild war gestochen scharf und von bester Qualität. Michelle zeigte auf Kate, die die Lobby durchschritt, zwei Koffer hinter sich herziehend, ein kleines Kind neben ihr.

»Der kleine Junge ist wirklich süß«, sagte Michelle. »Der Arme.«

Süß? Sampson war da ganz anderer Meinung. Er interessierte sich nicht für Kinder. Er hatte sie als kleiner Junge gehasst, und seine Meinung hatte sich im Laufe der Jahre nicht geändert. Aber Kate wiederzusehen, hatte eine sonderbare Wirkung auf ihn. Er spürte seinen Herzschlag, das Blut, das durch seine Adern pulsierte. Und er schmeckte Blut in seinem Mund. Ihm brach der Schweiß aus, und er begann, schwer zu atmen.

»Geht es Ihnen nicht gut?«, fragte Michelle und berührte ihn am Arm.

Er konnte die Augen nicht von Kate lösen.

»Da ist der Kerl«, sagte Michelle, und Sampson ergriff ein vertrauteres Gefühl – das Verlangen, jemanden zu verletzen und zu töten –, als ein Mann, dessen Gesicht Sampson mit Entsetzen erkannte, Kate die Koffer abnahm und mit ihr davoneilte. Sie verließen die Lobby und verschwanden aus dem Blickfeld.

»Ich muss die Überwachungsaufnahmen des Parkplatzes sehen«, befahl er.

Mehrere Kameras waren über den gesamten Parkplatz verteilt, und es dauerte eine Weile, bis sie Kate und ihren Begleiter ausfindig machten. Schließlich hatten sie eine gute Perspektive, wie die drei in einen silbernen Peugeot stiegen, auch wenn es nicht möglich war, das Nummernschild zu entziffern.

»Ich brauche die Bänder«, sagte Sampson. Sein Mund war trocken, seine Brust fühlte sich sonderbar an. »Außerdem muss ich ihr Zimmer sehen«, sagte er.

»Wirklich?«, fragte Michelle. »Aber sie ist vor einer Stunde abgereist.«

Sampsons stechender Blick brannte sich in die Rezeptionistin und entlockte ihr eine zarte Röte, die von ihrem Schlüsselbein weiter nach oben kroch. »Bringen Sie mich hin. Sofort!«

Sie führte ihn zum Aufzug, mit dem sie bis zu der Etage fuhren, auf der Kate mit Jack gewohnt hatte. Währenddessen versuchte sie, ihn in ein Gespräch zu verwickeln, aber er warf ihr einen Blick zu, der sie verstummen ließ. Sampson beobachtete ihren blassen schmalen Hals, der sich beim Schlucken auf und ab bewegte. Sie fühlte sich zu ihm hingezogen, das war unschwer zu erkennen. Viele Frauen fanden ihn aufregend, waren fasziniert von seiner Stärke und der Gefahr, die er ausstrahlte. Fast alle bereuten es später, wenn sie ihre Wunden leckten, oder in den letzten Sekunden vor ihrem Tod. Er lächelte und zeigte Michelle die Zähne. Am liebsten hätte er in diese milchig weiße Kehle gebissen.

Er war bereits erregt, als er Kates Hotelzimmer betrat, aber als er sah, dass es noch nicht hergerichtet worden war, pumpte sein Blut noch heftiger. Er stand neben dem Bett, hörte kaum das leise Klicken der Tür hinter sich, als Michelle sie zuzog. Er schloss die Augen und atmete tief durch die Nase ein, wie ein Jäger, der seine Beute witterte. In dem Zimmer roch es immer noch zart nach Parfum, gemischt mit dem schwachen Duft nach Schweiß. Er setzte sich auf das ungemachte Bett und strich über das Laken, auf dem sie die Nacht verbracht hatte. Schlief sie nackt? Er drückte die Nase in das Laken und nahm den süßen, nachklingenden Duft ihres Fleisches in sich auf. Dann streckte er sich nach dem Kissen, wo er ein langes dunkles Haar fand, das er zwischen den Fingern rollte und anschließend an die Lippen führte.

»Was tun Sie da?«, fragte Michelle mit bebender Stimme von der anderen Seite des Zimmers aus.

Er blickte auf. Ihre Anwesenheit hatte er fast vergessen. »Kommen Sie her«, sagte er und klopfte auf das Bett.

»Was haben Sie da? Ein Haar? Brauchen Sie das etwa für eine DNA-Probe?«

Er gab keine Antwort. Stattdessen ließ er das Haar fallen, streckte sich nach Michelle und umfasste sanft ihren Hinterkopf mit der Hand.

»Sie sind hübsch«, sagte er.

Er beobachtete, wie sich ihre Pupillen weiteten, lauschte dem Rhythmus ihres Atems, der sich veränderte, schwerer wurde. Unter ihren Wimpern spähte sie zu ihm hoch, und die Mordlust kochte in ihm. Er wollte sie nackt ausziehen, sie auf das Bett werfen, in dem Kate geschlafen hatte, dieses Bett, das Tausende ihrer abgestorbenen Hautzellen barg. Er wollte genau hier mit Michelle vögeln und sich dabei vorstellen, dass sie Kate wäre. Er wollte seine Hände um ihre Kehle legen und zudrücken, die Todesangst in ihren Augen sehen.

Sie streckte die Hand aus und legte sie in seinen Schoß, erst zögerlich, dann selbstbewusster, als sie seine Erektion durch die Jeans spürte. Er sah sie nicht an. Stattdessen streichelte sie sein Glied durch den Stoff – die Erregung, an ihrem Arbeitsplatz mit jemandem zu schlafen, war an der Art ihrer Berührung abzulesen –, und er stellte sich vor, dass es Kate war, die ihn streichelte.

Er drehte sich zu Michelle um und legte seine Hände um ihren Hals.

Ihre Augen weiteten sich vor Überraschung.

Er könnte es tun. Würde es genießen. Doch er wusste auch, dass es Komplikationen gäbe, wenn er sie hier tötete. Er wäre auf dem Überwachungsvideo, ebenso wie sein Auto. Die Polizei würde sich einmischen, ihn jagen. Er hatte keine Angst vor der Polizei, doch es würde ihn aufhalten, ihn bei der wichtigsten Sache stören, die im Moment in seinem Lebens passierte: Kate zu finden – und das nicht nur, weil Gaunt es ihm aufgetragen hatte.

Er nahm die Hände von der Rezeptionistin und stand auf, ignorierte den Schmerz in seiner Lende.

»Was ist los?«, wollte Michelle wissen.

»Ich muss gehen.«

Während er zur Tür schritt und eine verwirrte Michelle auf dem Bett zurückließ, erfasste ihn eine Welle der Übelkeit.

Kate. Es war sechzehn Jahre her, dass er sie gesehen hatte, aber sie hatte immer noch dieselbe berauschende Wirkung auf ihn.

Er liebte sie.

Er hasste sie.

Er wollte sie.

Er wollte sie tot sehen.

15

Vernon Maddox hatte seit der Sekunde schlechte Laune, als er aufgewacht war. Er war nicht sicher, ob das Wissen, dass seine Exfrau und sein Sohn an diesem Tag aus England zurückkehrten, die Sache besser oder schlimmer machte. Im Großen und Ganzen schlimmer, entschied er und fuhr seinen Buick rückwärts in eine winzige Parklücke im zentralen Parkbereich des Logan Airports. Der Umstand, dass Kate eine kostenlose Fahrt vom Flughafen nach Hause bekäme, wurmte ihn zutiefst – er hatte nur zugestimmt, sie abzuholen, weil Jack das Wochenende bei ihm verbringen würde. Wenn möglich, hätte er sie ein Taxi nehmen lassen, aber dann hätte er Jack von ihrer Wohnung abholen müssen, die noch weiter entfernt lag. Er freute sich nicht darauf, das jämmerliche Gesicht seiner Ex auf dem Beifahrersitz zu sehen, die jegliches Gespräch verweigerte und ihn wie etwas behandelte, das an ihrer Schuhsohle kleben geblieben war. Vielleicht hätte er ein Plakat basteln sollen, um sie willkommen zu heißen. »Die Zicke ist zurück« oder etwas in der Art.

Er rang sich ein mattes Lächeln über seinen eigenen Witz ab – das sich in ein Stirnrunzeln verwandelte, als er die Wagentür öffnete und sie gegen den Kotflügel des Autos neben ihm knallte, wobei eine kleine Delle zurückblieb. Verstohlen blickte er sich um, um sich zu vergewissern, dass niemand ihn beobachtet hatte, wuchtete sich wieder auf den Fahrersitz und setzte den Wagen zurück in eine freie Lücke auf der anderen Seite des Parkplatzes.

Andererseits, dachte er, während er sein sich lichtendes Haar zurückstrich und nach dem Ankunftsschild suchte, wäre es schön, seinen Jungen wiederzusehen. Trotz allem liebte er Jack heiß und innig. Das hatte er immer, und er würde es immer. Sein eigen Fleisch und Blut, sein kostbarer Sohn. Ihm schwoll die schmale Brust vor Stolz. Es war nicht Jacks Schuld, dass sich Kate in eine paranoide Zicke verwandelt hatte. Kein Wunder, dass Jack in letzter Zeit ein wenig verrückt gespielt hatte. Er musste Kate zurück zu ihrem Seelenklempner schaffen, das würde die Sache mit ihr hoffentlich wieder ins Lot bringen. All dieser Unsinn, dass sie die Scheidung wollte. Das war lächerlich. Sie wusste einfach nicht, was gut für sie war. Die Trennung lag erst sechs Monate zurück, und es war offensichtlich, dass sie damit nicht zurechtkam. Jedes Mal, wenn sie sich über den Weg liefen, wirkte sie fahl und gestresst, und die Fältchen in ihrem Gesicht gruben sich immer tiefer ein. Mit ihrem Aussehen ging es den Bach runter, dachte er, wobei er über sein eigenes kleines Bäuchlein, die grauen Brusthaare und den gelblich braunen Bart, den er sich hatte wachsen lassen, um sein schwach ausgeprägtes Kinn zu verbergen, geflissentlich hinwegsah. *Aber ich bin ein anständiger Kerl, werde mich ihr gegenüber korrekt verhalten. Außerdem ist es ein Albtraum, in dieser Stadt einen guten Babysitter zu finden.*

Vernon baute sich neben der Absperrung vor den automatischen Türen beim Zoll auf. Er blickte auf seine Uhr: zwanzig nach eins. Der Flug war pünktlich gelandet, um fünf nach eins. Er hatte von seinem Handy aus angerufen, um sich zu vergewissern. Sie müssten also in zehn, vielleicht fünfzehn Minuten auftauchen, sobald sie ihre Koffer geholt hatten. Er fragte sich, wie lange es dauern würde, bevor er und Kate ihren ersten Streit hätten. Wahrscheinlich würden sie sich in die Haare kriegen, sobald sie auf dem Highway waren. Vielleicht sogar schon früher, wenn er auf die I-90 bog. Normalerweise dauerte es nie lange, bis sie wegen irgendeiner Nichtigkeit in die Luft ging. Noch dazu wäre sie wohl deprimiert, weil sie ihre verrückte alte Tante besucht hatte.

Vernon verstand nicht, warum man Jack über den ganzen Atlantik zerren musste, um den hundertfünfzigsten – oder welchen auch immer – Geburtstag einer alten Schachtel zu feiern, die den Kleinen wahrscheinlich mit ihrem zahnlosen, eingefallenen Gesicht und grapschenden Krallen zu Tode erschreckt hatte. Okay, sie war für Kate also ein wichtiger Mensch – das konnte er nachvollziehen –, aber Jack war wirklich viel zu jung, um das zu verstehen, und Lil war jenseits von Gut und Böse. Sie war nun schon seit Jahren senil und siechte in einem Altersheim dahin, inkontinent, stumm, ohne jeden Verstand. Vernon schauderte. *Erschießt mich, bevor ich jemals so enden sollte*, dachte er. *Kate hätte wohl kein Problem damit, den Abzug zu drücken. Und sie würde auch nicht warten, bis ich alt bin. Haha.*

Vierzig Minuten später wartete Vernon noch immer. Er rief Kate auf dem Handy an, wurde aber sofort auf die Mailbox weitergeleitet. Verärgert stieß er die Luft aus. Offensichtlich hatte sie vergessen, ihr Telefon nach der Landung wieder anzuschalten – typisch. Dann klingelte sein eigenes Handy.

»Ja – hallo?«

»Hi, Süßer«, gurrte eine Stimme am anderen Ende, und Vernons Gesicht entspannte sich zu einem Lächeln.

»Hey, Shirl, vermisst du mich schon?«

»Na, und ob, mein großer Junge.«

Vernon errötete leicht, glitt mit einem Finger an der Innenseite seines Kragens entlang und drehte sich weg, damit die große jamaikanische Familie, die an der Absperrung neben ihm wartete, sein Gespräch nicht belauschen konnte.

»Wann sehen wir uns wieder?«, fragte Shirley.

»Liebling, ich habe dir doch gesagt, dass ich die Dinge hier erst regeln muss, dann habe ich auch wieder Zeit für uns. Sagen wir, am Wochenende?«

Er konnte das Schmollen in Shirleys Stimme hören.

»Es war nur so schön, dich die ganze Woche für mich allein zu haben, Baby, das ist alles.«

Das war der Grund, warum er kaum Gegenwehr an den Tag gelegt hatte, als Kate ihm erklärte, dass sie eine Trennung wollte – uneingeschränkter Zugriff auf die verlockende Shirley. Der Reiz des Verbotenen war anfangs sexy gewesen, aber Vernon hatte schon bald die muffigen Motelzimmer und lästigen Lügen satt, die er Kate auftischen musste. Shirley war eine kleine Klette, gewiss, und nun sogar noch mehr, seit sie seine Scheidung roch und, Gott bewahre, eine mögliche bevorstehende Hochzeit. Aber die Frau war wie eine frische Brise durch sein Leben gewirbelt, hatte seine Talente zu schätzen und sein sexuelles Verlangen zu stillen gewusst. Seine Intelligenz flößte ihr eine solche Ehrfurcht ein, dass sie versuchte, es ihm gleichzutun, indem sie viele lange Wörter benutzte, und das normalerweise in einem völlig falschen Kontext. Vernon fand es ganz süß, zumindest auf kurze Sicht.

»Ja, es war schön. Hör zu, Shirl, ich muss los. Ich hole meinen Jungen vom Flughafen ab, und er wird gleich aufkreuzen. Ich rufe dich später an, okay?«

»Okay, Zuckermaus. Pass auf dich auf. Küsschen, Küsschen.«

»Küsschen, Küsschen«, murmelte Vernon so leise wie möglich zurück. Ein kleiner jamaikanischer Junge von ungefähr sieben Jahren hörte es trotzdem und äffte ihn freudig nach.

Vernon funkelte ihn finster an, schob sein Handy zurück in

die Jackentasche und blickte erneut auf die Uhr. Wo zum Teufel steckten sie nur?

Ein junges Pärchen, das einen mit Koffern überladenen Gepäckwagen vor sich herschob, kam durch die automatischen Türen, was den gesamten jamaikanischen Clan aufspringen und vor Freude schreien und ihnen zur Begrüßung entgegenlaufen ließ, als wollten sie einen Fußballplatz stürmen, hüpfend und klatschend und umarmend. Vernon hörte, wie sie sich aufgeregt unterhielten, und das Wort »London« mehrmals fiel. Sie mussten demnach aus demselben Flieger wie Kate und Jack gestiegen sein. Die beiden mussten jede Minute auftauchen.

Weitere fünfunddreißig Minuten später wartete er immer noch. All die Menschen, die bei ihm gestanden hatten, waren längst verschwunden, und ein völlig neuer Haufen hatte seinen Platz an der Absperrung eingenommen. Vernon versuchte, Kate anzurufen, und hinterließ ihr eine Nachricht. Ein Strom an Passagieren in Saris und mit Turbanen tauchten nun auf, die nicht im Geringsten aussahen, als wären sie gerade aus London angereist.

Vernon schnaubte. Seine Blase stand kurz vor dem Platzen, aber er wollte nicht auf die Toilette, für den Fall, dass er Kate und Jack verpasste. Außerdem musste er wirklich zurück in sein Büro – er hatte siebzehn Seminararbeiten über den Symbolismus in der klassischen amerikanischen Literatur zu benoten, und das bis zum Ende des Semesters nächste Woche. Ohne die automatischen Türen aus den Augen zu lassen, schritt er zum Informationsschalter und wartete fünf Minuten in der Schlange, während der Mann hinter dem Schalter einem älteren irischen Ehepaar das Prozedere erklärte, um verloren gegangenes Gepäck wiederzufinden.

»Sie waren nicht da!«, wiederholte die Frau, die grau meliertes Haar und einen besorgten Gesichtsausdruck hatte. »Alle Koffer waren weg, das Band war leer, und unsere waren nicht dabei! Hat sie vielleicht jemand aus Versehen mitgenommen, was glauben Sie? Wir hatten Geschenke eingepackt, für unseren Enkel! Was sollen wir jetzt tun, wenn Sie unsere Koffer nicht finden?«

Ihr Ehemann wandte sich ihr zu und legte ihr beschwichtigend eine Hand auf ihren Tweedärmel. »Hör auf, dir Sorgen zu machen, Deirdre! Das hilft doch nichts. Dieser Gentleman wird sich für uns mit London in Verbindung setzen und nachforschen, ob sie überhaupt mit an Bord waren, nicht wahr, Sir?«

Vernon unterbrach ihn. In seiner Magengrube breitete sich ein ungutes Gefühl aus. »Entschuldigung. Haben Sie gerade gesagt, Sie kämen aus London und dass alle Koffer durch sind?«

»Nicht unsere«, erwiderte die Frau. »Unsere sind nämlich verloren gegangen, und sie waren voller …«

»Waren Sie auf dem Flug BA0213?«

»Ja, aber …«

»Und da ist niemand mehr, der auf sein Gepäck wartet?«

»Das kann ich Ihnen so nicht sagen«, erklärte der Mann leicht ungeduldig. »Aber das Förderband für die Koffer war leer, weshalb ich es stark annehme.«

Er drehte sich zu dem Mann hinter dem Schalter zurück, der mehrere Tasten auf einem Telefon drückte.

Vernon machte einen Schritt vom Schalter weg, sein Verstand ratterte. Der Flieger war gelandet. Die Koffer waren durch. Kates Handy war ausgeschaltet. Er war überzeugt, dass er sie gesehen hätte, wären sie durch die automatischen Türen gekommen. Hatten sie das Flugzeug verpasst? Warum hatte sie ihn dann nicht angerufen? Sie war doch keinesfalls so blöd oder gedankenlos, es einfach zu vergessen?

Er stand ganz still da, in einem Meer aus Menschen, vollkommen reglos, während sie sich um ihn herumschlängelten und mit Koffern und Gepäckwagen anrempelten, und blickte hinab auf Gestalten in den unterschiedlichsten Formen, Größen und Hautfarben, bemüht, die Frau zu erspähen, die er einst geliebt hatte.

Eine schreckliche Erkenntnis traf ihn. Eine ferne Erinnerung brach mit plötzlicher Schärfe durch die Oberfläche. Etwas an dem Umstand, dass Kate für Lils neunzigsten Geburtstag nach England gefahren war, hatte die ganze Woche an ihm genagt, aber erst jetzt begriff er, was es war: Das letzte Mal, dass Kate geplant hatte, nach England zu reisen, war vor fünf Jahren gewesen, zu Lils fünfundachtzigstem. Jack war noch ein Baby gewesen, kurz vor seinem eigenen ersten Geburtstag. Kate wollte ihn mit sich nehmen, »damit sie die beiden Geburtstage zusammen feiern konnten«. Doch im letzten Moment hatte Jack Fieber bekommen, und sie hatte nicht ohne ihn fahren wollen. Vernon hatte sich insgeheim gefreut – er war stinksauer gewesen, weil Kate ihm die Möglichkeit vorenthielt, den ersten Geburtstag seines eigenen Sohns mitzuerleben.

Jacks Geburtstag war am ersten September. Und jetzt war Juni.

»Diese miese *Schlampe*!«, rief er und trat fest gegen das eine Ende einer Sitzreihe, sodass der Kaffee der Frau, die am anderen Ende saß, überschwappte, und sie erschrocken aufsprang.

Damit kommt sie nicht durch, dachte er und schritt zurück zum Parkplatz, bevor der Sicherheitsdienst gerufen werden konnte, um ihn vom Gelände zu geleiten. *Auf keinen Fall nimmt sie mir meinen Sohn weg. Sie kriegt ihn nicht. Er gehört mir. Ich werde sie wie einen Hund jagen, und sie wird es noch bereuen, dass sie sich mit mir angelegt hat. Von mir aus kann sie die verfluchte Scheidung haben, ich wäre heilfroh, ihr jammerndes, erbärmliches Gesicht nicht mehr sehen zu müssen. Aber auf keinen Fall lasse ich zu, dass sie mir meinen Jungen wegnimmt.*

Als er zum Parkscheinautomaten kam, um für die paar Stunden zu bezahlen, die er in der Kurzparkzone geparkt hatte, kramte er wütend in seinen Taschen nach Kleingeld, während er hinter einem bebrillten, jungen Mann anstand, der nicht zu kapieren schien, wie der Automat funktionierte. Der Mann hatte einen riesigen Koffer hochkant neben sich stehen, und Vernons Zorn wuchs, als der Mann zaudernd und unschlüssig versuchte, seinen Parkschein in den Schlitz für die Banknoten zu schieben. Vernon konnte nicht länger an sich halten.

»Es ist doch ganz einfach, du Schwachkopf! Steck den verdammten Parkschein HIER und das verdammte Geld DA rein. Was ist dein verdammtes Problem?«

Bevor der junge Mann antworten konnte, stieß Vernon den Koffer mit Wucht beiseite, sodass er mit einem lauten Poltern gegen den Parkscheinautomaten knallte. Er zückte sein Handy, drückte auf die Kurzwahltaste, um Kate anzurufen, und landete direkt bei der Mailbox. Dann eilte er wieder zurück zum Terminal.

Er hatte eine Idee.

Nach einem tiefen Atemzug, mit dem er versuchte, sich zu beruhigen, zwang er sich, langsam zum Reservierungsschalter von British Airways zu gehen.

»Ich will ein Ticket nach London kaufen. Abflug morgen, so früh wie möglich.«

16

Sie fuhren eine Weile schweigend in Richtung des westlichen Stadtrands Londons, krochen über Zebrastreifen und an Ampeln vorbei. Diese Außengebiete der Metropole wirkten so traurig und heruntergekommen, die Risse und der Dreck bloßgelegt durch den grellen Sonnenschein, mit Brettern vernagelte Geschäfte, schwarze Müllbeutel, die ihren Inhalt auf den Randstein ergossen. Kate kam nicht umhin, es als eine Art Virus zu betrachten, das in der Stadt um sich griff, sodass jeder Stadtteil völlig gleich aussah: dieselben Geschäfte auf jeder Hauptstraße, identische Teenagergangs in genau den gleichen Klamotten. Allerdings hatten diese Kinder auch etwas Hoffnungsvolles an sich, die Art, wie sie an den ödesten Orten gediehen, ihre Anpassungsfähigkeit, Spaß zu haben und das Leben zu genießen, obwohl es den Anschein machte, die Welt würde sie hassen. Schon wieder wie Viren. Und bald würden diese Teile Londons von einer anderen Krankheit befallen werden: der Gentrifizierung, die die Preise in die Höhe schnellen ließe, sodass die Filiale von Tennessee Fried Chicken einem netten, kleinen Feinkostladen weichen müsste und die Kinder verdrängt werden würden, weiter hinaus aus der Stadt, aber immer noch da.

London zu verlassen kam Kate vor, als wäre sie ein Tier, das aus seinem Bau gejagt wurde. Schutzlos und bedroht. Sie drehte das Gesicht vom Fenster weg und warf einen Blick nach hinten, um sicherzugehen, dass mit Jack alles in Ordnung war. Ihm ging es gut. Wie ein VIP in einer Limousine lehnte er sich zurück und starrte gebieterisch auf die fremden Straßen hinaus. Woran dachte er wohl gerade? Vermisste er seinen Dad, seine Freunde? Oder war er viel zu aufgeregt wegen all des Neuen, dieses Abenteuers? Wahrscheinlich war es ein bisschen von beidem. Wenn er älter war, würde er wohl zurückblicken und sich über diesen sonderbaren Urlaub wundern, zu dem ihn seine Mum als Kind mitgeschleppt hatte.

Sie fuhren kurze Zeit auf der M4 und kamen an mehreren Verkehrsschildern vorbei, die nach THE WEST zeigten. Die Worte verursachten Kate Gänsehaut, und sie rieb sich die Unterarme. Nach Westen. In die Vergangenheit. An einen Ort, an dem sie sich mit ihren Erinnerungen auseinandersetzen, die Büchse der Pandora aufstemmen müsste. Eine nervöse Panik ergriff sie, Schmetterlinge im Bauch und in der Brust. Ablenkung suchend, schaltete sie das Radio ein.

»Tierschutzorganisationen weisen jegliche Verantwortung an dem schockierenden Mord vergangene Nacht an einem Wissenschaftler in Oxford von sich …«

Na großartig. Sie stellte das Radio ab. Sie wollte nicht über Wissenschaftler nachdenken, die ermordet wurden – oder irgendetwas, das mit Wissenschaft oder ihrer Arbeit zu tun hatte. Sie vermisste ihre Arbeit, die leise Aufregung im Labor, die Forschung an dem Watoto-Virus, das zu ihrer Besessenheit und ihrem Lebenssinn geworden war. Sie hatte sich auf Viren spezialisiert, die hauptsächlich Afrika betrafen. Da hatte es die Forschung zum West-Nil-Virus plus Ebola und Marburg gegeben. Aber ihre wahre Leidenschaft galt der Entwicklung eines Impfstoffs gegen Watoto, als wäre das Virus ihr Erzfeind, ihre Nemesis. Sie träumte davon, den Durchbruch zu schaffen und – indem sie die Krankheit besiegte – zu einem modernen, weiblichen Edward Jenner zu werden, der durch seine Schutzimpfung gegen Pocken zu Berühmtheit gelangt war, oder einem Louis Pasteur, der die Tollwutimpfung entwickelt hatte.

Sie vermisste ihre Kollegen, die sie ebenfalls zurückgelassen hatte. Was würden sie von ihr denken? Zweifellos würden sie das, was sie getan hatte, als irrational und völlig untypisch für sie bezeichnen. Darüber hinaus würden sie glauben, dass sie sie verraten, sie an einem entscheidenden Punkt im Stich gelassen hatte. Vielleicht könnte sie ihnen eines Tages ihre Beweggründe erläutern.

Als sie auf die berühmt-berüchtigte M25 bogen, gerieten sie in einen Stau. Paul steckte den Kopf aus dem Fenster, versuchte zu erkennen, was für die Verkehrsbehinderung verantwortlich war. Er seufzte. »Sieht nach einem Unfall aus.«

»Tut mir leid.«

»Warum sagen Sie das?«

»Mir ist gerade klar geworden, dass ich Sie aus Ihrem normalen Leben herausreiße. Aus Ihrem Job.«

Er winkte ihre Bedenken mit einer Geste fort. »Machen Sie sich deswegen keine Sorgen. Mir stand sowieso noch etwas Urlaub zu, und außerdem haben wir gerade die Arbeit an einem großen Fall beendet. Sie haben mich zu einem denkbar günstigen Zeitpunkt getroffen.«

Begierig darauf, sich abzulenken, fragte Kate: »Worum ging es bei dem Fall? Dürfen Sie mir das verraten?«

»Phishing.«

»Wo Kriminelle E-Mails verschicken, in denen sie vorgeben, deine Bank oder irgendeine große Website zu sein, damit man ihnen seine Kreditkartennummer oder Bankverbindung gibt?«, fragte Kate nach.

»Ganz genau.«

Von der Rückbank sagte Jack: »Ich würde gern angeln gehen und einen Fisch fangen.«

»Vielleicht nehme ich dich eines Tages mal mit«, sagte Paul.

»Cool.«

Kate runzelte die Stirn. »Sie sollten Kindern nichts versprechen, wenn Sie es nicht ernst meinen.«

»Wer sagt, dass ich es nicht ernst meine?«

Er sah ihr bei seinen Worten nicht in die Augen, warf ihr jedoch in der Pause, die darauf folgte, einen raschen Blick zu, und Kate war sich schlagartig der Hitze in dem Wagen bewusst. Sie wollte das nicht, brauchte das nicht. »Wie schaltet man in diesem Auto eigentlich die Klimaanlage an?«

Paul drehte an einem Knopf auf dem Armaturenbrett. Das war wahrlich ein englischer Sommer: launisch und unberechenbar. Bewölkt und kühl, bevor die Sonne im nächsten Moment erbarmungslos herabbrannte. Der Sommer erinnerte sie an Vernon, weshalb sie Paul ermunterte, ihr mehr über den Phishing-Fall zu erzählen, um sich abzulenken und nicht länger über ihren Ehemann nachdenken zu müssen.

»Es war eine große Sache. Die Spur führte zu einem Verbrechersyndikat in Russland, wie schon so oft. Russland, Nigeria, Südkorea. Auch wenn es wirklich überall sein kann. Das Frustrierendste an Computerkriminalität ist, dass die Verbrecher so schnell die Grenzen überwinden. Die Vereinigten Staaten haben letztes Jahr ein Anti-Phishing-Gesetz verabschiedet, aber sie können nicht einmal die Hälfte der Verbrecher strafrechtlich verfolgen, weil die in Asien oder sonst wo stecken. Wir arbeiten überall auf der Welt mit der Polizei und den Nachrichtendiensten zusammen, doch der einzige Weg, wie wir diesen Kampf jemals gewinnen können, ist der, dass die Computeranwender aufhören, so dumm zu sein und diesen Betrügern auf den Leim zu gehen.«

»Aber zumindest werden Sie so nicht arbeitslos«, lächelte Kate.

»Das stimmt. Auch wenn einige der Fälle, mit denen ich konfrontiert werde, in mir den Wunsch aufkommen lassen, dass das Internet nie erfunden wurde.«

»Wie zum Beispiel?«

»Darüber kann ich mit Jack im Auto nicht wirklich reden. Es geht um Kinder.«

»Oh.«

»Ja. Die Art Grauen, die man nie mehr vergisst, die einen die Welt mit anderen Augen sehen lässt. Man erkennt, dass die Gesellschaft schrecklich krank ist und es noch ein weiter, weiter Weg ist, bis sie gesundet.«

Eine andere Art Virus, dachte Kate, *weitergegeben von einer Generation zur nächsten.* Instinktiv drehte sie sich zu Jack um. Er grinste sie an, und die Autoschlange begann, sich in Bewegung zu setzen.

»Und wie sind Sie überhaupt zur Computersicherheit gekommen?«, fragte Kate.

Paul antwortete nicht sofort, und sie vermutete, es läge daran, dass er sich auf die Straße konzentrierte. Nun, da der Verkehr wieder floss, spürte Kate, wie sich die Verärgerung in all den Blechbüchsen um sie herum ein wenig löste. Ein Hund, ein Boxer, betrachtete sie feierlich durch die Heckscheibe des Wagens vor ihnen. Paul erhöhte die Geschwindigkeit, während sich der Verkehr allmählich verteilte.

»Man könnte wohl sagen, dass ich sozusagen hineingerutscht bin, weil es sowieso schon mein Fachgebiet war. Und es blieben mir nur zwei Alternativen: entweder die Seiten zu wechseln und gesetzestreu zu werden oder, nun ja, ins Gefängnis zu wandern.«

Kate wartete darauf, dass er fortfuhr. Er wirbelte das Lenkrad nach links und überholte das Auto mit dem Boxer. Nachdenklich kaute er auf seiner Oberlippe herum. Nach einer Minute sagte er über die Schulter: »Bei dir alles in Ordnung dahinten, Jack?«

»Ich habe gerade einen Mann gesehen, der seinen Popel gegessen hat.«

»Wie nett.«

Sie plauderten unbefangen weiter, während Kate Paul in Bezug auf das, was er über die Androhung einer Gefängnisstrafe angedeutet hatte, nicht bedrängen wollte. Und auch eineinhalb Stunden später, als sie Salisbury erreichten, wartete sie immer noch darauf, dass er ihr freiwillig etwas über seine Vergangenheit erzählte. Sie speicherte es im Kopf unter »Grund zur Besorgnis« ab, beließ es jedoch dabei. Immerhin hätten sie noch genug Zeit, um mehr über den anderen herauszufinden. Es hatte keine Eile.

17

Kate stieg aus dem Auto und vertrat sich die Beine, drückte den Rücken durch, blinzelte in die Sonne und wünschte, sie hätte ihre Sonnenbrille mitgenommen. Sie hatte vergessen, sie einzupacken, ebenso wie Sonnenmilch. Wenn doch nur die Sonne hinter einer Wolke verschwände und das Grau zurückkäme – das grelle Licht brannte ihr in den Augen und auf ihrer Haut und brachte ihre Libido völlig durcheinander. Die Hitze hatte schon immer einen solchen Effekt auf sie gehabt. Wie in jenem Sommer in der CRU, als es schwül und drückend gewesen war und ihre Hormone verrückt gespielt hatten. Oder während der tropischen Nacht bei dem Billigurlaub in Kuba, als Jack gezeugt worden war, damals, als sie und Vernon sich sexuell noch zueinander hingezogen fühlten. Es hatte keinen Sinn, um den heißen Brei herumzureden: Diese Art Wetter turnte sie an. Vielleicht sollte sie einen Regentanz aufführen.

Das Stadtzentrum von Salisbury war ruhig, so schläfrig wie die Wespen, die über den Mülleimern am Marktplatz kreisten, betrunken von Coca-Cola. Kate hielt Jacks Hand, der argwöhnisch die Wespen beäugte. Als er drei war, war eine Wespe in eine Dose Sprite gekrabbelt, die Vernon ihm gegen Kates Willen gekauft hatte – all der Zucker! –, und hatte Jack in die Zunge gestochen. Danach kam eine Hetzjagd in die Notaufnahme, da Jacks Zunge angeschwollen war. Kate hatte Vernon im Auto angebrüllt, als Jack zu schreien begann, und Vernon hatte zurückgebrüllt und sie eine »verklemmte Gesundheitsfanatikerin« genannt.

Nicht ihre glücklichste Erinnerung. Ihre Beziehung hatte

sich so dramatisch und über einen solch kurzen Zeitraum verändert. Eigentlich hätten sie damals jeden Moment von Jacks Babyjahren genießen und sich nicht gegenseitig anschreien sollen. Stattdessen hatte Vernon versucht, sie zu überzeugen, dass ihre Trauer über den Verfall ihrer Beziehung ein Zeichen für eine beginnende seelische Störung wäre und sie dringend eine Therapie und Antidepressiva bräuchte, um »geheilt« zu werden.

»Wo sind nur alle?«, wunderte sich Paul, der aus dem Wagen stieg, sich die Oberarme rieb und dann eine Sonnenbrille aus der Hosentasche zog. Die Brille war superschick und ließ Paul älter wirken, als er war: das Gegenteil ihres beabsichtigten Zwecks. Kate kannte ihn jedoch noch nicht gut genug, um ihm das zu sagen. *Hör auf, wie ein Filmstar aussehen zu wollen*, hätte sie ihm am liebsten zugerufen. *Es gibt keinen Grund, dich so anzustrengen.*

Sie konnte sich nicht vorstellen, dass Stephen jemals versucht hätte, cool und trendy zu sein. Wahrscheinlich hätte er nicht einmal den Unterschied zwischen Gap und Gucci gekannt.

»Mummy, ich habe Durst.«

Sie zerzauste Jack das Haar. »Dann holen wir dir mal etwas zu trinken, okay?«

»Eine Coca-Cola?«

»Nein, du kannst einen Orangensaft haben.«

Auf der anderen Straßenseite gab es einen Zeitschriftenladen, und als sie darauf zugingen, sagte Jack: »Die Wespe da hat mich angeschaut. Sie wollte mich stechen.«

Zwei Teenager donnerten auf Skateboards an ihnen vorbei, und Jack starrte ihnen mit offenem Mund hinterher. Das Insekt war längst vergessen. Paul zeigte auf eine Tafel vor dem Zeitschriftenladen, die Werbung für das *Salisbury Journal* machte, mit der Schlagzeile *Eklat über Kathedrale im Buddhisten-Streit*. Auf einer weiteren Tafel hieß es, *Blues-Manager wirft Handtuch*.

Im Geschäft holte Kate zwei Orangensäfte aus dem Kühlregal, eine Flasche Wasser für Paul und eine Ausgabe des *Journal* von einem Stapel Zeitungen im untersten Regal. Sie trug alles zur Ladentheke, wo ein Mädchen an der Kasse lehnte, einen Zeigefinger im Mund. Kate glaubte, sie wolle vielleicht Brechreiz bei sich auslösen, doch dann erkannte sie, dass die Verkäuferin mit ihrem Zungenpiercing spielte. Das Mädchen wischte sich den mit Spucke überzogenen Finger an ihrer Jeans ab, bevor sie die Preise der Einkäufe in die Kasse tippte.

Wieder draußen hielt Jack Paul seine Safttüte hin, und er half ihm, den Strohhalm aus der Klarsichtfolie zu drücken und ihn in das Loch in dem Karton zu stecken. Jack nippte an dem Orangensaft, dann verzog er das Gesicht.

»Der ist ekelig«, sagte er.

»Was stimmt nicht?«, wollte Kate wissen.

»Er schmeckt wie Scheiße.«

»Das sagt man nicht.« Sie verdrehte die Augen und wandte sich an Paul. »Eine kleine Redewendung, die er bei seinem Vater aufgeschnappt hat.«

»Ich mag keinen englischen Saft. Ich will richtigen Saft.«

»Das ist richtiger Saft.«

»Ich *mag* ihn nicht.« Er warf den Karton auf den Boden.

Kate beobachtete, wie der Saft durch den Strohhalm auf den Gehsteig tropfte. Normalerweise hätte sie ihren Sohn scharf zurechtgewiesen, aber in diesem Moment hatte sie das Gefühl, sie sollte sich zurückhalten. Die vergangenen paar Tage war er so brav gewesen und hatte sich wie das Vorzeigekind aufgeführt, das sie sich während ihrer Schwangerschaft oft ausgemalt hatte. Sie hatte gewusst, es würde nicht für immer andauern, weshalb sie nicht zu streng mit ihm sein wollte. Er verdiente eine Pause. Aber das hieß nicht, dass er mit diesem Verhalten ungestraft durchkommen konnte, denn dann würde es sich verstärken.

»Heb das bitte auf, Jack«, sagte sie so ruhig und besonnen wie möglich.

»Nein. Er schmeckt wie Scheiße.«

»Hör auf, das zu sagen.«

»Scheiße. Scheiiiiiiße. Scheiße, Scheiße, Scheiße.«

Paul lachte.

Kate warf ihm einen finsteren Blick zu. »Das ist nicht besonders hilfreich.«

»Tut mir leid.«

Kate ging in die Hocke, damit sie auf Augenhöhe mit Jack reden konnte. »Sieh mal, ich weiß, dass er anders schmeckt als der Saft, den du gewohnt bist, aber wenn du ihn nicht trinkst, wird es eine Wespe tun.«

»Von mir aus, soll die ihn doch trinken.«

»Heb ihn einfach auf.«

»Komm schon, Jack, tu, was deine Mum dir sagt«, warf Paul ein.

Kate hob die Hand, als Zeichen für Paul, sich nicht einzumischen. Er ging ein paar Schritte zur Seite.

Kate sagte: »Okay, wenn du den Karton aufhebst, werde ich ihn trinken, und wir können dir etwas anderes kaufen. Was hättest du denn gern?«

»Kakao.«

Sie seufzte. »Den gibt es hier wahrscheinlich nicht.«

»Aber ich will Kakao.« Er rieb sich die Augen mit dem Handrücken, und sie begriff, wie müde er war.

»Okay, wir schauen nach, ob sie Kakao haben. Wenn du den Saft aufhebst.«

Schließlich kam Jack ihrer Bitte nach und reichte ihr den Karton. Sie ging in den Laden und fand glücklicherweise eine Flasche Kakao, die Jack ihr aus den Händen riss und deren Inhalt ihm innerhalb weniger Sekunden das Kinn herablief.

Kate wischte Jack mit einem Taschentuch das Gesicht ab, während sie zu Paul sagte: »Tut mir leid, wenn ich Sie angefaucht habe, aber es ist besser, wenn ich mich um diese Dinge kümmere.«

»Ich verstehe. Nun … sollen wir zurück zum Wagen und versuchen, die CRU zu finden?«

Kate antwortete nicht. Sie bräuchte keine Straßenkarte. Sie erinnerte sich genau, wo das Zentrum lag. Sie war häufig dorthin gefahren. Als sie mit Stephen zusammengewohnt hatte, hatte er ihr oft sein Auto überlassen, damit sie es tagsüber nutzen und ihn dann nach der Arbeit im Zentrum abholen konnte. Damals hatte sie immer in einem kleinen Gässchen unten neben der Hauptstraße geparkt. Dort saß sie dann mit angeschaltetem Radio, lauschte Radio One – all die dummen Liebeslieder, deren Songtexte sie gierig in sich aufsog und auf den Moment wartete, an dem ihr Herz vor Aufregung einen Sprung machte, sobald Stephen über die Hügelkuppe auf sie zukam. An manchen Abenden fuhren sie zu einem verborgenen, romantischen Feldweg mit Blick auf die Stadt und blieben eine Weile im Wagen, bevor sie nach Hause zurückkehrten. Sonderbar, wie sie sich an einige Einzelheiten jenes Sommers bis ins allerkleinste Detail erinnern konnte, während der wirklich wichtige Teil … nun, wie sollte sie das Gefühl beschreiben? Als wäre er ausradiert.

»Sie sind still geworden«, stellte Paul fest. »Alles okay?«

»Ja.« Sie hoffte, dass sie nicht auch noch rot geworden war. »Alles in Ordnung.«

Sie gingen zurück zum Auto. Kate beobachtete Paul und fragte sich verwundert, was er mit seiner Anspielung auf das Gefängnis auf dem Weg hierher gemeint hatte. Der Gedanke beunruhigte sie. Sie setzte viel Vertrauen in diesen Mann, hauptsächlich weil er war, wer er war – oder besser gesagt, wer sein Bruder gewesen war. Aber trotz seiner Bemerkung, dass er eine dunkle Vergangenheit hatte, musste sie nur zusehen, wie er mit Jack umging und wie er ihr zu helfen versuchte. Selbst wenn seine Bemühungen scheitern sollten – sie war einfach überzeugt davon, ihm vertrauen zu können.

»Wollen Sie fahren?«, fragte Paul.

Sie zögerte. »Ich weiß nicht. Ich bin schon seit Jahren kein Auto mit Gangschaltung mehr gefahren.«

Er hob eine Augenbraue. »Sie wohnen wirklich schon zu lange in den Staaten.« Er reichte ihr die Schlüssel. »Na los.«

»Mein Daddy sagt, meine Mummy ist eine schlechte Autofahrerin.«

»Tut er das?«, sagte Kate. »Na schön, ich hab's mir anders überlegt.« Sie schnappte sich die Schlüssel und öffnete die Tür auf der Fahrerseite. Der Wagen hatte sich aufgeheizt, während sie in dem Laden gewesen waren, also kurbelten sie alle Fenster auf und genossen die sanfte Brise, die durch das Fahrzeug blies. Es war wie Urlaub. Sie hoffte, Jack würde keinen Kakao auf der Rückbank von Pauls Auto verschütten. Zum Teufel, es war unausweichlich.

Sie ließ den Motor an, und das Radio schaltete sich automatisch ein. Es liefen Verkehrsnachrichten: Der Reporter berichtete, es gäbe ein Verkehrschaos auf der M3, was für Fahrer, die aus dem Westen nach London fuhren, für lange Verzögerungen sorgte.

»Na wunderbar«, seufzte Kate. Sie zögerte, dann dachte sie laut nach: »Vielleicht sollten wir heute Nacht hierbleiben. Der Gedanke, in dieser Hitze im Stau zu stecken, ist einfach zu schrecklich. Wir könnten uns ein Hotel suchen.«

Paul antwortete nicht gleich, und Kate schob hastig nach: »Himmel noch mal, ich bin so anmaßend, als hätten Sie nichts Besseres zu tun! Wenn Sie zurückwollen …«

»Ich habe nichts Besseres vor.«

»Wirklich?«

»Ich habe meinen Laptop und mein Handy dabei. Falls die Arbeit mich braucht, können sie mich erreichen. Mir stehen sowieso noch ein paar freie Tage zu. Ich möchte wirklich herausfinden, was mit Stephen geschehen ist, Kate.«

»Okay.«

Sie fuhren einen großen Hügel hinauf, von dem man eine wunderbare Aussicht auf die Kathedrale hinter ihnen hatte, die den gesamten Rückspiegel einnahm, wann immer Kate hineinspähte. Kurze Zeit darauf bogen sie in die Straße ein, an der die CRU gestanden hatte.

Doch das Zentrum war wie vom Erdboden verschwunden, ersetzt durch eine Wohnsiedlung – dem ersten Eigenheim für Pärchen oder junge Familien. Kate hielt am Randstein und saß ein paar Minuten schweigend da, starrte auf die frisch gemähten Rasen und glänzenden Garagentüren. Sie stieg aus dem Wagen, stellte sich auf die Straße und drehte sich langsam im Kreis. *Verschwunden.*

Wie hatte sie annehmen können, dass die Gebäude immer noch hier stünden? Wie töricht von ihr. Aber war es tatsächlich so abwegig zu glauben, dass vielleicht noch eine Spur dieser Fertighütten zu sehen wäre, des Stacheldrahtzauns, der sie umgeben hatte, all der Arbeit und Forschung, die dort betrieben worden war?

Nein, das Zentrum war ausradiert worden. Die Menschen, die in diesen Häusern wohnten – wie der Kerl dort drüben, der seinen Rasen sprengte, und die Frau, die in einem gestreiften Liegestuhl ein dickes Taschenbuch las, und die Kinder, die einen Fußball herumkickten –, hatten wahrscheinlich allesamt nicht den blassesten Schimmer, was früher einmal hier gestanden hatte.

Sie schlenderte zu dem Holzzaun, der den Rand der Siedlung markierte. Hier war etwas, das sich nicht verändert hatte: die grünen Felder und sich schlängelnden Schlammwege, wo sie und die anderen Freiwilligen hatten spazieren gehen dürfen, solange sie nicht in Kontakt mit Außenstehenden kamen. Kate schloss die Augen, spürte die Sonne auf ihrem Gesicht. Auf diesen Feldern, nicht sehr weit weg von hier, hatten sie und Stephen an einem heißen Sommertag wie diesem miteinander geschlafen, unter einer Eiche, während ihr langer Rock nach oben gerutscht war und sich das ausgedörrte Gras in das Fleisch ihres Oberschenkels gebohrt hatte. Sie war so glücklich und die Zukunft war ein goldener Ort mit Stephen in seiner Mitte gewesen.

Wieder schloss sie die Augen, und die Bilder veränderten sich.

Der Feueralarm kreischte, Rauch wälzte sich durch die Korridore, Sarah stützte sie, als sie versuchten, einen Weg aus dieser Hölle zu finden …

Sie spürte, dass Paul und Jack ihr folgten, hörte das Schaben ihrer Schuhe über dem Asphalt, und wollte sich zu ihnen umdrehen. Aber sie konnte die Augen nicht öffnen.

Jetzt war sie draußen, rannte auf das Gebäude zu und sah, wie die Feuerwehrmänner jemanden auf einer Bahre hinaustrugen. Stephen. Großer Gott, nein, Stephen! Der Arzt, der sich ihr näherte, und dann verblasste alles.

»Kate? Alles in Ordnung?«

Die Bilder verschwammen wieder – *zurück zu Sarah, die sie aus dem Bett zerrte. Und noch weiter zurück – sie und Sarah, die sich stritten. Sich stritten? Worüber?*

Natürlich.

Sie schlug die Augen auf und sah Paul, der vor ihr stand. Für einen Moment flirrten die Wände der Zeit, und Paul verwandelte sich in Stephen: jung, schüchtern, leicht gerötet von ihrem Liebesspiel. Aber dann war er wieder Paul.

»Ich erinnere mich, was mit Sarah geschehen ist«, sagte sie. »Und ich erinnere mich auch an ihren Namen. Sarah Evergreen. Das grünäugige Monster.«

18

Als sie in dem kastenförmigen, weiß getünchten Hotel am Stadtrand von Salisbury eingecheckt hatten (ausgesucht wegen seines relativ günstigen Preises und nicht so sehr aus der Hoffnung auf Luxus), hatte Paul dem Rezeptionisten mit fester Stimme gesagt, sie bräuchten ein Doppelzimmer mit zwei getrennten Betten und dazu ein Einzelzimmer. Dann hatte er sie zum Doppelzimmer begleitet und erklärt, dass sie sich später unten beim Abendessen sehen würden. Kate gefiel seine ruhige Bestimmtheit, die sich so sehr von Vernons nervösem, aufgeblasenem Gehabe unterschied.

Abends saßen Kate und Paul an der Bettkante eines der Einzelbetten, beide ein wenig verlegen. Sie tranken Rotwein aus bauchigen kleinen Wassergläsern, die sie aus dem angeschlossenen Badezimmer geholt hatten, und unterhielten sich leise, um Jack nicht zu wecken, der komatös in dem anderen Bett lag und leise schnarchte, seinen Roboter unter der Decke fest an sich gepresst.

Kate hatte lange mit der Entscheidung gerungen, ob sie Paul auf ihr Zimmer einladen sollte. Sie mussten reden, so viel stand fest, und sie würde Jack auf keinen Fall wieder bei einer Babysitterin lassen – aber gleichzeitig schien es eine Spur zu intim zu sein, hier so eng nebeneinanderzusitzen.

Zumindest, entschied sie, hatte Paul keine Andeutung fallen lassen, dass sie alle drei ein Zimmer teilen könnten.

Ihr Zimmer war recht klein, ohne ein Sofa oder einen Schreibtisch oder sonst eine Sitzgelegenheit. Selbst auf dem Boden war nicht genug Platz, damit sich einer von ihnen hätte hinsetzen können. Paul trug eine Shorts und sie einen kurzen Rock, und seine Beinhaare kitzelten ihren nackten Oberschenkel. Sie war ein Stück weggerückt, aber kurz darauf war er irgendwie wieder ganz in ihrer Nähe. Sie vermochte nicht zu entscheiden, ob er sich dessen ebenso schmerzlich bewusst war wie sie oder ob er es überhaupt nicht bemerkte. Es war eine banale Nebensächlichkeit, die allerdings dafür sorgte, dass ihr Körper überall kribbelte.

»Es ist eine Ewigkeit her, dass ich in einem Zimmer mit zwei Einzelbetten geschlafen habe«, sagte sie und kippte den Wein hinunter. »Das letzte Mal wahrscheinlich in der CRU – auch wenn diese Betten hier viel größer sind. Eigentlich hätte ich für mich und Jack ein Doppelzimmer genommen, weil er sowieso irgendwann zu mir ins Bett klettert – aber in einem Einzelbett macht er sich derart breit, dass ich dann ein anderes Bett brauche, um hineinzuschlüpfen. Wir verbringen dann die ganze Nacht damit, von einem Bett ins andere zu wechseln, während er mir immer nachkommt. Es macht die Sache leichter, einfach ein Doppelbett zu haben.«

Sie errötete. Viel zu viele Informationen über Betten und nachjagen – auch wenn sie von einem sechsjährigen Jungen sprach.

»Musste sich jeder in der CRU ein Zimmer teilen? Hast du mit Stephen zusammengewohnt?«, fragte Paul. Beim Abendessen hatten sie sich endlich durchgerungen, das förmliche Sie beiseitezuschieben und sich zu duzen.

»Jeder musste teilen, aber es waren nicht immer Zimmer mit zwei Betten. Es gab ein paar ›Wohnungen‹, wie sie genannt wurden: separate Apartments, mit einer Art Wohnzimmer plus Küchenzeile und zwei kleinen Schlafzimmern, die davon abgingen. Viel luxuriöser, auch wenn das Badezimmer draußen auf dem Gang war. Aber ich war beide Male mit jemandem in einem Zimmer – allerdings waren die Räume um einiges größer als der hier. Die Betten befanden sich an gegenüberliegenden Seiten, und es gab ein angrenzendes Badezimmer. Und nein, es wäre mir definitiv verboten gewesen, ein Zimmer mit Stephen zu teilen, selbst wenn er kein Mitarbeiter gewesen wäre! Wir waren strikt nach Geschlechtern getrennt. Außerdem sollten wir abgesehen von unseren Zimmergenossen keinerlei Kontakt zur Außenwelt haben. Und niemand wusste, dass Stephen und ich zusammen waren. Er blieb auch nicht oft auf dem Gelände, denn er hatte ja eine Wohnung in Salisbury.«

»Warum?«

»Nun, dort oben war nicht gerade viel los. Er wollte neben seiner Arbeit auch noch ein Leben haben.«

»Nein, ich meinte, warum hat niemand gewusst, dass ihr ein Paar wart?«

Jack schniefte, drehte sich im Schlaf um und drückte mit schlaffen Armen seinen sperrigen Roboter an sich.

Kate wartete, bis er ganz still war, bevor sie fortfuhr: »Ich bin nicht ganz sicher. Stephen hat damals großes Theater darum gemacht, und ich habe den Grund nie wirklich verstanden. Alles, was er meinte, war, dass es besser wäre, wenn niemand von uns wüsste. Das war eines der vielen Dinge, die mich misstrauisch gemacht haben. Ich meine, was spielte es schon für eine Rolle, solange wir uns an die Regeln hielten, wenn wir im Zentrum waren? Aber ihm war es wirklich wichtig – er war offensichtlich besorgt.

Als ich ihm gebeichtet habe, dass ich Sarah von uns erzählt hatte, wurde er richtig sauer. Er hat ständig wiederholt: ›Das ist eine Katastrophe, was, wenn es herauskommt? Was, wenn die anderen Mitarbeiter davon Wind bekommen? Ich verliere meinen Job!‹ Anfangs habe ich gedacht, es läge daran, dass er ein kleiner Streber und immer der Beste gewesen ist und nicht wollte, dass irgendjemand herausfand, dass er sich mit einer Patientin eingelassen hat. Anscheinend gab es eine bescheuerte altmodische Regel, die das verbot.«

Paul lächelte. »Der alte Stephen war schon immer ein kleiner Paragrafenreiter … Jetzt erzähl mir mehr von Sarah.«

Beim Reden streckte er einen Finger aus und streichelte sanft Kates Unterarm. Kate erstarrte, die Augen weit aufgerissen vor Schreck und Überraschung – doch Paul sah sie nicht an. Es hatte den Anschein, als wäre er sich dieses kleinen Übergriffs ebenso wenig bewusst wie des Umstands, dass sich ihre Beine berührten. Sie hingegen war so erregt wie schon seit Langem nicht mehr. *Das ist lächerlich*, dachte sie. *Ich bin sexuell so ausgehungert, dass ich wahrscheinlich schon einen Orgasmus von einem Kerl bekomme, der mir den Arm streichelt!* Sie versuchte sich zu erinnern, wann sie das letzte Mal Sex gehabt hatte, und scheiterte. Wohl nicht mehr, seit Jack aus den Windeln heraus war.

Paul wartete, dass sie ihm erzählte, was sie sich in Bezug auf Sarah noch ins Gedächtnis rufen konnte.

Sie räusperte sich und wollte Paul allein mit Willenskraft dazu bringen, dass er nicht mit dem Streicheln aufhörte. Gleichzeitig ließ die Erinnerung, die ihr vorhin auf dem Gelände der CRU gekommen war, sie schaudern: Sarah, die mit ihr aus dem Gebäude geflüchtet war, ebenso rußbeschmiert und krank wie sie selbst.

»Äh … nun – Sarah. Das letzte Mal, dass ich sie gesehen habe, war nach dem Feuer. Ich kann mich kaum an etwas von dieser Nacht erinnern, außer dass sie mich nach draußen gezogen hat.

Sie war auch krank, weshalb ich nicht weiß, wie sie das geschafft hat. Aber ich sehe sie noch deutlich vor mir, wie sie im Freien auf dem Gras liegt, hustend. Wir haben alle gehustet wegen des Rauchs und der Grippe. Danach habe ich sie nicht mehr getroffen – ich wurde sofort in dieses Krankenhaus gebracht. Ich bin sicher, ich habe mich nach ihr erkundigt, doch ich kann mich um alles in der Welt nicht erinnern, ob ich eine Antwort erhalten habe. Dann bin ich in die Staaten geflogen und habe, ehrlich gesagt, keinen Gedanken mehr an sie verschwendet.«

Das Streicheln wurde intensiver, lange, langsame Kreise ihren Unterarm hinauf und hinunter. Kate bekam überall Gänsehaut. Sie wollte Paul packen und küssen, konnte ihrem Herzen aber keinen Stoß geben. Er nahm nicht einmal Blickkontakt mit ihr auf, seine Augen waren fest auf seine Finger geheftet, die an ihrer Haut hinauf- und hinunterglitten.

Das bedeutet doch sicherlich, dass er mich mag?, dachte sie. Sie war derart aus der Übung. Vielleicht wollte er sie nur ermutigen … *Oh, mach dich nicht lächerlich, Kate*, ermahnte sie sich. *Natürlich bedeutet das, dass er dich mag. Man läuft nicht herum und streichelt wahllos die Unterarme anderer Menschen, wenn man sie nicht mag. Zumindest nicht so.*

»Mehr Wein?« Sie sprang unvermittelt auf und schenkte ihnen nach. *Verdammt*, dachte sie. *Jetzt wird er annehmen, dass es mir nicht gefallen hat oder es unangebracht war.*

Aber vielleicht *war* es unangebracht. Wollte sie ihn denn wirklich? Oder stellte er nur die beste Version einer Reinkarnation Stephens dar, die sie jemals bekäme? Sie seufzte.

Erst jetzt blickte Paul sie an und klopfte lächelnd auf das Bett neben sich. »Ihr Name lautete also Sarah Evergreen. Warum genau hast du sie das grünäugige Monster genannt? Worauf war sie eifersüchtig?«

Sie setzte sich wieder. Diesmal rückte sie bewusst ein kleines bisschen näher, damit sich ihre Beine berührten, ohne dass sich einer von ihnen bewegen musste.

»Auf mich und Stephen. Ich habe sie nicht sonderlich gemocht, sie war eine echte Zicke. Ungefähr mein Alter und ziemlich hübsch mit all den roten Haaren. Als ich sie kennenlernte, hatte ich mich wirklich gefreut, weil ich dachte, dass man mit ihr Spaß haben könnte. So war es auch am Anfang, doch dann stellte sich heraus, dass sie ein Auge auf Stephen geworfen hat. Sie wusste nicht, dass wir bereits ein Paar waren, als sie begann, davon zu schwärmen, wie durchtrainiert er wäre und wie sehr es ihr gefallen würde, von ihm gegen einen Labortisch gepresst zu werden – du weißt schon, solches Zeug. Na ja, das brachte mich in eine wirklich schwierige Lage. Ich konnte nichts sagen, weil es ein großes Geheimnis war, dass Stephen und ich zusammen waren. Ich musste mich nachts rausschleichen, um mich mit ihm zu treffen, und es ging mir auf die Nerven, dass wir es nicht herausposaunen konnten – aber nach einer Weile habe ich es einfach nicht mehr ertragen, Sarah zuzuhören, die immer wieder davon anfing, wie süß er wäre und was sie zu ihm sagen wollte, damit er sich für sie interessierte – es war zu schmerzhaft. Und glaub mir, sie hat *wirklich* stundenlang darüber geredet. Es gab dort auch nichts anderes zu tun außer fernzusehen, weshalb sie Stephen zu ihrem kleinen Projekt erkoren hat. Irgendwann habe ich dann entschieden, dass ich es ihr erzählen müsste.«

»Was hat sie gesagt?«

Kate runzelte die Stirn. »Ich erinnere mich wieder nur lückenhaft. Sie war nicht glücklich, so viel steht fest. Aber zu diesem Zeitpunkt waren wir bereits ziemlich krank – es muss ein oder zwei Tage vor dem Feuer gewesen sein. Wenn es uns beiden gut gegangen wäre, hätten wir uns wohl mächtig in die Haare bekommen, doch anscheinend war sie schon zu weggetreten, um viel mehr zu tun als zu stöhnen und mich anzumeckern.« Sie schauderte. »Bäh. Sie war eine schreckliche Nervensäge. Ich erinnere mich, wie ich mit Fieber im Bett gelegen habe und sie die ganze Zeit auf der anderen Seite des Zimmers gejammert hat. Am liebsten hätte ich sie totgeschlagen wie eine Mücke. Aber ich hatte nicht die Kraft. Ich fühlte mich zu schlapp.«

»Ihr hattet also beide eine Erkältung?«

Kate zögerte. Sie wünschte, Paul würde wieder ihren Arm streicheln, aber abgesehen von ihren Beinen, die sich berührten, tat er nichts weiter, als ihr zuzuhören. Sie hoffte, sie hatte keine Signale ausgesandt, die sie nicht hatte aussenden wollen. Auch wenn das höchstwahrscheinlich der Fall war, da sie selbst nicht mit Sicherheit sagen konnte, *ob* sie es überhaupt wollte … Es war alles so seltsam. Das Letzte, was sie bei ihrer Rückkehr in England erwartet hatte, war, einen neuen Mann zu finden. Ganz zu schweigen von Stephens verdammtem Zwillingsbruder! Es war verrückt. Sie versuchte, sich auf das Gespräch zu konzentrieren und nicht auf Pauls starke, sinnliche Nähe.

»Nun. Damals hatte ich wohl angenommen, dass ich eine wirklich schlimme Grippe habe. Aber jetzt, wo ich darüber nachdenke … es glich keiner Grippe, die ich jemals hatte. Vermutlich könnte es einfach daran gelegen haben, dass mein Fieber so hoch war, dass es sich schlimmer anfühlte, als es in Wirklichkeit war. Doch das einzige Mal, dass ich mich kränker gefühlt habe, war damals als Kind, bei der Krankheit, an der … nun ja, du weißt schon … meine Eltern gestorben sind.«

Es war ihr unangenehm, dass Paul glauben könnte, sie

wollte Mitleid heischen, aber zu ihrer Erleichterung reagierte er völlig nüchtern.

»Denkst du, du hattest vielleicht etwas anderes? Eine andere Krankheit, meine ich?«

»Ich kann nur sagen, dass es sich nicht wie eine Grippe angefühlt hat. Und sicherlich nicht wie eine normale Erkältung. Aber es ist alles wie in Nebel gehüllt, und dann ist das Feuer ausgebrochen, und ich kann mich an nichts weiter erinnern als an das, was ich dir schon erzählt habe. An die Wochen in jenem Krankenhaus und Leonard, der mir erzählte, dass ich das Examen mit Auszeichnung bestanden habe und er mir die Stelle in Harvard beschafft hatte. Alles andere blitzt nur bruchstückhaft auf. Wie in einem Albtraum.« Sie hielt wieder inne. »Ich habe viele Albträume. Aber zu jener Zeit, wenn ich damals denn überhaupt einen vernünftigen Gedanken fassen konnte, hat es sich nicht um das Feuer gedreht oder um Sarah oder darum, wie krank ich war … Es drehte sich allein um Stephen. Ich konnte an nichts anderes denken als daran, dass ich ihn verloren hatte, und es war, als könnte ich nie mehr wieder glücklich werden.«

Sie verstummte, die Stimme belegt und von plötzlichen Tränen erstickt. Es kam ihr taktlos vor, dass er sie mit feuchten Augen sehen musste. Als sie ihm einen flüchtigen Blick zuwarf in der Hoffnung, er hätte es nicht bemerkt, erkannte sie erschrocken, dass ihm ebenfalls Tränen die Wangen herabliefen.

»O Gott, es tut mir so leid!«, sagte sie, streckte unwillkürlich die Hände nach ihm aus und umarmte ihn. »Ich kannte ihn nur ein paar Monate – und er war dein Zwillingsbruder. Für dich muss es so viel schlimmer gewesen sein.«

Mit dem Handrücken wischte er sich übers Gesicht und gab

sich der Umarmung hin. »Nein, tut mir leid. Normalerweise bin ich keine Heulsuse, ehrlich. Im Grunde habe ich seit seinem Tod nicht mehr geweint – abgesehen natürlich von dem einen Mal, als Southampton abgestiegen ist.« Er lächelte kläglich und erinnerte Kate noch mehr an Stephen, der denselben selbstironischen Humor gehabt hatte. Und wenn sie sich recht entsann, war Stephen ebenfalls Fan der Saints gewesen, Southamptons Fußballmannschaft.

»Es ist natürlich nicht schön, dich traurig zu sehen, aber irgendwie ist es toll, mit jemandem zusammen zu sein, der diesen Verlust versteht und Stephen ebenfalls geliebt hat. Ich weiß, ich habe das schon einmal erwähnt, aber mit meinen Eltern kann ich nicht über ihn reden. Es ist für sie zu schmerzhaft. Und Stephen und ich hatten keine gemeinsamen Freunde, also ist das hier das erste Mal, dass ich jemanden treffe, der … ihn so sehr vermisst wie ich.«

Etwas an seiner Ehrlichkeit und dem Stocken in seiner Stimme berührte Kate zutiefst. Mit einem Schlag erkannte sie, dass sich das alles nicht nur um Stephen drehte. Sie sah nicht nur Stephen in ihm, auch wenn die beiden eine solche Ähnlichkeit verband. Sie fühlte sich zu ihm, zu Paul, hingezogen, und der Adrenalinschub und die plötzliche Lust hätten sie glatt umgeworfen, hätte sie auf ihren Füßen gestanden.

Sie zog ihn enger an sich, und genau in diesem Moment schnarchte Jack und rollte sich auf die andere Seite, sodass er mit dem Gesicht zur Wand lag. *Vielen Dank, Jack*, dachte Kate, während sie behutsam Pauls Gesicht zu sich zog und ihn küsste. Seine Lippen schmeckten salzig von den Tränen und fühlten sich unsäglich weich an.

Er reagierte sofort und schlang die Arme um ihre Taille. Zu ihrer ungeheuren Erleichterung fühlte es sich nicht an, als würde sie Stephen küssen. Und es fühlte sich auf gar keinen Fall an wie ein Kuss von Vernon (Vernon zu küssen, erinnerte sie sich, war eher, als steckte man im Schleudergang einer Waschmaschine). Das hier war eine völlig neue und ganz wunderbare Erfahrung. Am liebsten hätte sie sich sofort die Kleider vom Leib gerissen und sich auf ihn gestürzt. Es war ein Glück, dass Jack im Nebenbett lag, denn sonst hätte sie es wahrscheinlich tatsächlich getan. Sie seufzte vor Vergnügen, als Paul ihre Brüste mit denselben zärtlichen Fingern berührte, mit denen er ihren Arm gestreichelt hatte.

Die folgenden eineinhalb Stunden redeten sie weder über Sarah noch die CRU oder Stephen. Der Wein wurde geleert, und Kate bekam einen leichten Ausschlag von Pauls Stoppelbart, aber irgendwie, fast wie durch ein Wunder – zumal sie bereits auf einem Bett lagen – blieb der größte Teil ihrer Kleidung züchtig an seinem Platz.

»Das ist so wundervoll«, flüsterte Paul irgendwann, die Tränen waren längst vergessen.

Kate nickte. »Wundervoll – wenn auch seltsam.« Da kam ihr plötzlich ein Gedanke. »Ich weiß eigentlich nicht besonders viel über dich, abgesehen davon, wer dein Zwillingsbruder war. Du bist doch nicht verheiratet, oder?«

Lächelnd schüttelte er den Kopf. »Nein.«

»Geschieden?«

»Nein.«

»Freundin?«

»Habe vor sechs Monaten mit ihr Schluss gemacht. Seitdem bin ich Single. Du musst dir also keine Gedanken machen.«

»Aber ich bin verheiratet«, sagte sie düster, während sie sich Vernons Gesicht vorstellte, verzerrt vor Wut bei der Erkenntnis, dass sie und Jack untergetaucht waren. Aus irgendeinem unerfindlichen Grund sah sie ihn im Türrahmen zu Jacks verlassenem Kinderzimmer stehen, wie er wutentbrannt die ordentlich ausgebreitete Red-Sox-Überdecke anstarrte, sie vielleicht durchs Zimmer schleuderte. Vielleicht schluchzte er vor Wut und Frustration. O Gott! Kate beschlich das schreckliche Gefühl, dass sie die Konsequenzen ihres Flugs noch gar nicht überblicken konnte.

Paul lächelte einfach nur. Seine Gegenwart hatte etwas so Beruhigendes. »Ja, aber das wirst du nicht mehr lange sein, nicht wahr? Ich meine, das ist doch der Grund, weshalb du hierhergekommen bist?«

Kate nickte.

»Na dann. Was ist schon ein kleiner präventiver Seitensprung zwischen Freunden?« Er küsste sie erneut, und irgendwie gelang es Kate, Vernon zu vergessen. Zumindest für eine Weile.

19

Als Kate am nächsten Morgen die Augen öffnete, war das erste flüchtige Gefühl eine leise Enttäuschung, weil Paul nicht neben ihr im Bett lag. Aber dann, als Billy mit einem Piepsen eingeschaltet wurde und somit das Erwachen ihres Sohns verkündete, begriff sie, dass dies unmöglich gewesen wäre. Oder zumindest nicht sonderlich ratsam. Zu ihrer Schande stieg die Frage in ihr auf, wie in aller Welt sie überhaupt einmal Zeit allein mit Paul verbringen könnte. Augenblicklich schlug sie sich den selbstsüchtigen Gedanken aus dem Kopf. Jack kam auf jeden Fall an erster Stelle.

Aber nun, wo sie es sich recht bedachte, wäre es für Jack vielleicht doch an der Zeit, ein paar Tage mit seiner englischen Verwandtschaft zu verbringen. Eigennutz hin oder her, es wäre wirklich nicht besonders spaßig für ihn, von ihr und Paul auf der Suche nach Antworten durch ganz England gezerrt zu werden. Ihre Schwester wohnte in den Cotswolds. Sie wäre bestimmt hocherfreut, ihn eine Weile bei sich zu haben, oder? Auch wenn Miranda noch nicht einmal wusste, dass sie hier waren.

Kate entschied, sie heute anzurufen … und nicht *nur*, damit sie mit Paul schlafen konnte. Wahrscheinlich müsste sie Miranda versichern, dass bei ihnen alles in Ordnung wäre. Sie hatten sich nie sehr nahegestanden, und Kate hatte es bisher aufgeschoben, sich mit ihr in Verbindung zu setzen, da Vernon sie dort als Erstes suchen würde. Sie wollte Miranda nicht in ihre Ehekrise hineinziehen. Es wäre besser, wenn sie nichts wüsste. Zumindest kannte Vernon Mirandas neue Adresse nicht – sie war vor wenigen Monaten umgezogen.

»Hallo, Billy, hallo, Mummy, ich hab euch beide lieb«, sagte Jack schläfrig und taumelte aus seinem Bett in ihres – dem Bett, in dem er am vergangenen Abend eingeschlafen war. Sie kuschelten, Kate drückte Jacks Scheitel an ihre Lippen, küsste sein weiches Haar, und Jack schlang eines seiner kleinen Beine um ihres. Er roch köstlich.

»Wir haben dich auch lieb, Jackilein«, sagte sie, seinen früheren Spitznamen benutzend.

»Mum-my, nenn mich nicht mehr so, der Name ist doof!«

»Na schön, Zuckermaus.«

»Der ist noch blöder!«

»Tut mir leid, Mr. Pupsgesicht.«

Jack boxte ihr überraschend fest in die Rippen.

»Aua! Das tut weh!«

»Dann hör auf, mich so zu nennen«, sagte er, den Tränen nahe.

Kate hatte vergessen, wie empfindlich er manchmal sein konnte. Unter den gegebenen Umständen hätte sie seine Reaktion wahrscheinlich nicht überraschen dürfen.

»Tut mir leid, Jack«, sagte sie und umarmte ihn fester. »He, wie fändest du es, Amelia und George zu besuchen?«

»Wen?«

»Deine Cousine und deinen Cousin, erinnerst du dich nicht? Sie sind einmal nach Boston gekommen. Sie haben blondes Haar und große grüne Augen. George ist ein Jahr jünger als du, und Amelia ein Jahr älter.«

»Und ihre Eltern sind Tante Miranda und Onkel Pete?«

»Ganz genau. Du hast sie schon eine Weile nicht mehr gesehen.«

Miranda, Pete und die Kinder waren vor ungefähr achtzehn Monaten zu ihnen nach Boston geflogen, und Vernon hatte ihnen den Besuch so unschön wie möglich gemacht. Genauso gut hätte er eine »Verpisst euch«-Fußmatte vor die Haustür legen können.

Jack zuckte mit den Schultern. »Okay. Ist mir egal. Vielleicht lasse ich George mit Billy spielen, aber nur für ein paar Minuten.«

»Braver Junge. Und jetzt aufs Klo mit dir, und dann suchen wir Paul und gehen frühstücken.«

»Die heutige Aufgabe«, sagte Paul, während sie sich über fettige Rühreier und zähen Toast im Speisesaal des Hotels hermachten, »besteht darin, Sarah aufzuspüren. Kannst du dich erinnern, wo sie gewohnt hat?«

Kate, die Jack beobachtete, der mit der Vorhangschnur spielte – er schien Billy lynchen zu wollen –, zermarterte sich wieder das Gehirn. Sie sah zu Paul hoch, der einen Klumpen Ei auf seinem Teller hin und her schob. Er fing ihren Blick auf und warf ihr ein winziges, wenn auch vielsagendes Lächeln zu, und ihr Magen machte einen kleinen Satz. Sie dachte an die seidenweiche, samtene Haut von vergangener Nacht, und wie sie es nicht erwarten konnte, Paul endlich wieder zu küssen.

Mit aller Gewalt zwang sie sich, sich zu konzentrieren, und zeigte auf Pauls Laptop. »Ich bin ziemlich sicher, dass sie aus der Gegend stammt. Ich habe das Gefühl, dass sie mir erzählt hat, sie könnte ihr Haus vom Zentrum aus sehen. Können wir sie denn nicht im Internet suchen? Evergreen sollte nicht zu schwer zu finden sein, ist doch kein besonders gewöhnlicher Name, oder?«

»Nein, aber ich habe hier keine Internetverbindung. Wir sollten nachsehen, ob sie an der Rezeption ein Telefonbuch haben, sobald du fertig gegessen hast.«

Kate nahm einen letzten Schluck ihres lauwarmen Tees und verzog das Gesicht. »Ja. Ist sowieso nicht das beste Frühstück, das ich je hatte.«

Paul lächelte wieder. »Vielleicht kann ich dich irgendwann einmal zu einem Hotel entführen, in dem es ein fantastisches Frühstück gibt. Im Lake District. Mit einer atemberaubenden Aussicht und Himmelbetten.«

»Hört sich gut an«, sagte sie und versuchte, ihre Stimme ruhig zu halten. »Nichts geht über ein gutes Frühstück.«

Im Telefonbuch von Salisbury war ein einziger Evergreen aufgelistet. Die Anfangsbuchstaben des Vornamens stimmten nicht überein, aber nach all der Zeit war Sarah wahrscheinlich verheiratet und lebte woanders. Bestimmt waren es Angehörige – hoffentlich ihre Eltern.

»Natürlich nur gesetzt den Fall, dass es die richtigen Evergreens sind«, gab Paul zu bedenken.

»Sollten wir nicht lieber zuerst anrufen?«, frage Kate skeptisch. »Jack, tu das nicht, Liebling, du könntest dir die Finger einklemmen.«

Jack spielte gelangweilt mit der schweren Feuerschutztür, die hoch zu den Hotelzimmern führte, während Kate und Paul an der Rezeption in dem Telefonbuch neben dem Münztelefon blätterten.

»Nein. Wir haben genug Zeit. Lass uns einfach hinfahren und nachsehen, ob sie zu Hause sind. Und natürlich, ob sie die Richtigen sind. Du kannst einfach behaupten, du wärst eine alte Freundin von Sarah.«

»Was ist mit Jack? Jack – hör auf!«, rief Kate.

Paul blickte zu Jack, der nun erbost gegen die Tür trat.

»Ja. Das ist wirklich alles ein bisschen langweilig für ihn«, sagte Paul. »Er sollte lieber nicht mit uns hineingehen. Ich kaufe ihm einen Ball und nehme ihn mit raus in den Garten, falls sie einen haben, während du dich unterhältst.«

Kate hoffte, dass die Evergreens zuvorkommend wären. Es kam ihr etwas dreist vor, uneingeladen aufzukreuzen und sie dann zu fragen, ob Jack in ihrem Garten Fußball spielen dürfte. »Oder in einem Park.«

»Wie auch immer. Lass uns gehen.« Paul rief Jack zu: »Komm schon, Kleiner, wir kaufen dir einen Fußball.«

Nachdem der Fußball in einem Zeitschriftenladen neben dem Hotel pflichtgemäß gekauft worden war, machten sie sich im Auto auf den Weg zu einem Dorf auf der anderen Seite von Salisbury. Es hieß Quidhampton. Laut der Karte wohnten die Evergreens an der Hauptstraße.

»Auch wenn ich das hier nicht unbedingt eine Hauptstraße nennen würde«, sagte Kate, während Paul langsam etwas hinabfuhr, das vielmehr die Bezeichnung »schmaler Feldweg« verdient hätte.

»Da! Primrose Cottage«, rief Paul und zeigte auf einen flachen Bungalow im Stil der dreißiger Jahre.

»Und das würde ich auch nicht ein Cottage nennen«, sagte sie in dem Versuch, die Anspannung in ihrem Magen zu unterdrücken.

»Wohin fahren wir eigentlich? Können wir jetzt Fußball spielen?« Jack hatte sich bereits abgeschnallt, bevor der Wagen zum Stehen kam.

»Warte mal, Kleiner. Wir müssen kurz nachschauen, ob die Leute hier die Mum und der Dad von jemandem sind, den deine Mummy mal kannte. Eine Frau namens Sarah.«

»Warum?«

Paul und Kate sahen sich an. »Das zu erklären, ist ein bisschen schwierig«, sagte Paul. »Ist eine lange Geschichte.« Er drehte sich zurück zu Kate. »Vielleicht wohnt sie ja sogar noch zu Hause. Das wäre doch praktisch, nicht wahr? Würde uns eine Menge Zeit sparen.«

»Mhm«, sagte Kate, die sich keineswegs sicher war, ob sie sich für das alles bereit fühlte. Jack machte den Mund auf, um weitere Erklärungen einzufordern, weshalb sie hastig hinzufügte: »Du bist ein braver Junge gewesen, Jack. Versprich mir, dass du noch ein klitzekleines bisschen länger brav bist, während ich mit ihnen rede, okay?«

»Okay. Solange ich nachher ein Eis bekomme«, erwiderte Jack übellaunig.

Kate hatte sich Sarahs Eltern als älteres Ehepaar vorgestellt, sodass sie nun, als ihr eine sehr attraktive, jugendliche Frau Anfang fünfzig die Tür öffnete, zunächst glaubte, sie hätten die falschen Evergreens gefunden.

»Äh – hallo«, sagte sie. »Es tut mir wirklich leid, Sie zu stören. Ich suche nach Sarah Evergreens Eltern? Ich bin eine alte Freundin von ihr.«

Die Frau erstarrte für einen Moment, und der Ausdruck auf ihrem Gesicht verriet Kate, dass dies doch nicht die falsche Adresse war. Verwundert fragte sie sich, ob sich Sarah und ihre Familie vielleicht zerstritten hätten – Sarah war ein streitsüchtiges Persönchen gewesen, als Kate sie kennengelernt hatte.

»Ja«, sagte sie. »Ich bin Sarahs Mutter.« Dann lächelte sie und streckte die Hand aus. »Alle Freunde von Sarah sind hier willkommen. An Sie kann ich mich jedoch nicht erinnern. Sind wir uns schon einmal begegnet? Übrigens, ich bin Angela.«

»Kate.« Kate schüttelte Angelas Hand und lächelte zurück. »Ich kannte Sarah aus der Cold Research Unit. Das sind mein Freund Paul und mein Sohn Jack.«

Bei der Erwähnung des Zentrums zuckte Angela kurz zusammen. Beiden, Kate und Paul, entging es nicht, und Paul starrte Kate mit hochgezogener Augenbraue an, als Angela kurz nicht hinsah.

»Kommen Sie herein, kommen Sie herein, ich setze rasch Teewasser auf. Hallo, Jack, mir gefällt dein Roboter. Der ist toll.«

»Er heißt Billy«, sagte Jack und versteckte sich hinter Kates Beinen.

Sie gingen im Gänsemarsch in das kleine Haus, wo sie zu viel Platz in dem vollgestopften Wohnzimmer einnahmen. Ein riesiges Gemälde von Sarah, eine Fotografie, in Öl auf Leinwand kopiert, hing über dem Kamin, und Kate erkannte sie sofort wieder.

»Wie geht es Sarah?«, fragte Kate und dachte insgeheim, wie attraktiv sie auf dem Bild war. »Es ist eine Ewigkeit her, seit ich sie das letzte Mal gesehen habe. Wir wollten den Kontakt halten, aber …« Ihre Stimme verlor sich, als sie Angelas Gesichtsausdruck bemerkte.

»Sie wissen es nicht? Ich dachte, Sie wären mit ihr zusammen in der CRU gewesen?«

Kate blickte zu Paul. »Das war ich. Wir waren Zimmergenossinnen. Was …?«

»Sie waren also dort, in der Nacht des Feuers?«

»Ja.« Kate überkam ein flaues Gefühl in der Magengrube. Sie streckte den Arm aus und nahm Pauls Hand. Selbst Jack war ruhig, spürte die angespannte Stimmung. Er hatte sich auf einem Sessel niedergelassen, wo er an Billy herumdrückte.

Angela schluckte schwer, und ihre Augen füllten sich mit Tränen. »Es tut mir furchtbar leid, Ihnen das sagen zu müssen. Ich dachte, Sie wüssten es längst. Aber Sarah … ist in dem Feuer umgekommen.«

»Ist sie nicht!«, platzte es aus Kate heraus.

»Kate!« Paul drückte ihr die Hand.

»Ich weiß, das muss für Sie ein Schock sein, aber leider ist es die Wahrheit. Sie war in dem brennenden Gebäude eingeschlossen und … konnte nicht fliehen.«

Kate schüttelte den Kopf. »Nein. Nein.«

Angela glaubte, Kate wäre über die Neuigkeit tief bestürzt, weshalb sie sie zum Sofa führte und sanft an den Schultern herabdrückte, damit sie sich setzte. »Ich bin überrascht, dass Sie in den Zeitungen nichts darüber gelesen haben.«

Paul schlich zu Jack und verwickelte ihn leise in ein Gespräch über Billys unzählige Funktionen.

»Ich komme nicht aus Salisbury. Außerdem war ich nach dem Feuer eine Zeit lang im Krankenhaus, und dann bin ich in die Staaten gezogen. Deshalb wusste ich nichts.«

»Waren Sie und Sarah gute Freunde?«

Kate errötete. »Äh. Nun ja. Wir haben uns nicht lange gekannt. Aber wir hatten eine lustige Zeit zusammen.« Sie wich Pauls Blick aus.

»Lassen Sie mich rasch Tee machen, und danach können wir uns unterhalten«, sagte Angela. »Jack, möchtest du einen Saft und Kekse?«

Jack nickte. »Und bitte, kann ich mit Paul in Ihrem Garten Fußball spielen?«

Angelas Lachen klang angespannt. »Natürlich. Ich zeige dir den Weg.«

»Das ist sehr nett von Ihnen«, sagte Kate ebenso angespannt. Erschrocken stellte sie fest, dass sie zitterte, und wünschte, dass Paul nicht mit Jack im Garten verschwinden würde. Sie hatte das Gefühl, als bräuchte sie jemanden, an dem sie sich festhalten konnte. Das war alles so merkwürdig. Auch wenn ihre Erinnerung an das Feuer sehr bruchstückhaft war, hatten sich zwei Bilder in ihr eingebrannt: zum einen von Sarah und ihr selbst, wie sie draußen auf dem Rasen zusammengebrochen waren, und zum anderen von Stephen, der aus dem Gebäude getragen wurde. Wie konnten beide in dem Feuer gestorben sein? Es war unmöglich. Sarah war diejenige gewesen, die ihr, Kate, ins Freie geholfen hatte. Sarah hatte genauso viel gehustet und gespuckt wie sie selbst – aber ansonsten war es ihr gut gegangen. Sie hatte es aus dem Gebäude geschafft. Kate erinnerte sich klar und deutlich, ein lichter Moment in dem Nebel, der einen Großteil ihrer Erinnerungen verschleierte.

Nach ein paar Minuten kam Angela mit einem Tablett voller Teegeschirr und einem Teller Schokoladenkekse zurück.

»Es tut mir wirklich leid, dass ich hier einfach ohne Vorankündigung aufgetaucht bin«, sagte Kate und lehnte einen angebotenen Keks ab.

»Das macht doch nichts. Im Grunde bin ich froh, Gesellschaft zu haben. Und dass wieder ein Kind im Haus ist.« Sie klang so wehmütig.

»War Sarah Ihr einziges Kind?«, fragte Kate. »Sagen Sie mir ruhig, wenn mich das nichts angeht.«

»Nein, ist schon in Ordnung. Ja, Sarah war unser Ein und Alles. Nun, da sie tot ist, werde ich auch keine Enkelkinder haben, die hier im Haus herumlaufen.«

»Und Ihr Mann?«, wagte Kate vorsichtig zu fragen. Sie fühlte sich schrecklich.

Angela starrte Sarahs Porträt an und biss sich auf die Lippe. »Wir haben uns drei Jahre nach Sarahs Tod scheiden lassen. Es wurde einfach alles … zu viel, am Ende.«

»Das tut mir so leid.«

Angela nickte. »Und jetzt lebe ich also allein. Mir geht es so weit ganz gut. Ich habe ein paar enge Freunde und ein paar schöne Erinnerungen. Aber nichts ist so gelaufen, wie ich es mir vorgestellt habe. Das tut das Leben allerdings nie, oder?«

»Vermutlich nicht«, sagte Kate langsam, während sie über sich und Vernon nachdachte. Und sich und Stephen. Und jetzt – sich und Paul? Wie würde das wohl ausgehen?

»Woran erinnern Sie sich bei Sarah?«, fragte Angela.

Kate sah ihr fest in die Augen. »Ich erinnere mich an nicht besonders viel, was das Feuer anbelangt – aber ich bin überzeugt, dass Sarah mir das Leben gerettet hat. Ich war krank – wir waren beide krank. Wir wurden mit Grippe oder etwas in der Art angesteckt. Wir hatten beide Fieber, auch wenn ich nicht sicher bin, wer von uns mitgenommener war. Ich war zu krank, als dass ich die Menschen um mich herum bemerkt hätte. Doch sie hat mich aus dem Bett gezerrt, als der Feueralarm losging, und mir den Korridor hinabgeholfen. Allein hätte ich mich nicht auf den Beinen halten können, ich war zu schwach. Ich erinnere mich an ihr rotes Haar und ihre Stimme, die mich zur Eile antrieb. Und vor allem erinnere ich mich daran, dass ich sie draußen gesehen habe, auf dem Gras, neben mir.«

»Das kann nicht sein«, sagte Angela, vollkommen verwirrt.

»Doch. Das habe ich ganz bestimmt.«

»Kann es sein, dass sie wieder hineingegangen ist in der Hoffnung, noch jemanden zu retten?«

»So muss es wohl gewesen sein, obwohl ich mir nicht vorstellen kann, wen sie hätte retten wollen. Wie schrecklich mutig von ihr. *Ich* war zu nichts weiter in der Lage, als reglos auf dem Rasen zu liegen. Ich glaube, jemand hat mir eine Spritze mit irgendetwas gegeben. Haben Sie - äh - ich meine, wo ist sie denn gefunden worden?«

Angelas Stimme zitterte. »In ihrem Zimmer in der CRU. Anscheinend muss sie sich irgendwie eingesperrt haben und konnte nicht fliehen.«

»Das ist unmöglich. Warum sollte sie in unser Zimmer zurückgekehrt sein und sich dort eingesperrt haben? Das Feuer hat längst gewütet. Niemand hätte über diesen Korridor zurückgehen können! Sie haben mit allen Mitteln versucht, uns dort herauszubekommen; das Feuer war genau hinter uns. Wenn ich es mir recht überlege, war es fast so, als hätte es uns den Gang entlanggejagt. Der Rauch war überall …«

Sie griffen beide nach ihrem Tee und tranken einen Moment schweigend. Kate wünschte, ihrer wäre ein großer Gin Tonic. Ein Klappern ließ sie wieder aufblicken, und zu ihrem Schreck bemerkte sie, dass Angelas Hand so heftig zitterte, dass ihre Tasse auf dem Unterteller klirrte und der Tee auf den cremefarbenen Teppich schwappte. Kate sprang auf und nahm Angela sanft das Geschirr weg, die nun schluchzend auf dem Sofa zusammenbrach, als hätte sie krampfartige Bauchschmerzen.

»Ich ertrage es nicht, dass meine Tochter derart leiden musste!«

Angelas Stimme war ein einziges Wehklagen, schmerzerfüllter als alles, was Kate in ihrem bisherigen Leben gehört hatte. *O Gott*, dachte sie, *was haben wir nur getan? Wir hätten nicht herkommen dürfen. Gerade eben ging es Angela noch gut.*

»Es tut mir so leid«, wiederholte Kate und versuchte, den

Teefleck mit einer Serviette vom Boden zu wischen, selbst den Tränen nahe. Draußen waren Paul und Jack völlig in ihr Fußballspiel vertieft.

Angela holte tief und lang Atem und bemühte sich angestrengt, sich zu beruhigen. »Nein, ich bin es, die sich entschuldigen muss«, sagte sie, immer noch weinend. »Man möchte glauben, es sollte mit der Zeit leichter werden, aber dem ist nicht so. Ich verhalte mich bei allen Menschen so, die Sarah kannten. Als dieser Mann, dieser Dr. Bainbridge, ein paar Wochen nachdem es geschehen war, zu Besuch kam, habe ich derart die Fassung verloren, dass man mir ein Beruhigungsmittel gespritzt hat – Sarahs Vater musste meinen Hausarzt rufen. Ich denke, dieser Dr. Bainbridge hat es aufs Bitterste bereut, einen Fuß in mein Haus gesetzt zu haben. Ich bin nämlich richtig auf ihn losgegangen. Ich hatte einfach das Gefühl, irgendjemandem die Schuld geben zu müssen. Das war nicht fair von mir.«

Kate legte die verfärbte Serviette zurück auf das Teetablett. »Leonard Bainbridge hat Sie besucht? Was hat er gesagt?«

»Er hat immer nur wiederholt, wie leid es ihm täte. Er meinte, dass die Cold Research Unit ins Leben gerufen worden war, um Menschen zu helfen, und jetzt waren Menschen gestorben. Er sagte etwas in der Art, dass alles außer Kontrolle geraten sei. Um ehrlich zu sein, nichts von alldem hat viel Sinn ergeben, und ich war so wütend und habe ihn die ganze Zeit angeschrien, dass ich ihm gar nicht richtig zugehört habe. Und dann sagte er etwas, das mich so zornig gemacht hat, dass ich ihn rausgeworfen habe. Er meinte, ich sollte stolz sein, dass meine Tochter gestorben ist, um anderen Menschen zu helfen – als wäre es den Tod meiner Tochter wert, dass ein paar Leute keine Halsschmerzen und laufenden

Nasen bekommen! Er hoffte, ich würde eines Tages einsehen, dass es das Opfer wert war.«

Kate wusste nicht, was sie sagen sollte. In ihrem Kopf drehte sich alles. Opfer? Was um alles in der Welt hatte Leonard nur gemeint?

Sie folgte Angelas Blick zu einem Foto von Sarah, als sie ein kleines Mädchen gewesen war, gerahmt und verblasst auf dem Kaminsims. Wie Sarah war Leonard nun tot. Welche Geheimnisse hatte er mit ins Grab genommen? Als sie eine Träne über Angelas Wange rollen sah, war Kate entschlossener denn je, der Sache auf den Grund zu gehen.

20

Sampson stand draußen vor dem Hotel neben seinem Wagen und rauchte eine Zigarette. Es half ihm beim Nachdenken. Die Fährte war frisch, aber wohin führte sie? Er schloss die Augen und atmete tief durch die Nase. Er konnte sie riechen, spürte ihren Nachhall, fühlte, wie ihre Gegenwart der Luft in der Stadt ihren Stempel aufgedrückt hatte. Kate.

Er erinnerte sich an das erste Mal, als er sie gesehen hatte. Damals hatte er in der CRU als Sicherheitsdienst gearbeitet. Nicht dass er als Wachmann vorgestellt worden wäre – soweit es die Insassen oder Patienten, oder wie zum Teufel man sie nennen mochte, anging, war er das Mädchen für alles, der Trottel, der ihre Koffer schleppte und ihre Fernseher reparierte, wenn sie den Geist aufgaben. Er strich Zäune und jätete Unkraut. Anfangs hatte er die Arbeit als demütigend empfunden, als weit unter seiner Würde, doch nach einer Weile entspannte er sich und erkannte, dass es von Vorteil sein konnte, verdeckt zu arbeiten und vorzugeben, man sei ein harmloser Dummkopf. Er hatte Zutritt zu den Gästezimmern – einschließlich des Mädchentrakts. Er konnte unbemerkt mit den Schatten verschmelzen und sich in Luft auflösen, denn für die meisten von ihnen war er so gut wie unsichtbar, nur ein Hausmeister. Ein großes Nichts. Gelegentlich gab es interessanteres Zeug zu tun, wenn seine Zahlmeister ihn ihre schmutzige Arbeit erledigen ließen, so wie jetzt, aber meistens war er zufrieden mit seinem ruhigen, fast Zen-mäßigen Leben.

Verdammt, er war beinahe Gefahr gelaufen, weich zu werden, bis alles angefangen hatte.

Als Kate dort gewesen war.

Seit seiner frühen Jugend wusste er, dass er anders war als der Rest der Jungen. Alle um ihn herum – die gesamte verfluchte Welt – faselten über Liebe und Freude und Glück. Er verstand diese Begriffe nicht. Jedes Lied, das er hörte, jeder Film, den er sah, die Gespräche, die er belauschte – alles drehte sich um Liebe und Romantik und Herzen und Blumen. Er beobachtete, wie sich die Jungen in seiner Klasse zum Narren machten, während sie Mädchen hinterherjagten. Es war erbärmlich. Mädchen waren ihm scheißegal. Das Einzige, was annähernd etwas wie Freude in ihm hervorrief, waren die Momente, in denen er anderen Schmerzen verursachte. Wenn er seine Mutter zum Weinen brachte, der Katze seiner Schwester den Kopf mit einem Stein einschlug, mit anderen Jungen kämpfte und *sie* zum Weinen brachte. Das war Glückseligkeit.

Ironischerweise fühlten sich die Mädchen immer mehr zu ihm hingezogen, je unnahbarer und desinteressierter er war. Sie waren alle hinter ihm her, zur Empörung der anderen Jungen. Die hübschesten und beliebtesten Mädchen stellten ihm nach, rissen die Augen auf, wenn sie mit ihm redeten, fuhren sich über die Lippen, fragten ihn, ob er mit ihnen ausgehen wolle. Ein Mädchen schrieb ihm sogar ein Gedicht, verdammt noch mal, was bei ihm einen Würgereiz hervorgerufen hatte. Aber die Mädchen boten ihm auch ihre Körper an, und das gefiel ihm. Er mochte es, mit ihnen zu vögeln. Er mochte es, Mädchen zum Weinen zu bringen, während er mit ihnen vögelte. Nach einer Weile ging das Gerücht um, dass er nicht nur böse war – sondern *wirklich* böse. Von nun an mieden sie ihn, abgesehen von den richtig gestörten Mädchen, denjenigen, die die Gefahr suchten. Es waren die Mädchen mit Problemen zu Hause, die Klebstoff schnüffelten und sich ritzten. Er empfand nichts für sie, außer einer unbestimmten, animalischen Lust, häufig gefolgt von Ekel. Das war es. Und das war das Verhaltensmuster seiner jungen Jahre.

Dann war Kate in der CRU aufgetaucht. Sampsons Kollege Geoffrey hatte sie abgeholt und ihm berichtet, dass ein ziemlich hübsches Mädchen auf Zimmer 4C wohnte. Am nächsten Tag arbeiteten sie im Garten, als Geoffrey ihn leicht in die Seite stieß. »Da ist die Kleine, von der ich dir erzählt habe.« Sampson hatte desinteressiert den Kopf gehoben.

Es hatte sich angefühlt, als hätte man ihm in die Eier getreten. In diesem Moment musste er wohl blöde dreingeblickt haben, ein Idiot mit weit aufgerissenem Mund, denn Geoffrey hatte lachend gesagt: »Die scheint's dir ja angetan zu haben. Ich hab dir doch gesagt, sie ist ein Knaller.«

Sampson brachte kein Wort hervor. Er wandte sich wieder der Gartenarbeit zu. Später, nach dem Feuer, hatte sich Gaunt gesorgt, dass Geoffrey zu viel wusste, weshalb sich Sampson des tattrigen, alten Wichsers entledigen musste und ihn in dem Blumenbeet begrub, das er so geliebt hatte.

Er wusste nicht, woran es lag, dass Kate eine solche Wirkung auf ihn hatte, die ihn gleichzeitig friedvoller und gewalttätiger als je zuvor werden ließ. Sie weckte das brennende Verlangen in ihm, sie zu umarmen, gepaart mit dem Bedürfnis, sie zu erdrosseln. Sie war nicht die schönste Frau, die er jemals zu Gesicht bekommen hatte, hatte nicht den besten Körper, bewegte sich nicht auf eine besonders verführerische Art. Hätte man sie mit einem Haufen Models in ein Zimmer gesteckt, hätte sie dennoch herausgestochen, weil sie – nun ja – nicht wie ein Model aussah. Doch sie hatte eine sonderbare Wirkung auf ihn.

Gepeinigt von seinen Gefühlen beobachtete er sie während

ihres Aufenthalts im Zentrum, und dann war sie eines Tages fort, wie jeder Freiwillige, der von der Bildfläche verschwand, sobald die zwei Wochen abgelaufen waren. Er schalt sich, nichts getan zu haben, keinen Anlauf genommen zu haben, sie näher kennenzulernen, seine Starre nicht überwunden zu haben angesichts der Macht, die sie auf ihn ausübte.

Dann war sie zurückgekehrt. Wundervoll, schrecklich. Und er hatte den Grund erfahren: Sie war mit diesem Arzt, diesem Wilson, zusammen, diesem weinerlichen kleinen Scheißkerl. Wie zum Teufel konnte sie sich zu einem feigen Arschloch wie ihm hingezogen fühlen? Okay, er war klug und sah gut aus. Er war nett. »Nett« ließ Sampson würgen. »Nett« musste in dieser Welt ausgerottet werden.

Sampson erkannte schon bald, dass Kate etwas im Schilde führte, weshalb er sie genauer beobachtete und auch Wilson nicht aus den Augen ließ. Sein Job hatte angefangen, ihn zu langweilen, aber mit einem Schlag war sein Interesse neu entfacht.

Alles gipfelte in einer Nacht voller Flammen und Rauch, Gewalt und brennendem Fleisch. Er war dort, als die Feuerwehrleute Kate und die anderen Mädchen herausbrachten. Es herrschte Wahnsinn, völliges Chaos, während die Freiwilligen aus ihren Zimmern flüchteten, Polizei und Feuerwehrmänner aus Salisbury anrückten, und Anwohner für ein *Ooh* und *Aah* bei dem Spektakel erschienen. Im selben Moment, als er sah, wie Kate und ihre Zimmergenossin ins Freie getragen wurden, tauchte sein Boss neben ihm auf. Hastig wurden Anweisungen gegeben. Zu Sampsons großer Enttäuschung sollten sich andere um Kate kümmern. Er würde sich ihrer Zimmergenossin entledigen, ganz wie es ihm beliebte.

Sampson fand Sarah auf dem Rasen sitzend vor, mit gesenktem Kopf, ihr Nachthemd, das ihr bis zu den Knien hochgerutscht war, vom Rauch geschwärzt. Er rief ihren Namen, und sie blickte zu ihm hoch. Ihre Augen tränten, ihr Gesicht war unter einer Schicht Asche kreideweiß. Sie sah aus, als stünde sie an der Schwelle des Todes, und er spürte, wie ihn dieser Gedanke erregte.

»Ich wurde geholt, um Ihnen zu helfen«, sagte er. »Kommen Sie mit mir.«

Er streckte die Hand aus, und sie nahm sie. Er zog sie auf die Beine, sie taumelte. Also fing er sie auf, legte einen Arm um sie. Unter der dünnen Baumwolle ihres Nachthemds glühte sie. Ein paar Schritte entfernt lag Kate bewusstlos auf dem Gras. Reumütig sah er zu ihr hinab, dann brachte er Sarah fort.

Sie ging mit gesenktem Kopf, hustend und keuchend, während er sie von dem brennenden Gebäude in Richtung der Bäume zog. Ein Tor im Zaun führte zu einem kleinen Wäldchen, nur einen Steinwurf vom Zentrum entfernt, jedoch vor neugierigen Blicken geschützt. Die Patienten durften dort spazieren gehen, solange sie nicht in Kontakt mit anderen Menschen kamen.

Mit trüben Augen sah sie auf. »Wohin gehen wir? Ich dachte, Sie bringen mich zu einem Krankenwagen.«

Er gab keine Antwort, zerrte sie einfach hinter sich her. Sie ließen das Tor hinter sich und betraten das Wäldchen.

Da begann sie sich zu wehren. »Ich verstehe nicht… Lassen Sie mich los!«

Er packte sie fester am Arm und kniff sie in die Hüfte.

»Aua. Lassen Sie los!« Sie hustete, während sie aufbegehrte, und als sie sich krümmte, stieß er sie auf den Boden und ging neben ihr in die Knie, heilfroh, dass er geimpft war.

Sarah versuchte zu schreien, aber ihre Lunge war geschwächt vom Rauch und der Krankheit, die sich in ihrem Körper eingenistet hatte. Sampson rollte sie auf den Rücken und drückte sie nieder. Es war so einfach. Sie war krank und er stark. Sie warf den Kopf von einer Seite zur anderen, bis er ihr ins Gesicht schlug und seine Zähne zeigte.

»Bitte …«

Er neigte den Kopf schräg, betrachtete eingehend ihre Augen. Die Träne faszinierte ihn. Doch sie war sinnlos.

»Du wirst sowieso sterben«, sagte er leise. »Es hat keinen Zweck, sich dagegen zu wehren.«

Sie begann zu weinen. Wie vorhersehbar. Aber ihre Schwäche, ihre Krankheit, ihre Nähe zum Tod, das alles erregte ihn. Allerdings musste er schnell handeln. Mit einem Arm drückte er sie zu Boden, mit der anderen Hand öffnete er seine Hose, zerrte sie nach unten und schob ihr Nachthemd nach oben. Er spuckte sich in die Hand und befeuchtete seinen Schwanz. Jetzt war er noch dankbarer, geimpft zu sein.

Sie hörte auf, sich zu wehren, nur ihr Weinen war weiterhin zu hören.

Kurz bevor er seinen Höhepunkt erreichte, legte er ihr die Hand um die Kehle und drückte zu. Ihr Hals war schlank, seine Hand kräftig. Es dauerte nicht lange. Während sie starb, in dem Moment, als er kam, starrte er ihr in die Augen und sah dort das blanke Entsetzen.

Es war der intensivste Orgasmus, den er jemals hatte.

Er musste sich beeilen. Nachdem er ihren leblosen Körper geschultert hatte, hastete er zurück durch das Tor und befand sich nun auf der Rückseite des Gebäudes, wo Flammen an den Fenstern leckten, sich schwarzer Rauch in die Nachtluft blähte. Die Feuerwehrleute waren auf der anderen Seite, schickten eine Wassersalve nach der anderen ins Gebäude, schlugen eine Schlacht, die sie noch mehrere Minuten kosten würde, bis sie gewonnen war. Sarah hatte es aus dem brennenden Zentrum geschafft. Eigentlich war es unfair. Aber wie sein Dad stets zu sagen pflegte, das Leben war verflucht noch mal nicht fair.

Eines der Fenster an der Rückseite war zertrümmert, und Sampson kletterte mit Sarah im Schlepptau hindurch. Im Innern des Gebäudes fühlte es sich an wie in der Hölle, und die Hitze hätte ihn beinahe in die Knie gezwungen. Sie befanden sich in einem der Schlafzimmer. Er kämpfte sich in den Korridor vor und erkannte, dass er genau neben dem Zimmer stand, das sich Kate und Sarah geteilt hatten. Er taumelte hinein und warf Sarahs Körper auf den Boden. Dann knallte er die Tür zu, sperrte mit seinem Universalschlüssel hinter sich ab und ging denselben Weg zurück, den er gekommen war, die ganze Zeit über den Drang niederkämpfend, Atem zu holen, bis er wieder aus dem Fenster geklettert war.

Sobald er draußen war, brach er zusammen.

Nun, da er vor dem Hotelparkplatz stand, trat Sampson seine Zigarette aus und kostete die nachklingende Erinnerung an jene Nacht aus.

Wie viel berauschender wäre es gewesen, hätte er Kate in das Wäldchen mitnehmen dürfen.

Er konnte nicht glauben, dass sie zurück war. Jetzt bekäme er endlich seine zweite Chance. Die Chance, ihr in die Augen zu blicken und mitzuerleben, was sie im Moment ihres Todes sah. Sie wären nackt, von Schweiß bedeckt, sein Mund auf ihrem, ihre Zunge gefangen zwischen seinen Zähnen, seine Beine zwischen ihren Hüften. Und die köstlichste Idee von allen: Während er sie vögelte, würde er ein Messer nehmen und ihr die Kehle aufschlitzen – und dann seine eigene. Wäre das nicht der perfekte Weg, sich aus dem Leben zu verabschieden, am Höhepunkt seiner Erfahrung, dem Apex des *Fühlens*. Er würde seinen Hals an ihren drücken, damit sich das Blut aus ihren Hauptschlagadern vermischte, und das Letzte, was er sähe, wäre sie, wie sie neben ihm starb.

Die Fantasie erregte und erschreckte ihn gleichermaßen. Was zum Teufel war nur los mit ihm, dass er sich ausmalte, in den Armen einer Frau zu sterben? Es war widerlich. Widerlich und verstörend. Er hasste den Einfluss, den Kate auf ihn ausübte. Er musste dem ein Ende bereiten, dieses Zufallselement eliminieren, diesen Satelliten, der die ruhige dunkle Oberfläche seines Lebens störte. Er konzentrierte sich wieder auf seine Fantasie, doch diesmal blieb seine Kehle intakt. Nur aus Kates Halsschlagader schoss Blut. Nur sie starb unter Schmerzen.

Er musste sich eine weitere Zigarette anzünden, um sich zu beruhigen, und als er das Zündholz aufflammen ließ, begriff er, wie dumm er gewesen war. Wie hatte er den Mann nicht wiedererkennen können, der mit Kate auf dem Überwachungsvideo zu sehen gewesen war? Er war so sehr damit beschäftigt gewesen, Kate anzustarren – doch er war es. Der Arzt. Stephen Wilson. Andererseits – wie konnte das sein? Es war völlig unmöglich, dass es Stephen Wilson war.

Was war hier verflucht noch mal los?

Er musste sie finden. Und er hatte eine Ahnung, wo sie sein könnten, wohin er gegangen wäre, wäre er an ihrer Stelle. Dorthin zurück, wo alles begonnen hatte. Er stieg in seinen Wagen und fuhr nach Salisbury.

21

Das St.-Magdalena-Pflegeheim ließ Übelkeit in Vernon Maddox aufsteigen. Alte Menschen waren ihm unheimlich, und er scheute sich nicht, das offen einzugestehen. Er hatte Angst, einmal wie sie zu enden. Es kam ihm wie gestern vor, dass er jung gewesen war und vor Kraft gestrotzt hatte, mit einer dichten kastanienbraunen Mähne auf Kopf und Brust. Jetzt lichtete sich das Haar auf seinem Schädel, und sein Brusthaar verfärbte sich grau. Zumindest Shirl gefiel er noch. Eine Welle der Zärtlichkeit überkam ihn, dann wandte er seine Aufmerksamkeit wieder seiner eigentlichen Aufgabe zu: seine Frau und seinen Sohn zu finden.

Er hatte Kates Tante Lil nur ein einziges Mal getroffen – damals, bevor sie verrückt geworden war –, und es war kein Besuch, den er jemals hätte wiederholen wollen. Hätte ihm jemand erzählt, dass er die alte Schachtel eines Tages in einem Altersheim besuchen würde, hätte er ihm geraten, mit dem Crack aufzuhören. Und nun stand er hier, einen nicht sonderlich frischen Blumenstrauß an sich gepresst.

Er hatte sich eben erst von dem Flug erholt. Das Fliegen jagte ihm sogar noch mehr Angst ein als alte Menschen, insbesondere seit 9/11. Es war das erste Mal seit diesem schrecklichen Tag, dass er in ein Flugzeug gestiegen war, auch wenn Kate ihn seither immer genervt hatte, ihrer alten Heimat einen Besuch abzustatten. Sie hatte argumentiert, man dürfe sich Terroristen nicht beugen, man müsse sein Leben so normal wie möglich weiterleben. Ja, *na klar* … Er erinnerte sich an die Bilder von London nach dem Bombenattentat, als die

Londoner wieder in der U-Bahn – oder der Tube oder wie auch immer sie genannt wurde – und diesen lächerlichen roten Bussen gefahren waren, gleich am nächsten Tag, nachdem die Bomben explodiert waren. Mutig? Es war verrückt, so viel stand fest.

Es war nicht schwierig gewesen, das Pflegeheim zu finden, in dem Tante Lil auf ihre letzte Reise wartete. Sobald er den entsetzlichen Verrat seiner Frau entdeckt hatte, war Vernon mit einem Taxi nach Hause gefahren und hatte das Haus auf den Kopf gestellt. Wen würde Kate in England besuchen? Sie hatte nur zwei lebende Verwandte, Lil und ihre unscheinbare Schwester Miranda. Obwohl Kate ihr Adressbuch mitgenommen hatte, hatte sie die Kontakte auf ihrem Computer nicht gelöscht, und das Passwort zu erraten, hätte nicht leichter sein können – Jacks Name und Geburtstag. Dort, unter L – und das ärgerte ihn zutiefst, wie sie Menschen unter ihrem Vor- anstatt ihrem Nachnamen speicherte – waren der Name und die Adresse von Tante Lils Altenheim. Er scrollte zu M hinunter und fand Mirandas Adresse. Ein Kinderspiel.

Auf dem Weg zurück zum Flughafen hatte er in Erwägung gezogen, die Polizei anzurufen, Interpol einzuschalten oder wer auch sonst sich mit solchen Verbrechen befasste. Aber wie lange würde es dauern, bis er die Behörden überzeugen konnte, dass Jack entführt worden war, insbesondere, da es sich um seine eigene Mutter handelte? Sie wären viel zu langsam. Er wollte seinen Sohn *sofort* zurück. Und außerdem wollte er es selbst in die Hand nehmen. Er wollte Kates Gesicht sehen, wenn er sie überrumpelte. Das würde gewiss das Trauma des Flugs und ein paar Nächte ohne Shirl wettmachen.

Das Altenheim war in London, weshalb er zuerst dorthin fuhr, nachdem er in ein Hotel in der Nähe von Paddington eingecheckt hatte, gleich das erste, das er gesehen hatte, als er aus dem Heathrow-Express ausgestiegen war. Vage erinnerte er sich, dass Kate ihm eine Geschichte erzählt hatte, wie Lil mit Ende sechzig von Bath (ausgesprochen mit einem *ah*) nach London gezogen war, um in der Nähe ihrer alten Freunde zu wohnen. Lil war nämlich in London aufgewachsen.

Es war ein großes, frei stehendes Gebäude, an dem sich Efeu die Mauern emporrankte. Der Kies knirschte unter Vernons Füßen, während er zur Haustür schritt und klingelte. Eine Frau in einer makellos weißen Uniform und mit knackigem Hintern bat ihn herein, und er erklärte, wer er war und wen er besuchen wollte, wobei er versuchte, bei dem Geruch, der durch das Gebäude wehte und dem selbst eine Wand aus Duftspray nicht beikommen konnte, nicht die Nase zu rümpfen.

»Hi.« Er setzte sein charmantestes Lächeln auf, das er auch bei seinen hübschen Studentinnen benutzte. »Meine Frau war kürzlich hier«, riet er ins Blaue hinein. »Kate Maddox. Mein Sohn Jack war wahrscheinlich bei ihr.«

Die Krankenschwester strahlte. »Ach ja, der amerikanische Junge. Welch ein kleiner Engel. Und mit solch guten Manieren.«

»Ja, er wurde ordentlich erzogen.«

Die Krankenschwester hob eine Augenbraue, dann sagte sie: »Soll ich Sie zu Miss Johnsons Zimmer führen?«

Er folgte der Krankenschwester die Treppe hinauf und genoss den Anblick ihres Hinterns in der engen Uniform – Shirls Hintern hatte das Haltbarkeitsdatum längst überschritten –, bevor er einen Korridor mit einem Teppich von der Farbe eines ausgespienen Bratens hinabgeführt wurde. Die Krankenschwester klopfte an einer Tür, wartete allerdings keine Antwort ab. »Lil, Süße, du hast Besuch«, sagte sie und scheuchte Vernon hinein.

Tante Lil saß in einem Sessel am Fenster. Als sie den Kopf in Vernons Richtung drehte, erinnerte sie ihn an ein Skelett aus einem Horrorstreifen. Er konnte sie regelrecht knarzen hören. Vernon fasste sich an den Kopf, aus Furcht, er könnte sich allein durch die Nähe zu dieser augenscheinlichen Senilität anstecken. Als wäre Demenz eine infektiöse Krankheit.

»Ich lasse Sie jetzt allein«, sagte die Krankenschwester und schloss die Tür.

Im Zimmer war es drückend heiß. Vernon spürte, dass sein Hemd ihm am Rücken klebte. Er sah sich um. Ein Plüschhase lag auf dem Bett, ein Zeichen, dass Lil in ihre Kindheit zurückgekehrt war. Jack hatte ein ganz ähnliches Stofftier, das er in Boston zurückgelassen hatte. Bei dem Anblick von Jacks Hasen auf seinem Bett war Vernon sentimental geworden, auch wenn er sich insgeheim gefreut hatte. Er hielt nicht viel davon, wenn Jungen mit Kuscheltieren schmusten. Er wettete, dass sein Idol Hemingway niemals ein Plüschtier besessen hatte.

Er pirschte sich so nah an die alte Frau heran, wie er nur wagte. »Hallo, Lil, ich bin's. Vernon Maddox. Kates Mann.«

Tante Lil blickte mit wässrigen Augen, halb verborgen hinter dicken Brillengläsern, zu ihm hoch. »Kate? Wo ist Kate?«

»Sie ist nicht hier. Ich bin ihr Ehemann. Ich bin auf der Suche nach Kate und habe mich gefragt, ob du weißt, wo sie steckt.«

Tante Lil blinzelte. »Sie ist im Zentrum. Mit Leonard. Er ist ein wunderbarer Mann, ein guter Freund. Er kümmert sich um sie.«

Vernon kam einen Schritt näher. »Im Zentrum? Was meinst du? Welches Zentrum?« Wovon faselte sie da nur? »Wo ist das Zentrum, Lil?«

»Wo es ist? Natürlich in Salisbury.«

Salisbury? Er hatte nicht den blassesten Schimmer, wo Salisbury lag, aber das dürfte nicht allzu schwer herauszufinden sein.

»Anschließend nimmt sie ihr Studium wieder auf. Sie ist nämlich ein kluges Mädchen. Eines Tages wird sie in die Wissenschaft gehen, wie ihr Vater.« Sie hielt inne und runzelte die Stirn. »Welch ein Jammer.«

Vernon begriff, dass Lil über die Vergangenheit redete – oder zumindest handelte dieser Teil hier von der Vergangenheit. Es war unmöglich, die Vergangenheit von der Gegenwart zu trennen oder auch nur zu sagen, ob sich Lil der Gegenwart überhaupt bewusst war.

»Weißt du, wo Kate *jetzt* ist? Ist sie *jetzt* in diesem Zentrum?«, fragte er. Es wäre möglich, dass sie sich dort aufhielt, falls sie diesem Leonard einen Besuch abstattete.

»Wie bitte?«

Er beugte sich vor und wiederholte laut: »Wo ist sie *jetzt*?«

Lil maß ihn und sagte dann mit gedämpfter, mädchenhafter Stimme: »William? Bist du das?«

»William?« Wovon redete sie jetzt schon wieder? »Nein, ich bin's, Vernon. Kates Mann.«

Lil packte seine Hand. Sein erster Impuls war, sie wegzuziehen, ihrer Berührung zu entkommen. Aber sie hielt seine Finger fest umkrallt. »Ich wusste, du würdest zurückkehren, William. Ich wusste, ich würde deine Stimme noch einmal hören.«

»Nein, mein Name ist Vernon. Wer ist William?«

»Er war ihr Freund.«

Vernon wirbelte herum und sah eine alte Dame im Türrahmen stehen, die trotz des grellen Sonnenlichts draußen einen langen Mantel trug. Von dem Ausdruck in ihren Augen schien dieses Exemplar dort zumindest noch *compos mentis* zu sein. Sie betrat das Zimmer.

»William war ein amerikanischer GI, mit dem Lil während des Kriegs ausgegangen ist. Schnell verliebt, schnell entliebt, schnell weg. Einer von der Sorte.« Sie lachte. »Schrecklich gut aussehend, das war er, aber am Ende des Kriegs ging er zurück nach Amerika. Er hatte versprochen zu schreiben, es jedoch nie getan. Hat der armen Lil das Herz gebrochen. Sie hat nie geheiratet, müssen Sie wissen. Niemand konnte William das Wasser reichen. Vermutlich hat Lil Ihren Akzent gehört und gedacht, Sie seien er. Die Arme. Wer sind Sie überhaupt? Ich bin Maud.«

Ihr stechender Blick ging ihm auf die Nerven. Er erklärte, wer er war, und fragte, ob sie Kate gesehen hätte oder wüsste, wo sie wäre.

»Da kann ich Ihnen nicht weiterhelfen«, erwiderte Maud. »Lil hat kürzlich von ihr gesprochen. Aber ich war nicht sicher, ob sie wirklich hier gewesen ist oder ob Lil es sich nur eingebildet hat. Heutzutage ist sie da nicht sonderlich verlässlich.«

»Das habe ich bemerkt.«

»Das ist unser aller Schicksal, mein Lieber.«

Vernon schauderte und dachte: *Vorher erschieße ich mich.*

»Und Sie denken wahrscheinlich, dass Sie sich vorher erschießen werden, aber das werden Sie nicht.«

Vernon spürte, wie die Wut in ihm hochkochte. Was wusste diese alte Schachtel schon von ihm? Auf einmal überkam ihn das dringende Bedürfnis, an die frische Luft zu fliehen.

Er drängte sich an Maud vorbei und rannte die Treppe hinab, ohne sich bei der Krankenschwester zu verabschieden, die ihm den Weg zu Lils Zimmer gezeigt hatte. In der Vorhalle erhaschte er einen Blick auf sein Spiegelbild. Sein Gesicht brannte. Ein Hitzkopf, so hatte es seine Mutter ausgedrückt. Das stimmte – na und? Er selbst hätte sich wohl eher als leidenschaftlich beschrieben.

Er schaltete das GPS-Gerät in seinem Leihwagen an und drückte auf ein paar Tasten. Salisbury war nicht sehr weit entfernt. Dann sah er nach, wie er zu Miranda gelangte. Das würde er zuerst probieren, und falls Kate nicht dort war, nach Salisbury fahren und herausfinden, was es mit diesem Zentrum auf sich hatte und ob dieser Leonard immer noch dort war. Vage erinnerte er sich an irgendwelche medizinischen Versuche, an denen Kate nach ihrem Studium teilgenommen hatte – irgendwas mit Erkältungskrankheiten, aber er konnte sich keine Einzelheiten ins Gedächtnis rufen. Aber er war dennoch zuversichtlich, so als würde es langsam wärmer werden. Er würde seinen Sohn zurückbekommen. Und sollte sich Kate ihm in den Weg stellen, dann würde sie seinen Hitzkopf erst richtig kennenlernen.

22

»Ich will nicht bei Tante Miranda bleiben«, jammerte Jack auf halbem Weg die M40 hinab.

Kate drehte sich auf dem Beifahrersitz um und sah Jacks schmollendes rotes Gesicht und seine herabhängenden Mundwinkel. Nach dem Besuch bei Sarahs Mutter hatten sie und Paul entschieden, es gäbe keinen weiteren Grund, in Salisbury zu bleiben, also fuhren sie stattdessen Richtung Norden.

»O Jack, du wirst dich dort prächtig amüsieren. Tante Miranda hat mir gesagt, dass sie dich zum Reiten und zum Erdbeerpflücken mitnimmt, und du kannst jeden Tag im Sprinkler spielen. Dein Cousin und deine Cousine können es kaum erwarten, dich zu sehen.«

»*Ich* kann es schon erwarten«, schnaubte er als Antwort, doch Kate wusste, dass er gleichzeitig ein wenig geschmeichelt war. Sie warf Paul am Steuer einen schuldbewussten Blick zu. Ja, es wäre für Jack zweifellos viel weniger langweilig, Zeit mit seiner Cousine und seinem Cousin zu verbringen, als mit ihr und Paul durchs Land zu ziehen – aber sie konnte den Gedanken nicht abschütteln, als würde sie ihn aus weitaus selbstsüchtigeren Gründen bei ihrer Schwester abladen … Paul lächelte zurück, und sie versuchte, ihre Schuldgefühle abzulegen. Miranda war aus dem Haus ausgezogen, in dem sie jahrelang gewohnt hatte – es war also ziemlich unwahrscheinlich, dass Vernon die neue Adresse herausbekam. Außerdem hatte sie Miranda angewiesen, auf keine E-Mail von ihm zu antworten. Jack wäre bei ihr vollkommen sicher.

»Sind wir bald da, Mummy?«

»Ich glaube schon, mein Schatz. Wir müssen die Autobahn bei Ausfahrt 10 verlassen, und wir sind eben an Nummer 9 vorbeigekommen.«

»Gut. Denn mir ist langweilig, und Billy hat Durst… Mummy?«

»Ja, Jack?«

»Kann ich Dad anrufen?«

Kate blickte erneut zu Paul, diesmal mit Panik in den Augen. Diese Frage hatte sie seit ihrer Ankunft in England gefürchtet. »Äh, Liebling, ich glaube, dass Daddy im Moment auch im Urlaub ist.«

»Ich kann ihn auf seinem Handy anrufen. Ich kenne seine Nummer auswendig.«

»Das weiß ich, und das ist auch sehr clever von dir. Aber… ich glaube nicht, dass sein Handy außerhalb der USA funktioniert. Und außerdem ist es hier zehn Uhr morgens, was bedeutet, dass es bei Daddy mitten in der Nacht ist.«

»Dann spreche ich ihm eben auf die Mailbox. Warum hat er mich nicht mit in den Urlaub genommen? Wenn er nicht in Amerika ist, dann ist es auch nicht mitten in der Nacht, oder? Wohin ist er denn gefahren?«

Nicht zu den Britischen Inseln, bitte, dachte Kate, wenn auch ohne große Hoffnung. Sie kannte ihn gut genug, um zu befürchten, dass er in den ersten freien Flieger springen würde, sobald er bemerkte, was sie getan hatte. Sie hatte ihm zwar eine SMS geschickt, dass es Jack gut ginge und er nicht nach ihnen suchen sollte – aber das machte keinen Unterschied. Danach hatte sie ihr Handy entschlossen ausgeschaltet und es nicht einmal angemacht, um ihre Nachrichten abzurufen. Ihre Angst, dass Vern ihr Jack wieder entreißen könnte, war so tief und überwältigend, dass sie sich jeden Gedanken daran untersagte. Sie könnte Jack für immer verlieren. Im Stillen gab sie sich der Hoffnung hin, dass sich Vern mit der Zeit beruhigen und sie eine Regelung treffen könnten. Allerdings nicht in naher Zukunft, solange Stolz und Rache jeden seiner Schritte antrieb.

»Oh, Liebling, ich bin nicht ganz sicher. Und weißt du was? Ich glaube, sein Handy ist kaputt, denn ich habe gestern versucht, ihn anzurufen, aber es hat nicht geklingelt.« Sie verzog das Gesicht bei der unverfrorenen Lüge. »Sieh mal, da ist das Schild für Ausfahrt 10! Wir sind fast da. Lass mich nur rasch einen Blick auf die Karte werfen, damit wir uns auf dem Weg zu Miranda nicht verfahren.«

Das Haus von Miranda und ihrem Mann Pete war ein baufälliges viktorianisches Anwesen am Rand von Churchill, einer malerischen Ortschaft mitten in den Cotswolds, mit einem unglaublichen Blick über grüne Wiesen und Wälder. Pete war Tierarzt und hatte kürzlich die dorfeigene Praxis übernommen, und Miranda war von Beruf bekennende Hausfrau. Kate fiel sofort auf, dass ihre Schwester immer noch dieselben alten grünen Gummistiefel und die abgetragene Strickjacke zu tragen schien, die sie schon seit Jahren besaß. Niemand hätte angenommen, dass sie Schwestern waren. Kates Haar war kastanienbraun und lockig, Mirandas hellbraun und glatt. Mirandas Augen waren braun, Kates blau. Kate war fast zehn Zentimeter größer und fünfzehn Kilo leichter. Miranda zeigte keinerlei Interesse für Wissenschaft, wusste aber alles darüber, wie man perfekte Tomaten zog – wohingegen bei Kate sogar Fleißige Lieschen eingingen.

Während sie in die Küche gingen, bemerkte Kate, dass Pauls Blick ungläubig zwischen ihr und ihrer Schwester hin und her huschte, und musste grinsen. Glücklicherweise hatte sie Miranda am Telefon vorgewarnt, dass sie mit Jack sowie einem Mann aufkreuzen würde, der nicht ihr Ehemann war.

»Wir wohnen jetzt erst seit vier Monaten hier. Ich bin so froh, dass du es siehst, bevor wir mit der Renovierung beginnen. Das ist wohl das, was ihr Yankees ein ›Fixer-Upper‹ nennt?«, sagte Miranda und zeigte stolz auf die hohen Decken, an denen der Gips abgeplatzt war, als würden sie an Schuppenflechte leiden. »Weiß Gott, wann wir damit anfangen, wo Pete doch so fürchterliche Arbeitszeiten hat. Ich hoffe, ihr könnt zum Mittagessen bleiben, damit ihr ihn auch trefft? Er meinte, er würde versuchen, nach den Vormittags-OP vorbeizukommen.«

»Das wäre wunderbar – aber ich fürchte, wir müssen gleich wieder los. Wir haben in den paar Tagen so viel vor. Oh, und nebenbei bemerkt, ich bin kein Yankee!«, sagte Kate scherzhaft. Im Stillen fragte sie sich, wie um alles in der Welt Miranda es ertragen konnte, Kinder in einer baufälligen Bretterbude wie dieser großzuziehen. Ja, es würde unglaublich aussehen, wenn es erst einmal fertig war – aber das würde Jahre in Anspruch nehmen. »Das Haus ist toll, Manda. Und vielen Dank noch mal, dass Jack bei dir bleiben darf. Er war so aufgeregt, seine Cousine und seinen Cousin wiederzusehen.«

Noch eine Lüge, dachte Kate. All diese winzig kleinen Lügen, die sich zu einem Ball formten. Sie stellte ihn sich wie einen Ball aus Gummibändern vor, der bei jeder Lüge größer und größer wurde, sich Schicht um Schicht aufblähte. Wie oft müsste sie Jack noch wegen seines Dads anlügen? Wie viele Ausreden müsste sie ihm noch auftischen, weil er seinen Dad nicht anrufen durfte?

»Du meine Güte, ich bin schon seit Jahren nicht mehr

Manda genannt worden!«, entfuhr es Miranda mit einem Lächeln. »Es ist schön, dich zu sehen, Schwesterchen. Es tut mir leid, dass ich mich nicht öfter bei dir gemeldet habe.«

Kate hatte ein schlechtes Gewissen und war traurig, dass sie und ihre Schwester sich nicht näherstanden. Aber sie waren schon immer so unterschiedlich gewesen, und zudem war es nicht sonderlich hilfreich, dass sie ihren Schwager Pete nicht besonders mochte. Und Miranda hatte Vernon nie ausstehen können.

Später ging Paul mit Jack, seiner Cousine und seinem Cousin in den Garten, um Swingball zu spielen, sodass Kate und Miranda ein wenig Zeit für ein Gespräch unter vier Augen hatten, während sie an Mirandas selbstgemachter Holunderlimonade nippten. Eiswürfel in der Form von Erdbeeren klirrten in den hohen Gläsern. Es war ein wunderschöner Sommertag, und die Geräusche der unberührten Natur schwirrten um sie herum – Vögel zwitscherten, Kühe muhten auf einer nahe gelegenen Weide, ein Traktor ratterte am Feldweg neben dem Haus vorbei. Zum ersten Mal beneidete Kate ihre Schwester um ihr unkompliziertes Familienleben.

»Es ist also aus zwischen dir und Vernon. Ist *er* der Grund …?« Miranda zeigte auf Paul, der mit einem jauchzenden Jack im Gras herumtollte, während die beiden anderen Kinder sie aus der Nähe beäugten und aussahen, als wollten sie am liebsten mitmachen, jedoch zu schüchtern waren.

»O nein, auf keinen Fall! Ich habe Paul erst vor Kurzem kennengelernt – er ist der Zwillingsbruder meines früheren Freunds, Stephen. Ist schon eine Ewigkeit her, du weißt schon, der gestorben ist … Wir sind uns in London buchstäblich in die Arme gelaufen, einen Tag, nachdem ich gelandet bin. Es gibt niemanden, der für die Trennung von mir und Vernon verantwortlich ist – zumindest nicht, was mich betrifft. Nur Vernon, der ein Riesen-Tyrann war. Ich bin aber sicher, dass er *mich* betrogen hat. Und es hat mich nicht einmal gestört, so schlimm stand es zwischen uns. Ich wollte einfach nur weg.«

»Du hättest mich anrufen können, Kate. Ich wusste nicht, dass es dir so schlecht ging … Du kennst Paul also erst seit vier Tagen?«

Ein unüberhörbar missbilligender Unterton schwang in Mirandas Stimme mit, und Kate konnte es ihr nicht einmal verübeln. Wenn man darüber nachdachte, war es unfassbar, dass sie Paul erst seit so kurzer Zeit kannte. Es war schrecklich waghalsig, dass sie zwei wegen eines wahrscheinlich aussichtslosen Unterfangens einfach im Land umherreisten. Sie wollte schon den Mund aufmachen, um Miranda zu widersprechen und zu beteuern, dass sie Paul natürlich von damals kannte, als sie und Stephen zusammen gewesen waren. Aber dann dachte sie: *Nein. Nicht noch eine Lüge. Hör auf, dir den Kopf zu zerbrechen, was andere von dir halten könnten. Du bist niemandem Rechenschaft schuldig.*

Glücklicherweise erwartete Miranda keine Antwort, weshalb es Kate erspart blieb, ihr die Wahrheit zu sagen.

»Weiß es Jack?«, fragte Miranda stattdessen.

»Dass ich und Vernon uns getrennt haben? Nein. Ich habe ihm noch nicht gesagt, dass wir nicht nach Boston zurückkehren.« Die Realität traf sie wie ein Faustschlag, und sie zuckte zusammen. »Verdammt. Ich weiß, dass ich die Sache irgendwann regeln und Vernon eine Art Besuchsrecht gestatten muss, aber im Moment schaffe ich das einfach nicht. Er würde ihn sich zurückholen, das weiß ich.«

»Und deshalb hast du ihn nach England gebracht, weil du fürchtest, Vernon würde versuchen, das Sorgerecht zu bekommen?«

»Da bin ich mir sicher. Er hat schon einmal versucht, ihn mir wegzunehmen. Und ich weiß, ginge es vor Gericht, könnte er mich schlecht aussehen lassen. Er hat mich gezwungen, einen Psychiater aufzusuchen, der mir Antidepressiva verschrieben hat ... das würde keinen guten Eindruck machen. Und er würde ihnen von all den Nächten erzählen, die ich im Labor verbracht habe, und dass ich eine schlechte Mutter bin. Außerdem ist er eine gottverdammte Stütze der Gesellschaft, während ich nichts weiter bin als eine Ausländerin.«

»Du Arme! Der arme kleine Jack«, sagte Miranda mit Tränen in den Augen und legte die Hand auf Kates.

Kate stand abrupt auf. Sie musste unbedingt herausfinden, was wirklich in der CRU passiert war, auch wenn ein kleiner Teil von ihr sich fragte, ob das nicht ein Vorwand war, weil sie Ablenkung brauchte – ein Weg, nicht über die Konsequenzen nachdenken zu müssen, Jack seinem Vater weggenommen zu haben.

»Wir müssen jetzt fahren, Manda. Vielleicht können wir zum Mittagessen bleiben, wenn wir Jack wieder abholen?«

»Natürlich. Und mach dir keine Sorgen um ihn – ihm wird es hier gefallen. Nimm dir so viel Zeit, wie du brauchst. Was war es gleich noch mal, was du erledigen musst? Am Telefon habe ich nicht ganz verstanden, was du mir erzählt hast.«

»Ist eine lange Geschichte. Paul braucht meine Hilfe, um die Wahrheit darüber herauszufinden, was seinem Bruder zugestoßen ist. Es gibt ein paar Ungereimtheiten in Bezug auf die Art seines Todes.« Sie wusste nicht, was sie sonst noch sagen sollte. Es war zu kompliziert, um es zu erklären.

»Du meine Güte!«, sagte Miranda ungläubig. »Das hört sich sehr dramatisch an. Du nimmst dich in Acht, ja?«

»Keine Sorge, wir stellen nur ein paar Nachforschungen an, und Jack würde sich langweilen, das ist alles. Wir werden nicht von irgendwelchen Gangstern gejagt und erschossen, weil ›wir zu viel wissen‹.«

Ihr anschließendes Lachen klang aufgesetzt, selbst in ihren Ohren. Ein Bild von Sarah formte sich vor ihrem geistigen Auge, wie sie draußen vor der brennenden CRU auf dem Rasen gelegen hatte, nicht länger als Überlebende, sondern als Leiche. Und sie musste an Stephens Brief und die sonderbare Nachricht denken. Erneut beschlich sie das Gefühl, als würden sie und Paul sich auf dünnem Eis bewegen. Jack hätte es hier viel besser, auch wenn es ihr schwerfallen würde, von ihm getrennt zu sein.

»Jack!«, rief sie, und er kam durch den Garten auf sie zugerannt, keuchend, die Farbe zurück in den Wangen. »Mummy muss jetzt gehen.« Er machte ein langes Gesicht, schlang die Arme um ihre Mitte und schmiegte sich an ihren Bauch. »Sei ein guter Junge bei Tante Miranda, okay? Wir sehen uns ganz bald wieder, versprochen.«

Jacks Cousin George schrie von der anderen Seite des Gartens: »Komm schon, Jack, wir spielen jetzt Fußball, Amelia steht im Tor. Bist du lieber Stürmer oder Verteidiger?«

Zu Kates Überraschung wand sich Jack aus ihrer Umarmung, wischte sich die Tränen aus dem Gesicht und rannte zurück in den Garten. »Tschüss, Mummy, bis bald!«, rief er und fuchtelte mit den Armen, während er von ihr weggaloppierte.

23

»Er ist ein tolles Kind, dein Jack«, sagte Paul später, als sie an einer Tankstelle südlich von Birmingham hielten, um sich ein Getränk zu kaufen und auf die Toilette zu gehen.

Nachdem sie sich von Miranda verabschiedet hatten, waren sie geradewegs nach Norden in Richtung Staffordshire gefahren, zu einem Dorf in der Nähe von Stafford, wo Leonard Bainbridges Witwe lebte. Ihre Adresse zu finden war nicht sonderlich schwer gewesen – in dem Artikel, den sie bei Starbucks über Leonards Tod gelesen hatten, war erwähnt worden, dass sich das Ehepaar in Penkridge zur Ruhe gesetzt hatte. Sie stand zwar nicht im Telefonbuch, aber Paul fand sie auf einer Website, die Nutzern für eine kleine Gebühr Einblick in die Wählerlisten gab. In Penkridge war nur ein einziger Bainbridge verzeichnet, und da es sich um einen kleinen Ort handelte, waren sie ziemlich sicher, dass sie auf der richtigen Spur waren – selbst ohne eine Telefonnummer, um sich zu vergewissern.

»Ich weiß«, erwiderte Kate wehmütig, während sie einen großen Cookie in ihren Kaffeebecher tunkte. »Ich kann kaum glauben, dass er so brav war und mich einfach hat fahren lassen. Ich dachte, er würde einen Riesenaufstand machen, aber das hat er nicht. Wahrscheinlich war der Abschied für mich viel schlimmer als für ihn!«

Paul drückte ihre Hand, und Kate hätte den Cookie beinahe in die Tasse fallen lassen. »Du bist sehr schweigsam, seit wir von deiner Schwester weggefahren sind. Machst du dir Sorgen um ihn?«

Kate biss sich auf die Lippe und legte den aufgeweichten Cookie zurück auf den Teller.

»Nein, keine Sorgen, nicht wirklich. Er wird eine wundervolle Zeit mit seinem Cousin und seiner Cousine verbringen, und Miranda wird gut auf ihn aufpassen – das ist es nicht. Es ist nur … ich fühle mich schuldig, das ist alles. Erst zerre ich ihn von seinem Dad weg, und jetzt lade ich ihn bei meiner Schwester ab …«

»Hey, komm schon«, sagte Paul, lehnte sich über den Tisch und rieb ihr über die Arme. »Du bist eine tolle Mutter, und du hast absolut das Richtige getan. Du konntest doch seinetwegen nicht bei Vernon bleiben.«

»Ja. Das weiß ich. Aber trotzdem …«

»Aber nichts. Und damit, dass du mich begleitest, erweist du mir einen riesigen Gefallen, und ich bin dir unendlich dankbar. Das ist mir und meiner Familie sehr, sehr wichtig, und ohne dich könnte ich es nicht schaffen. Also – vielen Dank.«

»Ich tue das nicht nur für dich«, sagte sie.

»Ich weiß. Aber …«

Er stand auf und gab ihr einen Kuss auf die Stirn, und Kate spürte, wie ihr Tränen in die Augen schossen. »Ich bin wahrscheinlich nur müde«, sagte sie und rang sich ein Lächeln ab. »Wir hatten heute Morgen einen so frühen Start, und ich glaube, ich habe meinen Jetlag immer noch nicht ganz überwunden. Das ging alles so schnell. Außerdem warte ich die ganze Zeit darauf, dass Vernon plötzlich auftaucht und mir eine Szene macht. Ich bin sicher, dass er Mirandas neue Adresse nicht so leicht herausfindet – wahrscheinlich kennt er nicht einmal ihren Ehenamen –, aber ich wage nicht, mein Handy einzuschalten für den Fall, dass er Dutzende von wütenden Nachrichten hinterlassen hat. Aber das muss ich jetzt, nicht wahr? Ich habe Miranda gesagt, dass Jack mich jederzeit anrufen kann.«

»Nun, das ist kein Problem. Ruf sie einfach an und gib ihr meine Handynummer durch. Jack kann dich dort erreichen.«

Kate wirkte dankbar. »Okay. Gute Idee. Wir sollten mittags bei Mrs. Bainbridge ankommen – was uns genug Zeit für einen kleinen Plausch lässt, falls sie überhaupt zu Hause sein sollte, und dann können wir anschließend etwas essen gehen. Und dann … hm … wohin fahren wir dann? Bleiben wir einfach hier in der Umgebung?«

Paul errötete, wenn auch nur ganz leicht, und Kate erkannte, dass sein Gedankengang dem ihren folgte: zwei Zimmer oder eins?

»Das kommt darauf an, ob Mrs. B. uns auf eine neue Spur bringt. Und vielleicht sollten wir sowieso eine Nacht bleiben, um uns eine kleine Pause zu gönnen. Wir könnten Mrs. B. fragen, ob sie ein günstiges und gutes Bed & Breakfast in der Nähe kennt. Wenn es hart auf hart kommt, schlafen wir einfach im Auto.«

»Na großartig«, sagte Kate und verdrehte die Augen. »Du weißt genau, wie man einem Mädchen die Zeit versüßt.«

»Darauf kannst du wetten, meine Liebe«, erwiderte Paul mit einem Zwinkern, und Kate spürte, wie jede Pore ihres Körpers entflammte.

»Komm schon«, sagte sie entschlossen, »machen wir uns wieder auf den Weg.« *Denn sonst,* dachte sie, *werde ich zu dem Motel gleich neben der Tankstelle marschieren, dort auf der Stelle ein Zimmer verlangen und Mrs. Bainbridge einfach vergessen …*

Zwei Stunden später hatten Kate und Paul den Wagen auf dem Parkplatz eines kleinen Tennisclubs geparkt, auf der anderen Straßenseite eines hübschen strohgedeckten Landhauses, das – so hofften sie – Leonards Witwe gehörte. Auf den Tennisplätzen spielten ein paar ältere Damen und Herren etwas lustlos mehrere Doppel, und Kate betrachtete eingehend ihre Gesichter, für den Fall, dass sie Mrs. Bainbridge wiedererkannte. Sie zermarterte sich das Gehirn, konnte sich aber nicht an sie erinnern, obwohl sie sie als Kind ein- oder zweimal getroffen hatte.

»Ich frage mich nur, ob sie sich überhaupt an mich erinnert?«, dachte sie laut.

»Das tut sie sicherlich, wenn sie mit deinen Eltern so gut befreundet waren«, erwiderte Paul, schaltete den Motor aus und schnallte sich ab.

»Irgendwie ist es komisch, jemanden zu treffen, der meine Eltern so gut gekannt hat. Wahrscheinlich wird es für mich so sein, wie es für Sarahs Mutter gewesen ist, als wir bei ihr aufgetaucht sind. Hoffentlich ist sie zu Hause.«

»Es gibt nur einen Weg, das herauszufinden«, sagte Paul und stieg aus dem Wagen. »Na los!«

Sie überquerten die Straße und gingen zur Haustür. Kate mit nervösem, Paul mit forscherem Schritt. Er schien voller Tatendrang zu stecken.

Kate klingelte. »Was sollen wir sie überhaupt fragen?«, flüsterte sie. »Wie fangen wir an?«

»Lass das mal meine Sorge sein«, sagte Paul zuversichtlich. »Das wird schon.«

Niemand antwortete. Paul drückte den Briefschlitz auf und spähte hinein. »Keine Spur von irgendjemandem.«

»Da steht ein Auto in der Auffahrt«, sagte Kate. »Vielleicht ist sie im Garten.«

»Ich gehe nach hinten und schaue mich ein wenig um. Vielleicht hat sie die Türklingel nicht gehört. Du bleibst hier und läutest noch mal, für den Fall, dass sie nur auf dem Klo war.«

Paul verschwand auf dem Pfad, der am Haus entlangführte, zwischen grell leuchtenden, lila- und pinkfarbenen Fuchsien, während Kate noch einmal klingelte. Das Haus war gepflegt, mit glänzenden Messingbeschlägen an der Tür, und selbst die ordentlich gestrichene Vertäfelung sah aus, als würde sie regelmäßig abgestaubt werden. Nachdenklich betrachtete Kate ihr verzerrtes Spiegelbild in der Klappe des Briefschlitzes und fragte sich erneut, ob Mrs. Bainbridge in ihr das dürre kleine Mädchen wiedererkennen würde, das sie damals gewesen war. Sie versuchte sich ins Gedächtnis zu rufen, ob Mrs. Bainbridge sie in jenen verschwommenen Wochen besucht hatte, als sie nach dem Feuer im Krankenhaus gewesen war. Sie glaubte nicht – auch wenn alles aus jener Zeit hinter einem dichten Nebelschleier lag.

Im Innern des Hauses rührte sich immer noch nichts. Kate ging einen Schritt zurück und blickte zu den Fenstern im oberen Stockwerk, aber die Gardinen waren weiß und frisch und rührten sich nicht. Welch eine bittere Enttäuschung, wenn sie den ganzen Weg hierhergekommen waren und Mrs. B. in den Urlaub gefahren war. Oder ins Ausland gezogen …

Kate glaubte, von der Rückseite des Hauses laute Stimmen zu hören. Sie neigte den Kopf und lauschte eindringlich. Sie konnte Pauls Stimme ausmachen – nicht die Worte, die er sagte, sondern den Tonfall: flehend, fast entrüstet. Und eine schrille, fast hysterische Antwort. *Oh, oh*, dachte Kate. *Er hat sie wohl doch gefunden.*

Zögerlich schlich sie an den Fuchsien vorbei, da tauchte

Paul auch schon auf, rot vor Wut im Gesicht, und stürmte den Pfad entlang auf sie zu.

»Komm, Kate«, sagte er schroff, packte ihre Hand und zog sie regelrecht zum Gartentor. »Wir verschwenden hier nur unsere Zeit. Sie ist völlig verrückt.«

»Wie konntest du sie innerhalb von nur zwei Minuten derart auf die Palme bringen?«, fragte Kate, als sie zurück im Wagen waren.

Paul legte die Stirn auf das Lenkrad, eine Geste der ratlosen Verzweiflung. Er zuckte mit den Schultern.

»Ich verstehe das nicht. Sie war hinten im Garten, hat in einem Gemüsebeet gewerkelt. Wahrscheinlich habe ich sie erschreckt – ich bin von hinten an sie herangetreten. Ich glaube, sie ist ziemlich taub, denn ich habe die ganze Zeit ihren Namen gerufen, während ich den Rasen überquert habe, aber sie hat nicht geantwortet, weshalb ich ihr auf die Schulter geklopft habe …«

Kate stöhnte. »Kein Wunder, dass sie Angst hatte, wenn du dich von hinten an sie herangeschlichen hast.«

»Ich habe mich verdammt noch mal nicht an sie herangeschlichen!«, entgegnete Paul. »Was hätte ich denn sonst tun sollen? Ich habe ihr auf die Schulter geklopft, sie ist hochgefahren und hat ihre Forke so gehalten, als wollte sie mich pfählen. Da habe ich versucht, sie zu beruhigen, doch sie wollte nicht hören. Sie ist ein echter alter Drachen, so viel steht fest.«

»Was hast du zu ihr gesagt?«

»Ich habe bloß gesagt, dass wir hier wären, weil wir uns mit ihr über ihren verstorbenen Gatten unterhalten wollten, und dann ist sie völlig ausgerastet. Ich musste zurückweichen – ich meine, ich habe wirklich geglaubt, sie wollte mich mit der Forke aufspießen. ›Damit werden Sie nicht ungeschoren davonkommen!‹, hat sie immer wieder geschrien. ›Verschwinden Sie sofort, oder Sie werden es bereuen!‹ Ich glaube, sie hat nicht mehr alle Tassen im Schrank. Ich habe versucht, sie zum Zuhören zu bewegen, wollte ihr von dir erzählen und dass sie deine Eltern kannte, aber zu dem Zeitpunkt hat sie nur noch gebrüllt – wahrscheinlich hat sie längst kein Wort mehr verstanden. Also habe ich mich umgedreht und bin gegangen.«

Hoffnungslos sahen sie sich an. »Und jetzt?«, fragte Kate. »Vielleicht sollte ich es probieren.« Sie konnte sich gerade noch zurückhalten, Paul an den Kopf zu werfen, dass sie es von vornherein hätte versuchen sollen – sie war sicher, dass sie die Sache behutsamer angegangen hätte. »Es ergibt keinen Sinn, nochmals zu klopfen, sie würde sowieso nicht öffnen. Und höchstwahrscheinlich ist sie zurück ins Haus gegangen. Sie wird nicht draußen im Garten bleiben, wenn sie sich derart aufgeregt hat. Ich will nicht hinterm Haus herumschleichen und das Risiko eingehen, dass sie sich ein weiteres Mal zu Tode erschreckt.«

»Ich bin nicht herumgeschlichen!«, wiederholte Paul zu seiner Verteidigung. Er sah aus wie Jack, wenn der etwas angestellt hatte, und Kate konnte sich ein Lächeln nicht verkneifen.

»Wir sollten einfach abwarten, bis sie sich wieder beruhigt hat. Warum essen wir nicht in einem Pub zu Mittag und kommen später zurück?«

»Einverstanden«, sagte Paul. »Tut mir leid, dass ich die Sache vermasselt habe. Ich bin ein Idiot, nicht wahr? Ein echter Elefant im Porzellanladen.«

Kate umarmte ihn etwas verlegen. »Keine Sorge. Es ist nicht alles verloren. Lass uns einen Happen essen. Drüben auf der Hauptstraße habe ich ein nettes Pub gesehen.«

Zwei Stunden später, nach einem Ploughman's Lunch mit Käsestücken von der Größe kleiner Ziegelsteine, spazierten Paul und Kate auf der Straße zurück zu Mrs. Bainbridges Cottage und Pauls Auto, das immer noch auf dem Parkplatz des Tennisclubs stand.

»Ich bin bis oben hin voll«, stöhnte Kate, die den Geschmack von Mixed Pickles im Mund hatte und das Pint Lager spürte, das beim Gehen auf dem Seitenstreifen in ihrem Magen hin und her schwappte.

Paul lachte. Seine Laune hatte sich wieder gehoben. »Das ist mir an dir schon aufgefallen: Entweder bist du am Verhungern, oder du bist pappsatt.«

»Ja, man könnte meinen, ich hätte mich an große Portionen gewöhnt, nachdem ich schon so lange in den Staaten wohne. Aber dieses Ploughman's hätte glatt für vier ausgewachsene Männer gereicht.«

»Dein Appetit gefällt mir«, erwiderte er. »Ich mag keine Frauen, die ständig Kalorien zählen. Das ist so unsexy.« Er grinste Kate an, und sie streckte den Arm aus und drückte seine Hand. Sie fühlte sich unsäglich glücklich.

»Lass uns noch eine Weile im Auto warten. Dann sehen wir, ob sie herauskommt, und können sie abpassen. Sie kann uns wohl kaum die Tür vor der Nase zuschlagen, wenn sie draußen ist, nicht wahr? Und das lässt ihr hoffentlich auch genug Zeit, um mich zu erkennen und nicht wieder auszuflippen.«

Paul drückte ebenfalls Kates Hand und runzelte mit gespielter Entrüstung die Stirn. »Im Wagen warten? Wäre das nicht irgendwie langweilig, wo wir doch nichts zu tun haben?« Er ließ ihre Hand los und streichelte zärtlich ihren Nacken, während er ihr die Beifahrertür aufhielt.

»Wir könnten ›Ich sehe was, was du nicht siehst‹ spielen«, sagte Kate beim Einsteigen und grinste.

»Oder«, sagte Paul, stieg auf der anderen Seite ein und beugte sich langsam zu ihr, »wir könnten uns etwas anderes ausdenken, um uns die Zeit zu vertreiben.«

Sie küssten sich, und beide lächelten während des Kusses. »Tut mir leid, falls ich nach Mixed Pickles schmecke«, murmelte Kate, doch Paul küsste sie einfach weiter.

»Falls dem so sein sollte, schmecke ich auch danach«, war seine Antwort, als sie wieder auftauchten.

»Dann ist es wohl in Ordnung. Sollen wir weitermachen?«

Eine halbe Stunde später knutschten sie noch immer. Paul musste den Motor anschalten und die elektrischen Fenster öffnen, da die Scheiben fast vollständig beschlagen waren.

»Wir würden miese Privatdetektive abgeben! Elvis höchstpersönlich hätte zehnmal in das Cottage hineingehen und wieder herauskommen können, und wir hätten es nicht bemerkt«, scherzte Kate, während sie nach Luft schnappte. Ihr war schmerzlich bewusst, wie erregt sie war. Sie wollte Paul unbedingt berühren, wagte es aber nicht. Es war schon so lange her, dass sie jemanden – Vernon eingeschlossen – geküsst hatte, dass sie sich nicht einmal mehr an die einfachsten Benimmregeln fürs Petting erinnerte. Vielleicht sollte sie warten, bis er sie zuerst streichelte?

»Keine Sorge. Ich habe ein Auge offen gehalten«, erwiderte Paul.

Kate spöttelte: »O Mann, und ich dachte, du hättest nur Augen für mich!«

»Reicht denn ein Auge nicht?«

»Nein. Ich bin sehr anspruchsvoll. Und sexuell ausgehungert.« Kate glitt mit der Hand an Pauls Oberschenkel hinauf. Es hatte keinen Zweck. Sie konnte einfach nicht länger warten, musste seine Erregung spüren. Es fühlte sich unglaublich gut an, und beide seufzten vor Vergnügen.

»Das ist sehr beeindruckend«, flüsterte sie und rieb an seiner Jeans.

»Mich beschleicht das Gefühl, die beiden dort drüben sind nicht sonderlich beeindruckt«, sagte Paul und schob zu spät ihre Hand weg, als zwei ältere Damen in weißem Tennis-Outfit an der Rückseite des Wagens vorbeispazierten und entrüstet dreinblickten.

»Ups«, kicherte Kate, berauscht vor Lust und Erleichterung, dass er sich wegen ihres dreisten Verhaltens nicht entsetzt abgewandt hatte.

»Wir sollten lieber aufhören, denn sonst reiße ich dir gleich hier und jetzt die Kleider vom Leib, und dann werden wir nicht nur die Gelegenheit versäumen, mit Mrs. B. zu sprechen, sondern auch noch verhaftet werden ...« Er senkte die Stimme. »Und dann werde ich deinen Körper heute Abend nicht bis ins kleinste Detail erforschen können, denn wir werden in getrennten Zellen hocken und von dem hiesigen Polizeibeamten die Leviten gelesen bekommen.«

»Das also hast du für mich geplant?«, fragte Kate und fühlte sich wieder wie ein Teenager.

Paul beugte sich zu ihr, glitt mit der Hand zwischen ihre Beine und nickte feierlich. »O ja«, murmelte er, und Kate glaubte, vor Erregung zu explodieren.

»Aber erst die Arbeit«, verkündete er rasch, »dann das Vergnügen!«

Kate stöhnte auf.

»Sie hat sich bisher nicht blicken lassen. Ihr Auto steht immer noch in der Einfahrt. Es ist jetzt schon …«, er blickte auf seine Uhr, » … über drei Stunden her, seit ich mich *nicht* an sie herangeschlichen habe, also wird sie sich sicherlich beruhigt haben. Warum probierst du nicht dein Glück und klingelst? Einen Versuch ist es wert. Ansonsten könnte ich mich nämlich nicht viel länger zurückhalten und würde einfach über dich herfallen.«

»Alles klar. Okay. Du wartest hier, und ich sehe nach, ob sie mich empfängt.«

24

John Sampson stand genau an der Stelle auf dem ehemaligen Gelände der CRU, wo Kate und Paul vor knapp vierundzwanzig Stunden gestanden hatten, als sein Handy klingelte. Es war das Telefon, das nur von einer einzigen Person angerufen wurde: Gaunt. Er zögerte, bevor er ans Handy ging. Er hatte in süßen Erinnerungen an seine letzte Nacht an diesem Ort geschwelgt.

»Ja?«

»Wird aber auch Zeit. Ich dachte schon, Sie würden nie abnehmen.«

Sampson wartete, dass Gaunt fortfuhr.

»Glück bei der Jagd gehabt?«

Sampson wusste, dass Gaunt, der heutzutage den Großteil seiner Zeit in seinem Labor verbrachte, das Spionieren liebte, den Geheimagentenkram, der seinem Dasein einen Hauch Farbe verlieh. Gaunt versuchte, es sich nicht anmerken zu lassen, doch Sampson konnte die Erregung in seiner Stimme hören. Er berichtete Gaunt, was er bisher in Erfahrung gebracht hatte.

»Mit anderen Worten, sie ist Ihnen entkommen.«

Wiederum beherrschte sich Sampson, biss die Kiefermuskeln zusammen und holte langsam und tief Atem.

Schließlich sagte Gaunt: »Sie sollten lieber zurück zum Hauptquartier kommen. Wie lange brauchen Sie?«

»Nicht lange.« Sampson legte auf und ließ ein letztes Mal den Blick über die Siedlung schweifen. Kate war hier gewesen. Das Wort »Jagd« traf den Nagel auf den Kopf. Er war der Jagdhund und Kate der Fuchs. Er hätte schwören können, dass er ihren Duft beinahe erschnuppern konnte.

Die Sicherheitsvorkehrungen im Hauptquartier waren außerordentlich hoch, denn sie sollten nicht nur den falschen Menschen den Zutritt verwehren, sondern auch den Organismen, die sie in sich trugen, den Bakterien, Viren und Parasiten, die den menschlichen Körper bewohnten. Sampson, der die Prozedur schon häufig über sich hatte ergehen lassen müssen, zog sich gleich hinter dem Haupteingang aus, duschte und wusch sich Haut und Haare – oder was davon noch übrig war – mit einer Desinfektionslösung. Als Nächstes unterzog ihn ein Arzt mit Maske einer genauen Untersuchung und stellte ihm unzählige Fragen, um sicherzugehen, dass er in letzter Zeit keinerlei Anzeichen einer Infektion festgestellt hatte. War er an einer Erkältung oder grippeähnlichen Symptomen erkrankt? Wie sah es mit Kopfschmerzen, abdominalen Schmerzen, Blasenproblemen, Darmentzündungen, Erschöpfungszuständen, Schwindel oder Übelkeit aus? Was war mit sexuellen Partnern? Hatte er ungeschützten Geschlechtsverkehr gehabt? Hatte er eines der folgenden Länder bereist? Auf jede Frage antwortete er mit einem knappen Nein. Sie wussten, dass er seit seinem letzten Besuch nicht im Ausland gewesen war. Nach der Untersuchung zog er sich saubere Unterwäsche, ein T-Shirt und eine Hose an, dann schlüpfte er in ein Paar bequeme Schuhe. Schließlich durfte er das Innere des Gebäudes betreten.

Gaunt kam ihm auf dem Gang entgegen. Sie schritten an den Zimmern vorbei, in denen Sampson erst kürzlich die Vietnamesin und die serbische Prostituierte gesehen hatte. Die Frauen waren fort, die Zimmer leer, blitzblank geschrubbt.

Jede Spur ihrer ehemaligen Bewohnerinnen war wie weggewischt.

Sie erreichten Dr. Gaunts Büro. Mit einer Handbewegung bedeutete er Sampson, Platz zu nehmen, und setzte sich auf die andere Seite seines Schreibtischs.

»Mir ist nicht entgangen, dass Sie in die leeren Zimmer gespäht haben. Ihnen hat die kleine Serbin gefallen, nicht wahr?« Bei seinem Lächeln entblößte er gelbe Zähne. »Leider ist nichts mehr von ihr übrig. Verbrannt.«

Gaunt öffnete eine Schreibtischschublade und nahm eine goldene Kette mit Medaillon heraus. Er hielt sie hoch, und der Anhänger glitzerte, während er ihn hin und her zwirbelte.

»Oh, außer dem hier. *Das* ist alles, was von ihr übrig ist.«

Sampson erkannte das Medaillon wieder, das die serbische Prostituierte getragen hatte.

»Ganz nett, finde ich«, sagte der Arzt. »Das Foto von dem Kind habe ich natürlich entfernt.« Er ließ die Kette wieder in die Schublade fallen. »Jetzt gehört es mir.«

Sampson verbarg seinen Abscheu vor Gaunts Verlangen, Andenken von den Menschen zu sammeln, die er ermordet hatte. »Warum haben Sie mich herbestellt?«

Das Lächeln wich aus Gaunts Gesicht. »Ich wollte Ihnen nur mitteilen, dass wir es fast geschafft haben.«

»Was fast geschafft haben?«

»Das zu beenden, was wir vor langer Zeit begonnen haben. Dank Ihrer Fahrt nach Oxford konnten wir einen kleinen Durchbruch im Labor verzeichnen und das letzte Teil des Puzzles finden.« Sein Lächeln erstrahlte wieder, breiter und dreckiger als zuvor. »Das ist eine sehr gute Nachricht.«

Sampson suchte händeringend nach den richtigen Worten. »Meinen Glückwunsch.«

»Vielen Dank. Es müssen nur noch einige abschließende Tests durchgeführt und die letzten Vorbereitungen getroffen werden, aber ich vermute, dass die Sache innerhalb der nächsten paar Tage zum Abschluss kommt.« Er beugte sich über den Schreibtisch. »Was bedeutet, dass es von entscheidender Wichtigkeit ist, dass sich uns nichts und niemand in den Weg stellt.«

»Sie meinen Kate?«

Gaunt hob eine Augenbraue. »Sind wir mit der Dame nun schon per Du?«

Sampsons Gesicht blieb ausdruckslos. »Ich war nicht sicher, ob ich sie Carling oder Maddox nennen soll.«

»Nun, sie heißt jetzt Maddox. Auch wenn wir ihr niemals die Möglichkeit hätten geben dürfen, dass sie ihren nächsten Geburtstag erlebt, geschweige denn heiratet und ihren Namen ändert. Verfluchter Bainbridge und seine Rührseligkeit! Wie konnte er sie einfach gehen lassen? Sie ist eine tickende Zeitbombe.«

Sampson malte sich vor seinem geistigen Auge aus, wie er die Zeitbombe entschärfen würde, langsam und genüsslich.

Gaunt fuhr fort: »Wahrscheinlich ist es purer Zufall, dass sie nach all den Jahren nach England zurückgekehrt ist, aber der Umstand, dass sie hier ist, macht mich nervös. Wir wissen nicht, wie viel ihres Gedächtnisses im Laufe der Jahre zurückgekommen ist, zumal die Sache derart unüberlegt über die Bühne gegangen ist. Bainbridge hat mir immer versichert, alles wäre in Ordnung, doch ich war nie völlig überzeugt. Unser Freund in Harvard hat zwar nie ein Zeichen bemerkt, dass sie ihre Erinnerungen wiedergefunden hat, doch wir können es uns nicht leisten, irgendwelche Risiken einzugehen …« Seine Stimme verlor sich. »Aus diesem Grund müssen Sie sie finden – und dafür sorgen, dass ihr Gedächtnis nicht zurückkehrt.«

Sampson nickte. »Ich verstehe.«

»Vielleicht bin ich auch paranoid.«

»Das glaube ich nicht. Ich habe sie auf dem Überwachungsband des Hotels gesehen, in dem sie abgestiegen ist. Der Mann an ihrer Seite muss Wilsons Bruder sein.«

Der Arzt reagierte einen Moment nicht, dann blinzelte er und sagte: »Wie bitte?«

»Der Mann, mit dem Kate zusammen ist, ist Stephen Wilson wie aus dem Gesicht geschnitten.«

Gaunt wirkte mit einem Schlag noch besorgter. Er zog seine Computertastatur zu sich heran und begann zu tippen, während er konzentriert auf den Bildschirm starrte.

»Was tun Sie da?«

»Wilsons Akte öffnen.«

Stephen Wilsons Datei, die sich aus seiner früheren Personalakte speiste und jetzt in einem passwortgeschützten Computersystem aufbewahrt wurde, erschien auf dem Schirm, und der Arzt begann, sie hastig zu überfliegen. Ein paar Augenblicke später fluchte Gaunt leise.

»Was ist los?«

»Ich hatte Paul Wilson völlig vergessen. Was zum Teufel tut Kate Maddox mit Wilsons Zwillingsbruder? Sie *führt* etwas im Schilde.«

Er erhob sich und schritt nervös im Büro auf und ab. »Sie muss sich an etwas erinnert haben und ist hergeflogen, um sich mit Wilsons Bruder in Verbindung zu setzen. Sicherlich hat sie ihm alles erzählt.« Er sah noch blasser aus als sonst. »Wir müssen sie umgehend finden.«

Sampson öffnete den Mund, um etwas zu erwidern, doch

bevor er die Möglichkeit hatte, klingelte das Telefon auf dem Schreibtisch. Der Arzt riss den Hörer von der Gabel. »Ja?«

Sampson beobachtete, wie sich Gaunts Augen vor Überraschung weiteten, bevor ein Lächeln um seine Mundwinkel zuckte. »Ich setze unverzüglich jemanden darauf an.«

Sampson wartete.

»Nun, wenn man vom Teufel spricht, ist er – oder sie – nicht weit. Allem Anschein nach haben wir sie gefunden.«

Wenige Augenblicke später war Sampson auf dem Weg nach draußen, und Gaunts letzte Worte klingelten ihm in den Ohren. *Los, fahren Sie hin! Und kümmern Sie sich um die Zeitbombe, bevor sie uns alle mit ins Grab reißt.*

25

Kate stieg aus dem Wagen, die Beine zittrig vor Lust, und konnte sich kaum aufrecht halten. Sie blickte an sich hinab, und tatsächlich, ihre Brustwarzen waren steinhart und stachen heraus wie Lichtschalter. Hoffentlich fiel es Mrs. B. nicht auf. Kate schüttelte sich leicht, holte tief Atem und marschierte erneut auf Mrs. Bainbridges Haustür zu. Erst die Arbeit, dann das Vergnügen. Der Wagen war immer noch in der Einfahrt geparkt, was mit etwas Glück bedeutete, dass sie nicht ausgegangen war.

Kate klopfte zaghaft, weil es ihr weniger aufdringlich erschien als die Türklingel.

»Mrs. Bainbridge«, rief sie laut und deutlich durch den Briefschlitz, als sie den Schatten eines weißen Hemds ausmachte, der durch eine Tür in ein Zimmer zurückwich, bei dem es sich wahrscheinlich um die Küche handelte. »Ich bin Kate Carling, Sie und Leonard kannten meine Eltern, erinnern Sie sich? Derek und Francesca Carling? Das letzte Mal haben wir uns gesehen, als ich noch ein kleines Mädchen war. Sie haben uns in den South Downs besucht. Sind Sie zu Hause? Ich bin extra aus London hergekommen, um Sie zu sprechen.«

Fast augenblicklich hörte Kate im Innern Schritte, und dann das Geräusch der Tür, die aufgesperrt und entriegelt wurde. Mrs. Bainbridge öffnete die Tür, ließ jedoch die Sicherheitskette gespannt. Ihr Gesicht erschien in dem Spalt, faltig und blass, aber mit den hohen Wangenknochen einer ehemaligen Schönheit. Kate erinnerte sich nur verschwommen an sie, auch wenn Mrs. Bainbridge glücklicherweise weniger Probleme mit ihrem Gedächtnis hatte.

»Kate Carling? Ihr Gesicht hätte ich unter Tausenden wiedererkannt. Sie haben sich seit Ihrem neunten Lebensjahr kaum verändert.«

Kate lächelte erleichtert. Mrs. Bainbridge ähnelte kein bisschen der Verrückten mit der Forke, die Paul beschrieben hatte. »Nun, ich weiß nicht, ob das ein Kompliment ist oder nicht... Wie geht es Ihnen, Mrs. Bainbridge?«

»Nennen Sie mich bitte Jean«, sagte Mrs. Bainbridge, löste die Sicherheitskette und gewährte Kate Einlass in das Wohnzimmer des Cottages. »Was darf ich Ihnen bringen? Tut mir leid, wenn ich ein wenig konsterniert wirke, ich hatte vorhin nur ein erschreckendes Erlebnis. Es ist ein sonderbarer Tag voll unerwarteter Besucher. Aber wie dem auch sei, möchten Sie etwas trinken? Tee, Kaffee, etwas Kaltes? Sie sehen ein wenig abgehetzt aus.«

»Oh – äh – ja, vielleicht. Und es tut mir schrecklich leid, aber ich glaube, der unerwartete Besucher, den Sie wahrscheinlich meinen, war Paul, mein Freund. Er ist mit mir hergekommen. Wir haben am Mittag bei Ihnen geklingelt, und als wir keine Antwort bekamen, ist er ums Haus herum, um zu sehen, ob Sie im Garten sind. Es tut mir wirklich leid, dass er Ihnen Angst eingejagt hat.«

Jean wirkte entsetzt. »Ach, du meine Güte!« Sie sank in einen geschmacklosen Sessel, und ihre Finger strichen geistesabwesend über die Armlehnen. »O nein!«

Kate setzte sich auf das Sofa neben sie. »Ist doch nicht schlimm, Jean, wirklich. Das ist kein Problem. Wir fühlen uns nur schrecklich, weil er Sie derart erschreckt hat.«

Jean schüttelte den Kopf. »Sie verstehen nicht. Es *ist* ein Problem. Ich hatte nicht den leisesten Schimmer, dass er zu Ihnen gehört! Vermutlich hat er mir alles erklären wollen, aber ich habe ihm nicht zugehört. Ich habe angenommen … Er hat mir Fragen über Leonard und die CRU gestellt … Hätte ich das gewusst, hätte ich niemals … O nein!«

»Was?«, fragte Kate verwirrt. Jeans Reaktion erschien ihr völlig übertrieben, war sie doch im Grunde ein verständliches, von Furcht getriebenes Verhalten gewesen.

»Schon gut«, sagte sie, nahm wieder Haltung an und setzte sich aufrechter hin. »Nun, meine Liebe, so viel Zeit ist verstrichen! Was um alles in der Welt bringt Sie hierher? Sie wissen, dass mein Leonard nicht mehr unter uns weilt, oder?« Ihre rechte Hand flog zu dem dritten Finger an ihrer linken und drehte an dem großen Rubinring.

»Ja. Es tut mir so leid, Jean. Als ich von seinem Tod erfahren habe, war ich unsäglich traurig. Er ist so gut zu mir gewesen.«

»Er hat Sie sehr gemocht, Kate, und auch Ihre Eltern. Vielleicht sollte ich das nicht sagen, aber Sie waren immer sein kleiner Liebling, weil Sie wie er Wissenschaftler werden wollten. Sie haben eine Schwester, nicht wahr? Wie war gleich noch mal ihr Name?«

»Miranda. Sie wollte nie in die Wissenschaft. Im Grunde glaube ich sogar, dass sie Ihnen aus dem Weg gegangen ist, wenn Sie zu Besuch kamen, weil sie es satt hatte, dass ich Leonard wegen der Experimente ein Loch in den Bauch gefragt habe. Sie ist lieber in ihrem Zimmer geblieben und hat mit ihren Puppen gespielt.«

»Und sind Sie letztendlich Wissenschaftlerin geworden?« Jean stellte diese Fragen aus purer Höflichkeit, denn unter der Oberfläche wirkte sie immer noch nervös und aufgewühlt. Ihre Augen schossen zwischen dem Telefon und der Haustür hin und her, als erwartete sie, dass jemand erschien oder anrief. Paul musste ihr wirklich einen gehörigen Schrecken eingejagt haben, dachte Kate, während sie Jeans Frage mit mehr als einem Hauch Stolz beantwortete: »Ja. Virologin, genau wie Leonard. Allerdings wäre ich es ohne ihn wohl nicht geworden. Nach dem Feuer – Sie wissen schon, in der CRU – hat er alles in die Wege geleitet, damit ich in Harvard angenommen wurde.«

Jean zögerte. »Das Feuer. Ja. Ich erinnere mich. Eine schlimme Sache.« Sie strich sich über das wunderschön gelegte silberne Haar. »Nun, was führt Sie in den Norden? Sie sind also nicht gekommen, um Leonard zu besuchen?«

Kate, die bereits eingestanden hatte, dass sie von Leonards Tod wusste, begann sich allmählich zu fragen, ob Paul vielleicht recht hatte – ob Jean womöglich nicht ganz sie selbst war. Aber sie wirkte so normal: ihr makelloses Haar, die schicke Kleidung und das ordentliche Haus. Kate hatte bei der wunderbaren alten Lil hautnah miterlebt, was Demenz aus einem Menschen machte, und Lil und Jean waren nicht einmal ansatzweise vergleichbar. Kate entschied, dass Jean wohl nur durch ihren plötzlichen Besuch etwas aus der Fassung gebracht worden war.

»Tut mir leid, dass ich vorher nicht angerufen habe, aber ich hatte keine Telefonnummer, nur Ihre Adresse. Nein, ich wusste von Leonard. Aber vielleicht können Sie mir dennoch weiterhelfen. Um ehrlich zu sein, brauche ich Informationen – über das Feuer.«

Bildete sich Kate das nur ein, oder zitterte Jeans Hand leicht?

»Das Feuer?«

»Ja. Es ist nämlich so, dass ich einen völligen Gedächtnisverlust habe, was die Ereignisse jener Nacht betrifft, was sonderbar ist, wenn man bedenkt, dass ich keinerlei schlimme Verletzungen hatte. Anschließend habe ich eine Weile im Krankenhaus gelegen, obwohl mir der Grund immer noch nicht klar ist. Ich will meinem Freund Paul helfen – sein Zwillingsbruder ist in jener Nacht gestorben, unter bisher ungeklärten Umständen –, und wir wollen herausfinden, was genau passiert ist. Sie müssen wissen, sein Bruder Stephen war damals mein Freund. Paul und mir wurden unterschiedliche Versionen derselben Geschichte erzählt, und irgendetwas stimmt da nicht.«

»Du meine Güte!«, rief Jean und klang jetzt geradezu panisch. »Vielleicht wäre es das Beste, wenn Sie die Sache einfach auf sich beruhen lassen. Ich meine, man weiß nie, was man ans Tageslicht bringt.«

Kate sah sie scharf an. Was sollte das bedeuten? Sie beugte sich vor und starrte Jean ernst an. »Sie wissen etwas? Bitte verraten Sie es mir, Jean. Ich glaube, es ist wichtig. Nicht nur für Stephens Familie, sondern auch für meine Zimmergenossin Sarah – sie ist ebenfalls in jener Nacht umgekommen. Und ich werde das nagende Gefühl nicht los, dass etwas anderes dahintersteckte, dass es in der CRU um mehr ging als die Erforschung von Erkältungskrankheiten – ich glaube, ich habe damals etwas herausgefunden, aber ich kann mich einfach nicht erinnern, was es war.«

Es folgte ein Moment der Stille, der allein von dem Ticken der Standuhr in der Ecke durchbrochen wurde. Kate hielt den Atem an.

»Ich weiß es nicht, Kate«, gestand Jean und sah ihr fest in die Augen. »Es gab so viele Geheimnisse. Leonard war beunruhigt, dass es noch mehr Geheimnisse gäbe, in die er nicht eingeweiht war, und dieser Gedanke hat ihn nachts nicht schlafen lassen. Aber er hat nie mit mir darüber gesprochen. Er hat immer gesagt, es wäre besser für mich, wenn ich nicht wüsste, weshalb er sich sorgte. Und ich glaube, es wäre auch für Sie besser, wenn Sie es nicht wüssten.«

Kate schüttelte den Kopf. »Jetzt will ich es *wirklich* herausfinden«, sagte sie. »Bitte.«

Jean erhob sich, die Beine immer noch lang und beneidenswert schlank in einer marineblauen Hose. Sie ging zu dem polierten Nussbaumsekretär in einer Nische unter der Treppe des Cottages, kramte in einer kleinen Porzellanschale nach einem Schlüssel und schloss den Schreibtisch auf. Nachdem sie das Lamellenrollo nach unten geschoben hatte und mehrere kleine Schubladen zum Vorschein kamen, zog sie einen braunen DIN-A4-Umschlag aus der größten hervor.

»Ehrlich, Kate, ich weiß wirklich nichts. Ich habe keine von Leonards Forschungsergebnissen oder Dokumenten hier, abgesehen davon. Es sind nur ein paar lose Blätter, die ich nach seinem Tod unter unserem Bett gefunden habe. Er muss sie sich eines Abends angesehen haben, bevor er zu Bett gegangen ist. Ich weiß nicht, warum ich sie behalten habe, denn es handelt sich um streng vertrauliches Material, weshalb ich es eigentlich zurück zum Labor hätte schicken müssen. Soweit ich das beurteilen kann, sind es im Grunde nur Zahlen und Formeln. Vielleicht einige der Fallstudien? Ich habe sie aufbewahrt, weil Ihr Name auf einem der Papiere stand. Sie können sie haben – aber ich weiß nicht, ob sie Ihnen überhaupt weiterhelfen.«

»Vielen Dank«, sagte Kate verwundert und öffnete den Briefumschlag. Im Innern lagen fünf oder sechs Seiten eines ausgedruckten Berichts. »Das ist wahrscheinlich nur meine Krankenakte aus der Zeit, als ich als Freiwillige dort war.«

»Kate, meine Liebe, entschuldigen Sie mich bitte einen Augenblick, während Sie sich die Unterlagen ansehen? Ich muss oben einen wichtigen Telefonanruf tätigen.«

»Natürlich«, sagte Kate, die fieberhaft damit beschäftigt war, auf den Seiten ihren Namen zu finden.

Jean verschwand nach oben, und erst jetzt kam es Kate in den Sinn, wie sonderbar es war, dass sie mit dem Anruf nicht warten konnte, bis Kate fort war. Was könnte so dringend und privat sein? Sie hörte, wie sich eine Tür schloss, und stand auf, um der Sache auf den Grund zu gehen. Hier unten stand zwar ein Telefon, aber es wäre zu dreist, auf einer anderen Leitung zu lauschen. Außerdem könnte Jean das Klicken bemerken, wenn Kate den Hörer abnahm.

Kate steckte den Umschlag in ihre Umhängetasche und schlich leise zur Treppe. Jeans Stimme war nicht zu hören, weshalb Kate langsam die Stufen hinaufstieg. Sie könnte vorgeben, auf der Suche nach einer Toilette zu sein – die sie in der Tat auch brauchte.

Als sie den oberen Absatz erreichte, sah sie das Badezimmer geradeaus vor sich. Zu ihrer Rechten war eine geschlossene Tür. Obwohl sie sich schrecklich fühlte und entsetzt war über ihren Mangel an Respekt vor Jeans Privatsphäre, presste sie sanft das Ohr gegen die Tür. Jetzt konnte sie Jeans Stimme leicht ausmachen – anscheinend hatte sie eben erst gewählt.

»Hallo. Hier spricht noch einmal Jean Bainbridge … Nein, ich muss mit ihm reden … Wann? Nun, Sie müssen ihm etwas ausrichten … Es war ein Missverständnis. Es gibt nichts, worüber man sich Sorgen machen müsste, er war ein Freund einer Freundin, ich bin einfach in Panik geraten, als er … Was? Du meine Güte! Nein, ich bin sicher, dass das nicht stimmt, sie sind keine – nein, bitte nicht!« Sie schien immer aufgewühlter zu sein. »Leonard würde das nicht gutheißen. Sie müssen ihn aufhalten! Hallo? *Hallo?*«

Kate schoss ins Badezimmer, obwohl sie längst nicht mehr aufs Klo musste. Sie drückte auf die Spülung, tat so, als würde sie sich die Hände waschen, und wartete, bis sie hörte, wie sich die Schlafzimmertür langsam öffnete. Kate passte es genau so ab, dass sie im selben Moment wie Jean aus dem Bad auftauchte.

»Tut mir leid, aber ich musste dringend… Jean? Was ist los?«

Jeans Gesicht war aschfahl, ihre Augen tränennass. Sie streckte den Arm aus und packte Kate mit einem Ausdruck nackter Panik am Ärmel. »Sie müssen jetzt gehen. Sie und Ihr Freund. Sofort!«

»Warum? Was ist geschehen? Was ist hier los?«

»O Kate«, sagte Jean mit zitternder Stimme. »Ich habe einen sehr dummen Fehler gemacht…«

26

Kate rannte über die Straße zum Parkplatz des Tennisclubs, wo Paul neben dem Auto stand und an seinem Handy herumspielte. Seine Gesichtszüge erhellten sich vor Freude, als er Kate sah, doch beim Anblick ihrer Miene war sein Lächeln wie weggewischt.

»Was ist passiert?«

»Wir müssen von hier verschwinden. Sofort.«

»Warum? Was ist los?«

Kate fühlte sich wie die alte Dame aus dem Kinderlied, die eine Fliege verschluckt hatte … und eine Spinne und den Rest der Menagerie: Panik breitete sich in ihr aus. Warum bestand Paul darauf zu erfahren, was geschehen war, bevor er tat, was sie ihm sagte? Es war so typisch Mann. Sie wollte einfach nur, dass sie von hier verschwanden, und das auf der Stelle.

»Steig ins Auto, dann erzähl ich es dir später.«

Er zögerte immer noch.

»*Nun komm schon!*«

»Na schön. Aber es wäre mir lieber, wenn du es mir sofort erzählen würdest.« Er ließ sich auf den Fahrersitz sinken, und Kate sprang neben ihn. Sie warf den Umschlag, den ihr Mrs. Bainbridge gegeben hatte, auf die Rückbank.

»Es ist Mrs. B.«, sagte sie. »Als du sie vorhin erschreckt hast, hat sie jemanden angerufen, und die sind jetzt auf dem Weg hierher.«

Seine Augen weiteten sich. »Was, die Polizei?«

»Nein – ich wünschte, es wäre so. Hör zu, Mrs. B. hat eine Nummer bekommen, die sie anrufen sollte, falls jemand aufkreuzt und Fragen über Leonard stellt. Und das hat sie vorhin getan, nachdem du in ihrem Garten warst.«

»Was? Wen hat sie angerufen?«

»Das weiß ich nicht genau. Aber sie hat mich buchstäblich aus der Tür geschoben und mir geraten, mich aus dem Staub zu machen. Sie meinte, ich wäre in Gefahr, wenn ich nicht verschwinde.«

Paul hatte den Schlüssel ins Zündschloss gesteckt und wollte den Motor gerade anlassen, als er die Hand wieder zurückzog. »Aber diese Leute können uns vielleicht die Antworten geben, nach denen wir suchen. Wir sollten bleiben und auf sie warten.«

Er riss die Tür auf und stieg aus.

»Nein! Paul, nicht!«

Sie stieß einen Fluch aus, dann jagte sie Paul nach, der über die Hauptstraße auf Mrs. Bainbridges Haus zumarschierte. Im tiefsten Innern verstand sie, warum er sich sträubte wegzulaufen, doch er hatte nicht mit angesehen, wie spürbar und ansteckend Mrs. Bainbridges Angst gewesen war. Es gab so viel, was Kate und Paul nicht wussten, und wer auch immer auf dem Weg hierher war, klang nicht wie die Sorte Mensch, die sich ruhig hinsetzen und ihnen bei einer netten Tasse Tee Antworten geben würde.

Paul hatte fast das Cottage erreicht, Kate ein paar Schritte hinter ihm, als ein schwarzer Audi vorfuhr. Zur gleichen Zeit trat Mrs. Bainbridge, das Gesicht blass vor Angst, aus ihrer Haustür und versuchte, Paul mit wilden Gesten zu verscheuchen.

Der Audi hielt wenige Meter von Mrs. Bainbridges Haus entfernt, und ein Mann stieg aus.

Kate spürte, wie ihre Knie nachgaben und sie beinahe gestürzt wäre. Er war älter und trug eine Sonnenbrille, und sie hatte seit sechzehn Jahren nicht mehr an ihn gedacht. Das Bild von ihm im Garten der CRU blitzte vor ihrem geistigen Auge auf, wie er sich umgedreht hatte, um ihr mit Blicken zu folgen, während sie an ihm vorbeigegangen war.

Sampson. Das war sein Name. Stephen hatte sie gewarnt, einen großen Bogen um den Kerl zu machen, den etwas Raubtierhaftes umgab. Sie hatte nicht überredet werden müssen: Bei dem Mann lief es ihr kalt über den Rücken. Seine fein geschnittenen Gesichtszüge waren kalt und böse.

»Kate«, sagte er mit ernster, eindringlicher Miene.

»Sampson.«

Paul sah zu den beiden und machte einen Schritt nach vorn. »Hören Sie mal, Mr. Sampson, oder ist das Ihr Vorname? Ich würde gern wissen …«

Sampson zog eine Waffe und zielte auf Pauls Brust.

Sofort hob Paul die Hände auf Schulterhöhe. Das Blut war ihm aus dem Gesicht gewichen. Sampson ging einen Schritt auf ihn zu, die Waffe fest umklammert. Kate beobachtete Sampsons Finger, der sich um den Abzug spannte. Sie rief: »Paul!«, und dann schrie jemand, und der Knall war leiser, als sie sich einen Schuss je vorgestellt hätte. Unwillkürlich schloss sie die Augen, und als sie sie wieder öffnete, rechnete sie damit, dass Paul ausgestreckt auf dem Asphalt lag. Aber Paul stand immer noch aufrecht, ebenso wie Sampson. Der leblose Körper auf dem Boden war klein und alt.

Mit überraschender Behändigkeit für eine Frau ihres Alters war Jean Bainbridge genau in der Sekunde, als Sampson abdrückte, vor Paul gerannt und hatte die Kugel mit ihrem Körper abgefangen. Sie hatte Paul das Leben gerettet.

Kate spürte einen Schmerz in sich, als wäre sie selbst angeschossen worden. Im selben Moment warf sich Paul auf Sampson, und er hatte Glück: Sampson war kurzzeitig abgelenkt. Paul boxte ihm in den Bauch, Sampson keuchte auf und holte zum Schlag aus, wollte Paul die Waffe über den Kopf ziehen, doch Paul riss den Arm hoch und blockte den Schlag ab. Die Pistole fiel Sampson aus der Hand, und Kate kickte sie mit dem Fuß weg. Kreiselnd trudelte die Waffe über die Straße unter ein geparktes Auto.

Sampson stürzte sich auf die Pistole, und Paul schrie: »Lauf!«

Sie sprinteten in Richtung des Tennisclubs, Paul vornweg, immer wieder über die Schulter blickend, um sicherzugehen, dass Kate noch bei ihm war, bevor er sich nach hinten streckte und ihre Hand packte. Er sah, dass Sampson auf dem Bauch lag, und versuchte, seine Pistole unter dem geparkten Auto herauszufischen. Paul riss die Tür seines Wagens auf – zum Glück hatte er nicht abgesperrt –, lehnte sich zur Seite und stieß die Beifahrertür auf. Eine Sekunde später ließ er den Motor an und schlitterte aus dem Parkplatz.

Da war Sampson schon wieder auf den Beinen, die Waffe in der Hand. Paul fuhr direkt auf ihn zu. Sampson feuerte, aber die Kugel prallte an der Karosserie ab, und dann musste er rückwärts auf den Gehsteig springen, um nicht von Paul überfahren zu werden. Paul wich Mrs. Bainbridges Leiche aus und heftete den Blick besorgt auf den Rückspiegel, als Sampson zu seinem Audi rannte und hineinsprang, was Paul und Kate nur ein paar Sekunden Vorsprung lieferte, bevor er ihnen mit kreischenden Reifen nachjagte.

»Verdammt, er folgt uns. Wohin soll ich fahren?« Keine Antwort. »Kate?«

Sie drehte sich zu ihm, die Augen weit aufgerissen vor Schock. »Er hat Mrs. Bainbridge getötet.«

Paul legte Kate die Hand auf den Arm. Sie zitterte. Oder war er das? »Wer zum Teufel ist dieser Kerl?«

»Er war in der CRU.«

Sehr rasch ließen sie das Dorf hinter sich, die Straßen von Penkridge wichen Wald und Flur. Sie schossen an einem Hinweisschild für ein Naturschutzgebiet vorbei, und Kate fragte sich verzweifelt, ob sie das Richtige taten, wenn sie der vermeintlichen Sicherheit der Zivilisation den Rücken kehrten. Doch es war sowieso zu spät, um umzudrehen. Paul riss den Wagen nach links. Die Straße war völlig frei, aber das würde Sampson ebenso helfen, sie zu fangen, wie es ihnen helfen würde davonzukommen. Sampsons Audi war viel schneller als Pauls Peugeot 205, der seine besten Tage längst hinter sich hatte. Sie mussten Sampson irgendwie abhängen. Aber Paul, der die Gegend nicht kannte, hatte kaum einen Vorsprung. Seine Hände, schweißnass vor Stress, rutschten am Steuer ab, als er es herumwirbelte und rechts in eine ruhige Landstraße bog, bevor er den Fuß wieder aufs Gaspedal drückte. Kate beobachtete den Tacho, der nach oben schnellte, bis der Zeiger fast achtzig Meilen pro Stunde anzeigte.

Der Audi klebte ihnen immer noch an der Stoßstange.

»Bist du angeschnallt?«

»Ja, natürlich. Paul, wir müssen …«

»Halt dich gut fest.«

Kate blickte auf und sah, was Paul vor einem Moment erspäht hatte: einen riesigen hellgrünen Vierradtraktor, der vor ihnen um die Kurve rollte. Paul drückte das Gaspedal durch, zog auf die falsche Straßenseite – die rechte – und preschte direkt auf das Fahrzeug zu. Kate stockte der Atem, und sie schloss die Augen.

Alles geschah im Bruchteil von Sekunden. Paul fuhr direkt

auf den Traktor zu, fuchtelte mit den Händen und bedeutete dem Fahrer, die Fahrspur zu wechseln. Hinter ihm war Sampson immer noch auf der linken Seite, ihnen knapp auf den Fersen, verborgen hinter dem getönten Glas seiner Windschutzscheibe.

Kate drückte sich in ihren Sitz und flüsterte ein rasches Stoßgebet.

Der Traktorfahrer zerrte an dem Lenkrad seines riesigen, schwerfälligen Fahrzeugs, schwenkte es im letzten Augenblick auf die linke Fahrbahn. Paul riss erneut das Steuer herum, schoss mit kreischenden Reifen nach rechts und preschte an dem Traktor vorbei – der nun Sampson den Weg versperrte. Als sie den Koloss hinter sich ließen, hörten sie ein weiteres Kreischen von Bremsen und das wütende Aufheulen einer Autohupe.

»Wir haben überlebt«, flüsterte Kate.

Paul drehte den Kopf und warf einen Blick nach hinten. »Keine Spur von ihm, zumindest noch nicht. Aber er wird sich nicht ewig aufhalten lassen.« Sie fuhren um die nächste Kurve, kletterten immer weiter den Hügel hinauf, bis sie den Gipfel erreichten. Ackerland erstreckte sich zu beiden Seiten von ihnen, mit Schafen, die in aller Stille hinter niedrigen Steinmauern grasten. Ein armes Tier lag auf der Straße, das Fell verkrustet mit Blut, überfahren.

»Hast du eine Ahnung, wo wir sind?«, fragte Paul, während sie mit Höchstgeschwindigkeit über die leere Landstraße fegten. »Abgesehen von mitten im Nirgendwo?«

Kate erwachte aus ihrer Trance. »Ich denke, das ist Cannock Chase.«

»Wie weit ist es bis zur nächsten Stadt?«

»Keine Ahnung. Wenn wir uns weiterhin nördlich halten,

kommen wir nach Stafford. Vorhin habe ich ein Straßenschild gesehen.«

Sie blickte aus der Heckscheibe und sah den schwarzen Audi, der hinter der Hügelkuppe auftauchte und sich ihnen bedrohlich näherte.

»Er holt auf. Paul, er holt auf …!«

»Ich weiß, ich weiß. Ich fahre schon so schnell ich kann. Der Straßenatlas sollte auf der Rückbank liegen. Kannst du versuchen herauszufinden, wie weit es noch bis Stafford ist?«

Kate angelte ihn sich und begann blindlings, die Seiten umzublättern in der Hoffnung, zufällig auf die Straße zu stoßen, auf der sie sich befanden. Aber sie konnte nicht einmal die richtige Seite finden. Warum zum Teufel hatte Paul auch kein Navi in dieser miesen alten Schrottkarre?

Beruhige dich, ermahnte sie sich und wandte eine Technik an, die sie gelernt hatte, als Jack noch ein Baby gewesen war und sich nachts die Seele aus dem Leib gebrüllt hatte. Nichts und niemand hatte ihn trösten können, während sie sich gefühlt hatte, als würde sie vor Stress gleich explodieren. Sie begann leise, das Periodensystem vor sich hin zu murmeln: »H – Wasserstoff, Li – Lithium, Be – Beryllium …« Sie wusste, andere würden ihre Technik für absonderlich halten, aber bei ihr klappte es – das konzentrierte Denken hatte augenblicklich eine beruhigende Wirkung auf sie, ihr Gehirn arbeitete wieder normal, und es gelang ihr, sich die Landkarte auf der Vorderseite anzusehen und rasch die richtige Seite im Straßenatlas aufzuschlagen.

Kate fand Penkridge, wo sie Mrs. Bainbridge hatten sterben sehen, und zeichnete die Strecke mit dem Finger nach.

»Ich hätte ein anständiges Auto kaufen sollen, eines mit GPS«, knurrte Paul.

Kate biss sich auf die Zunge, um eine spitzzüngige Antwort hinunterzuschlucken, dann zeigte sie auf die Schlangenlinie, auf der sie entlangfuhren. »Vor uns kommt gleich ein Wald. Ich schätze mal, Stafford liegt ungefähr fünfzehn Minuten entfernt.«

Noch während sie redete, baute sich vor ihnen eine Wand aus Bäumen auf. Wenige Augenblicke später sausten sie durch den Wald, wo Kiefern, Lärchen und Birken die schmale Straße säumten.

»Verdammt«, sagte Paul.

»Was?«

Er nickte zum Rückspiegel. Sampsons schwarzer Audi war wieder hinter ihnen, und sein Spiegelbild wurde mit jeder Sekunde größer.

»Wenn Stafford fünfzehn Minuten entfernt ist, können wir ihn nicht abhängen. Vielleicht sollten wir anhalten und ihn stellen?«

»Nein. Er würde uns umbringen.«

Genau in dem Moment, als Sampson gefährlich nahe auffuhr, tauchte ein Hirsch zwischen den Bäumen auf und rannte auf die Straße. Paul scherte aus, Kate stieß einen Schrei aus, und für einen Augenblick verließen sie den glatten Asphalt. Das Auto vibrierte heftig, während Paul mit dem Lenkrad kämpfte. Mit mehr Glück als Verstand prallten sie nicht gegen einen Baum und schafften es zurück auf die Straße. Paul keuchte vor Anstrengung, ihnen das Leben gerettet zu haben.

Hinter ihnen hatte Sampson weniger Glück: Auch er wirbelte das Lenkrad herum, um dem Hirsch auszuweichen, schoss über die Fahrbahn hinaus und kam Zentimeter vor einer Kiefer zum Stehen. Während der Hirsch ins Dickicht trabte, blind gegenüber Sampsons blutrünstigem Blick, setzte dieser seinen Wagen zurück auf die Straße und verschaffte Kate und Paul kostbare Sekunden, in denen sie den Vorsprung auf ihren Verfolger ausbauten.

Paul brach in unbändiges Gelächter aus. »Ein Traktor und ein verfluchter Hirsch. Wäre ich religiös, würde ich glauben, dass jemand seine schützende Hand über uns hält. Was kommt wohl als Nächstes?«

Sie rasten tiefer in den Wald hinein, und Paul fuhr weiterhin so schnell, wie es die holprige Straße zuließ. Der Wald begann sich zu lichten – und genau in dem Augenblick erschien der schwarze Audi wieder im Rückspiegel.

Kate packte Paul am Arm. »Was sollen wir nur tun?«

»Halt dich gut fest.«

Als sie aus dem Wald hinauspreschten, erspähte Paul eine Abzweigung auf der rechten Seite, einen schiefen Wegweiser aus Holz, der wahrscheinlich zu einem winzigen Dörfchen mit mehr Wild als Menschen führte, aber ihnen blieb keine andere Wahl. Sie mussten Hilfe finden.

Sie bogen in den Feldweg ein und brausten eine kurvige, schmale Schotterstraße entlang, die mit Bäumen überwachsen war. Sie überquerten eine Brücke über einen gurgelnden Bach, und die Federung des Autos erzitterte, als sie über ein Schlagloch rasten. Kate kannte Träume wie diesen – Albträume, in denen sie gejagt wurde und ihr der Verfolger dicht auf den Fersen war, sich mit jeder Sekunde näherte, während die Panik in ihr anschwoll. In diesen Träumen war sie immer gerettet worden, sobald sie erwachte.

Sie fischte ihr Handy aus der Tasche.

»Was tust du da?«

»Ich rufe die 911 an – ich meine, die 999.«

Er streckte den Arm aus und schnappte sich das Telefon.

»Was tust *du* da?«

»Ich will nicht, dass du die Polizei rufst.«

»Warum nicht, zum Teufel? Wir werden von einem Kerl gejagt, der gerade jemanden umgebracht hat. Wenn ich die Polizei rufe, könnten sie vielleicht jemanden herschicken. Jemanden, der Sampson aufhält.«

Die nächste Kurve nahm Paul mit Höchstgeschwindigkeit, und sie wurden in ihren Sitzen zur Seite gedrückt. »Nein. Tut mir leid – das erkläre ich dir später.«

»Nein!« Sie versuchte, das Handy zu erreichen, doch er riss es ihr weg und warf es aus dem Fenster.

Sie starrte ihn mit offenem Mund an. »Warum verdammt noch mal hast du das getan?«

»Das erzähl ich dir später.«

Sie wich vor ihm zurück. »Wer bist du?«

»Was? Du weißt, wer ich bin.«

Kate drückte sich gegen die Tür. »Ich verstehe nicht, warum du …«

Peng.

Kate schreckte in ihrem Sitz zusammen. »Was war das? Haben wir etwas überfahren?«

»Verdammt noch mal. Er schießt auf uns.«

Noch ein *Peng.*

»Und du wolltest nicht, dass ich die Polizei anrufe?« Kate begann zu weinen. »Er wird uns umbringen. Oh, Jack … ich werde Jack nie wiedersehen.«

Paul packte ihre Hand. Sie versuchte, sich seinem Griff zu entwinden, aber er hielt sie fest umklammert, lenkte den Wagen mit einer Hand. »Kate, hör mir zu. Du musst ruhig bleiben. Ich hole uns aus der Sache raus. Und dann erkläre ich dir alles wegen der Polizei. Versprochen. Vertrau mir. Okay?«

Sie blinzelte. »Okay.«

»Gut. Und jetzt, siehst du das Haus dort in der Ferne? Das große weiße? Das ist unser Ziel.«

Es sah aus wie das Haus eines Gutsherrn. Riesig, malerisch, in eine bezaubernde Landschaft gebettet. Auf der Rückseite erhob sich ein Hügel, der mit ein paar kleinen Steingebäuden gesprenkelt war. Der kleine Feldweg, den sie hinabfuhren, wurde breiter, sobald sie das kleine Dörfchen Little Marrow erreichten, und eine weitere schmale Straße zweigte zu dem großen Gebäude ab. Paul bog ab und preschte mit durchgedrücktem Gaspedal über den Feldweg. Zwei Pferde beobachteten sie über den Zaun. Eine Sekunde später schoss der Audi ihnen auf dem Sträßchen hinterher. Genau so hatte es sich auch in Kates Traum angefühlt, gejagt zu werden.

»Kopf runter«, befahl Paul.

Sie schlingerten nach links auf einen Weg, der mit einem »Privatgrundstück – Betreten verboten«-Schild versehen war, und befanden sich nun am Ende einer langen Auffahrt, deren Anfang von einem Tor markiert wurde, das weit offen stand. Sie fuhren hinauf, und endlich zeichnete sich das Haus scharf ab.

Kiesel knirschten unter ihren Reifen, während sie sich dem Haus – oder besser gesagt dem Landgut – näherten. Da kam eine Gruppe von fünf Männern und einer Frau in Sicht, allesamt in den Fünfzigern und Sechzigern, in Barbour-Jacken und Gummistiefeln.

Die Männer trugen Schrotflinten bei sich. Es war eine Jagdgesellschaft, die gerade aufbrechen wollte, um Fasane oder Hasen zu jagen. Zwei English Pointer wuselten ihnen um die Beine. Sie alle, Mensch wie Tier, starrten den Peugeot an, als er schlitternd zum Stehen kam und Kate und Paul aus dem Wagen sprangen.

Die Hunde rasten auf sie zu. Kate stockte der Atem, doch die Hunde schnupperten nur an ihr, dann an Paul. Die Frau in der Barbour-Jacke beäugte sie mit zusammengekniffenen Augen.

»Kann ich Ihnen behilflich sein?« Ihre Stimme klang so vornehm, dass der Adelstitel regelrecht mitschwang. Dann, an die Hunde gewandt: »Plum, Pudding, bei Fuß.«

Einer der Männer mit den Schrotflinten trat einen Schritt vor. Kate hatte in Amerika gewohnt, angeblich einem Land voller Waffenfreaks und schießwütiger Killer, wenn man den englischen Medien glaubte, und hatte noch nie ein Gewehr zu Gesicht bekommen. Und jetzt, hier in England, hatte sie an einem Tag mehr gesehen, als ihr lieb war.

»Was ist los?«, fragte der Mann mit einer Stimmlage, die die der Frau in nichts nachstand.

Da sagte Paul: »Es tut mir wirklich leid, dass wir einfach so stören, aber wir brauchen Ihre Hilfe. Uns … ist das Benzin ausgegangen.«

Der Mann blickte über Pauls Schulter. »Und was ist mit dem dort? Ist dem auch das Benzin ausgegangen?«

Sie sahen sich um. Sampsons schwarzer Audi wartete wie ein bedrohlicher Schatten am anderen Ende der Auffahrt.

27

Der Mann, der mit Paul gesprochen hatte, augenscheinlich der Hausherr, machte ein paar Schritte auf Sampsons Wagen zu.

Sampson wog seine Chancen ab. Fünf Männer mit Schrotflinten, die allesamt aussahen, als wüssten sie mit Waffen umzugehen. Das Jagen war ihnen wahrscheinlich mit in die Wiege gelegt worden. Er drückte den Fuß aufs Gaspedal und fuhr weiter. Kate und Wilson waren noch einmal davongekommen, zumindest fürs Erste. Außerdem war es sowieso an der Zeit, etwas Abstand zwischen sich und den Schauplatz des Mordes zu bringen. Blöde alte Schachtel! Jetzt wäre sie bald bei ihrem Ehemann. Nicht im Himmel oder in der Hölle – Sampson glaubte nicht an all diesen Mist –, sondern sie würde mit ihm zusammen im Grab verrotten.

Er fuhr zurück in den Wald. Es gab etwas, das er aufsammeln wollte, bevor er der Stätte des Verbrechens völlig den Rücken kehrte. Als er um die Kurve gedüst war, hatte er gesehen, wie das Handy aus dem Fenster des Peugeot geschleudert und am Erdboden aufgeprallt war. Die plötzliche Bewegung neben der Hecke war ihm ins Auge gesprungen, selbst bei der Geschwindigkeit.

Das Motorgeräusch des Audis, das in der Ferne verhallte, ließ Kate und Paul erleichterte Blicke wechseln, und Kates Hand glitt an ihre Brust. Es fühlte sich an, als würde ihr Herz zerspringen. Sie wirbelte herum, als die Frau in der Barbour-Jacke fragte: »Wer war das?«

Kate antwortete nicht sofort.

»Ein Freund von Ihnen?«, hakte die Frau nach und leckte sich die Lippen, als wäre der Vorgeschmack einer Intrige ein köstlicher Leckerbissen.

Der erste Mann drehte sich zu seinen vier Freunden um. »Warum geht ihr nicht schon einmal vor, und ich stoße dann später zu euch?«

Die Männer nickten und machten sich mit ihren Schrotflinten und einem der Hunde, der ihnen um die Beine sprang, auf den Weg. Als Kate und Paul der Frau und – höchstwahrscheinlich – ihrem Gatten ins Haus folgten, hoffte Kate im Stillen, dass sich ihre Jagd heute als Reinfall entpuppen würde. Dann musste sie wieder an Jean Bainbridge denken, die leblos auf der Straße gelegen hatte, erschossen. Sie holte tief Atem und kämpfte den Drang nieder, sich zu übergeben.

»Sie sehen aus, als könnten Sie eine Tasse Tee vertragen. Ich stelle den Wasserkessel an«, sagte der Ehemann.

Die Güte von Fremden, dachte Kate. Sie wurden in ein riesiges Wohnzimmer geführt, wo sie sich auf ausladende Sofas mit Aussicht in den Garten setzten. Der verbleibende Hund ließ sich vor der Verandatür nieder und starrte sehnsüchtig der Jagdgesellschaft hinterher, die in Richtung Wald spazierte. Kate brachte kein Wort über die Lippen, zumindest nicht, bis der Tee vor sie hingestellt worden war. Eigentlich hatte sie feines Porzellangeschirr erwartet, doch er wurde in einem Becher mit einem Sprung am Rand serviert.

»Vielen Dank.« Kate nippte an ihrem Tee. Manchmal beschlich sie in Boston das Gefühl, als würde sie sich in eine Amerikanerin verwandeln, aber die belebende Wirkung des Tees überzeugte sie, dass sie immer noch eine waschechte Engländerin war. »Mrs. …«

»Mrs. Braxton. Aber nennen Sie mich Penny. Das ist Andrew.« Sie nickte in Richtung ihres Mannes, der Kate anlächelte. Er hatte ein angenehm zerfurchtes Gesicht und strahlte die Aura von altem Geldadel aus. Aber er wirkte teilnahmslos, stand im Schatten der lebhaften Persönlichkeit seiner Frau. Ganz offensichtlich hatte Penny in ihrer Beziehung die Hosen an. Kate mutmaßte, dass Andrew in der häuslichen Hackordnung wahrscheinlich irgendwo nach dem Hund kam.

»Ich bin Kate, und das ist Paul.«

Da die Vorstellungsrunde nun vorüber war, stellte Penny ihren Tee auf einen Untersetzer auf einen kleinen Beistelltisch. »Warum hat dieser Kerl in dem schwarzen Wagen Sie verfolgt?«

»Das wissen wir nicht«, sagte Paul. »War wohl ein Irrer.«

Kate starrte ihn erschrocken an, aber er überging sie und fuhr fort: »Wir haben den Fehler begangen, ihn auf der Landstraße zu überholen – und im nächsten Moment hat er sich an unsere Stoßstange gehängt, wie ein Verrückter gehupt und wollte uns von der Straße abdrängen. Wir konnten ihn nicht abschütteln. Wäre ich allein gewesen, hätte ich angehalten und ihn zur Rede gestellt, aber ich musste an Kate denken.«

»Ich verstehe«, sagte Penny mit einem Seitenblick auf Kate, die verzweifelt versuchte, sich das ungläubige Staunen aus dem Gesicht zu wischen. Was für ein Spiel spielte Paul da nur? Warum tischte er ihnen diese Lügen auf? Sie konnte immer noch nicht glauben, dass er sie davon abgehalten hatte, die Polizei zu rufen. Und dass er ihr Handy aus dem Fenster geworfen hatte.

»Heutzutage sind viele Verrückte auf den Straßen«, sagte Andrew. »Erst kürzlich …«

»Ja, Liebling«, unterbrach ihn Penny und wandte sich wieder an Paul. »Wollen Sie die Polizei einschalten?«

»Ja«, sagte Kate entschlossen zu Paul. »Nicht wahr?«

»Und was soll das bringen? Er war nur ein Verkehrsrowdy. Und er wird längst über alle Berge sein. Außerdem hat er nichts getan, weswegen man ihn anzeigen könnte. Noch dazu haben wir nicht einmal Zeugen.« Er wich Kates Blick aus. »Wir wissen auch nicht, wer er war.«

»Haben Sie sich sein Nummernschild denn nicht gemerkt?«

»Nein … Sehen Sie, ich glaube wirklich, es hat keinen Sinn, die Polizei zu rufen.«

Penny sah ihn lange und eindringlich an. Natürlich wusste sie, dass er nicht die ganze Wahrheit sagte. Aber er hielt ihrem Blick stand, ohne eine Miene zu verziehen.

»Nun, das ist Ihre Entscheidung«, sagte sie nach einer Weile.

»Da haben Sie recht.«

Kate spürte, wie ihr Herz unter ihrer Bluse einen Satz machte. Der English Pointer trottete zu ihrem Platz und rieb seine feuchte Schnauze an ihrer Handfläche. Mit einem Schlag war sie unsäglich müde. Sie wusste, dass das menschliche Gehirn in Zeiten extremen Stresses manchmal den Weg einschlug, einfach herunterzufahren, um ein Trauma zu vermeiden. Mrs. Bainbridge, das Wiedersehen mit Sampson, die Verfolgungsjagd, Pauls sonderbares Verhalten. Sie wollte nur noch hier sitzen, den Hund streicheln und an nichts mehr denken.

Aber das war unmöglich. Oh, wie sehr vermisste sie die kühle Atmosphäre des Labors, wo alles sinnhaft war, wo alles gemessen und überprüft und analysiert werden konnte. Wo es für alles, was nicht planmäßig verlief, eine Erklärung gab.

»Wir sollten aufbrechen«, sagte Paul.

»Aber was ist, wenn dieser Verkehrsrowdy immer noch dort draußen lauert?«, fragte Penny.

»Ich könnte den Landrover nehmen«, schlug Andrew vor, »und nachsehen, ob die Luft rein ist.«

Er ging zur Tür.

»Sei vorsichtig, Liebling«, sagte Penny mit einem Hauch echter Besorgnis in der Stimme.

Fünfzehn Minuten später kehrte Andrew zurück – fünfzehn Minuten, in denen Penny, dicht gefolgt von ihrem Hund, unruhig im Wohnzimmer auf und ab geschritten war, ihre Nervosität ein Mahnmal für Kate, kein voreiliges Urteil über anderer Menschen Beziehungen zu fällen. Und im Grunde auch über ihre eigenen Beziehungen, dachte sie. Sie wollte mit Paul unbedingt unter vier Augen sprechen, um herauszufinden, warum zum Teufel er sich so seltsam aufgeführt hatte.

»Keine Spur von dem Mistkerl. Sie können sich also bedenkenlos wieder auf den Weg machen«, sagte Andrew und warf seine Barbour-Jacke auf einen der Sessel.

Paul sprang auf. »Ausgezeichnet. Dann lass uns gehen, Kate.«

Als sich Kate erhob, fügte Andrew hinzu: »Im Radio gab es in den Lokalnachrichten eine Riesengeschichte. Eine ältere Frau wurde vor ihrem Haus erschossen aufgefunden.«

»*Erschossen?*«, rief Penny.

»Ja, in Penkridge.«

»Gütiger Himmel, dort spiele ich immer Boule! Wie kann so etwas Schreckliches in einem beschaulichen kleinen Örtchen wie Penkridge geschehen?«

Kate versuchte, ruhig zu bleiben, aber sie konnte das Bild von Mrs. Bainbridge nicht abschütteln, die vor ihren Stockrosen und dem Lavendel zusammengebrochen war. Sie hatte die Kugel abgefangen, die für Paul bestimmt gewesen war, und der stand nun hier und starrte mit finsterer Miene in den Garten.

»*Sie* sind wohl nicht zufällig durch Penkridge gekommen, oder?«, fragte Penny.

»Nein. Nein, sind wir nicht«, sagte Paul.

»Wir sollten los«, sagte Kate mit zittriger Stimme. »Dürfte ich noch kurz Ihre Toilette benutzen?«

»Natürlich.«

Als Kate aus dem Klo trat, hatten Penny und Andrew die Köpfe zusammengesteckt und hielten sich an den Händen. Kate hätte schwören können, dass Penny ihren Mann »Schätzchen« nannte.

»Ihr Freund ist bereits zu Ihrem Wagen vorgegangen«, sagte Penny.

»Oh. Okay. Nun ja, auf jeden Fall vielen herzlichen Dank für alles.«

»Keine Ursache.«

Nachdem das junge Paar weggefahren war, wandte sich Andrew zu Penny um. »Was hältst du von der Sache?«

»Ich glaube ihnen kein Wort.«

»Nein. Ich nehme ihnen die Geschichte über den Verkehrsrowdy auch nicht ab. Außerdem glaube ich, dass dieser Paul gelogen hat, als er behauptete, sie seien nicht durch Penkridge gekommen.«

Er sah, wie sich das Gesicht seiner Frau mit einem Ausdruck entzückten Entsetzens erhellte. »Gütiger Himmel! Du glaubst doch nicht, sie könnten etwas mit dem Tod der alten Dame zu tun haben?«

Andrew schritt zum Telefon. »Beim Hinausgehen habe ich mir ihr Kennzeichen notiert. Ich werde die Polizei informieren.«

Nachdem er die Polizei in Stafford erreicht und ihnen von

dem sonderbaren Pärchen erzählt hatte, das eben bei ihnen aufgekreuzt war, ging Andrew nach draußen, versessen darauf, sich der übrigen Jagdgesellschaft anzuschließen. Er sah sich nach seinem Schrotgewehr um.

»Penny, Liebling«, rief er. »Hast du mein Gewehr gesehen?«

Sie tauchte aus dem Haus auf. »Nein – wo hast du es denn abgestellt?«

»Genau hier, an der Wand. Ich … oh, verdammt.«

Sie blickten beide zur Straße.

»Ich sollte die Polizei wohl lieber noch einmal anrufen«, sagte Andrew.

Auf Kates Drängen hin waren sie und Paul ein Stück den Weg zurückgefahren, um Kates Handy zu finden, aber vergebens. Paul benutzte sein eigenes Telefon, um Kates Nummer zu wählen, aber es war kein Klingeln zu hören, obwohl sie die Straße genau an der Stelle auf und ab schritten, von der Kate überzeugt war, dass Paul es dort aus dem Fenster geworfen hatte. Die ganze Zeit über erwarteten sie voll gespannter Nervosität, dass Sampson hinter irgendeinem Baum hervorspringen würde. Während sie suchten, wollte Paul von Kate alles über Sampson wissen, und sie erzählte ihm von dem unheimlichen Hausmeister in der CRU, der sich in seiner Haut nie wohlgefühlt zu haben schien.

Nach zehn Minuten ergebnisloser Suche war Kate zähneknirschend gezwungen, sich einzugestehen, dass ihr Handy verschwunden war. Sie ärgerte sich über Paul, wegen des Telefons und seines sonderbaren Verhaltens. Schweigend fuhren sie zum Stadtrand von Stafford, wobei sie den ganzen Weg über den Rückspiegel im Auge behielten, und als sie an einer

Reihe kleiner Geschäfte und Pubs vorbeikamen, sagte Kate: »Halt an. Wir müssen reden.«

Paul parkte vor dem Pub *The Red Lion*.

Kate holte tief Atem. »Warum hast du sie angelogen, Paul?«

Er griff nach ihrer Hand, und sie zuckte erschrocken zusammen.

»Kate…«

»Nein. Fass mich nicht an! Nicht, bis ich eine Erklärung habe. Warum hast du ihnen gesagt, du wüsstest nicht, wer uns verfolgt? Warum hast du wegen Penkridge gelogen? Und warum durfte ich die Polizei nicht anrufen?«

Er strich sich über den Nasenrücken und starrte eine geraume Weile auf das Armaturenbrett. Er dachte an die Schrotflinte im Kofferraum und fragte sich, ob sein spontaner Entschluss, sie an sich zu nehmen, ein Fehler gewesen war, der Kates Vertrauen zu ihm noch mehr ins Wanken bringen würde. Schließlich drehte er sich ihr zu. »Okay. Ich erzähle dir die Wahrheit. Tut mir leid, dass ich es nicht schon viel früher getan habe, aber wenn du alles erfährst, wirst du meine Beweggründe verstehen. Doch zuallererst brauche ich einen Drink – und du auch.«

28

Sie drückten die schwere Holztür des Pubs auf. Abgesehen von ein paar jungen Typen in Fußballtrikots und zwei alten Männern, die an der Bar ungeduldig mit ihren Zigarettenschachteln herumspielten und aussahen, als könnten sie es nicht erwarten, draußen die nächste Kippe zu rauchen, war der Raum leer. Eine Bardame mittleren Alters lehnte an der Theke und streckte ihr welkes, sonnengebräuntes Dekolleté heraus, während sie Paul sein Pint zapfte.

Sie setzten sich einander gegenüber an einen wackligen Tisch neben dem Zigarettenautomaten. Kate, die Miranda angerufen hatte, während Paul an der Bar gewartet hatte, legte sein Handy hin und nahm einen großen Schluck von ihrem Wodka Tonic.

»Wie geht's ihm?«

»Gut. Es hat eine Weile gedauert, bis Miranda ihn von der PlayStation wegzerren konnte, damit er mit mir redet. Er scheint sich prächtig zu amüsieren. Vermisst seine Mum viel weniger, als sie ihn vermisst.«

Sie beobachtete Paul, der an seinem Bitter nippte, und spürte, dass er den Drang niederkämpfen musste, das ganze Pint mit einem Zug hinunterzustürzen.

»Schieß los«, sagte Kate. »Erklär mir, warum du mein Handy lieber aus dem Fenster geworfen hast, statt mich die Polizei anrufen zu lassen.«

Erst nach ein paar Sekunden brachte Paul den Mut auf, ihr zu antworten.

»Hast du dich nie gewundert, warum du nicht wusstest,

dass Stephen einen Zwillingsbruder hatte? Denn ich wette, er hat mich mit keiner Silbe erwähnt, oder?«

Kate schüttelte den Kopf. Diese Frage hatte sie sich häufig gestellt.

»Ich verrate dir, warum er nichts über mich erzählt hat, als ihr beide in der CRU wart.«

Sie wartete.

»Weil ich im Gefängnis war. Dort war ich auch, als ich seinen Brief erhalten habe.«

Kate drückte sich im Stuhl zurück und hätte ihn fast umgeworfen. »Im Gefängnis? Wa … Warum?«

Paul beugte sich vor und wollte die Hand auf ihr Knie legen, aber sie zog es weg. »Ich habe niemanden umgebracht, falls du das denken solltest. Ich bin auch kein Vergewaltiger oder Handtaschenräuber.«

»Was dann?«

»Ein Hacker.«

»Computerkriminalität?« Erleichterung machte sich in ihr breit. Sie war zwar immer noch erschrocken, aber aus irgendeinem Grund fand sie Computerkriminalität weniger schlimm als andere Verbrechen. Solange man keine Kinderpornografie verkaufte oder Viren erschuf, die anderer Leute Computer zerstörten oder ihre persönlichen Daten stahlen … auch wenn das, dachte sie, vielleicht genau das war, was er getan *hatte*.

»Was hast du getan?«

»Ich habe eine Bank ausgeraubt.«

»Oh.« Sie schlug seine ausgestreckte Hand weg.

»Ich war zwanzig. Stephen arbeitete längst in der CRU. Ich habe in einem winzigen Appartement in London gewohnt und hatte einen unglaublich langweiligen Job in der IT-Abteilung eines Colleges in Southwark. Aber abends bin ich in eine ganz neue Identität geschlüpft. Ich war ein Hacker mit dem Namen Shadowfax – ich weiß, peinlich, aber ich war riesiger *Herr-der-Ringe*-Fan. Ich war von der Herausforderung besessen, an Orte zu gelangen, die mir eigentlich verboten waren. Wir waren eine kleine Gruppe und haben im Usenet gechattet, eine Art Vorläufer vom Internet. Da war ein Typ namens Dark Fox – ich weiß, ich weiß –, der als *der* Top-Hacker Englands galt. Im Grunde war er ein Cracker, so bezeichnen die echten Hacker, die nicht kriminell sind, Leute, die ihre Hacker-Fähigkeiten für illegale Dinge einsetzen.«

»Und du warst kein Cracker?«

»Nein. Nur ein Hacker.«

Sie mussten beide über die Abstrusität lachen, doch dann verging es Kate. »Außer dass du dann eine Bank beraubt hast.«

Paul seufzte. »Es war eine Mutprobe, eine weitere Herausforderung. Dark Fox hatte damit geprahlt, dass er in das Computersystem der Midland Bank eingedrungen war und seinen Überziehungskredit gelöscht hatte. Alle waren schrecklich beeindruckt. Es braucht einen wahren Könner, um ein Bankensystem zu knacken. Allerdings war ich nicht sonderlich beeindruckt. Warum nur seinen Dispo löschen? Warum nicht gleich reich werden?«

»Weil es der Bank auffallen könnte, wenn dein Kontostand plötzlich in die Höhe schnellt?«

»Ja. Nun, das habe ich bei meinem Plan natürlich mit berechnet. Ich wollte eine neue Identität erschaffen, ein gefälschtes Konto mit einem erfundenen Namen. Ich habe die Hinweise und Informationen benutzt, die Dark Fox preisgegeben hatte, und mein eigenes Können eingesetzt – und ich war verdammt gut –, um mich in das Bankensystem zu hacken und ein fingiertes Konto mit 10 000 Pfund zu eröffnen. Keine riesige Summe, ich wollte erst mal klein anfangen.«

»Und ich vermute, dass 10 000 Pfund damals viel Geld für dich waren.«

»Ja. Und das ist es auch *heute* noch.«

»Ich hole dir ein neues Pint«, sagte Kate, als sie den trostlosen Blick auffing, mit dem er in sein leeres Glas starrte. Eine Minute später kehrte sie mit ihren aufgefüllten Drinks zurück.

»Danke. Okay, also der erste Teil des Plans funktionierte reibungslos. Ich bin hineingekommen, habe ein Konto eröffnet und mir zehn Riesen gutgeschrieben. Der nächste Teil war ein Geniestreich, jedenfalls glaubte ich das. Ich habe das System dazu gebracht, mir eine Bankkarte sowie eine PIN-Nummer für dieses fingierte Konto zu schicken. Ich habe ein Postfach angemietet und die Karte dort abgeholt, bin zur Midland Bank um die Ecke und habe meine ersten tausend Pfund abgehoben.« Er grinste. »Es war so aufregend. Ich konnte kaum glauben, dass es funktioniert hatte. An dem Abend bin ich online gegangen und habe meinen Hacker-Kumpels erzählt, was ich getan habe. Auf einmal war ich ihr Held. Selbst Dark Fox war beeindruckt.«

»Aber du wurdest geschnappt.«

»Ja.«

»Was ist geschehen?«

»Wie sich herausstellte, war Dark Fox ein verdeckter Ermittler. Es muss einer der ersten Fälle einer Computerfalle gewesen sein. Sie haben meine Spur bis zu meinem Postfach verfolgt, und das war's. Ich wurde verhaftet und wegen Diebstahls angeklagt. Wurde für fünf Jahre ins Gefängnis gesteckt, auch wenn ich nach drei Jahren rauskam.«

Kate nahm wieder Pauls Hand. Er hatte niemandem wehgetan. Das Geld war bei den riesigen Gewinnen der Bank nur ein Tropfen auf den heißen Stein – es war nicht so, als hätte er es vom Konto einer kleinen, alten Dame geraubt.

»Ich verstehe aber immer noch nicht«, sagte sie. »Du bist wegen eines Computerverbrechens verurteilt worden. Du hast deine Strafe abgesessen, wie man so schön sagt. Warum wolltest du dann nicht, dass ich nach der Sache mit Mrs. Bainbridge die Polizei rufe?«

»Ich bin mit der Geschichte noch nicht ganz fertig. Es wird noch … viel schlimmer. Ich habe Angst, dir alles zu beichten, Kate. Ich fürchte, du könntest mich dann hassen.«

»Ich muss es wissen, Paul.«

»Ich weiß nicht …«

Sie stand auf. »Wenn du es mir nicht erzählst, geh ich zur Bar, frage, ob ich ihr Telefon benutzen darf, und rufe auf der Stelle die Polizei an. Ich meine es ernst.«

Die Männer an der Theke ließen Kate nicht aus den Augen, die Hände an ihren Zigarettenpäckchen für einen Moment wie erstarrt, während sie die wachsende Anspannung beobachteten.

Paul bedeutete ihr, sich wieder zu setzen. »Okay, ich erzähle dir alles.« Er zögerte. »Sie haben mich in eine Zelle mit einem Kerl namens Tony Plumber gesteckt. Er war eine Spur älter als ich und ein echtes Schwergewicht. Es war sein zweites Mal im Knast.«

»Weswegen ist er verhaftet worden?«

»Tony war ein Traditionalist. Er überfiel Banken auf die gute alte Art, mit einer Strumpfmaske über dem Kopf und einer abgesägten Schrotflinte. Für ihn war es ein Witz, dass er eine Zelle mit einer Tunte teilen musste, die versucht hatte, eine Bank mit einem Computer auszurauben. ›Du hättest den

Computer lieber in die Bank mitnehmen sollen‹, sagte er, ›und ihn dem Kassierer über den Kopf gezogen. Wenn schon ein Überfall, dann richtig.‹«

Erst jetzt erkannte Kate, wohin Pauls Geschichte führte. »O Paul … Wie konntest du nur!«

Er nickte betreten. »Ich war sauer. Auf das System, auf die Welt. Ich dachte, ich hätte nichts *so* Schlimmes getan, zumindest im Vergleich zu jemandem wie Tony, der mit einer Waffe in eine Bank gestürmt ist und einen Haufen Menschen zu Tode erschreckt hat – dennoch hat er dasselbe Strafmaß bekommen wie ich. Außerdem war ich wegen der Falle wütend. Und dann der Tropfen, der das Fass zum Überlaufen brachte – Stephens Tod … Ich hatte eine Riesenwut auf die ganze Welt. War verbittert. Und Tony hatte ein Gespür dafür. Er meinte, wenn er wieder rauskäme, würde er ein neues Ding drehen, eines, bei dem todsicher nichts schiefgehen könnte, und wenn ich wollte, könnte ich einsteigen. Er mochte mich, das hat er zumindest gesagt. Er wollte mir zeigen, wie man eine Bank richtig überfällt.

Er kam zwei Monate vor mir aus dem Knast, und als ich entlassen wurde, hat er auf mich gewartet. Um ehrlich zu sein, hatte ich es mir längst anders überlegt, nachdem er weg war und mich nicht mehr tagtäglich anstacheln konnte, aber dann traf mich der ganze vorhersehbare Scheiß, den so viele Exhäftlinge durchmachen müssen: Meine alten Freunde waren in anderen Lebensphasen, und ich bekam keinen neuen Job, besonders nicht im IT-Bereich, nicht mit meinem Lebenslauf. Meine Familie war nach Stephens Tod im Schockzustand, und das, zusammen mit der Schande darüber, was ich getan habe, führte dazu, dass sie sich von mir abwandten. Das Mädchen, mit dem ich ausgegangen war, bevor ich ins Gefängnis kam, hat mich fast sofort abserviert. Ich war allein. Abgesehen von meinem alten Zellengenossen Tony Plumber.«

Paul kämpfte sich tapfer weiter: »Ich hatte die schlechte Angewohnheit, mich auf die falschen Leute einzulassen. Erst meine alten Schulfreunde, dann Tony. Er nahm mich unter seine Fittiche. Ich und du, wir werden reich, sagte er. Ein Ding drehen, und dann auf Nimmerwiedersehen zur Costa del Sol.« Er lachte. »Es war alles ein solches Klischee, aber so war die Welt, in der Tony lebte. Und ich habe es ihm abgekauft.

Es waren nur wir zwei plus ein Fahrer, ein Kerl namens Colin. Ich sollte Tony an einem Donnerstagmorgen vor seiner Garage treffen. Ziel war die NatWest in Bromley. Es hat geregnet, daran erinnere ich mich noch. Als ich aufgetaucht bin, hat mir Tony eine Pistole in die Hand gedrückt. Ich glaube, ich habe erst in diesem Moment kapiert, dass es wirklich passierte. Ich wollte aussteigen, aber Tony wurde wütend und hat mich angeschrien, dass es jetzt zu spät wäre. Er zielte mit der Pistole auf mich. Ich hab mir vor Angst fast in die Hosen gemacht. Wir sind also zu der Bank gefahren – mir war so schlecht, Kate. Meine Beine waren wie aus Gummi, als wir aus dem Auto stiegen. Tony zischte mich an, dass ich mich zusammenreißen sollte, denn wir würden *jetzt* hineingehen.«

Pauls Gesicht war aschfahl geworden.

»Wir haben uns Strumpfmasken über den Kopf gezogen und sind in die Bank gerannt, ich ein paar Schritte hinter Tony. Sie war fast leer – nur drei Menschen in der Schlange und zwei Angestellte, ein Glatzkopf und eine junge Frau. Ich kann sie vor meinem geistigen Auge sehen, als wäre es gestern gewesen. Tony begann zu schreien, zog seine Waffe, und die Kunden haben sich automatisch auf den Boden geworfen. Tony zielte mit der Knarre auf die Angestellte und rief ihr zu, sie solle das Geld in Tüten packen. Ich habe die Waffe auf den anderen Kassierer gerichtet, auch wenn meine Hand so stark zitterte, dass ich die Pistole mehrmals fast hätte fallen lassen. Ich sah, dass Kameras uns filmten, und wollte unbedingt raus aus der Bank. Aber Tony wurde immer wütender. Die Kassiererin war ihm zu langsam. Sie stopfte das Geld in eine Tüte, die ihr aus den Händen glitt. Als sie sie wieder aufheben wollte, begann Tony zu schreien: *Du Miststück! Du verficktes Miststück!* Da hat sie den Alarmknopf gedrückt. Ich konnte sehen, wie sich sein Finger auf dem Abzug spannte. Er wollte sie erschießen.«

Er sah Kate in die Augen. »Und deshalb habe ich zuerst geschossen.«

»Du …?«

»Ich habe ihn angeschossen. In die Seite, hier.« Er berührte seine rechte Flanke, genau unter dem Brustkorb. »Ich hatte einfach nur Dusel – genauso gut hätte ich den Kassierer treffen können. Er ist zu Boden gegangen, hat in seinem eigenen Blut gezappelt. An den Rest erinnere ich mich nur vage. Ich habe meine Waffe fallen lassen und darauf gewartet, dass die Polizei kommt.«

»O Paul. Was ist dann passiert?«

»Tony hat überlebt, obwohl er viel Blut verloren hat. Und ich wurde zurück in den Knast geschickt, auch wenn meine Strafe sehr viel milder ausgefallen ist, weil mein Anwalt erfolgreich argumentierte, dass ich ein naives Unschuldslamm wäre, das das Leben der Kassiererin retten wollte, bla bla bla. Tony hat gegen mich ausgesagt, aber das war sogar hilfreich, weil er so unangenehm war und die Jury gegen sich aufbrachte. Außerdem hat sich die Kassiererin, die ich gerettet hatte, für mich eingesetzt. Damals war es eine große Sache in den Medien, aber das hast du in Amerika wahrscheinlich nicht mitbekommen.«

Er erzählte ihr den Rest der Geschichte, wie er nach seiner Zeit im Gefängnis von einer Computer-Sicherheitsfirma angeworben worden war, die es als einen vernünftigen Schritt erachtete, Exhacker einzustellen, und zwar selbst solche, die etwas mit bewaffneten Raubüberfällen zu tun gehabt hatten. Pauls brillante Fähigkeiten am Computer samt seinem Verständnis für die Denkweise von Kriminellen machten ihn zu einem perfekten Angestellten. Und er war längst nicht mehr wütend, erklärte er. Er war ein neuer Mensch und dankbar für diese zweite Chance.

»Aber ich bin wegen Waffengebrauchs vorbestraft. Es gab keine Zeugen, als Mrs. Bainbridge erschossen wurde – was glaubst du also, würde die Polizei denken, wenn sie meine Vorgeschichte überprüft? Sie würden natürlich annehmen, dass ich der Täter bin.«

»Nein, weil ich bestätigen könnte, dass es Sampson war. Ich bin eine Zeugin.«

»So einfach wäre das nicht, Kate. Wir würden wahrscheinlich beide verhaftet werden. Und was würdest du ihnen über Sampson erzählen? Dass er der Hausmeister an irgendeinem Forschungszentrum gewesen ist, in dem du vor sechzehn Jahren kurz gewesen bist, der immer schon ein bisschen unheimlich gewirkt hat, und dass wir den Tod meines Bruders untersuchen, weil wir vermuten, dass irgendetwas nicht mit rechten Dingen zugegangen ist, du aber einen Gedächtnisverlust hast? Hört sich unglaublich plausibel an, nicht? Und willst du ihnen auch sagen, dass du vor deinem Ehemann auf der Flucht bist, zusammen mit deinem kleinen Jungen, den du wahrscheinlich nicht aus den Staaten hättest verschleppen dürfen?«

»Was? Woher…?«

»Nun komm schon, Kate. Ich bin nicht bescheuert. Zum einen habe ich viel mitbekommen von dem, was du Miranda erzählt hast, und der Rest war nicht schwer zu erraten. Du hast es mir eben selbst bestätigt. Was denkst du, geschieht mit Jack, wenn wir zur Polizei gehen? Zumindest werden sie deinem Mann verraten, wo Jack ist. Außerdem besteht die Gefahr, dass wir nie herausfinden werden, was Stephen zugestoßen ist, wenn wir jetzt aufgeben.«

»Aber was ist mit Mrs. Bainbridge? Sie wurde ermordet! Wir haben mit eigenen Augen gesehen, wie er sie getötet hat. Und sie hat dein Leben gerettet, Paul. Wie du das der Kassiererin.«

»Ich weiß. Glaubst du etwa, mir wird nicht ganz schlecht, wenn ich darüber nachdenke? Aber der Polizei von Sampson zu erzählen, macht sie auch nicht wieder lebendig. Wir müssen weitere Beweise sammeln, für das, was in der CRU geschehen ist, einschließlich der Frage, wer Sampson ist und wo man ihn finden kann. *Dann* können wir zur Polizei. Wenn wir jetzt gehen, riskieren wir, alles zu vermasseln.«

Kate wusste nicht, was sie tun sollte. Ihre Instinkte kreischten ihr zu, auf der Stelle die Polizei zu verständigen, aber was, wenn Paul recht hatte? Vernon säße im nächsten Flugzeug nach England – falls er nicht schon längst hier war –, und sie würde Jack verlieren. Paul würde verhaftet und höchstwahrscheinlich angeklagt werden, und man würde sie der Beihilfe beschuldigen, falls sie Paul den Mord tatsächlich anhängten.

Vor ihrem geistigen Auge tauchte Stephen auf. Er riet ihr, Paul zu vertrauen, ihm nicht in den Rücken zu fallen.

Sie betrachtete Pauls ernstes, besorgtes Gesicht. Betrachtete die Lippen, die sie am Vormittag geküsst hatte. In der Vergangenheit hatte er Fehler begangen, das war unbestreitbar. Aber das war lange her, und er hatte das Leben einer Frau gerettet.

Es war verrückt, aber sie fühlte sich diesem Mann, den sie erst seit ein paar Tagen kannte, mehr verbunden, als sie es je ihrem Ehemann gewesen war.

»Okay«, entschied sie und hoffte inständig, dass sie ihren Entschluss nicht bereuen würde. »Was nun?«

»Vielleicht sollten wir uns ein Dach über dem Kopf suchen.« Er hob sein leeres Pintglas, dessen Boden nur noch mit Schaum benetzt war. »Irgendwo in der Nähe, weil wir beide zu viel getrunken haben, um mit klarem Kopf zu fahren.«

»Du hast recht.« Sie sah zu ihm auf. »Wir nehmen uns ein Zimmer.«

»*Ein* Zimmer?«

Mit einem Mal spürte Kate das Verlangen, das unbemerkt in ihr gewachsen war. Sie antwortete auf Pauls Frage, unterbrach aber auch nicht den Augenkontakt. Als er über den Tisch griff, ihr Gesicht berührte und mit den Fingern an ihrer Wange hinabstrich, überkam sie das Bedürfnis, ihn vom Tisch in die Toiletten zu zerren und ihm zu befehlen, sie hier und jetzt zu nehmen, und bei dem Bild musste sie sich auf die Lippe beißen. Sie konnte warten. Allerdings nicht viel länger. Sie fühlte sich ihm so nahe … und wollte ihm noch viel näherkommen.

Paul ging zur Theke und fragte die Bardame, ob sie ein Hotel oder ein Bed & Breakfast in der Nähe empfehlen könne. Unter dem Tosen des Adrenalins, das durch seine Adern rauschte, meldete sich ein besorgtes Flüstern: die Schrotflinte im Kofferraum. Was würde Kate sagen, wenn sie es herausfand, insbesondere nach dem, was er ihr über seine Vergangenheit erzählt hatte? Seine Verteidigung wäre die schlichte Wahrheit: Trotz seiner früheren Erfahrungen mit Waffen und dem Versprechen, das er sich vor Jahren gegeben hatte – nie wieder eine anzurühren –, hatte er beim Anblick der Schrotflinte gewusst, dass er einfach zugreifen musste. Er hatte gesehen, wie dieser verrückte Sampson eine alte Frau erschossen hatte, mit einer Kugel, die für ihn bestimmt gewesen war. Er brauchte die Schrotflinte, um sich und Kate zu beschützen, die Frau, in die er sich gerade verliebte.

Und wer weiß? Wenn Vergeltung für das verübt werden müsste, was Stephen angetan worden war, hätte er nun zumindest die Mittel, es zu tun.

29

Sampson hielt Kates weggeworfenes Handy in Händen und strich mit dem Daumen über das Display. Er klickte sich zum Fotoalbum und durchforstete die Bilder. Die meisten waren von dem Balg, aber dazwischen fand er ein Foto von Kate, leicht verschwommen, wahrscheinlich von dem Kind aufgenommen. Lächelnd beugte sie sich zum Objektiv vor, sodass der Schatten ihres Dekolletés zu sehen war. Sampson starrte das Bild zehn Sekunden lang an und fuhr sich mit der Zunge über die trockenen Lippen, dann steckte er das Handy wieder in die Tasche.

Die Stille um ihn herum war vollkommen, die dunklen Lücken zwischen den Bäumen schienen geradezu nach ihm zu rufen. Wenn all das hier vorbei war, entschied er, würde er angeln gehen. Irgendwo an einem abgeschiedenen Ort, vielleicht in den schottischen Highlands, und dort neben einem See campen. Das hatte er schon einmal getan, hatte ganze Tage damit verbracht, die ruhige, glatte Wasseroberfläche zu betrachten und darauf zu warten, dass ihm ein Fisch in die Falle ging. Dann der einseitige Kampf. Es erfüllte ihn mit einer urgewaltigen Zufriedenheit, den Fisch am Ufer zappeln und nach Luft schnappen zu sehen, bevor er schließlich reglos dalag.

Die glücklichste Zeit seines Lebens hatte er in der CRU verbracht, umgeben von Natur – auch wenn viele der Dinge, die an diesem Ort vonstattengingen, mehr als unnatürlich gewesen waren. Nachdem das Feuer das Zentrum zerstört hatte, war ein ungewöhnliches Gefühl in ihm aufgestiegen: schmerzliches Bedauern. Schon bald war es wieder verschwunden gewesen, ersetzt von der vertrauten Trostlosigkeit seiner emotionalen Landschaft.

Und heute kribbelte ein sonderbares Gefühl unter seiner Haut, ein nagendes Unbehagen. Er hatte seinen Auftrag vermasselt – aber es steckte mehr dahinter. Er spürte es seit mehreren Tagen, seit er erfahren hatte, dass sie wieder im Lande war und er sie auf dem Bildschirm der Überwachungsvideos gesehen hatte.

Als er auf Wilson gezielt hatte, hatte er eine Sekunde zu lang gezögert. Nicht weil er Bedenken gehabt hätte, ihn zu erschießen. O nein! Es lag daran, dass er den Augenblick auskosten wollte, wie ein Weinkenner, der einen Moment innehält, wenn er einen Jahrgangswein öffnet. Und indem er gepatzt hatte – was ihm so gar nicht ähnlich sah, normalerweise glich er einer Maschine, war ein *Terminator* –, hatte er der alten Dame Zeit verschafft, sich ihm in den Weg zu stellen. Es war etwas passiert, das niemals hätte passieren dürfen – er hatte sein Handeln von Gefühlen leiten lassen.

Sobald er zurück im Wagen war, wurden seine Gedanken von dem unerwarteten Zwitschern seines Handys aufgeschreckt. Instinktiv fiel sein Blick auf Kates Telefon, aber das Klingeln stammte von einem seiner anderen Handys.

Er hob ab und hörte Gaunts vertraute Stimme. »Was zum Teufel ist heute passiert? Mir ist zu Ohren gekommen, dass Jean Bainbridge tot ist. Sagen Sie jetzt bitte nicht, dass Sie etwas mit der Sache zu tun haben.«

Sampson erklärte ihm, was geschehen war.

Der Arzt atmete hörbar aus. »Sie haben es versaut.«

Sampson biss die Zähne zusammen, bis seine Kiefermuskeln zitterten.

»Sie verschwinden lieber von dort, und zwar schnell.«

»Was glauben Sie, was ich gerade verdammt noch mal tue?«

Gaunts Stimme senkte sich von kalt zu eisig. »Ich verbitte mir diesen Tonfall. Vergessen Sie nie, mit wem Sie hier reden.«

Sampson holte tief Atem und kämpfte den Drang nieder, dem Arzt zu sagen, was er wirklich von ihm hielt, während er sich der köstlichen Fantasie hingab, wie er Gaunt den dürren Hals umdrehte: ihn an der Kehle packte, zudrückte und dann losließ. Das Bild beruhigte ihn.

»Rufen Sie mich an, sobald Sie in Sicherheit sind, dann reden wir«, sagte der Arzt. »Im Großen und Ganzen ist der Tod der alten Frau völlig bedeutungslos. Ich will nur nicht, dass uns in diesem kritischen Moment etwas in die Quere kommt.«

»Das weiß ich.«

»Gut. Vergessen Sie das nicht. Ich brauche Sie immer noch, damit Sie sich um Maddox und Wilson kümmern.«

Sampson fuhr weiter, in nördlicher Richtung aus dem Wald hinaus durch Stoke-on-Trent nach Hanley, in dem sich das größte Shoppingcenter der Gegend befand. Er parkte vor einem Supermarkt, ging hinein und kaufte sich ein paar Sandwiches und Zigaretten, bevor er in den sicheren Hafen seines Wagens zurückkehrte.

Er aß die Sandwiches und nahm Kates Telefon zur Hand. Es war ein Klapp-Handy. Er schnalzte es auf, und das Display erwachte zum Leben. Sie hatte es weder mit einem Foto noch mit einem bescheuerten Hintergrundbild persönlich gestaltet. Das gefiel ihm, denn er hasste jedes kindische Benehmen. Er hätte gewettet, dass ihr Klingelton kein Popsong war. Vor einem Jahr war Sampson gezwungen gewesen, eine Zugfahrt über sich ergehen zu lassen, und am Ende der Reise hatte er jeden Scheiß der Top Ten gehört. Da hatte dieser Teenager in seiner Nähe gesessen, dieser Flachwichser, um nur einen der vielen Passagiere in seinem Abteil zu nennen, der die ganze Zeit mit seinem Handy herumspielte. Er hatte es piepsen und klingeln lassen, seine Kumpel angerufen und unter seiner Kapuze den größten Mist geredet. Sampson hatte sich zu ihm gebeugt und ihn gebeten, es auszuschalten und etwas leiser zu sein, woraufhin der Junge meinte, er solle sich verpissen.

Ein paar Minuten später war der Junge aufgestanden, um zur Toilette zu gehen. Sampson folgte ihm. Zuerst zertrümmerte er das Handy des Jungen, dann zwang er ihn, es zu essen, Stück für Stück, stopfte ihm die Plastikteile ins Maul und befahl ihm zu kauen. Der Junge weinte, Rotz tropfte ihm aus der Nase, und er pisste sich in die Hose. Sampson hatte dem Jungen den Gürtel ausgezogen, ihn um seine Kehle geschlungen und ihn an der Deckenleuchte befestigt. Dann war er an der nächsten Station ausgestiegen und gelassen davongeschlendert. *Junge erhängt sich in Zugtoilette.* Welch eine Tragödie.

Nein, Kate hatte bestimmt keinen nervigen Klingelton.

Er navigierte sich durchs Hauptmenü des Handys und hörte Kates Mailbox ab.

Sie haben fünf neue Nachrichten.

Die erste war von einem Amerikaner:

»Kate? Ich bin's. Wo zum Teufel steckst du? Ich steh mir hier wie ein Idiot die Beine in den Bauch und warte auf dich und Jack, und alle anderen verfluchten Passagiere sind längst vorbeigekommen, was ist nur los? Wenn du aufgehalten wurdest, ruf mich an. Vielleicht willst du mich ja auch nur absichtlich ärgern.«

Zweite Nachricht: *»Du Miststück! Du bist immer noch in England, nicht wahr? Mit* meinem *Sohn. Du denkst wohl, du kommst ungestraft damit durch, hä? Hä? Ich finde dich. Ich will meinen Sohn zurück.«*

Bei der dritten Nachricht klang der Mann etwas beherrschter.

»Kate. Ich bin in England. Hör zu, ich möchte nur mit dir reden, okay? Wir können uns doch gütlich einigen. Ich weiß, in letzter Zeit war alles ein bisschen schwierig, aber das hier… was du getan hast, ist etwas drastisch, findest du nicht auch? Ruf mich bitte an. Ich will mit dir reden.«

Bei der vierten Nachricht war die Wut zurück. Sampson musste den Hörer vom Ohr weghalten, während der Anrufer mit kreischender Stimme Drohungen ins Telefon brüllte, was er mit Kate anstellen würde, sobald er sie gefunden hätte.

»… und wenn ich ihn zurückhabe, werde ich alles in meiner Macht Stehende tun, damit du Jack nie wiedersiehst.«

Das also war der Vater von Kates Jungen, dachte Sampson, dem Jungen, den er auf dem Überwachungsvideo des Hotels gesehen hatte. Und es war offenkundig, dass Kate den Jungen entführt hatte. Ungezogen, ungezogen. Er bewunderte ihr Temperament ebenso sehr, wie er es hasste, dass dieser Ami ihr drohte. *Was für ein Loser. Akzeptier es einfach*, dachte er. *Sie ist besser als du*. Und warum machte er überhaupt so viel Aufhebens um ein Kind? Er sollte froh sein, dass Kate ihm die Rotznase abgenommen hatte.

Aber wo war der Balg jetzt? Er war definitiv nicht bei Kate und Wilson gewesen, als er die alte Schachtel erschossen hatte. Vorhin hatte etwas an ihm genagt, ein ungutes Gefühl, dass etwas fehlte, und jetzt erkannte er, was es war.

Fünfte Nachricht: *»Hi, Schwesterherz, ich bin's. Wahrscheinlich hast du das Handy ausgeschaltet. Ihr nutzt wohl die Gunst der Stunde, dass ich euch Jack abgenommen habe, hm? Du Glückliche. Wie dem auch sei, ich wollte nur anrufen, um zu sehen, ob alles in Ordnung ist. Ich bin neugierig… Jack geht's gut,* *er hat viel Spaß – sie sitzen im Moment alle vor der PlayStation. Ich soll dir von ihm ausrichten, dass Billy dich vermisst. Äh… das war's. Tschüss.«*

Sampson spürte, wie ihn ein Schauder durchfuhr. Das Kind war bei Kates Schwester. Er schaltete zum Kameramodus des Handys und blätterte die Fotos durch, während er über seinen nächsten Schritt nachdachte. Die Bilder waren allesamt von Jack, der in die Kamera lächelte, im Schnee spielte, schlief, vor der Kulisse Londons winkte.

Süß. Sehr süß.

Nachdem er die Anrufliste durchstöbert hatte, programmierte er Mirandas Nummer in sein eigenes Handy ein und rief sie an.

Ein Kind ging ans Telefon. Ein kleines Mädchen. *Ausgezeichnet,* dachte Sampson.

»Hallo«, sagte er. »Ich rufe von Toys 'R' Us an.«

»Toys 'R' Us? Wirklich?«

»Ja. Du hast einen Preis gewonnen, und ich brauche deine Adresse, um ihn dir schicken zu können.«

»Was ist es denn?«, fragte das Kind.

»Es ist ein großer Teddybär. Ein riesiger Teddybär.«

»Welche Farbe?«

Verdammt noch mal. »Welche Farbe hättest du denn gern?«

»Pink?«

»Okay. Dann eben pink. Und jetzt musst du mir nur noch verraten, wo du wohnst. Wie heißt deine Stadt?«

»Wir wohnen in Churchill.«

Wo zum Teufel lag das denn? Aber das herauszufinden, wäre ein Leichtes.

»Welche Straße, Süße? Du kennst deine Adresse, nicht wahr?«

»Ja. Es ist die Old Rectory, Mill Lane, Churchill. Mummy hat es mich auswendig lernen lassen.«

»Gut von Mummy.«

Er hörte eine Frau rufen: »Amelia? Mit wem redest du da? Bist du am Telefon?«

Sampson legte auf.

Gute kleine Amelia. Fast war er versucht, loszufahren und ihr einen pinkfarbenen Teddybären zu kaufen, als Belohnung, weil sie so hilfreich gewesen war. Das würde er natürlich nicht tun. Aber er würde ihr schon bald einen Besuch abstatten.

Wie jeder erfahrene Angler wusste er, dass man nur den richtigen Köder brauchte, um einen großen Fisch zu fangen.

30

»Sie haben hier Zimmer, im ersten Stock«, sagte Paul, nachdem er von der Theke zurückgekehrt war, und winkte mit einem Schlüssel an einem großen Plastikanhänger, wobei er vergeblich versuchte, sich bei dem Gedanken an ein freies Doppelbett so nah über ihren Köpfen das Lächeln aus dem Gesicht zu wischen.

»Oh. Gut!«, strahlte Kate.

Paul vermochte nicht zu sagen, ob sie aufgeregt oder erschrocken war.

»Sollen wir?« Paul hielt ihr die Hand hin.

»Gern«, stimmte sie zu. »Aber zuerst muss ich meine Tasche aus dem Kofferraum holen. Gibst du mir die Autoschlüssel?«

Paul wich das Blut aus dem Gesicht, und Kate runzelte die Stirn. »Was ist los – du hast sie doch nicht verloren, oder?«

»Äh … nein, ich glaube nicht«, stotterte er und klopfte sich übertrieben die Taschen seiner Jeans ab. »Na also … hier sind sie. Wie wäre es, wenn du uns zwei Drinks für oben holst? In der Zwischenzeit kümmere ich mich um dein Gepäck. Wir treffen uns dann wieder hier – ich nehme einen großen Brandy, wenn das in Ordnung ist.«

Er war verschwunden, noch bevor Kate die Chance hatte, zu widersprechen, und stürzte zum Parkplatz hinaus. Einen Moment musste er sich an die Mauer des Pubs lehnen. Er atmete schwer bei dem Gedanken, dass Kate die Schrotflinte hätte entdecken können, so kurz nachdem sie ihm doch wieder vertraute.

Er schnappte sich Kates Reisetasche und räumte dann diskret den Inhalt des Kofferraums um, sodass die Schrotflinte nun unter einer Plastikplane versteckt war, bevor er sie ganz nach hinten schob und zusätzlich noch ein Paar Gummistiefel und einen Tennisschläger darauf drapierte. Es war nicht ideal, sie nicht in Griffweite zu haben, dachte er – aber er konnte das Risiko nicht eingehen, dass Kate sie entdeckte und völlig in Panik geriet.

»Vielen Dank«, sagte Kate, als er zurückkam. Sie reichte ihm ein Glas mit einer bernsteinfarbenen Flüssigkeit. »Ich bin nicht sicher, ob es von echter Ritterlichkeit zeugt, dass du mir meine Tasche geholt hast, oder ob es schrecklich unhöflich ist, weil du mich die Getränke hast kaufen lassen!«

Er rang sich ein Lächeln ab. »Oh, ritterlich, definitiv. Man kann nie wissen, wer nachts auf dem Parkplatz eines Pubs herumlungert.«

»Nein«, sagte Kate, schlagartig wieder ernst. »Wahrscheinlich nicht.«

Sie hielten beide inne, dachten an die fürchterlichen Geschehnisse des Abends. »Na gut, Paul, dann sollten wir uns wohl vor den Gefahren der Nacht in Sicherheit bringen und aufs Zimmer gehen, oder?«

»Ich kann mir nichts denken, was ich lieber täte«, erwiderte Paul inbrünstig.

Ihr Zimmer war eng und roch nach abgestandenem Zigarettenrauch, schien jedoch ansonsten sauber zu sein. Beherrscht wurde der Raum von einem großen Bett mit einer weißen Tagesdecke aus Plüsch, um das sich ein kleiner Schrank, ein an der Wand befestigter Fernseher und zwei Nachttische drängten. Die Musik der Jukebox dröhnte durch den Boden zu ihnen herauf. Kate schaltete das Licht lange genug an, um die Gläser abzustellen und ihre Taschen auf den Teppich zu schieben, dann knipste sie es sofort wieder aus, sodass das einzige Licht von einer Straßenlaterne durch einen Spalt im Vorhang kam.

»Komm her«, sagte Paul mutiger, als er sich in Wirklichkeit fühlte, und nahm Kate in die Arme, sobald er die Tür abgeschlossen hatte. Sie küssten sich, und im nächsten Moment purzelten sie aufs Bett.

»Ah, das ist besser«, murmelte Paul, während ihre bekleideten Körper vom Kopf bis zu den Zehen verschmolzen. Er rollte sich auf sie, unterbrach den Kuss nur kurz, um sich über sie zu beugen, einen Schluck von dem Brandy auf dem Nachttisch zu trinken und ihr das Glas ebenfalls anzubieten. Als er sie wieder küsste, schmeckte er das süße Feuer des Alkohols auf ihren Zungen. Er glaubte, noch nie jemanden so gewollt zu haben wie sie.

»Ist bei dir alles in Ordnung?«, fragte er ein paar Augenblicke später, als Kate immer noch nichts gesagt hatte. Sie küsste ihn voller Leidenschaft zurück, zumindest hielt er es dafür, aber es war dunkel im Zimmer, und auf einmal war er besorgt, er könne zu schnell vorgeprescht sein.

Zu seiner Erleichterung lachte sie auf. »Mir geht's gut«, sagte sie. »Sogar sehr gut. Lass uns nur rasch unter die Dusche springen. All die Angst hat mich ganz verschwitzt gemacht.«

»Großartige Idee.«

Sie schob ihn von sich und rollte sich aus dem Bett ins Badezimmer. Einen Moment später hörte er das Plätschern von Wasser in der Badewanne und das Rascheln eines Duschvorhangs, der an der Stange zurückgezogen wurde. Paul fragte sich, ob es eine Einladung gewesen war, oder ob sie lieber getrennt duschen wollte. Es wäre schrecklich, wenn er ungebeten hineinplatzen würde. Er zögerte und schindete Zeit, indem er sich die Schuhe, Socken sowie den Gürtel auszog, und im nächsten Moment tauchte sie auf. Im trüben Licht beobachtete er, wie sie sich aus dem Oberteil und dann aus ihrem BH schälte. Ihre Brüste waren wunderschön, und er stöhnte vor Lust.

»Kann ich mit dir unter die Dusche?«, fragte er und packte sie wieder, konnte sich einfach nicht zurückhalten, ihre Brüste mit den Händen zu umfassen und sein Gesicht an sie zu schmiegen.

»Natürlich«, sagte sie kichernd. »Ich brauche jemanden, der mir den Rücken wäscht, und diese unliebsame Aufgabe fällt wohl dir zu.«

»Oh, für diese Aufgabe hast du dir den richtigen Mann ausgesucht«, murmelte er und half ihr aus Jeans und Unterwäsche, bis sie nackt vor ihm stand. »Das Waschen von Rücken ist mein Spezialgebiet, und dein Körper ist eine Augenweide.«

»Nun, vielen Dank. Dann mal los! Weg mit den Klamotten, damit ich deinen in Augenschein nehmen kann.«

Paul gefiel diese selbstbewusste, unverhohlen aufreizende Version von Kate. Er spürte, dass er einen flüchtigen Blick auf eine Seite von ihr erhaschte, die sie ihm bisher vorenthalten hatte, und diese Seite erregte ihn ungemein. Seine Hand glitt an ihren Schenkeln hoch, und er streichelte sie zwischen den Beinen. Sie stöhnte und kicherte dann wieder.

»Hör auf, sonst schaffen wir es niemals bis zur Dusche.«

Zwei Minuten später suchten sie nach einer bequemen Position unter einem äußerst mageren Wasserstrahl. Damit beide Körper nass genug wurden, mussten sie sich ziemlich verrenken und aneinanderpressen.

»Rutsch rüber, mein Rücken wird kalt«, murrte Paul in gespielter Entrüstung und schob sich näher an sie.

»Ich wärme dich«, sagte sie verführerisch und zog ihn an sich, indem sie sein Gesäß packte und dann einen Fuß auf den Badewannenrand stellte, sodass es Paul vollkommen natürlich erschien, in sie einzudringen. Sie keuchten beide vor Lust auf, was sich schon bald in Schreck verwandelte, als der Wasserstrahl auf einmal eiskalt wurde. Paul beugte sich vor und drehte den Hahn zu, ohne seinen Rhythmus zu verändern.

»O Gott, ist das wunderbar«, sagte Kate, während seine Stöße immer heftiger wurden. Paul erschrak, als ihr Tränen die Wangen herabliefen, auch wenn sie keinen Ton von sich gegeben hatte.

»Kate, was ist los? Habe ich dir wehgetan?«

Sie schniefte und lachte und boxte ihm spielerisch an den Arm. »Bild dir ja nichts ein! Nein, du tust mir nicht weh. Es ist nur so … herrlich. Es ist schon so lange her, seit ich … ich dachte …« Sie brach in Schluchzen aus. Paul glitt aus ihr heraus.

»Komm schon«, sagte er und legte ihr sanft ein Handtuch um die Schultern. »Lass uns ins Bett gehen. Dort ist es viel bequemer.«

Er führte sie aus dem Badezimmer. Die kühle Luft strich über ihre nasse Haut und ließ sie zittern. Die Laken waren noch kälter, aber sobald Paul wieder in Kate eindrang, vergaßen sie alles außer den Gefühlswallungen, die über sie hereinbrachen. Selbst das entsetzliche Bild von Sampson, der Mrs. Bainbridge erschossen und dann sie zu töten versucht hatte, rückte zumindest für einen kurzen Augenblick in weite Ferne, und Kate und Paul begrüßten dankbar diese kurze Gnadenfrist, die ihnen gewährt wurde.

31

Kate schlüpfte aus dem Bett in einen Streifen Sonnenlicht. Blauer Himmel war durch einen Spalt im Vorhang zu erkennen, und eine sanfte Brise wirbelte den Geruch der vergangenen Nacht fort. Paul schlief noch immer, seine breite, nackte Schulter lugte unter der Decke hervor. Kate streckte den Arm aus, um sein Gesicht zu streicheln, doch da sie ihn nicht wecken wollte, besann sie sich eines Besseren und trottete stattdessen lieber ins Badezimmer.

Nachdem sie sich angezogen hatte, schnappte sie sich Pauls Schlüssel vom Nachttisch und schlich aus dem Zimmer, wobei sie die Tür leise hinter sich schloss.

Das grelle Morgenlicht brannte ihr in den Augen, fühlte sich aber gleichzeitig wie ein sanfter Kuss auf ihrer Haut an. Sie streckte sich, gähnte und lächelte. Sie kam sich fünfzehn Jahre jünger vor, ein junges Mädchen von zwanzig, frisch verliebt, dem der Blick für die Schönheit dieser Welt geöffnet worden war. Alle Schmerzen in ihrem Körper waren äußerst angenehmer Natur. Pauls Berührung brannte noch immer auf ihren Lippen, ihrem Bauch und ihren Schenkeln. Sie war wund zwischen den Beinen – die Art von Wundsein, die nur durch weiteren Sex gelindert werden konnte. Reglos stand sie da, mit dem Pub im Hintergrund, und nahm einen tiefen Atemzug.

Wann hatte sie sich das letzte Mal so gefühlt? Oh, sie wusste es ganz genau: in jenem Sommer vor sechzehn Jahren mit Stephen. Mit Vernon war es nie so gewesen. Ihre Beziehung hatte eher einem wissenschaftlichen Projekt geglichen, nein, einer Geschäftstransaktion. Jeder hatte etwas, das der andere wollte.

Sie war einsam gewesen, ihre Seele lädiert von dem, was in England geschehen war. Sie hatte keinen Rausch gewollt, sondern nur ein friedvolles Beisammensein. Jemanden, mit dem sie reden, mit dem sie ausgehen konnte. Jemanden, der ihr nachts Sicherheit gab, wenn sie zitternd erwachte, dem Feuer entfloh, das sich durch ihre Träume wälzte. Vernon wollte jemanden, der ihm bei seiner Karriere half, und Kate, die wunderschöne und freundliche englische Wissenschaftlerin, hoch angesehen an der Universität, war für seine Pläne geradezu perfekt. Sie war sicher, dass er sie auch geliebt hatte, zumindest eine Weile lang, insbesondere als sie mit seinem Sohn schwanger war, den er sich derart herbeigesehnt hatte. Aber bei Vernon hatte es ihr nie den Atem verschlagen. Bei ihm hatte sie nie das Gefühl gehabt, nackt die Straße hinunterlaufen und singen zu wollen.

Sie marschierte zu Pauls Wagen, klimperte mit den Schlüsseln und summte ein Lied, das sie seit Jahren nicht mehr gehört hatte. Was war es gleich noch mal? The Cure, genau. Es hieß »Just Like Heaven«, und auch der Text fiel ihr wieder ein: ein Lied über ein Mädchen, das einen Jungen zu sehr liebte; ein Junge, der das Mädchen verlor, weil er ihr nicht alles geben konnte, was sie brauchte. Sie hatte die Musik dieser Zeit jahrelang bewusst gemieden, da die Erinnerung an das, was sie verloren hatte, unerträglich war. Heute stimmte sie die Melodie jedoch glücklich, und das alles allein wegen der vergangenen Nacht. Als sie ihren Körper an Paul drückte, hatte sie nicht Stephen gesehen. Es war alles ganz neu gewesen. Sie hatte befürchtet, wenn sie mit Paul schliefe, würde es sich anfühlen, als schliefe sie mit einem Geist. Im Grunde war es hingegen mehr wie ein Exorzismus gewesen.

Außerdem, dachte sie mit einem kleinen Lächeln, *sind Geister nicht warm. Geister lassen einen nicht schmerzempfindlich und gesättigt zurück. Geister haben keine Augen und Hände, die einen ans Bett fesseln. Geister treiben einen nicht zum Höhepunkt, als würde die Welt in sich zusammenbrechen.*

Nachdem sie die Autotür aufgesperrt hatte, beugte sie sich zum Rücksitz und holte den Briefumschlag, den Mrs. Bainbridge ihr gegeben hatte.

Kate hatte immer angenommen, Stephen sei ihr vom Schicksal, von Gott oder der Vorsehung geraubt worden. Jetzt war sie sicher, dass die Diebe menschlicher Natur waren. Sampson, natürlich. Er musste seine Hände im Spiel gehabt haben. Aber wer sonst noch? Und warum? Sie trug den Umschlag zurück aufs Zimmer in der Hoffnung, der Inhalt würde mit einigen Antworten aufwarten, auch wenn sie sich gleichzeitig vor dem fürchtete, was sie herausfinden könnte.

Paul setzte sich verschlafen im Bett auf, als sie zurückkam.

»Hast du geträumt, rückwärts durch eine Hecke gezerrt zu werden?« Lachend ging sie zu ihm, strich ihm das zerzauste Haar glatt und gab ihm einen Kuss auf das stoppelige Gesicht.

»Äh? Ich dachte, du hättest dich aus dem Staub gemacht.«

»Gehofft?«

»So ein Quatsch. Eigentlich hatte ich gehofft, du kommst zurück ins Bett.«

Er schlug die Decke zurück und enthüllte seinen nackten Oberkörper. Beinahe hätte sie sich die Lippen geleckt. Noch lieber wollte sie *seine* Lippen lecken. Aber das musste einen Moment warten. Sie nahm auf dem Bett Platz und hielt die Dokumente hoch.

»Ich will mir die hier rasch anschauen – du weißt schon, die Papiere, die Mrs. Bainbridge mir gegeben hat.«

Paul schleuderte die Decke beiseite und stand auf, sodass

Kate ihn nun in seiner ganzen Pracht sah. Noch vor wenigen Sekunden hätte ihr der Anblick gereicht, um zu sagen, dass die Dokumente warten könnten, doch jetzt hatte sie bereits mit Lesen begonnen.

STRENG GEHEIM

Proband: W 634

Persönliche Daten
Geschlecht: w
Ethnische Zugehörigkeit: weiß

Kate keuchte auf, als sie in der nächsten Zeile ihr Geburtsdatum sah. Das hier war *ihr* Bericht. Sie versuchte weiterzulesen, aber ihre Augen huschten nur flüchtig über den Text, und sie benötigte einen Moment, um sich zu sammeln und wieder zu konzentrieren.

Medizinische Vorgeschichte: mit Watoto-Virus im Alter von 12 angesteckt. (Anmerkung: Eltern, mit CRU-Direktor Bainbridge befreundet, wurden von dem Virus getötet.) Keine weiteren Angaben über schwere Erkrankungen. Proband körperlich gesund.

Psychische Verfassung: Proband zog sich nach Tod der Eltern in sich zurück, aber keinerlei psychische Probleme in jüngster Zeit.

Proband nach Feuer in CRU am 27. Aug. zur Quarantäne und Rekonditionierung in psychiatrisches Zentrum eingeliefert.

Kate, die angefangen hatte, Paul den Bericht laut vorzulesen, hielt inne. Ihre Stimme bebte. »Rekonditionierung?«

Ihre Augen trafen sich. Pauls waren rund vor Besorgnis, und er packte ihre freie Hand, als sie weiterlas.

Quarantäne erfolgreich. Proband virenfrei. (Siehe separater Bericht über Untersuchung zur Fehleraufdeckung.) Proband besitzt Kenntnisse über Mikrobiologie und Virologie, hatte eine Beziehung mit Dr. S. Wilson von der CRU. CRU-Sicherheitsdienst stuft Proband als Hochrisikoperson ein, das Verhör nach dem Feuer bestätigt Anfangsverdacht. Rekonditionierung unumgänglich, um Proband – auf Anweisung des CRU-Direktors – zu entlassen.

Art der Behandlung: Pimenov-Technik. Proband reagiert gut auf Drogen und Hypnose.

Hinweis: Die Pimenov-Technik basiert auf…

Kate nahm die nächste Seite zur Hand. Der Satz wurde nicht beendet.

»Das glaube ich nicht. Eine Seite fehlt.«

Stattdessen begann das nächste Blatt mit dem Ende eines neuen entsetzlichen Satzes:

… wird Eliminierung der Zielperson empfohlen.

Erwarten Einverständnis des CRU-Direktors.

Ende

Kate ließ die Blätter aufs Bett fallen und schlug die Hände vors Gesicht. Paul hob die Papiere auf und las sie rasch durch.

»Eliminierung der Zielperson.«

Er legte ihr die Arme um die Schultern. »Du zitterst.«

»*Eliminierung.*«

Er hielt sie, streichelte ihr übers Haar, bis das Beben nachließ. Dann löste sie sich aus seiner Umarmung und sagte: »Was zum Teufel ist die Pimenov-Technik?«

»Kate, hier ist noch eine Seite, die du nicht gelesen hast.«

Sie hoffte, es handelte sich um das fehlende Blatt des Berichts, aber es war ein Brief, adressiert an Leonard.

Lieber Leonard,

ich muss erneut betonen, dass ich keineswegs einverstanden bin mit deiner Entscheidung, Kate Carling aus dem Zentrum zu entlassen, wo wir nicht 100% sicher sind, dass die Behandlung angeschlagen hat. Mir ist bewusst, dass du eine emotionale Bindung zu der jungen Frau aufgebaut hast, und ich möchte dich nicht der Unprofessionalität bezichtigen. Allerdings muss ich dich hoffentlich nicht daran erinnern, dass für das Gemeinwohl aller gelegentlich Opfer erbracht werden müssen.

Wie ich gehört habe, hast du ihr eine Stelle in Harvard verschafft. Ich bin froh, dass sie England verlässt, und ich kann nicht verhehlen, dass ich hoffe, sie wird nie zurückkehren. Es ist nichts Persönliches: Aber falls die Rekonditionierung nicht völlig erfolgreich war – und ich bin nicht überzeugt, dass uns ein Erfolg auf ganzer Linie geglückt ist –, wäre es das Beste, wenn sie so weit wie möglich von den Orten und Menschen entfernt ist, die ihre Erinnerungen zurückholen könnten. Ich ersuche um die Erlaubnis, Miss Carling bei Ein-

reisen ins Land überwachen zu lassen. Ich vertraue darauf, dass deine Kontaktperson in Harvard sie im Auge behält.
Dein
Clive

Kate sprang auf die Beine und taumelte ein paar Schritte in Richtung Bad. Paul stürzte ihr nach und fing sie auf, als sie zusammenbrach.

»Ich glaube, mir ist schlecht.«

»Komm und setz dich.«

»Nein, mir ist wirklich schlecht.«

Sie riss sich von ihm los und beendete ihren wankenden Weg ins Bad. Über die Toilette gebeugt, übergab sie sich, spuckte das Abendessen und die Drinks aus. Dann spülte sie und fiel, das Haar im Gesicht, der Mund bitter, zurück auf den Boden. Paul, der hinter ihr im Türrahmen gewartet hatte, kam zögerlich ins Zimmer und kauerte sich neben sie. Er streichelte ihr zärtlich übers Haar, da packte sie seine Hand und barg das Gesicht an seiner Schulter.

»Was haben sie mit mir gemacht?«, flüsterte sie.

»Ich weiß es nicht …«

Sie schob ihn von sich weg, das Gesicht vor Wut verzerrt. »Was haben sie mit mir gemacht? Diese Arschlöcher! Leonard. Er war wie ein Onkel für mich. Ein lieber Onkel.«

»Auf mich macht es den Eindruck, als wollte Leonard dich beschützen.«

»Aber er war in all das verwickelt.« Sie raufte sich die Haare, als versuchte sie die Erinnerungen gewaltsam herauszuziehen, die nicht gefunden werden wollten.

»Und ich weiß nicht einmal, was *das* war. Weil ich rekonditioniert worden bin.«

»Lass uns herausfinden, was die Pimenov-Technik überhaupt ist.«

»Und wie stellen wir das an?«

Paul stand auf, ging zurück ins Schlafzimmer und tauchte einen Moment später mit seinem Laptop wieder auf. »Ich habe es vorhin ausprobiert. Jemand hier in der Nähe hat drahtlosen Internetzugang und ihn nicht passwortgeschützt.«

»Gib ihn mir!«

»Kate, vielleicht solltest du dich erst einmal ein wenig beruhigen.«

»Du hast mir gar nichts zu sagen! Für wen hältst du dich, für meinen Ehemann?«

»Kate …«

»Gib mir einfach den Laptop.« Sie klappte ihn auf, hielt dann jedoch inne, bevor sie zu tippen begann. Sie hob den Kopf und erhaschte einen flüchtigen Blick auf sich selbst im Wandspiegel. Sie war ein einziges Durcheinander, mit zerzaustem Haar, feuchten Lippen und blutunterlaufenen Augen. »Tut mir leid, Paul. Ich glaube, ich stehe unter Schock.«

»Das verstehe ich.«

Er kauerte sich auf den Boden neben sie, und beide lehnten sich mit dem Rücken an die Badewanne.

»Ich stinke sicherlich furchtbar«, sagte sie.

Er gab ihr einen Kuss auf die Wange. »Hmm, ich würde es eher als Mief bezeichnen.«

»He!«

»Soll ich nicht lieber?« Er zeigte auf den Laptop, und sie reichte ihn weiter. Er googelte »Pimenov-Technik«, fand allerdings keine brauchbaren Ergebnisse, nur eine Menge Treffer mit dem russischen Namen Pimenov. Nichts über Gedächtnis oder Rekonditionierung.

»Probieren wir es einmal nur mit Pimenov«, schlug Paul vor.

Aber auch das brachte sie keinen Schritt weiter. Pimenov schien der Name eines bekannten russischen Fußballspielers zu sein, und es gab unzählige Seiten über Spiele, die er bestritten hatte. Nutzlos.

Da sagte Kate: »Versuch es mit anderen Wörtern, wie Erinnerung oder, keine Ahnung, rekonditionieren.«

»Gute Idee.«

Er tippte alle drei Worte ein. Die ersten paar Treffer waren Unsinn, aber Kate zeigte aufgeregt auf den Bildschirm: »Was ist das?«

Der Link bezog sich auf die Website *www.allinthemind.com.* Paul klickte sie an, und die beiden warteten. »Komm schon«, sagte Paul ungeduldig, während sie dem blauen Balken zusahen, der im Schneckentempo nach rechts kroch. Schließlich baute sich die Seite auf.

»Das ist ein Forum«, sagte Paul. »Dort tauschen sich Menschen über Themen aus, die sie interessieren.«

»Ich weiß, was ein Forum ist.«

»Tut mir leid.«

Doch Kate überflog bereits die Seite nach einer Erwähnung von Pimenov. Paul drückte die Tastenkombination CTRL-F und öffnete ein Fenster, mit dem er die Seite nach dem Wort durchforsten konnte. Er versuchte es mehrmals. Es tauchte nicht auf.

»Das passiert manchmal. Die Suchmaschine findet eine Seite, aber dann verschwindet sie, bevor die Suchmaschine es überhaupt bemerkt. Das liegt daran, dass sie nicht ständig jede Seite absuchen kann.«

Sie klickten zurück zur Trefferliste. Dort gab es zwei weitere Zeilen Text, die aus der Seite von *allinthemind.com* stammen mussten.

> *... ähnlich wie die CIA entwickelte der KGB Techniken zur Rekonditionierung. Berichten zufolge soll Pimenov, ein russischer Wissenschaftler ...*

> *... benutzte eine Mischung aus LSD und Hypnose, um unerwünschte Erinnerungen zu tilgen, auch wenn die Methode angeblich ...*

Paul nahm Kates Hand. »Es ist alles noch da«, sagte er. »In deinem Kopf. Sie können dein Gedächtnis nicht vollständig ausradiert haben. Das wissen wir, weil sie nicht wollten, dass du nach England zurückkehrst. Und das ist auch der Grund, warum Sampson hinter dir her ist – damit du dich auf gar keinen Fall an das erinnerst, was auch immer sie dich haben vergessen lassen.«

»Das, was mit Stephen und Sarah geschehen ist.«

»Ich weiß, was wir tun müssen«, sagte Paul. »Aber das wird dir wahrscheinlich nicht gefallen.«

32

Vernon klingelte an Mirandas Haustür und ging einen Schritt zurück, um die Erkerfenster mit ihren Laura-Ashley-Vorhängen zu betrachten. Miranda hatte schon immer einen Hang zum Kitsch gehabt, dachte er – nicht dass er sie besonders häufig gesehen hätte. Aber ihr fehlte Kates Feuer, ihre Spritzigkeit, obwohl er von Anfang an das Gefühl nicht abschütteln konnte, dass seine Schwägerin auf ihn stand. Die wenigen Male, die er sie getroffen hatte, hatte sie ihn auf eine gewisse Art angesehen, mit einem unzweideutigen Wimpernaufschlag. Wie schade, dass sie ein solcher Jammerlappen war. Es wäre einfach köstlich, mit Kates Schwester geschlafen zu haben. Ein wunderbarer Weg, seiner Frau eins auszuwischen.

Bei dem Gedanken an Familienbande kam ihm Jack in den Sinn sowie sein Bedauern, dass der arme, kleine Kerl keine Brüder und Schwestern hatte. Vernon hätte gern ein weiteres Kind gehabt – vorzugsweise ein Mädchen –, aber Kate war während der Schwangerschaft mit Jack frigide geworden und es auch geblieben. Sie war schon immer eine Eisprinzessin gewesen und hatte das geringste sexuelle Verlangen von allen Frauen an den Tag gelegt, mit denen er jemals zusammen gewesen war. Sie dazu zu überreden, die Beine breitzumachen, war ungefähr so schwierig, wie eine Katze zum Gassigehen zu bewegen. Er bemitleidete den Mann, der es als Nächstes mit ihr aushalten musste – natürlich nur für den Fall, dass sie nicht den Rest ihres Lebens allein in einem Labor verbrachte, wo sie Zeug untersuchte, das man nicht einmal sehen konnte. Ihre Zukunft lag wie ein offenes Buch vor ihm: Sie würde mit einem langweiligen Arschloch in einem weißen Kittel zusammenkommen, und gemeinsam würden sie ihre Leidenschaft in ihre Forschung stecken, irgendeinen albernen Preis gewinnen und eine Krankheit nach ihnen benannt bekommen.

Er konnte von Glück reden, dass sich die Ehe nicht unnötig in die Länge zog. Es wäre viel besser, sich jetzt aus der Affäre zu ziehen, solange er noch jung genug war, um das Leben zu genießen. Und er hätte seinen Sohn an seiner Seite, während er genau das tat. Nun ja, vielleicht nicht wortwörtlich an seiner Seite – zu sehr wollte er sich auch nicht einengen lassen. Er hatte vor, Jack in ein Internat zu schicken, sobald sie zurück in den Staaten waren. Irgendwohin, wo seine Mutter ihn nicht verderben und zu einem Weichei erziehen konnte.

Vernon hörte Schritte im Haus, was seinen Herzschlag beschleunigte. Es wäre gut möglich, dass Kate hier war, und mit ihr Jack. Zumindest würde Miranda wissen, wo sie steckten.

Die Tür öffnete sich, und ein untersetzter Mann mittleren Alters fragte: »Kann ich Ihnen helfen?«

Vernon spähte an ihm vorbei. Keine Spur von Jack. Er warf dem Mann einen seiner respekteinflößendsten Harvard-Blicke zu. »Ist Miranda zu Hause?«

Für einen Moment wirkte der Mann verwirrt, dann erhellte sich sein Gesicht. »Sie meinen Miranda Hetherington? Tut mir leid, aber die wohnt hier nicht mehr. Sie und ihre Familie sind vor etwa einem Monat umgezogen.«

Vernon ließ sich die Information durch den Kopf gehen. »Wie schade. Ich bin ein alter Collegefreund, der aus Amerika zu Besuch ist. Jetzt habe ich wohl den ganzen weiten Weg umsonst gemacht.« Niedergeschlagen schüttelte er den Kopf und stieß einen langen, tragischen Seufzer aus.

»Oh, keine Sorge«, munterte der Mann ihn auf. »Ich habe ihre neue Adresse. Ich hole sie Ihnen rasch.«

Vernon grinste. »Wirklich? Das wäre fantastisch.«

Auf dem Weg zu Kates Schwester fuhr Sampson zufällig an einem großen Gewerbegebiet vorbei, wobei ihm ein Toys 'R' Us zwischen den Heimwerkermärkten und riesigen Teppichgeschäften ins Auge stach. Einer plötzlichen Eingebung folgend, parkte er seinen Wagen, und wenige Minuten später schritt er die Gänge mit Robotern und Plüschmonstern, Videospielen und Karaokeanlagen ab, auf der Suche nach einem pinkfarbenen Teddybär. Diesen Umweg hatte er nicht eingeplant, und er tat es nicht aus sentimentalen Gründen oder des Spaßes wegen – er hatte keinerlei Sinn für Humor. Er hatte einfach nur das Gefühl, der Bär könnte sich als nützlich erweisen.

Er dachte an die glückliche Stimme der kleinen Amelia am Telefon zurück. Er hatte noch nie ein Kind getötet. Dazu hatte es nie einen Grund gegeben, und er hatte auch keine derartige Anweisung erhalten. Verwundert fragte er sich, wie das sein und ob es sich stark davon unterscheiden würde, einen Erwachsenen umzubringen. Als er zum ersten Mal gemordet hatte, hatte ihn die Tat erregt, ihn fasziniert, und er hatte die folgenden Jahre vergeblich darauf gewartet, dass sich dieser Kick erneut einstellte. Diesen ersten Mord hatte er mit achtzehn begangen. Das Opfer war ein Mädchen namens Kelly, das ihm ins Gesicht gespuckt hatte, als er sie bei ihrem ersten Date vergewaltigte. Seine starken Hände hatten sich um ihre Kehle gelegt, und mit den Daumen hatte er ihr die Luftröhre zugedrückt. Die Fassungslosigkeit und das Entsetzen in ihren Augen hatten ihn aufgegeilt. Während das Leben aus ihr wich und sie zu atmen aufhörte, war er immer noch in ihr gewesen.

Ein wunderschöner Moment. Wenn er es sich recht überlegte, erinnerte sie ihn ein wenig an die junge Kate, zu jener Zeit, als sie sich in der CRU aufgehalten hatte. Nicht so atemberaubend schön wie Kate, aber eine gewisse Ähnlichkeit war nicht zu leugnen.

Seit Kelly hatte ihm kein anderer Mord mehr einen solchen Nervenkitzel beschert. Vielleicht würde er sich wieder einstellen, sobald er ein Kind tötete.

Kates Kind. *Das* wäre doch einmal etwas.

Er malte sich Kates Gesicht aus, während sie zusah, wie ihr Sohn durch seine Hand starb. Hörte ihre Schreie. Sie wäre ihm völlig schutzlos ausgeliefert. Ihr Schmerz käme einem Stern gleich, der explodierte. Gewaltig, eindringlich. Anschließend würde sie sich weder wehren noch kämpfen. Sie wäre innerlich tot. Und würde ihm gehören.

Vor dem Ausgang bezahlte er den Teddybär. Das stumpfsinnige Grinsen auf dem Gesicht des Plüschtiers widerte ihn an, doch die junge Frau hinter der Kasse lächelte ihm zu, als wäre er ein netter Vater oder Onkel. Er blickte sich im Geschäft um. Überall wuselten Kinder durcheinander, kleine Mädchen und Jungen in jeder Größe und Farbe. Vielleicht sollte er sich eines schnappen und herausfinden, was geschah. Zur Übung. Als die Kassiererin jedoch den Bären in eine Tüte steckte, entschied er, keine Zeit verlieren zu wollen. Er musste weiter.

Im Wagen zog er seine Straßenkarte zurate und fuhr in südliche Richtung – zu Kates Schwester. Zu Kates Sohn.

Miranda starrte aus dem Fenster und wünschte, es würde aufhören zu regnen, damit die Kinder nach draußen gehen könnten. Die Jungs waren in Georges Zimmer und saßen vor der Konsole, während Amelia ihnen zusah. Hin und wieder hörte sie Amelia kreischen: »Lasst mich auch mal!« Die PlayStation war ein noch besserer Babysitter als der Fernseher, auch wenn sich Miranda schrecklich dabei fühlte, die Kinder so lange spielen zu lassen – insbesondere Jack, der bisher noch nie Videospiele hatte spielen dürfen. Eine nagende Stimme in Mirandas Kopf ermahnte sie, die Kinder zu ermutigen, ihrer Fantasie mit Stiften und bunten Karten freien Lauf zu lassen. Doch das würde als »langweilig« abgetan werden.

Sie warf einen Blick auf die Uhr. Halb sechs. Wäre es zu früh für ein Glas Wein? Sie hatte eine richtig gute Flasche Merlot im obersten Fach des Kühlschranks liegen. Sie konnte ihn bereits schmecken, die fruchtige Note auf ihrer Zunge, während der Alkohol ihre Nerven beruhigte. Aber sie würde noch eine halbe Stunde warten und sich dann ein richtig großes Glas einschenken. Wenn sie es zeitlich richtig abstimmte, wäre sie womöglich in guter Stimmung, wenn Pete von der Arbeit nach Hause kam. Natürlich nur für den Fall, dass er zur gewohnten Zeit erscheinen und nicht noch auf ein Bier ins Pub gehen würde, was er seit Kurzem häufig tat. Es gab eine neue Mitarbeiterin in der Tierarztpraxis, ein dürres junges Geschöpf namens Jennifer, von der Pete oft sprach, als könnte er nicht anders, als sie bei jeder Gelegenheit zu erwähnen. Miranda glaubte nicht, dass sich daraus etwas entwickeln würde. Wahrscheinlich war es nur eine dieser harmlosen Schwärmereien am Arbeitsplatz, die im Laufe der Zeit erkalteten und sich dann ganz zerschlugen. Die Sache war nur die: Es störte sie nicht in dem Maße, wie es sie stören sollte. Rein theoretisch fragte sie sich, wie es wohl wäre, wenn Pete sie verließe und sie die Kinder allein großziehen müsste. Vermutlich nicht besonders schlimm. Zumindest wäre es eine Abwechslung.

Verdammter Regen, dachte sie. Regen stimmte sie melancholisch und unzufrieden. Es war immer dasselbe, wenn es im Sommer regnete. Sie ging in die Küche, ohne einen Blick in Richtung Merlot zu wagen, und öffnete die Schranktüren, um nachzusehen, was sie den Kindern zum Tee anbieten könnte. Kate ernährte Jack vegetarisch, was Miranda nervte, auch wenn sie zugeben musste, dass es ihm zuträglich war. Er war ein reizender kleiner Junge. Zum Glück kam er nicht nach seinem Vater.

Es war natürlich schön gewesen, Kate wiederzusehen, aber Miranda konnte sich des Gefühls nicht erwehren, eifersüchtig auf ihre Schwester zu sein. Sie hatte sie schon immer beneidet – um ihre Karriere, ihr Leben in Amerika, ihren Verstand und ihr Aussehen –, und jetzt wünschte sie mehr denn je, ihr Leben wäre ebenso aufregend wie das von Kate. Nun gut, seinen Ehemann zu verlassen, einmal halb um die Welt zu fliehen und mit dem Bruder eines Exfreunds auf eine sonderbare Suche zu gehen, könnte wohl eher als traumatisch oder zumindest stressig bezeichnet werden … aber zumindest war es nicht spießig. Es war etwas ganz anderes, als zu Hause festzusitzen und sich nach einem Glas Wein zu sehnen, während der Ehemann mit seinen *jungen* Kolleginnen flirtete.

Vielleicht sollte sie sich das Glas Wein doch schon jetzt gönnen. Immerhin war es *fast* sechs. Und es war nicht so, als würde es jemandem schaden. Nur ein kleines Glas, an dem sie nippte. Dann würde sie Tee aufsetzen. Sie nahm die Flasche aus dem Kühlschrank und entkorkte sie. Sie schenkte sich mehr ein, als sie eigentlich beabsichtigt hatte – wie ungeschickt von ihr –, aber nun war es einmal geschehen. Zum Aufwärmen nahm sie einen großen Schluck, dann einen zweiten.

Das war schon besser.

Sie saß am Küchentisch und strich mit dem Finger über den Rand des Glases. Von oben drang ein Schrei zu ihr, und instinktiv wollte sie auffahren und nachsehen, ob alles in Ordnung war. Doch dann hörte sie Gelächter und entspannte sich wieder. Die Kinder amüsierten sich nur bei ihrem Spiel. George und Amelia schienen es zu genießen, ihren Cousin aus Amerika bei sich zu haben. Das Erste, was George ihn gefragt hatte, war, ob er jemals eine Waffe gesehen hatte, und Amelia wollte wissen, ob er schon einmal in Disneyland gewesen war.

Da klingelte das Telefon. In dem Glauben, es könnte Kate sein, sprang sie hastig auf. »Hallo?«

»Hallo, Liebling.« Es war Pete. »Tut mir leid, Süße, aber bei mir wird es heute Abend spät. Hier war die Hölle los – als wäre eine ganze Staffel von *Der Doktor und das liebe Vieh* an einem einzigen Tag passiert.« Er kicherte. Ein alter, abgedroschener Witz von ihm. »Ich musste zum Gutshof fahren, um mich um eines der Lieblingspferde des alten Mountford zu kümmern, das ich auch retten konnte, und jetzt will er mich und das ganze Team als Dankeschön auf einen Drink einladen. Du weißt, wie schwer es ist, ihm etwas auszuschlagen.«

Miranda wollte fragen, ob Jennifer mitkäme – in ihrer Fantasie hatte die Tierarzthelferin langes dunkles Haar und ein traumhaftes Dekolleté, in dem die Männer am liebsten versinken würden –, aber sie sagte einfach: »In Ordnung.«

Würde sie jemals genug Mut aufbringen, um Pete auf dieselbe Art zu verlassen, wie Kate das bei Vernon getan hatte? Nun – sie würde niemals weglaufen. Das war viel zu melodramatisch. Wäre sie allerdings mit diesem Scheusal Vernon verheiratet, hätte sie vielleicht doch das Weite gesucht. Sie hatte nie verstanden, was Kate an ihm fand. Okay, er war klug, ein echter Intellektueller – aber irgendetwas an dem Mann war ihr nicht ganz geheuer. Er gehörte zu der Sorte Mann, die sich für einen Frauenheld hielt, in Wirklichkeit jedoch nur ein Höschenschnüffler war. Ein Mann, der flachbrüstigen Frauen auf die Oberweite starrte, als wollte er ihre Busen allein mit Willenskraft zum Wachsen bringen, damit er ihnen anschließend anzügliche Blicke zuwerfen konnte. Igitt.

Pete war nicht so. Außer vielleicht bei Jennifer. Berührten sich ihre Finger, wenn sie Pete das Entwurmungsmittel reichte? Hatten sich ihre Augen je über einem kranken Hamster miteinander verwoben? Trug sie eine enge weiße Uniform, die sich perfekt um ihren wohlgeformten Hintern schmiegte? Ein weiterer Schrei ertönte von oben, dann riss ein Poltern Miranda endgültig aus ihren neiderfüllten Tagträumen. Beim Aufstehen bemerkte sie, dass ihr Weinglas leer war, abgesehen von einem winzigen roten Bodensatz, der aussah wie ein Blutfleck. Sie war ein bisschen beschwipst und wackelig auf den Beinen. Am Fuß der Treppe blieb sie stehen und rief hinauf: »Alles in Ordnung dort oben?«

Bevor die Kinder antworten konnten, klingelte es an der Tür.

Vernon nahm die falsche Ausfahrt – die neun statt die zehn – und verbrachte die folgenden fünfzehn Minuten damit, das britische Autobahnsystem zu verfluchen, bevor er wieder auf dem richtigen Weg war. Er hatte gerade in dem wohl schlechtesten Restaurant der ganzen Welt gegessen, dem Little Chef. Im Vergleich dazu war ein Taco Bell ein Gourmettempel. Die meisten Amerikaner wären geschockt, sähen sie das echte England und würden erkennen, dass es nicht nur aus Burgen und herrschaftlichen Anwesen bestand. Es war wie Amerika, voller endloser Straßen und erbärmlicher Fast-Food-Ketten, aber mit einem mieseren Kundenservice und mehr Sex im Fernsehen. Das Klischee mit den schlechten Zähnen hatte sich auch bewahrheitet. Was wäre, wenn Jack hier aufwachsen müsste? Letztendlich würde er wie ein Brite aussehen, mit Zähnen wie vergilbte Grabsteine, einem Alkoholproblem und süchtig nach Fußball. Auch der Regen war kein Klischee. Es regnete im Moment in Strömen, wo es doch eigentlich Sommer sein sollte.

Die Mehrheit der Amerikaner würde dieses Dorf hier hingegen lieben. Churchill. Auch noch ein guter britischer Name. Das Dorf war – wie lautete gleich noch mal der Ausdruck? – ein idyllisches Fleckchen Erde. Entzückend wie die Hölle.

Er lächelte in sich hinein. Er war überzeugt, dass Kate und Jack bei Miranda steckten. Es würde eine Szene geben, daran bestand kein Zweifel. Doch der Gedanke an die Auseinandersetzung ließ ihn frohlocken: Kate, die verzweifelt versuchen würde, ihre Tat zu rechtfertigen. Mal sehen, ob sie weiterhin ihre moralische Überlegenheit behaupten würde.

Er fand die Adresse, die der Mann in Mirandas und Petes altem Haus ihm gegeben hatte, und hielt davor. Die Scheibenwischer kratzten vor und zurück über die Windschutzscheibe, bevor sie zum Stehen kamen. Vernon stieg aus dem Auto, ging noch einmal im Kopf durch, was er sagen würde, und klingelte an der Haustür.

Das VORSICHT-KINDER-Zeichen entlockte Sampson fast ein Lächeln. Mit quietschenden Reifen bog er um die Kirche in den Cotswold und donnerte an der gepflegten niedrigen Steinmauer vorbei, die den Friedhof einfasste. Der pinkfarbene Teddybär auf der Rückbank fiel um. Eine Katze überquerte weiter vorn die Straße, wollte dem Regen entfliehen, und Sampson drückte den Fuß aufs Gaspedal, doch das Tier brachte sich in allerletzter Sekunde in Sicherheit.

Er fühlte sich gut. Lebendiger als je zuvor. Das musste wohl an der Nähe von Kates Blut liegen, dachte er.

Er fand die Straße, nach der er suchte, und parkte ein paar Häuser entfernt. Mehrere Sekunden stand er einfach im Regen da und genoss die prasselnden Tropfen auf seinem Gesicht. Den pinkfarbenen Teddy hatte er unter seiner Jacke versteckt. Dann ging er zur Tür und drückte auf die Klingel.

Miranda öffnete die Tür.

Der Mann vor ihr hatte nasses Haar und ein sonderbares Lächeln im Gesicht, den Ausdruck eines Mannes, der das bekam, was er wollte.

»Hallo, Miranda«, grüßte er. Bevor sie etwas erwidern konnte, schoss er an ihr vorbei in den Flur.

»Hey«, sagte sie. »Was soll das …?«

Er neigte den Kopf zur Seite, lauschte gespannt und blickte die Treppe hinauf. Dann drehte er sich wieder zu ihr um.

Schützend verschränkte sie die Arme vor der Brust.

»Wo ist sie?«, fragte er nachdrücklich.

»Wer?«

»Wer wohl? Kate natürlich. Ist sie hier?«

Miranda schüttelte den Kopf. »Nein … nein, ist sie nicht. Ist sie … ist sie etwa in England?«

Er warf ihr einen ungläubigen Blick zu. »In Anbetracht deiner Fahne ist diese Frage wohl auf deinen angetrunkenen Zustand zurückzuführen. Du weißt sicherlich, dass ich kein Dummkopf bin, Miranda.«

»O ja, das hast du oft genug verkündet, Vernon.«

»Dann behandle mich nicht wie …«

Von oben war ein Schrei zu hören. Ein kreischendes Lachen, gefolgt von einem glücklichen Glucksen von Amelia. »Gut gemacht, Jack. Du hast ihn geschlagen.«

Vernon drängte an Miranda vorbei und rannte die Stufen hinauf. »Jack? Jack?«

Festgefroren am Fuß der Treppe, lauschte Miranda entsetzt, wie Jack aus dem Kinderzimmer gelaufen kam und atemlos keuchte: »Daddy?«

»Jackie!« Vernon riss ihn stürmisch in die Arme, während George und Amelia die Köpfe aus dem Zimmer streckten und sie mit offenem Mund anstarrten. »Ich bin hier, um dich zu retten.«

»Wie Superman?«, fragte Jack.

»Ja, mein Sohn. Genau wie Superman. Wo ist deine Mutter?«

»Die ist mit Paul auf einer Abenteuersuche.«

»Was? Wer ist Paul?«

»Mummys Freund.«

»Ihr neuer Freund«, kicherte George und zog sofort den Kopf ein.

Vernon stampfte die Treppe hinab, Jack immer noch an sich gepresst. Er schob sich an Miranda vorbei, dann wirbelte er herum, um ihr ins Gesicht zu blicken. »Was hat es mit Kate und diesem Paul auf sich? Wo sind sie?«

Miranda schüttelte den Kopf. »Das kann ich dir nicht sagen.«

Vernon spürte, wie ihm das Blut in den Adern kochte. Diese blöde betrunkene Schlampe. Wie zur Hölle hatte Kate ihren Sohn bei dieser unfähigen Mutter lassen können? Weil Kate selbst eine unfähige Mutter war – so sah es aus. Er würde Jack so weit wie möglich von ihr wegbringen und dafür sorgen, dass Kate ihn nie mehr in die Finger bekam. Sie hatte es vermasselt. Ohne sie wäre Jack tausendmal besser dran.

»Das spielt sowieso keine Rolle mehr. Komm jetzt, Jack. Wir verschwinden von hier.«

Jacks kleiner blauer Rollkoffer stand neben der Haustür, immer noch gepackt, aber mit offenem Reißverschluss, höchstwahrscheinlich vom Abend zuvor, als sein Pyjama und seine Zahnbürste zum Schlafengehen herausgeholt worden waren. Vernon bemerkte, dass eine Ecke von Jacks Pass aus der oberen Seitentasche herauslugte, dort, wo Kate ihn immer verstaute. Er zog den Reißverschluss zu und hob den Koffer hoch.

Miranda versperrte Vernon den Weg, als dieser Jack zur Tür führte. Blind vor Wut stieß er seine Schwägerin beiseite und benutzte Jacks Koffer als Schild. Sie knallte mit der Hüfte gegen die Kommode, fiel zu Boden und starrte benommen zu ihm hoch.

Vernon zeigte mit dem Finger auf sie. »Versuch nie wieder, dich mir in den Weg zu stellen!«

Überrascht von der rohen Gewalt seines Vaters begann Jack zu weinen und sich zu winden, und Vernon hatte Schwierigkeiten, ihn an der Hand zu halten. »Komm schon, Jackie. Wir fliegen mit dem Flugzeug. Bald bist du zu Hause und siehst Tyler und all deine anderen Freunde wieder. Das gefällt dir doch, nicht wahr?«

Jack schüttelte den hochroten Kopf, und Tränen rollten ihm die Wangen hinab. »Ich will hier bei George bleiben. Ich will Mummy.«

»Schsch. Komm schon, hör auf, so zu zappeln.«

Aber Jack hörte nicht auf. Als Vernon die Haustür öffnete und Jack an sich presste, fing der Junge an zu schreien: »Billy. Ich will Billy!«

Vernon biss die Zähne zusammen in dem Versuch, den grenzenlosen Zorn niederzukämpfen, der seine Wirbelsäule hinaufkroch, und die Adern zu ignorieren, die an seinen Schläfen pulsierten. »Wer zum Teufel ist Billy?«

»Mein Roboter.« Er streckte die Hände in Richtung der offenen Tür zum Wohnzimmer aus, wo er Billy auf dem Sofa zurückgelassen hatte.

Vernon überging Jacks Flehen. Verbissen trug er seinen brüllenden Sohn zum Wagen, zerrte ihn auf die Rückbank, warf seinen Koffer neben ihn und verriegelte die Türen, ohne dem inständigen Betteln nach Billy Gehör zu schenken. Was war das? Irgendein Geschenk, mit dem Kates neuer Freund Jack bestochen hatte? Nun, scheiß drauf! Jack würde Billy und Paul und seine Mutter schon bald vergessen haben.

Miranda stand im Türrahmen und sah ihnen nach. Jack drückte sein tränenverschmiertes Gesicht an die Fensterscheibe.

Da schloss Miranda die Tür, rannte zum Telefon und wählte Kates Nummer. Sie wurde direkt zur Mailbox umgeleitet.

Den Kopf in die Hände gestützt, ließ sie sich auf die unterste Stufe sinken. George ging zurück in sein Zimmer, um die Erinnerungen an das, was gerade vorgefallen war, mit Videospielen zu verdrängen, während Amelia die Treppe hinabschlich, sich neben ihre Mutter setzte und ihr ins Ohr flüsterte: »Ich mag Onkel Vernon nicht.«

»Ich auch nicht, Süße«, gestand Miranda.

Da klingelte es erneut an der Tür. Miranda seufzte.

»Ist schon okay, Mummy«, sagte Amelia. »Ich mach auf.«

33

Die Hypnotherapeutin hieß Doreen, was Kate skurril erschien. Fast hatte sie mit der Karikatur einer Showhypnotiseurin gerechnet, mit einem Namen wie zum Beispiel Wanda, die aussah wie eine Wahrsagerin auf dem Jahrmarkt: ein fransiges Kopftuch und zu viel Eyeliner. Es hätte auch ein männlicher Schausteller sein können, der einen Kummerbund trug, das Haar pomadig zurückgegelt hatte, wild mit den Armen fuchtelte und immer wieder sagte: »Du bist müde, sieh mir in die Augen, sieh mir in die Augen.«

Paul hatte auf Yell.com nach Hypnotherapeuten im Richmonder Raum gesucht, in der Nähe seiner Wohnung, und Doreen war die Erste mit einem freien Termin gewesen. Kate hoffte, es läge nicht daran, dass Doreen ein Scharlatan war und deshalb keine Kunden hatte. Aber sie konnte mit einer eindrucksvollen Website sowie zahlreichen begeisterten Empfehlungen zufriedener Kunden aufwarten, denen sie vor allem bei der Rauchentwöhnung und der Stärkung des Selbstbewusstseins geholfen hatte. Allerdings gab es keine Referenzen von Menschen, deren Gedächtnis Doreen wiederhergestellt hatte, nachdem skrupellose Wissenschaftler sie mithilfe der Pimenov-Technik rekonditioniert hatten ... aber ein solcher Glücksgriff wäre wohl auch zu viel des Guten gewesen.

Jetzt stand Kate zusammen mit Paul nervös vor Doreens Adresse, einem winzigen, modernen Reihenhaus in Twickenham, das an eine verkehrsreiche vierspurige Straße grenzte.

Als Doreen die verglaste Haustür öffnete und ihre Gäste begrüßte, hätte Kate fast laut losgelacht wegen ihres völlig normalen Aussehens. Sie war eine grauhaarige, freundlich aussehende Frau Mitte fünfzig mit einem kleinen Bäuchlein, die eine unscheinbare Bluse trug, dazu eine Brille auf der Nasenspitze und einen wollenen Faltenrock.

»Kommen Sie herein, kommen Sie herein«, sagte Doreen und führte sie durch einen schmalen Flur in ein kleines Wohnzimmer, das mit Möbeln regelrecht überladen war: Eine große dreiteilige Couchgarnitur rivalisierte mit einem überdimensionierten Esstisch und acht Stühlen um die Vormachtstellung in dem Raum. Zusammen mit dem Teppich voller wilder Wirbelmuster war die Gesamtwirkung ein wenig klaustrophobisch.

»Wohnen Sie hier in der Nähe?«, fragte Doreen und bedeutete Kate, auf einem Sessel Platz zu nehmen. Paul sollte sich an den Esstisch setzen, und sie selbst machte es sich auf dem Sofa bequem, mit dem Rücken zu Paul.

»Ich nicht«, sagte Kate. »Ich bin nur zu Besuch bei meinem – äh – bei Paul hier.« Sie brachte es nicht über die Lippen, Paul als ihren »Freund« zu bezeichnen, und hoffte, Paul würde es nicht falsch verstehen. Denn in Wahrheit, begriff sie erschrocken, hielt sie ihn genau für das. Sie errötete.

»Am Telefon haben Sie nicht erwähnt, weswegen Sie mich sehen wollten. Wie kann ich Ihnen helfen?«

Kate blickte zu Paul. »Es ist … recht komplex«, begann sie. »Ich meine – es ist gut möglich, dass Ihnen ein solcher Fall noch nie untergekommen ist. Ich bin nicht einmal sicher, ob Sie mir überhaupt helfen können.«

»Fahren Sie fort«, sagte Doreen.

»Nun. Wir haben Grund zu der Annahme, dass – oh, das hört sich verrückt an, aber wir glauben …« Sie verstummte.

Mit einem Mal erschien ihr die ganze Sache absurd. »Paul, könnte ich dich einen Moment draußen sprechen?«

Doreen hob die Augenbrauen. »Ich versichere Ihnen, Kate, dass alles, was sich in diesen vier Wänden abspielt, streng vertraulich behandelt wird, falls es das ist, was Sie beunruhigt.«

Wenn dir Sampson eine Waffe an den Kopf drückt und verlangt, dass du ihm sagst, was du weißt, bist du vielleicht nicht mehr ganz so sicher, dachte Kate schaudernd.

»Ich würde trotzdem noch mal ganz kurz unter vier Augen mit Paul sprechen, wenn das in Ordnung ist«, sagte sie.

Paul erhob sich. »Könnten wir in Ihren Garten gehen? Tut mir leid wegen allem. Aber wie Kate schon angedeutet hat, die Sache ist kompliziert.«

Er klang unbeschwert, doch Kate erkannte anhand seiner angespannten Schultern, dass er genervt von ihr war. Sie folgte ihm hinaus auf eine winzige Terrasse, die Doreens Garten einfasste. Es gab kaum genug Platz, um dort draußen zu stehen – Blumentöpfe in den unterschiedlichsten Formen und Größen drängten sich auf der Veranda, überwachsen von wild wuchernden Pflanzen und blühenden Ziersträuchern. Die Veranda war ebenso überladen wie Doreens Wohnzimmer. Durch den Zaun konnte man das Pärchen nebenan hören, das sich wegen irgendwelcher Hausarbeiten in den Haaren lag. Ein Flugzeug flog über ihren Köpfen hinweg und setzte zur Landung in Heathrow an, wobei es die Stimmen der Nachbarn übertönte.

»Was ist los?«, wollte Paul im Schutz des Fluglärms wissen. »Ich dachte, wir hätten abgesprochen, was du erzählst.«

»Das kann ich nicht«, sagte Kate und fuchtelte aufgeregt mit den Händen. »Sie wird mich entweder für verrückt erklären oder die Polizei rufen, und falls das passieren sollte, bringt uns

Sampson sicherlich um, bevor die Wahrheit ans Licht kommt. Wie soll sie uns jemals glauben, dass ich ›rekonditioniert‹ wurde? Das hört sich an wie ein mieses B-Movie!«

»Es ist nicht ihre Aufgabe, dir zu glauben oder nicht zu glauben, ihre Aufgabe besteht lediglich darin, dich zu hypnotisieren, um zu sehen, woran du dich erinnerst. Erzähl ihr nichts über die Rekonditionierung oder auch nur über die CRU. Erzähl ihr einfach, dass du eine Erinnerungslücke hast, was die Geschehnisse jenes Sommers anbelangt. Das ist vollkommen verständlich – du hast wegen des Feuers und Stephens Tod alles verdrängt.«

Wenn Paul es so formulierte, klang es vernünftig.

»Okay«, willigte Kate ein, nun im Flüsterton, da das Flugzeug vorübergezogen war. »Tut mir leid. Ich bin nur in Panik geraten. Wahrscheinlich bin ich sowieso nervös wegen der ganzen Sache, wegen dem, was wir herausfinden könnten.«

»Keine Sorge«, sagte Paul und drückte ihre Hand. »Ich bin bei dir. Und ich finde, du bist fantastisch, weil du es überhaupt wagst.«

Sie lächelte ihn an und küsste ihn leicht auf den Mund. »Danke. Tut mir wirklich leid, dass ich dich so angemeckert habe.«

Nachdem alle wieder ihre Plätze im Wohnzimmer eingenommen hatten, schien Doreen über Kates Erklärung nicht sonderlich verwundert zu sein. Sie nickte ernst, als Kate von Stephens Tod im Feuer erzählte und wie sie, Kate, kaum eine Erinnerung an die Wochen davor oder danach hatte. Dass sie glaubte, es wäre heilsam, wenn sie ihr Gedächtnis zurückerlangte, damit sie endlich mit ihrem Leben weitermachen konnte, nun, da Paul und sie ein Paar waren. Sie bezeichnete die CRU einfach nur als »den Ort«, an dem die beiden während der Woche in jenem Sommer gewohnt hatten, was sich mehr nach einem Hotel als einem wissenschaftlichen Forschungszentrum anhörte, und wie sie, obwohl sehr krank, mit einigen Freundinnen den Korridor hinabfliehen konnte, während der Rauch sie bedrohlich einschloss. Wie sie mit Bestimmtheit wusste, dass sie Stephen gesehen hatte, der auf einer Bahre herausgetragen worden war, ihr dann aber erzählt wurde, er wäre in dem Gebäude gestorben, und dass diese Information sie verwirrt und gequält hatte. Dass sie im Anschluss für mehrere Wochen im Krankenhaus gelegen hatte, ohne weitere Erinnerungen an jene Nacht.

Paul nickte ihr ermutigend von seinem Platz am Tisch zu, und Doreen machte sich ein paar verstohlene Notizen auf einem Papierblock in ihrem Schoß.

»Ich verstehe«, sagte Doreen. »Ihre Geschichte tut mir sehr leid. Es muss schmerzhaft für Sie gewesen sein, all diese Geschehnisse so lange verdrängt zu haben.«

»Und denken Sie, dass Sie mir helfen können?«

»Davon bin ich überzeugt, nun, da Sie sich entschieden haben, die vergrabenen Informationen ans Licht zu holen. Ihr Gehirn hat gewisse Dinge ausgeblendet, und ich muss Sie lediglich dabei unterstützen, dass Sie sie abrufen. Im Grunde ist es nicht kompliziert. Sie müssen sich einfach nur entspannen und auf die Worte konzentrieren, die ich sage. Ihr Gehirn wird den Rest übernehmen. Sitzen Sie bequem? Ich werde unsere Sitzung aufnehmen, damit Sie sie sich später anhören können. Na schön. Dann mal los. Schließen Sie bitte die Augen.«

Kate tat, wie ihr geheißen, kniff die Augen zu und rollte die Schultern, um die Spannung in ihrem Rücken zu lösen. Sie hörte das Klicken eines Diktiergeräts, das angeschaltet wurde. Dann Doreens Stimme, eine Tonlage tiefer als bei ihrem bisherigen Gespräch, langsam und einschläfernd. *Das funktioniert niemals,* war Kates letzter bewusster Gedanke. *Ich schlafe innerhalb weniger Minuten ein, insbesondere nach allem, was Paul und ich vergangene Nacht angestellt haben …*

Eine Weile später – Kate hatte nicht den blassesten Schimmer, wie viel Zeit vergangen war – öffnete sie die Augen und erwartete fast, eingerollt in dem riesigen Doppelbett aufzuwachen, das sie sich mit Vern in dem Haus in Boston geteilt hatte. Ihr war warm, und sie fühlte sich schläfrig und unsäglich entspannt, als wäre es das beste Nickerchen der Welt gewesen. Einen Sekundenbruchteil später übermittelten ihre Augen ihrem Gehirn, dass sie in Wirklichkeit gar nicht in einem Bett lag, sondern sich in einem fremden Haus befand, umgeben von zu vielen billigen Möbeln. Paul sah sie mit einem besorgten, fast entsetzten Blick an.

Er ging zu dem Sessel, in dem sie saß, und umarmte sie zögernd, während er sich neben sie zwängte.

»O Gott, Kate«, murmelte er in ihr Haar. »Du hattest recht. Etwas war im Gange. Und das können wir jetzt untersuchen. Ich danke dir vielmals, du bist so mutig, du bist immer so mutig gewesen …«

Kate blinzelte und schob ihn ein Stück weg. »Was ist passiert? Was habe ich gesagt?«

Paul presste sie wieder an sich. »Es wurde alles aufgezeichnet. Wir können es uns später anhören.« Er stand auf, zog ein zerknittertes Bündel Scheine aus der Jeanstasche und reichte es Doreen. »Fünfundvierzig Pfund, nicht wahr?«

»Vielen Dank. Brauchen Sie eine Quittung?«, fragte Doreen höflich und legte das Geld in die Schublade eines kleinen Tischchens neben dem Sofa.

Mit einem Lächeln schüttelte Paul den Kopf. »Ich kann mir kaum vorstellen, dass ich das von der Steuer absetzen kann.«

»Ich brenne Ihnen nur rasch noch eine CD«, sagte Doreen und stöpselte das Diktiergerät an einen Laptop auf dem Esstisch, bevor sie eine leere CD-Rom einlegte. »Ich hoffe, es wird Ihnen helfen, Kate. Ich muss sagen … es hat mich überrascht, was zutage getreten ist. Es – nun ja – es war nicht das, was ich anfangs vermutet habe. Aber es muss Ihnen sehr wichtig gewesen sein. Und ich bin sicher, es wird Ihnen helfen, Ihren Verlust zu bewältigen. Falls Sie zusätzliche Sitzungen brauchen, um noch weiter in die Tiefe zu gehen, rufen Sie mich wegen eines Termins an.«

»Vielen Dank«, sagte Kate leicht amüsiert. Sie glaubte, Beine aus Gummi zu haben, so als hätte sie entweder einen riesigen Joint geraucht oder eine sehr gute Massage hinter sich. Doch das Gefühl wurde allmählich von dem stark wachsenden Verlangen abgelöst, herauszufinden, was sie gesagt hatte. »Äh … ist es normal, dass ich mich an meine eigenen Worte nicht erinnere? Oder bedeutet das, dass ich, nun ja, immer noch alles verdränge?«

Doreen blickte über den Rand ihrer Brille. »Nein, was auch immer Sie unter Hypnose gesagt haben, verdrängen Sie nicht mehr. Allerdings ist es sehr ungewöhnlich, dass Sie sich an nichts erinnern können. Ungewöhnlich, aber nicht gänzlich unmöglich … Sie erinnern sich wirklich an überhaupt nichts?«

Kate dachte angestrengt nach. »Nun … an einem Punkt habe ich geglaubt, ich würde träumen … von einem Wald, wo ich zwischen dunklen Bäumen gelegen und ein Gespräch belauscht habe …«

»Ja«, sagte Doreen. »Davon haben Sie gesprochen. Zwei Männer, die sich unterhielten. Kurz vor dem Feuer.« Sie warf Kate und Paul einen sonderbaren Blick zu, als wüsste sie, dass mehr hinter der Sache steckte, als sie preisgegeben hatten.

Kate sah Paul voll Panik in den Augen an. Was hatte sie gesagt? Wer waren die beiden Männer?

»Ich spiele dir die CD vor, sobald wir zu Hause sind«, sagte Paul und blickte übertrieben eindringlich auf die Uhr. »Wir sollten jetzt losfahren, wenn wir den Berufsverkehr umgehen wollen. Herzlichen Dank, dass Sie Kate einschieben konnten, Doreen. Ich bin sicher, dass ihr die Sitzung sehr geholfen hat.«

Vernon hatte die Angewohnheit, mit anderen Menschen über Kate zu reden, als wäre sie überhaupt nicht anwesend, und Kate dachte benommen, wie sehr es sie aufgeregt hatte. Aber nun, da Paul genau dasselbe tat, fühlte sie sich einfach nur beschützt. Es gefiel ihr. Sie legte ihre Hand in seine und lächelte ihn und Doreen an.

»Vielen Dank«, sagte sie an Doreen gewandt. »Sonderbarerweise fühle ich mich schon besser, auch wenn ich noch gar nicht weiß, warum. Es war … sehr entspannend.«

Doreen warf die CD aus, steckte sie in eine Papierhülle und reichte sie Paul. Nachdem sie die beiden zur Tür begleitet hatte, gingen sie schweigend zum Wagen zurück, wobei Paul die CD fest umklammert hielt. Er entriegelte die Türen, sie stiegen ein und starrten sich stumm an.

»Was habe ich gesagt?«, drängte ihn Kate nach einer Weile. »Sag schon!«

»Hör es dir selbst an«, erwiderte Paul und schob die CD in die Musikanlage des Autos. »Es war sehr, sehr interessant …«

34

Noch benommen von Vernons Besuch, war Miranda unfähig, sich von ihrer Position auf der untersten Treppenstufe zu lösen. Sie beobachtete Amelia, die beim Läuten der Türglocke zur Haustür gesprungen war, während ihre eigenen Gedanken durcheinanderpurzelten wie Socken in einem Trockner. Schuldgefühle, weil sie Vernon gestattet hatte, Jack mitzunehmen. Groll, weil Kate zu großen Spaß mit ihrem neuen Freund hatte, um ans Telefon zu gehen. Wut, weil Pete mit seiner hübschen Kollegin in einem Pub saß und nicht hier war, um sie und Jack zu beschützen. Und abgesehen von all dem das Verlangen nach einem zweiten Glas Wein. Nein, verflucht noch mal. Sie wollte die ganze verdammte Flasche.

Amelia öffnete die Tür, und Miranda hörte einen Mann sagen: »Hallo. Du musst Amelia sein.«

Das Nächste, was Miranda mitbekam, war eine überglückliche Amelia, die auf sie zustürzte, einen pinkfarbenen Teddybären an sich gedrückt. »Sieh nur, Mummy, sieh nur!« Hinter ihr stand ein gut aussehender Mann. Aber obwohl er gut aussah, war er nicht attraktiv. Das lag an seinen Augen, entschied sie, während sie sich aufrappelte und erkannte, dass sie eigentlich große Angst haben sollte.

»Wo ist der Junge?«, fragte der Mann mit leiser, gleichförmiger Stimme.

Amelia war bereits die Treppe hinaufgelaufen, um ihrem Bruder den Teddy zu zeigen – nicht dass er an einem solchen Mädchenkram Interesse hätte. Miranda war mit einem Schlag nüchtern. Ihr Mutterinstinkt kreischte auf, ließ rote Alarmglocken schrillen. Dieser Mann war viel gefährlicher als Vernon. Ihre Stimme bebte, als sie erwiderte: »Raus mit Ihnen, sonst rufe ich die Polizei!«

Der Mann kam einen Schritt näher. Ihr entging nicht, wie groß die Muskeln unter seinem Hemd waren. Wie stark seine Hände aussahen, mit einem Geflecht aus dicken Venen.

»Ich will Kates Sohn.«

»Er ist nicht hier.«

Sampson hob das Kinn und ließ den Blick die Treppe hinaufwandern, bevor er wieder zu Miranda sah. Sie richtete sich zu ihrer vollen Größe auf – ganze ein Meter sechzig – und versuchte, ein menschliches Bollwerk zu bilden.

Sampson packte sie am Hals und stieß sie beiseite. Sie prallte gegen die Wand und knallte mit dem Kopf gegen den Türrahmen des Wohnzimmers. Sie fiel auf die Knie, aber angetrieben von der Angst um ihre Kinder war sie innerhalb eines Sekundenbruchteils wieder auf den Beinen und jagte Sampson die Stufen hinterher. Sie versuchte, ihn am Hemd zu schnappen und zurückzuziehen, doch das war ebenso vergeblich, wie einen donnernden Zug aufhalten zu wollen.

Er marschierte geradewegs ins Kinderzimmer und sah zu George hinab, der verwirrt von seiner PlayStation aufschaute. Bei dem Videospiel war der Junge in die Rolle eines Killer-Cyborg geschlüpft, und als er den Fremden sah, der sein Zimmer betrat, überkam ihn das Gefühl, als hätte sich die Gestalt aus dem Videospiel in Fleisch und Metall verwandelt. Amelia grinste den netten Mann, der ihr den Teddybären geschenkt hatte, glücklich an. Doch als sie das Gesicht ihrer Mutter sah, die versuchte, sich an dem Mann vorbeizudrängen, war das Stofftier augenblicklich vergessen, und sie begann zu weinen.

»Wo ist Jack?«, fragte Sampson.

Miranda schoss an ihm vorbei, packte George und Amelia, schob sie in die Ecke und stellte sich vor sie, beschützte sie mit ihrem eigenen Körper.

»Ich habe Ihnen schon gesagt, dass er nicht hier ist.«

Sampson starrte sie an, las in ihrem Gesicht. Dann griff er um Miranda herum, packte Amelia am Arm und zog sie an ihrer schluchzenden Mutter vorbei, als wäre das Kind nichts weiter als eine Feder. Amelia trommelte mit ihren kleinen Fäusten auf ihn ein, doch ihre Schläge glichen sanften Windstößen. Er hielt sie mit dem Rücken zu sich, sodass Miranda das verängstigte Gesicht ihrer Tochter sah, während er wiederholte: »Wo ist er?«

Miranda streckte den Arm nach Amelia aus, und Sampson schmetterte sie fort.

Gemächlich, als wäre er gelangweilt von der ganzen Situation, sagte er: »Wenn Sie meine Fragen nicht beantworten, werde ich Ihre Tochter töten.«

Miranda versuchte, ihr Kind zu trösten. »Ist schon in Ordnung, Milly, verhalt dich einfach ruhig, dann wird alles gut. Alles wird gut, Liebling.« Sie wünschte, sie könnte ihren eigenen Worten Glauben schenken. Sie stand kurz davor zu hyperventilieren. Wenn ihre Kinder mitten in der Nacht aufwachten, hatte sie ihnen immer gesagt, dass es keine Monster gäbe. Jetzt erkannte sie, dass es eine Lüge war.

Sampson fragte: »Wo ist Jack?«

In dem verzweifelten Versuch, ihre Atmung zu kontrollieren, antwortete Miranda: »Sein Vater hat ihn mitgenommen.«

»Wann?«

»Ungefähr fünf Minuten, bevor Sie gekommen sind.«

»Wohin ist er gefahren?«

»Das weiß ich nicht.«

Sampson drehte Amelia zu sich um und legte dem kleinen Mädchen die Hand um die Kehle.

Miranda keuchte auf, streckte den Arm nach ihrer Tochter aus und zog ihn dann wieder zurück. »Sie fahren zum Flughafen. Er will Jack zurück nach Boston bringen. Bitte, lassen Sie sie los. Sie jagen ihr Angst ein.«

Sampson überging ihr Flehen. »Was für ein Auto fährt er?«

Miranda schüttelte den Kopf. »Keine Ahnung. Grau, glaube ich. Ich habe nicht aufgepasst.«

Da machte George den Mund auf und sagte mit gedämpfter Stimme: »Es war ein silbernes Auto. So eins, wo hinten der Kofferraum raussteht. Es war ein Megan, wie das Mädchen in meiner Klasse, die heißt auch Megan.«

Sampsons Augen schossen zu dem Jungen. Auf dem Bildschirm hinter ihm gingen Soldaten mit riesigen Waffen in einem Feuersturm aus Rauch und Kugeln in Deckung. »Ein Megane?«

»Ein Megan. Ich habe es vom Fenster aus gesehen.«

Sampson nickte. Er hielt einen kurzen Moment inne, dann ließ er Amelia los, die in die Arme ihrer Mutter rannte. Miranda drückte sie fester an sich als jemals zuvor. Sicherlich würde dieser Mistkerl jetzt verschwinden und sie in Ruhe lassen. Dann könnte sie die Polizei rufen, damit sie Jack in Sicherheit brachten. Aber es war fast, als könnte Sampson ihre Gedanken lesen.

»Ihr Sohn wird mich begleiten.«

»Nein!«

»Doch.«

Miranda begann zu weinen. Das war zu viel. Warum hatte George nicht die Klappe gehalten? Selbst in dieser Krise musste er angeben. Sie versuchte, mit Sampson zu verhandeln.

»Ich verspreche, ich werde die Polizei nicht anrufen. Sie können mein Handy mitnehmen, das Telefon ausstecken. Uns fesseln. Ich werde die Polizei nicht holen.«

»Das glaube ich Ihnen nicht. Und ich brauche ihn, damit er mir hilft, den anderen Jungen zu finden.«

Miranda weinte noch heftiger. Wo war Pete? Warum zum Teufel kam er nicht nach Hause? Was hatte sie getan, um dieses Monster in ihr Leben und das ihrer Kinder zu locken?

»Komm her!« Er winkte George zu sich, der widerstrebend gehorchte. »Wie heißt du?«

»George.«

Er wandte sich an Miranda. »Wenn sich George benimmt, wird ihm nichts zustoßen. Sobald ich Jack finde, lasse ich ihn gehen. Er wird Sie anrufen, um Ihnen seinen Aufenthaltsort zu verraten. Aber falls Sie die Polizei rufen oder mir folgen sollten, bringe ich ihn um. Und dann komme ich zurück und lösche Ihre gesamte Familie aus. Verstanden?«

Miranda nickte mit Tränen in den Augen.

Sampson ging in die Hocke und streckte die Hand aus. Miranda zuckte zusammen, bevor sie begriff, dass er ihr etwas geben wollte.

»Das ist Kates Handy. Sobald sie hier ist, geben Sie es ihr zurück und richten ihr aus, dass ich sie anrufen werde. Sagen Sie ihr, falls sie die Polizei einschalten oder jemand anders in die Sache verwickeln sollte, werde ich das Kind umbringen, das gerade bei mir sein sollte: entweder George oder Jack.«

Er stand auf und blickte auf Miranda herab. »Vergessen Sie nicht – wenn Sie die Polizei rufen, bezahlen Sie den Preis.«

Miranda nickte wieder.

»George. Komm mit mir.«

Sampson schritt aus dem Zimmer. George folgte ihm,

drehte sich noch einmal zu seiner Mutter und seiner Schwester um, die sich aneinander festklammerten, unfähig, einen Ton von sich zu geben.

Am Fuß der Treppe schoss George ins Wohnzimmer und schnappte sich den weißen Roboter. »Jack wird den haben wollen.«

»Na schön. Aber jetzt Beeilung.«

»Rein auf den Beifahrersitz.« Sampson stieg ins Auto und verriegelte die Türen. Er wollte nicht, dass der Junge einen Fluchtversuch startete. Den Roboter legte er auf die Rückbank. Der Teddybär war ein voller Erfolg gewesen, weshalb Sampson hoffte, auch dieses Spielzeug könnte sich als nützlich erweisen. Bevor er losfuhr, zündete er sich eine Zigarette an. George hustete, als sich der Rauch im Wagen kräuselte, doch Sampson ignorierte den Jungen.

Das Dorf verschwand im Rückspiegel, während sie sich einen Weg in Richtung Autobahn suchten. Sampson fuhr schnell, drosselte dann jedoch aus Sorge vor Radarfallen das Tempo. Es war eine einfache Regel: Verstoß im Kleinen nicht gegen das Gesetz und zieh keinerlei Aufmerksamkeit auf dich. Er lebte im Schatten, den Tunneln im Untergrund, einer Parallelwelt zur normalen Gesellschaft, wie ein Stadtfuchs oder eine Ratte. Wenn er Menschen tötete oder verletzte, wusste niemand, dass er überhaupt existierte, und niemand suchte nach ihm. Ein Trick, den er vor langer Zeit gelernt hatte. Immer in Bewegung bleiben, sich ständig verwandeln, abseits leben, nie aus der Masse herausstechen.

Er blickte zu dem Jungen, der steif dasaß und in die Ferne starrte. »Erinnerst du dich an das Nummernschild?«, fragte er ihn aus.

George zögerte. »Ich glaube, es hatte ein Kennzeichen mit einem Y.«

Sampson nickte erfreut. Es überraschte ihn nicht, dass sich der Junge das Nummernschild gemerkt hatte. Als er in Georges Alter war, hatte er sich auf Autofahrten mit seinen Eltern ein Spiel ausgedacht. Während sich seine Eltern vorn zankten und in den Haaren lagen, notierte er die Kennzeichen der vorbeifahrenden Autos und ordnete den Fahrern abhängig von ihren Nummernschildern ein fiktives Schicksal zu. H bedeutete, sie würden hängen. B bedeutete, sie würden brennen. G – gelähmt sein. K – den Kopf abgetrennt bekommen. Ein lustiges Spiel.

Sampson schnalzte seine Zigarette aus dem Fenster und folgte den Schildern nach Süden, in Richtung Heathrow. Er blieb auf der äußeren Fahrspur und presste den Fuß aufs Gaspedal. Auf diesem Teil der Autobahn gab es keine Blitzer, und Sampson ließ den Tacho auf achtzig, dann auf neunzig Meilen pro Stunde schnellen. Der Audi schoss geschmeidig über den Asphalt, aber Sampson bemerkte, dass sich George am Autositz festkrallte. Der Junge hatte Schneid, erkannte Sampson. Die meisten Bälger hätten längst angefangen zu flennen. Sampson bewunderte George dafür, dass er keinen Aufstand wegen der Fahrt ins Blaue gemacht hatte. Was nicht bedeutete, dass er den Jungen mochte oder Gefallen an ihm fand. Aber hätte George geheult oder laut geschluchzt, wäre es verdammt nervtötend gewesen. *Solange der Junge mich nicht nervt und sich seine Mutter an die Regeln hält, lasse ich ihn am Leben*, entschied er.

»Erzähl mir von Kate«, befahl Sampson.

George sah ihn verwundert an. »W…wie bitte?«

»Ich will, dass du mir etwas von Kate erzählst.«

»Tante Kate?«

»Tante Kate.«

George gab keinen Ton von sich, und Sampson geriet in Rage. Vielleicht müsste er den Balg doch erdrosseln. Aber dann begann George zu reden, als würde er etwas vortragen, das er für die Schule geschrieben hatte. »Tante Kate lebt in Amerika. Sie ist die Schwester meiner Mutter. Sie ist ziemlich alt. Sie hat einen Sohn, der Jack heißt. Ihr Haar ist dunkelbraun. Sie ist …«

»Hör auf. Verdammt noch mal!«

George presste die Lippen fest zusammen und starrte geradeaus durch die Windschutzscheibe. Ein leises Wimmern entrang sich seiner Kehle.

»Das sagt mir gar nichts«, fauchte Sampson. »Ich möchte wissen, wie sie ist.«

Eine ausgedehnte Stille folgte, während George scharf nachdachte. »Kennen Sie sie denn nicht?«

»Natürlich kenne ich sie. Ich will nur …« Sampson verstummte. Was genau wollte er eigentlich? Es hatte keinerlei Sinn, doch er wollte über Kate reden. Jemandem zuhören, der über sie sprach. Selbst wenn es nur ein Kind war.

»Was ist deine früheste Erinnerung an sie?«, fragte er.

George antwortete: »Das weiß ich nicht mehr.«

»Denk nach. Streng dich an!«

Erschüttert von Sampsons bedrohlichem Tonfall plapperte George: »Ich war wirklich noch klein, und sie ist aus Amerika gekommen und hat uns Süßigkeiten mitgebracht, ich glaube, es waren M&M's, und ich habe zu viele gegessen und gespuckt.«

»Was sonst noch?«

»Ich erinnere mich, wie sie und mein Dad über irgendwelches langweiliges Wissenschaftszeug geredet haben, aber bei Tante Kate klingt Wissenschaft interessant. Auch wenn es das gar nicht ist.«

»Und?«

»Keine Ahnung.«

»Wie riecht sie?«

»Was?«

»Du hast mich schon richtig verstanden. Sag mir, wie sie riecht.«

»Keine Ahnung.«

Sampson funkelte ihn finster an.

»Wie Parfum?«, versuchte es George kleinlaut.

Sampson schüttelte den Kopf. »Nein. Sie riecht wie – wie Wasser. Wie ein klarer, reiner See. Rein, ja.«

»Wasser.«

»Außer dass sie nicht rein ist.« Das entsprach der Wahrheit. Kate war beschmutzt. Sie hatte mit Wilson gevögelt. Und jetzt mit Wilsons Bruder. Und dazwischen – nun ja, wer konnte schon wissen, mit wie vielen Männern sie geschlafen hatte? Einer von ihnen war ihr Yankee-Ehemann Vernon, und sie hatte seine Brut in sich getragen. Sampsons Augen waren von Visionen einer nackten Kate getrübt, die Sex hatte, auf einem gewöhnlichen Mann ritt. Ihre Augen waren fest zugepresst, ihre Haut schimmerte vor Schweiß, ihr …

»Geht es Ihnen gut?«, wollte George wissen.

»Was?«

»Nichts.« Er hielt inne. »Sie haben ein komisches Geräusch gemacht.«

Sampson blickte zu dem Jungen, erschrocken über sich selbst, weil er mit den Zähnen geknirscht hatte. Hastig atmete er durch die Nase aus und schnappte sich eine neue Zigarette.

Er wollte weiter über Kate reden, auch wenn er sich dafür hasste. Er zeigte Schwäche, entsetzliche Schwäche. Er musste sich konzentrieren, seinen Job erledigen, aufhören, über Kate nachzudenken.

»Lieben Sie meine Tante Kate?«

»*Was?*«, knurrte Sampson, und seine Stimme überschlug sich.

George versteifte sich, zuckte zusammen und wartete auf den Schlag – der nicht kam. Stattdessen hämmerte Sampson mit der flachen Hand auf das Lenkrad ein. Was zur Hölle faselte der Junge da nur? Die Vorstellung, dass er Kate liebte, war völlig bescheuert.

Halt die Schnauze und richte die Augen auf die Straße, blaffte er sich innerlich selbst an, bevor er sich an George wandte: »Du weißt, wonach wir suchen, nicht wahr?«

Ganz leise sagte George: »Ja.« Er klang, als wäre er den Tränen nahe. Seine Unterlippe bebte, und er schniefte.

»Sag es.«

»Ein s…silberner Megane. Y-Nummernschild.«

»Und jetzt Klappe halten, bis du ihn siehst.«

Weiterhin auf der Überholspur, konzentrierten sie sich beide auf die Autos, an denen sie vorbeibrausten. Sie überholten drei Meganes, einschließlich eines silbernen, der jedoch nur einen einzigen Fahrgast hatte, eine Frau. Heathrow war noch sechzig Meilen entfernt. Schlimmstenfalls würden sie Vernon und Jack dort aufspüren. Es wäre ärgerlich, sie in aller Öffentlichkeit zu überrumpeln, aber nicht unmöglich. So etwas hatte er schon einmal getan, ein lautloser Todesschütze, eine heimliche Bluttat, ein Meuchelmörder, der in die Schatten abtauchte und Wahnsinn und Erstaunen im Licht zurückließ.

Zehn Meilen später warf Sampson dem Jungen einen flüchtigen Blick zu und sah, dass George Tränen aus den Augenwinkeln quollen und er sich auf eine sonderbare Art vorbeugte. »Was ist los?«, fauchte er.

George schüttelte nur den Kopf.

»*Sag* schon!«

George piepste: »Ich muss mal.«

»Wirst du in die Hose machen, wenn wir nicht anhalten?«

George nickte, und Sampson seufzte. Er wollte nicht, dass der Junge seine Ledersitze beschmutzte. Verdammt noch mal!

Ein Blick nach oben, und er sah ein Hinweisschild zur nächsten Tankstelle. Ohne jeden weiteren Gedanken, ob er sich die Verzögerung leisten konnte, folgte er den Schildern und bog mit kreischenden Bremsen auf den Parkplatz neben dem Gebäude ein, in dem sich mehrere Fast-Food-Restaurants, ein Geschäft mit lebensnotwendigen Fahrutensilien wie Bonbons und Pornoheftchen sowie die öffentlichen Toiletten befanden.

Sampson kam in einer Parkbucht zum Stehen. »Na schön. Komm jetzt.«

Mit hastigen Schritten betrat er das Gebäude und eilte zu den Toiletten, während George neben ihm hertrottete. Die Sache war riskant. George könnte jeden Augenblick losschreien, dass er entführt wurde. Warum hatte er nicht an einem Rastplatz gehalten und das Kind hinter einen Busch pinkeln lassen? Es lag an diesem Gerede über Kate – darüber, in sie verliebt zu sein. Das war nicht gut. Der Ausdruck auf Georges Gesicht verriet ihm jedoch, dass der Junge viel zu verängstigt war, um irgendeine Dummheit zu begehen. Er war dazu erzogen worden, den Befehlen Erwachsener blind zu folgen. »Beeil dich!«, fauchte Sampson.

Er wartete beim Händetrockner, während George das niedrige Pissoir am Ende der Reihe benutzte. Sampson klopfte nervös mit dem Fuß auf den Boden, das Gesicht nach unten gedreht, damit er keine Aufmerksamkeit erregte. Der Junge brauchte eine Ewigkeit. Was zum Teufel war bloß sein Problem?

Schließlich war George fertig, zog seinen Reißverschluss hoch und stapfte trübsinnig zum Waschbecken. »Komm jetzt«, knurrte Sampson, und George folgte ihm nach draußen.

Als sie an dem McDonald's vorbeikamen, spähte George, der trotz der schrecklichen Anspannung in seinem Magen ein Hungergefühl verspürte, durch die Fensterscheibe. Sampson, der ihn beobachtete, sah, wie er die Augen aufriss.

»Was ist los?«

George wich seinem Blick aus und schüttelte den Kopf. »Nichts.«

Es war offensichtlich, dass der Junge log. »Sag es mir oder…« Sampson ließ den Zeigfinger an seiner Kehle entlanggleiten, und George schluckte schwer.

Er zeigte durch die Scheibe auf die Warteschlange, wo ein bärtiger Mann mit einem kleinen Jungen stand. Der Junge, den Sampson von den Fotos auf Kates Handy wiedererkannte, wirkte nicht sonderlich glücklich, und der Mann schien äußerst ungehalten zu sein. »Das sind sie. Das sind Jack und Onkel Vernon.«

Sampson starrte sie an. Das also war der Mann, den Kate geheiratet, der Mann, der sie geschwängert hatte. Und dort war ihre Brut, in Fleisch und Blut, mit vorstehender Unterlippe, der sich für ein Happy Meal anstellte.

»Komm«, sagte Sampson, steuerte auf den Ausgang zu und zum Parkplatz. Nach einer kurzen Pause hatte der Regen wieder eingesetzt, doch Sampson spürte ihn nicht. »Hilf mir, ihren Wagen zu finden.«

Er hob George hoch, setzte ihn sich auf die Schultern – etwas, das Georges Dad seit Jahren nicht mehr getan hatte – und lief die Autoreihen auf und ab, bis George mit dem Finger zeigte. »Dort.« Ein silberner Megane parkte am Ende einer Reihe von Wagen. Sampsons kurzzeitige Freude über die Entdeckung wurde von der Absurdität getrübt, die Beine eines kleinen Kindes um den Hals zu haben. Er war stark versucht, George in die nächste Hecke zu werfen.

Stattdessen lief er zum Audi zurück, öffnete die Türen und pfefferte den Jungen auf die Rückbank.

»Wenn ich dir ein Zeichen gebe, will ich, dass du den Roboter hochhältst. Okay?«

George zögerte.

»*Okay?* Wenn du es nicht tust, werde ich dir wehtun.«

Der Junge presste die Lippen aufeinander und nickte stumm.

Sampson wartete, bis Vernon und Jack aus dem Gebäude auftauchten. Sie trugen ihr Essen in Papiertüten, aber Jack sah immer noch nicht sonderlich fröhlich aus. Sampson ließ den Motor an und fuhr in Schrittgeschwindigkeit vor ihnen her, bis er die Stelle erreichte, wo Vernons Mietwagen parkte. Er passte den Moment ab, bis Vernon zum Auto sah, bevor er aufs Gaspedal drückte und in die Stoßstange des Megane krachte, wobei er das linke Rücklicht zertrümmerte.

Dann beobachtete er, wie Vernon einen Schrei ausstieß und loslief.

Sampson stieg genau in dem Augenblick aus dem Wagen, als Vernon ihn erreichte. Jack war zurückgeblieben.

»Was zum Teufel soll das, du Arschloch?«, brüllte Vernon ungläubig.

Sampson sagte: »Tut mir leid. Es war ein Unfall.«

»Verdammt«, rief Vernon und fasste sich mit den Händen an den Kopf. »Das werde ich meiner Autovermietung melden müssen.«

»Ihr Rücklicht ist kaputt«, stellte Sampson fest. »Tut mir leid.«

Er klang kein bisschen reumütig.

Vernon bückte sich, um den Schaden zu begutachten, da kam Jack angetrottet. Sampson gab George das Zeichen, der nun Billy den Roboter ans Fenster hielt. Jack sah ihn und starrte seinen Cousin und sein geliebtes Spielzeug mit offenem Mund an. Genau in dieser Sekunde stellte Sampson den Fuß auf Vernons Rücken und schubste ihn. Vernon knallte auf den nassen Asphalt, während sich sein Burger und die Pommes vor ihm verteilten. Unglaublich schnell riss Sampson die Tür seines Wagens auf, packte Jack, beförderte ihn nach drinnen und schlug die Tür wieder zu.

»Was zum …?« Vernon versuchte sich aufzurappeln, doch Sampson bohrte ihm den Absatz in die Hand, mit der er sich abstützte. Vernon schrie auf und fiel erneut zu Boden, rollte sich auf die andere Seite und hielt sich schmerzgepeinigt die Hand.

Sampson warf sich auf den Fahrersitz und befahl George, auszusteigen. George zögerte keine Sekunde – er stieß die Tür auf und sprang hinaus, bevor er Jack hinter sich einschloss. Jack starrte George an, dann Sampson und seinen Vater, der nun auf den Beinen war und mit aller Kraft an der Tür rüttelte, die Sampson verriegelt hatte. George weinte und rief: »Tut mir leid, tut mir leid.« Jack umklammerte Billy, während Sampson den Fuß aufs Gaspedal drückte, mit kreischenden Reifen davonfuhr und Vernon im Rückspiegel zurückließ, wild gestikulierend und mit hochrotem Kopf, die Augen vor unsäglicher Wut und fassungsloser Angst getrübt.

»Wer sind Sie?«, fragte Jack mit schriller, entsetzter Stimme.

»Mein Name ist Mr. Sampson. Ich bin ein Freund deiner Mummy.«

35

Sie saßen im Auto, vor einer Tankstelle in der Nähe von Doreens Haus, und lauschten der CD. Paul spürte, wie er schon wieder schläfrig wurde, und das allein aufgrund von Doreens Stimme, glockenrein und tief, während sie die Entspannung herbeiführte, mit der Kate in Trance gefallen war.

»Vielleicht sollten wir ein Stück vorspulen, denn sonst werden wir jedes Mal hypnotisiert, wenn wir die CD hören, und dann findest du nie heraus, was du gesagt hast«, witzelte er. Er wusste, es klang halbherzig, so als würde er sich zwingen, einen Scherz zu machen, obwohl er sich gar nicht danach fühlte.

»Dann musst *du* es mir eben erzählen«, sagte Kate, offensichtlich zu angespannt, um den Witz würdigen zu können. »Auch wenn ich nicht glaube, dass das nötig ist, nicht nach dem, wie ich mich gerade fühle. Ich bin zu aufgeregt. Schsch, hör zu, jetzt ist sie bei dem Teil mit dem Rückwärtszählen.«

»Ich werde von fünf ab rückwärts zählen und mit dem Finger schnalzen, sobald ich bei eins angelangt bin. Wenn ich mit dem Finger schnalze, befinden Sie sich am Tag des Feuers. Fünf... vier... drei... zwei... eins... Sie sind zurück. Schauen Sie sich um. Was sehen Sie?«

Sie hörten Kates Stimme auf der Aufzeichnung, langsam, aber deutlich: *»Ich gehe auf das Feld auf der Rückseite des Zentrums zu... es ist so heiß. Ich will mich hinlegen, weil ich mich krank fühle... alles tut mir weh... aber ich will nicht zurück in mein Zimmer, weil Sarah dort ist, und wir haben uns gestritten... ich kann Stephen durch das Fenster im Labor sehen. Er arbeitet heute, also werde ich erst später mit ihm sprechen* *können. Er geht zwischen den Labortischen hin und her, blickt stirnrunzelnd auf Reagenzgläser. Ich liebe es, ihn zu beobachten, wenn er mich nicht sehen kann. Ich liebe seinen Gang und seine Rückenmuskulatur, die sich unter dem weißen Kittel bewegt, wenn er sich streckt, um einen Hängeschrank zu öffnen … Ich könnte ihm den ganzen Tag zusehen … Er ist so wunderbar. Irgendwann einmal werde ich ihn heiraten …«*

Kate blickte Paul mit einem zerknirschten Lächeln an. »Tut mir leid. Es ist sonderbar. Ich habe eine vage Erinnerung an ein paar der Dinge, die ich gesagt habe, auf eine lückenhafte Art, als wäre es ein Traum gewesen – daran erinnere ich mich jedoch nicht.«

Paul machte eine wegwerfende Handbewegung. »Schon okay«, sagte er kurz angebunden. Dann, etwas weniger knapp: »Nein, wirklich. Es ist nur ein seltsames Gefühl, auf seinen toten Zwillingsbruder eifersüchtig zu sein, das ist alles … Egal, schsch, gleich wird's interessant.«

»Aber Sie fühlen sich krank?«

»Ja. Ich fühle mich schrecklich. Mein Kopf pocht. Eigentlich dürfte ich nicht überrascht sein, dass ich eine Erkältung bekomme, doch es ärgert mich trotzdem. Bei meinem letzten Aufenthalt hatte ich Glück und wurde nicht krank. Es ist völlig unvernünftig, aber ich fühle mich so, wie man sich fühlt, wenn man im Urlaub krank wird. Ich bin geradezu empört. Wenn ich krank werde, kann ich die Treffen mit Stephen nicht richtig genießen. Ich entscheide mich, einen kleinen Spaziergang zu machen, um einen freien Kopf zu bekommen. Falls ich krank werde, könnte das für ein paar Tage meine letzte Gelegenheit auf frische Luft sein.«

»Wo sind Sie jetzt?«

»Ich schaue immer noch durchs Laborfenster, ohne dass

mich Stephen bemerkt … Ich will nicht, dass er mich dabei erwischt, wie ich ihn heimlich beobachte, doch dann blickt er auf und sieht mich … Ich tue so, als wäre ich zufällig dort entlanggeschlendert, auf meinem Weg in den Wald. Ich winke ihm zu, und er winkt bedächtig zurück, mit aufgerissenen Augen, da er von seiner Arbeit abgelenkt wird. Er lächelt mich an, aber auf einmal schwindet sein Lächeln, und er wendet sich von mir ab und dem Mann zu, der gerade das Labor betreten hat.«

»Wer ist dieser Mann?«

»Das weiß ich nicht. Er trägt ebenfalls einen Laborkittel. Er ist dürr und knochig und kahl, und es mag dumm sein, aber er sieht so unheimlich aus, dass ich denke: ›O Gott, das ist Doktor Tod.‹ Genau so sieht er aus. Er muss Stephens Chef sein, der Direktor des Forschungszentrums. Dr. Gaunt – so lautet sein echter Name. Stephen mag ihn nicht, hat ihn als eiskalten Bastard bezeichnet. Während Stephen mit dem Mann redet, dreht er mir den Rücken zu, weshalb ich weiter über das Feld spaziere. Ich überlege, dass es im Wald vielleicht ein bisschen kühler ist.«

»Was geschieht dann? Ist das Feuer bereits ausgebrochen?«

»Ein Feuer? Nein. Kein Feuer. Es ist nur heiß, weil es Sommer ist, und ich vermute, dass ich noch dazu Fieber habe … Ich will mich hinlegen.«

»Was tun Sie als Nächstes?«

»Ich gehe in den Wald. Dort ist es nicht so heiß. Die alten Bäume spenden Schatten, und es ist dunkel und ruhig. Ich habe das Gefühl, als könnte ich dort leichter atmen. Der Boden ist moosbewachsen, und ich denke: perfekt. Ich entscheide, ein kurzes Nickerchen zu machen, weil ich so müde bin … Ich lege mich unter einen Baum, zwischen zwei große Wurzeln, und es ist wunderbar und weich. Ich schlafe augenblicklich ein …«

»Haben Sie lange geschlafen?«

»Das weiß ich nicht. Aber ich wache viel zu früh auf. Etwas hat mich geweckt.«

»Was hat Sie geweckt, Kate?«

»Stimmen. Stimmen haben mich geweckt. Die Stimmen zweier Männer, die sich unterhalten.«

»Können Sie die Männer sehen?«

»Nein. Sie befinden sich auf der anderen Seite des Baums. Ich setze mich auf und blicke mich um. Sie stehen ein paar Meter von mir entfernt, mit dem Rücken zu mir, aber im Wald ist es so still, dass ich jedes Wort verstehe, das sie sagen. Einer von ihnen ist Doktor Tod, ich meine Gaunt, ohne seinen Laborkittel, der andere ist ein fetter Mann im Anzug mit deutschem Akzent. Ein Wissenschaftler, der gerade zu Besuch ist.«

»Was sagen sie?«

Im Wagen lehnten sich Kate und Paul beide in ihren Sitzen vor und packten sich an den Händen. Paul hatte das alles natürlich schon einmal gehört, aber er war ebenso gespannt wie Kate, erwartete aufgeregt ihre Reaktion auf das, was folgen würde. Kate erinnerte sich schemenhaft, dass sie eingeschlafen war, hatte jedoch nicht den blassesten Schimmer, worum es in der Unterhaltung ging, die sie belauscht hatte. Sie dachte kurz an Doreen und fragte sich verwundert, ob sie all das Gerede über Labore und Wissenschaftler überrascht hatte – immerhin hatten sie nicht erwähnt, dass es sich bei dem Ort um ein Forschungslabor handelte.

»Sie lachen«, erklärte Kate auf der CD, langsam und deutlich. *»Der Deutsche brüstet sich mit ›Bei dem hier haben wir Sie um eine Nasenlänge geschlagen‹. Und Dr. Gaunt sagt: ›Ach, aber Sie haben schon fünf verloren.‹ Ich bin verwirrt. Ich verstehe nicht, worüber sie sprechen. Vielleicht Fußball. Dann sagt der Deutsche: ›Sie waren bei Ihren Experimenten viel zu zöger-*

lich – Sie werden uns niemals einholen, wenn Sie weiterhin auf diesen lächerlichen ethischen Prinzipien beharren.‹ Jetzt weiß ich, dass sie nicht über Fußball sprechen …«

Unwillkürlich drückte Kate Pauls Hand, erschrocken. »Verdammt«, entfuhr es ihr.

»Warte«, erwiderte Paul. »Es wird noch schlimmer.«

»Sagen sie sonst noch etwas?« Doreens Stimme verriet bei der unerwarteten Wendung der Erinnerungen keinerlei Überraschung. Sie behielt dieselbe beruhigende, monotone Tonhöhe bei.

»Ja. Dr. Gaunt sagt: ›Läge es allein an mir … Uns sind von Bainbridge die Hände gebunden – er wird zu einer echten Belastung. Er lädt sogar eine alte Freundin der Familie hierher ein, auch wenn sie schon bald abreisen wird. Was wir allerdings kürzlich herausgefunden haben, wird Sie umhauen, mein Freund … Aber es ist schwierig – die finanziellen Mittel sind knapp bemessen, Sie wissen, wie das ist … Mangold war äußerst großzügig, doch allmählich erwartet er Ergebnisse … Stellen Sie sich nur einmal vor, die Presse würde Wind von dem bekommen, was wir hier treiben, dann könnten wir sofort schließen und würden alle im Gefängnis landen. Wenn man die Forschung von Porton Down schon für umstritten hält, was würde man dann von unseren Zielen denken?‹«

»Was tun Sie als Nächstes?«

»Ich kauere mich hinter dem Baum zusammen, die Arme um die Knie geschlungen. Ich versuche, mich so klein wie möglich zu machen, weil mir mit einem Schlag klar wird, dass ich in riesigen Schwierigkeiten stecke, sollten sie mich hier finden … Sie dürfen mich einfach nicht finden … Ich habe jetzt schreckliche Angst, vor allem, weil sie von mir gesprochen haben. Ich muss die ganze Zeit an Stephen denken und frage mich, ob er irgend-

etwas von alldem hier weiß. Ich werde ihn fragen müssen – aber was, wenn es tatsächlich so sein sollte und er es mir verheimlicht hat? Das hört sich nicht gut an. Sie sprechen nicht von einer gewöhnlichen Erkältung, so viel steht fest.«

»Befragen Sie Stephen zu diesem Thema?«

Auf der Aufnahme hatte Kate zu weinen begonnen. *»Nein. Weil ich ihn nicht mehr gesehen habe. Er ist gestorben, bevor ich mit ihm sprechen konnte. Die Wissenschaftler haben irgendwann das Wäldchen verlassen, und nachdem ich noch ein bisschen gewartet habe, bin ich schließlich auf mein Zimmer zurückgekehrt. Zu dem Zeitpunkt habe ich mich sowieso schon sehr schwach gefühlt. Ich bin gleich ins Bett gegangen. Sarah war da, aber ich war zu krank, um mit ihr zu reden, und es kümmerte mich auch nicht. Ich habe sie einfach ignoriert. Meine nächste Erinnerung ist die, dass ich von jemandem geweckt wurde, der schrie, und Sarah mich aus dem Bett gezogen hat.«*

»Erzählen Sie mir von dem Feuer, Kate …«

»Es war, als stünde die Welt in Flammen …«

Kate schaltete den CD-Player aus, wobei ihre Finger derart zitterten, dass sie den Knopf kaum drehen konnte. »Ich kann das nicht mehr anhören, nicht im Moment. Es ist zu viel.«

»Du erinnerst dich also wirklich an nichts von all dem, was du während der Hypnose gesagt hast?« Paul streichelte ihre verkrampfte Hand.

»Wie schon gesagt – in Ausschnitten. Allerdings nicht bis ins Detail. Und nicht an das, was Doktor Tod und sein Freund besprochen haben … Aber in gewisser Hinsicht ergibt es nun Sinn. Es macht klar, warum Sampson es auf uns abgesehen hat. Er arbeitet für Doktor Tod. Er weiß nicht, wie viel ich weiß, und das jagt ihm eine Heidenangst ein. O Gott, Stephen, sie werden uns beide umbringen …«

Kate bemerkte ihr Versehen erst, als Paul die Hand von ihrer nahm.

»Ich bin Paul, Kate. Nicht Stephen.«

Beschämt schlug sich Kate auf die Hand. »O Paul, ich habe euch nicht verwechselt, wirklich nicht! Es tut mir so leid, es ist mir einfach herausgerutscht, weil ich so viel an ihn gedacht und auf der CD von ihm gesprochen habe … Verzeihst du mir, bitte? Es hat nichts zu bedeuten. Ich will nur dich allein.«

Paul starrte aus dem Fenster. Er wusste, dass sie recht hatte, dass es unter den gegebenen Umständen ein verständlicher Versprecher war – und dennoch konnte er sich nicht zurückhalten, das auszusprechen, was ihm von Anfang an im Kopf herumgeschwirrt war: »Was wäre, wenn Stephen hier wäre? Würdest du dann auch nur mich allein wollen?«

Eine kurze Stille folgte. Kate lehnte sich zu ihm und umarmte ihn von der Seite, konnte ihm allerdings nicht in die Augen sehen. »Paul … wie soll ich dir darauf eine Antwort geben? Das spielt doch jetzt keine Rolle! Wichtig sind im Moment allein *du* und ich. Und einen Weg zu finden, wie wir aus der Sache herauskommen, ohne schwer verletzt oder getötet zu werden. Jetzt ist nicht der rechte Zeitpunkt, um sich Sorgen über unsere Beziehung zu machen. Aber ich kann dir versichern, ich bin unendlich dankbar, dass du hier bist. Und ich will wirklich mit dir zusammen sein. Ich will niemanden anderen.«

Paul beugte sich zu ihr und küsste sie auf den Scheitel. »Ich weiß. Tut mir leid. Es hat mich nur so überwältigt, das ist alles. Ich weiß, dass es nicht gerade hilfreich ist, wenn ich solche Sachen sage.«

»Ist schon okay.«

Sie umarmten sich erneut, und Paul schloss die Augen. Kate war warm und fühlte sich so richtig an in seinen Armen. Er war nie der sentimentale Typ gewesen, nie ein Romantiker, der glaubte, dass manche Leute füreinander bestimmt wären. Eine Exfreundin hatte ihn anfangs überzeugen wollen, dass das Schicksal sie zusammengeführt hätte, dass sie zwei Hälften eines Ganzen wären, Seelenverwandte, für immer vereint. Dann hatte sie ihn betrogen und abserviert. Seit dieser Zeit war er nicht mehr auf der Suche nach Liebe gewesen und hatte ganz sicher nicht an Vorsehung geglaubt. Aber Kate zu begegnen … nun, das fühlte sich irgendwie so an. Ein Leben ohne sie konnte er sich nicht mehr vorstellen.

»Du zitterst immer noch«, sagte er.

Ihre Stimme war leise, als sie antwortete, ein Flüstern an seinem Ohr. »Ich kann ihn sehen, Paul. Dr. Gaunt. Sein Gesicht. Und ich fühle, dass er mich beobachtet.« Sie presste ihn enger an sich. »Er ist irgendwo dort draußen. Das weiß ich, und das jagt mir entsetzliche Angst ein.«

Kate ging in die Tankstelle, um eine Flasche Wasser zu kaufen, sodass Paul allein im Wagen zurückblieb. Er grübelte immer noch darüber nach, dass sie ihn Stephen genannt hatte. Es hatte wehgetan, hatte die Eifersucht in ihm auflodern lassen. Aber er glaubte ihr, dass sie ihn wollte. Außerdem würde es ihn ohnehin nur in den Wahnsinn treiben, wenn er zu viel darüber nachdachte.

Um die Stille auszufüllen, ließ er den Motor an und schaltete das Radio ein.

»Die Polizei, die im Mordfall an der Rentnerin Jean Bainbridge ermittelt, sucht nach einem Mann und einer Frau, die zuletzt in Cannock Chase gesehen wurden. Sie sind bewaffnet, im Besitz eines Schrotgewehrs, und womöglich gefährlich. Der Mann ist …«

Paul schaltete das Radio aus, kurz bevor Kate den Wagen erreichte. Es hatte keinen Sinn, sie noch weiter zu beunruhigen.

36

Dr. Clive Gaunt tippte den Code in das Tastenfeld ein und wartete, dass die Tür aufglitt. Beim Eintreten verspürte er das vertraute Kribbeln, den Nervenkitzel, der ihn von den Zehen bis zu den wenigen Haaren auf seinem Schädel packte. Das geschah immer, wenn er einen Fuß in diesen kühlen, hell erleuchteten Raum setzte. Nur ihm und einer weiteren Person war der Zutritt gestattet. Das hier war sein Reich, in dem sein Lebenswerk aufbewahrt wurde, in dem seine unbezahlbaren Kostbarkeiten ihren Kälteschlaf hielten und nur darauf warteten, zum Leben erweckt zu werden.

Er schritt das Zimmer ab, glitt mit einem behandschuhten Finger über die matten Metalloberflächen der speziell angefertigten Gefrierschränke, die von hochmodernen Laborgerätschaften umgeben waren. Die einzelnen Fächer brauchten keine Beschriftung. Sobald er die Augen schloss, konnte er geradewegs hineinsehen – nein, mehr als das. Vor seinem geistigen Auge konnte er sich die Viren vorstellen, als wären sie von einem Elektronenmikroskop vergrößert. So wunderschön. Etwa die humanen Papillomviren, wie eine leuchtende Traube von Seeanemonen, die im warmen Meer trieben. Oder die Herpes-Viren, jedes einer exotischen Blume gleich, deren Kapside in den lebhaftesten Farben schimmerten. HIV war eines seiner Lieblinge; es erinnerte an eine außerirdische Spezies vom äußersten Rand des Universums.

Sein Vater hatte teure Weine gesammelt, und als Clive ein kleiner Junge war, hatte ihm Gaunt senior gelegentlich erlaubt, ihn in den Weinkeller zu begleiten. Während dieser ehrfurchtsvollen Visiten, die normalerweise auf einen Sonntag fielen, sobald sein Vater aus der Kirche zurückgekehrt war (oder besser gesagt vom Post-Kirchenbesuch im Pub), musste Clive immer schweigen. »Komm mit«, sagte Gaunt senior dann und führte ihn die Treppe hinab, wo er eine niedrig hängende Lampe einschaltete. Die Flaschen, die im trüben Licht dunkel schimmerten, waren vom Boden bis zur Decke gestapelt. Sein Vater strich mit dem Finger über die Etiketten, nahm die Flaschen in die Hand und wiegte sie zärtlich, murmelte ihnen sanfte Nichtigkeiten zu, bevor er sie wieder an ihren Platz zurücklegte. Bei ganz besonderen Anlässen wurde eine Flasche mit nach oben geholt, geöffnet, gebührend gewürdigt und in kleinen Schlückchen getrunken. Und manchmal bekam auch Clive ein kleines Glas eingeschenkt und anschließend eine Maulschelle, wenn sich in seinem Gesicht nicht die entsprechende Wertschätzung zeigte.

Nach dem Tod seines Vaters verkaufte er die gesamte Sammlung und ließ den Keller ihres riesigen Landsitzes umbauen. Er fragte sich, was sein Vater wohl gesagt hätte, wenn er gewusst hätte, wofür das enorme Erbe eingesetzt wurde, das er seinem einzigen Kind vermacht hatte. Oder hatte er geahnt, dass sein Haus eines Tages als Hauptquartier der britischen Zelle eines weltweit operierenden Netzwerks einer sehr besonderen Art von Wissenschaftlern dienen würde? Dass sein Weinkeller nun der wohl erlesensten, weltweit einmaligen Sammlung von Viren Obdach gewährte, die vielleicht nur noch von denen von Ryu Koizumi in Japan und Charles Mangold in Utah übertroffen wurde? Allerdings war Koizumi lediglich ein reicher Sammler – er arbeitete nicht mit den Viren –, und Mangold hatte sich seit der Zerschlagung seiner Firma zurückgezogen. Vor vielen Jahren, als sein Vater noch am Leben war und

Gaunt über keinerlei Reichtum verfügte, war Mangold – der ein Pharmaunternehmen in Utah führte – ein nützlicher Verbündeter gewesen, der heimlich einen Großteil der Forschung finanzierte, die hinter verschlossenen Türen der CRU durchgeführt worden war.

Gaunt setzte sich auf einen Stuhl, der ihm freie Sicht auf seine gesamte Sammlung bot, und rieb sich sein schmerzendes Knie. Er war jetzt ein alter Mann, hatte seine besten Jahre längst hinter sich. Im Laufe der vergangenen paar Jahre hatte er gespürt, dass ihm die Zeit allmählich davonlief, sein Verstand langsamer, sein Gedächtnis weniger verlässlich wurde und seine Knochen sich steifer anfühlten. Nach Jahren der langwierigen, mühsamen Forschung hatte ihn dieses Bild der Lebenssanduhr, die sich unaufhaltsam ihrem Ende zuneigte, angespornt, hatte ihn unnachgiebiger und schneller arbeiten lassen. Nun, mit achtundsiebzig Jahren, war er erschöpft. Aber dank der Wissenschaft hatte er es fast geschafft! Er konnte die Ziellinie sehen. Konnte den Sieg regelrecht schmecken.

Manchmal träumte er davon, seine Autobiographie zu schreiben, um die vollständige Geschichte seines Lebens und seiner Arbeit zu erzählen. Wie die vermeintlichen Bildungsbürger staunen würden! Was für eine Schande, dass die Welt untergehen würde, ohne die Wahrheit zu erfahren.

Nach der Enttäuschung seiner frühen Jahre als Wissenschaftler, als er noch für das Verteidigungsministerium gearbeitet hatte, konnte er später als Leiter des Laborteams der Cold Research Unit das tun, was er am meisten liebte: mit neuen und alten Viren zu experimentieren. Im Schutz der offiziellen Forschung zu Erkältungskrankheiten – langweilige Arbeit, bei der es vor allem darum ging, fremden Rotz zu untersuchen, die er deshalb größtenteils seinen jungen Kollegen überließ – war Gaunt seiner wahren Leidenschaft nachgegangen, einer Wissenschaft, die in jener herrlichen Nachkriegszeit ihren Anfang genommen hatte, bevor ihr sich einmischende Politiker einen Riegel vorschoben.

Seine internationalen Kontakte, die er während seiner Zeit im Ministerium geknüpft hatte, hatten Gaunt sowohl den Impetus als auch die Mittel gegeben, seiner virologischen Hingabe zu frönen. Auch wenn sein Hauptsponsor, der liebe alte Mangold, einen Anfall bekommen hätte, hätte er gewusst, dass Gaunt in Wirklichkeit zwei Mäzene besaß. Sollte Gaunt jemals die Wahrheit über das Engagement der britischen Regierung in seinen Aktivitäten preisgeben, würde das Verschwörungstheoretikern einen multiplen Orgasmus bescheren und einen internationalen Skandal hervorrufen.

Aber diese Tage lagen weit hinter ihm. Seit Jahren hatte er weder Kontakt zum Geheimdienst noch zum Verteidigungsministerium gehabt und sich außerdem mit Mangold überworfen. Seit gut fünfzehn Jahren, seit dem Feuer, das die CRU zerstört hatte, war er auf sich allein gestellt und zehrte von dem Geld, das ihm sein Vater – der glücklicherweise kurz vor der Zerschlagung der CRU gestorben war – zähneknirschend vermacht hatte. Daraufhin hatte Gaunt sein eigenes Labor aufgebaut, es mit hochmodernen Geräten ausgestattet. Und diese Freiheit, weit weg von den neugierigen Blicken der Weltverbesserer wie etwa Leonard Bainbridge, hatte es Gaunt ermöglicht, große Schritte zu tun. Manchmal war er von seinen eigenen Geniestreichen selbst überrascht gewesen.

Er erhob sich und spazierte mit geschwellter Brust im Zimmer umher. Hinter diesen Glasschränken, verwahrt in einem englischen Landhaus, befanden sich die gefährlichsten und unheilvollsten Organismen der Welt. Hier wurde das Variola-Virus aufbewahrt, das die Pocken hervorbrachte und 1977 zum letzten Mal in Somalia gewütet hatte. Nach den Anfangssymptomen – Übelkeit, Fieber bis hin zum Delirium – verwandelte es den Körper in ein Flickwerk aus Pusteln, bevor es das Immunsystem zerstörte. Offiziell gab es die Pocken nur in zwei Einrichtungen auf der Welt, in Georgia und Sibirien, doch Gaunt war es gelungen, Terroristen im Nahen Osten einen Virenstamm abzukaufen.

Hier wurden auch Ebola und Marburg gelagert sowie eine Reihe an VHFs, den Erregern Hämorrhagischer Fieber wie das Lassafieber, das Rift-Valley-Fieber aus Afrika und das Machupo-Fieber aus Südamerika. Eines seiner Lieblinge war SARS, ein Coronavirus, das demselben Virenstamm angehörte, der auch für Erkältungen verantwortlich war. SARS stammte natürlich aus Asien. Das hier war eine wahrhaft kosmopolitische Sammlung.

In einer Ecke des Raums, auf die er nun zuging, lagerten seine Kronjuwelen. Die Influenzaviren. Die Asiatische Grippe von 1957, H2N2. Aus dem Jahr 1968 das H3N2-Virus, auch Hongkong-Grippe genannt. Da war die weniger bekannte H9N2-Grippe plus H7N7, die 2003 Holland heimgesucht und zur Schlachtung von dreißig Millionen Hühnern geführt hatte.

Und hier war eines der interessantesten und aufregendsten Viren, das ihn viele Gefallen und ein kleines Vermögen gekostet hatte: H1N1, alias die Große Grippe alias die Spanische Grippe, die 1918 ganze Bevölkerungsschichten dahinraffte und zwischen zwanzig und vierzig Millionen Menschen das Leben kostete. H1N1 ließ Menschen blau anlaufen, sobald sich ihre Lungen verklumpten und ihrem Blut der Sauerstoff fehlte. Die Lungen der Erkrankten füllten sich mit Flüssigkeit, und sie erstickten, ertranken geradezu innerlich. H1N1 ließ den mittelalterlichen Schwarzen Tod wie, nun ja, eine harmlose Erkältung aussehen. Dr. Gaunt streichelte über die Oberfläche des Fachs, in dem das Virus aufbewahrt wurde, und fragte sich verwundert, was die Amerikaner, die ihn vor gerade mal ein paar Jahren durch eine gentechnische Rekonstruktion wiederbelebt hatten, denken würden, wüssten sie, dass es Gaunt gelungen war, ihre Experimente nachzuahmen. Nun konnte er seinen eigenen Vorrat an Viren produzieren.

Schließlich blieb Gaunt vor dem am weitesten entfernten Fach mit einem zweifachen Kombinationsschloss stehen, das von einem Code gesichert wurde, den nur er und sein kleiner Helfer kannten. Im Innern befand sich das H5N1-Virus, das die Vogelgrippe hervorrief, zusammen mit dem Virus, das sie von der jungen Vietnamesin erhalten hatten. Außerdem wurde dort der Leckerbissen aufbewahrt, den Sampson, der gerade auf dem Weg zu ihm war, aus dem Labor in Oxford entwendet hatte.

Und auf dem obersten Regal, wie eine Flasche 1787er Château Lafite – der teuerste Wein der Welt, für den sein Vater gemordet hätte, um ihn in seinen Besitz zu bringen –, thronte das Virus, vor dem er am liebsten wie ein Leibeigener niedergekniet hätte. Der Höhepunkt seines Lebenswerks und das zahlloser anderer. Seit dreißig Jahren hatte er auf diesen einen Moment hingearbeitet. Auf dem Weg hatte es Katastrophen gegeben, Rückschläge und viele bedauernswerte, wenn auch notwendige Todesfälle. Viele seiner engsten Kollegen und Freunde waren gestorben. Er selbst hatte alles geopfert – Familie, die Anerkennung etablierter Wissenschaftler, Reichtum, und das alles für genau das hier. Und jetzt wusste er, dass es endlich, nach einem einzigen weiteren Test und einem letzten Hindernis, das aus dem Weg geräumt werden musste, an der Zeit war, den Korken aus der Flasche zu ziehen.

Hier war es: das Pandora-Virus.

Gaunt und sein Team hatten jahrelang heimlich daran gearbeitet. Im Grunde reichte die Forschung bis zu den Tagen der CRU zurück, als Gaunt zum ersten Mal mit Grippestämmen experimentiert hatte. Für ihn war es zu einer Obsession geworden, und nun, nach all den Jahren, in denen er dieses wunderschöne Kunstwerk geformt und das letzte Puzzleteil an seinen Platz geschoben hatte, war der Durchbruch geschafft. Jetzt, nachdem Sampson das AG-769-Virus aus Dr. Twiggers Labor entwendet hatte. AG-769 wartete mit einem cleveren Trick auf, einem Protein, in dem das Virus eingeschlossen war und das die Immunantwort der Wirtszelle geschickt ausschaltete. Gaunt war nun in der Lage, diesen Effekt in das Pandora-Virus zu integrieren, sodass die Sterblichkeitsrate massiv gesteigert wurde. Jetzt war es vollendet und vollkommen.

Und sobald das Virus ausbrach, würde die Welt der Wissenschaft – nein, die gesamte Welt – vor Ehrfurcht erstarren.

Kurz bevor sie ihren letzten Atemzug tat.

37

MI6-Agent Jason Harley hatte lange auf diesen Moment hingearbeitet. Es war der krönende Abschluss der Operation Castle, dem ersten bedeutungsvollen Fall von Kriegsverbrechen, mit dem er betraut worden war, einem Fall, der ihn von Serbien zurück nach London geführt hatte, via einer Ermittlung wegen Menschenhandels.

Es war tiefe Nacht, halb drei. Der englische Sommerregen glänzte auf dem schwarzen Asphalt dieser abgelegenen Straße in Tottenham. Die Scheibenwischer seines Wagens verharrten kurz, dann kratzten sie wieder in ihrem schwerfälligen Rhythmus, der im Missklang mit seinem eigenen pochenden Puls schlug.

In diesem gewöhnlich aussehenden Reihenhaus mit seinen abgeblätterten Fensterrahmen und dem abbröckelnden Mauerwerk wurden Frauen aus Osteuropa gefangen gehalten und zur Prostitution gezwungen. Die meisten stammten aus Serbien, aus bitterarmen Familien, und kamen nach England, wo ihr Traum jedoch zerplatzte und sich in einen Albtraum verwandelte.

»Sie gehen hinein«, sagte Simon Donahoe, der SOCA-Agent, mit dem Harley zusammenarbeitete, und nickte zu dem Kleinbus, aus dem ein halbes Dutzend Polizeibeamte strömte. Sie beobachteten, wie sie die Stufen hinaufschlichen, an der Haustür klopften und sie dann einschlugen. In den Nachbarhäusern wurden Lichter eingeschaltet.

Harley wartete. Sie hörten ein Rufen von drinnen, den Schrei einer Frau. Zum Glück keine Schüsse. Es war rasch vorbei. Nach wenigen Minuten näherte sich ein Polizist ihrem Wagen und nickte.

»Begrüßen wir unsere serbischen Freunde«, sagte Harley.

Harley marschierte ins Haus und blickte in Zimmer, in denen ausgezehrte Frauen mit dunklen Augen auf Betten saßen, auf denen sie viele Male von vielen Männern vergewaltigt worden waren. Er hatte keine Vorstellung, was in ihren Köpfen vorgehen mochte. Waren sie erleichtert, betrachteten es als Rettung? Er sah wenig Hoffnung in den Augen dieser Frauen. Die meisten schienen so zugedröhnt zu sein, dass sie kaum mitbekamen, was um sie herum geschah. Im Haus stank es nach kaltem Zigarettenrauch und Sperma, Schimmel und widerlichem Essen.

»Wie viele?«, fragte Harley.

»Fünf«, erwiderte Donahoe.

»Hmm. Weniger, wie wir dachten.«

»Als«, sagte Donahoe.

»Was?«

»Es heißt ›weniger, als wir dachten‹. Nicht wie.«

Harley verdrehte die Augen. Manchmal konnte Donahoe ein echter Besserwisser sein. Aber die Zusammenarbeit der beiden Behörden war im Großen und Ganzen glatt verlaufen. Donahoe teilte wie viele seiner Kollegen aus der Serious Organised Crime Agency Harleys brennendes Verlangen, das Richtige zu tun, England ein Stückchen besser zu machen. Ihre älteren Kollegen belächelten gelegentlich ihre jugendliche Begeisterung. »Post-9/11-Idealismus«, nannten sie es. Harley kümmerte das nicht. Für ihn war der Geheimdienst kein Beruf, sondern eine Berufung.

Die Männer, die hinter dem Menschenhändlerring steckten – drei Serben mit gestählten Muskeln und geschorenen Köpfen – waren zusammengetrieben und mit Handschellen an Küchenstühle gefesselt worden, wo Polizisten sie bewachten. Harley betrat das Zimmer. Zwei der Männer senkten den Blick, doch einer, der größte von ihnen, ein Mann, den Harley unter dem Namen Dragan Popovic kannte, sah zu ihm hoch und feixte. Harley juckte es in den Fingern, ihm die Faust ins Gesicht zu schmettern. Er wusste, wofür dieser Mann verantwortlich war, kannte all den Schmerz und das Leid. Er war Abschaum. Sein Tod würde die Welt ein kleines Stückchen besser machen.

Es war die Jagd auf Dragan Popovic, die ihn hierhergeführt hatte. Die Operation Castle war von Anfang bis Ende ein einziger Albtraum gewesen. Die Aufgabe des MI6 bestand nicht darin, das organisierte Verbrechen zu bekämpfen – diese Verpflichtung oblag der SOCA –, aber der Geheimdienst war in diese Operation verwickelt, da Dragan Popovic und seine Männer wegen Verdachts auf Kriegsverbrechen gesucht wurden, die während des Kosovo-Konflikts Ende der 90er-Jahre verübt worden waren. Über eine Dekade lang hatten Popovic und seine Handlanger eine Spur des Grauens und des Todes hinterlassen, bei der sich Harley die Anti-Terror-Gesetze zurückwünschte.

Popovic überraschte Harley, indem er das Wort ergriff. »Kann ich eine Zigarette bekommen?«, fragte er mit höflicher Stimme.

Harley ballte die Hände zu Fäusten und löste sie wieder. Sie könnten diesen Mann in ein Zimmer führen und grün und blau prügeln, wegen Widerstands gegen die Staatsgewalt. Niemanden würde es kümmern. Ein Teil von ihm wollte genau das tun, dieser niedere Teil von ihm, der nach Rache für all die Frauen lechzte, die dieser Mann brutal misshandelt hatte.

Im Kopf legte er sich eine angemessene Antwort zurecht, da kam Donahoe ins Zimmer, das Gesicht blass vor Schreck.

»Was ist los?«, fragte Harley.

»Da ist ein Kind. Ein junges Mädchen, ungefähr sechs Jahre alt. Yvonne ist bei ihr.« Yvonne war eine der SOCA-Agentinnen, die an dieser Operation teilgenommen hatte.

»O mein Gott!«

Er drehte sich zu Popovic zurück, der immer noch lächelte. Harley spürte, wie Zorn durch seine Adern peitschte. Vielleicht sollte er ihn einfach hier und jetzt erschießen. Eine Kugel, in den Kopf. Stattdessen folgte er Donahoe aus dem Zimmer, den Gang hinab und in einen schummrigen Raum, wo ein kleines Mädchen mit schwarzen Haaren zusammen mit einer Prostituierten auf einem Bett kauerte. Eine Polizistin stand neben ihnen. Ihr schien ebenso übel zu sein wie ihm.

Die Prostituierte, die auf dem Bett saß, eine aschblonde Frau mit einem blauen Fleck an der Wange, murmelte dem Mädchen etwas auf Serbisch ins Ohr. Da bemerkte sie Harley, der im Türrahmen stand.

»Ich hoffe, Sie töten sie«, sagte sie. »Die Männer.«

Harley betrat das Zimmer. »Sie werden ihre Strafe erhalten.«

Die Augen der Frau waren fast schwarz. »Um in einem Ihrer kuscheligen, englischen Gefängnisse eine ruhige Kugel zu schieben?«, fauchte sie.

Der englische Slang überraschte Harley. »Wie heißen Sie?«, fragte er.

»Monica.«

»Und ist das Ihre Tochter?«

Sie schüttelte den Kopf, die Arme immer noch um das Mädchen geschlungen. »Nein, nicht von mir. Das ist Tatjana. Ihre Mutter war hier, aber …« Sie sah zu dem Kind. »Vielleicht können wir draußen reden?«

»Natürlich.«

Harley und Donahoe brachten Monica in ein anderes Zimmer, während Yvonne bei dem Mädchen blieb.

»Das kleine Mädchen«, sagte Harley. »Musste sie … Haben die sie arbeiten lassen?«

»Noch nicht. Zumindest nicht wie den Rest von uns«, erklärte sie, und Harley spürte, wie Erleichterung seinen Körper durchflutete. »Aber sie musste putzen, Betten frisch beziehen.«

»Mein Gott, ist das beschissen viktorianisch«, sagte Donahoe.

»Was ist mit ihrer Mutter?«, fragte Harley. »Wo ist sie?«

Monicas Gesicht wurde düster. »Er hat sie mitgenommen. Der Doktor.«

»Welcher Doktor?«

»Ich nenne ihn Doktor Mengele. Sie wissen schon, wie der Nazi. Ein alter Mann. Manchmal kommt er hierher, geht auf und ab, sieht sich die Mädchen an, wählt eines aus. Und dann nimmt er es mit. Vor Kurzem hat er Slavna mitgenommen, Tatjanas Mutter.«

»Wozu?«

Sie zuckte mit den Schultern. »Einige der Mädchen, sie denken … positiv. Sie sagen, er ist ein reicher alter Mann, der die Mädchen mitnimmt, damit sie bei ihm wohnen, ein gutes Leben haben. Wenn er kommt, lächeln sie ihn an, versuchen, nett auszusehen. Aber ich finde«, schnaubte sie, »er riecht gruselig. Wie der Tod. Vor einem Monat hat er meine Freundin mitgenommen, und jetzt passe ich auf ihr kleines Mädchen auf.«

»Kennen Sie den Namen des Mannes?«, fragte Harley.

»Nein. Aber Dragan, der kennt ihn. Vielleicht können Sie es aus ihm herausprügeln. Vielleicht darf ich zuschauen.«

Harley dankte ihr für ihre Hilfe und führte sie zurück in den anderen Raum. Er blickte zu dem kleinen Mädchen, das auf dem Bett saß und zitterte, trotz der stickigen Wärme im Zimmer, die Augen weit aufgerissen vor Angst. Was hatte die Kleine in ihrem kurzen Leben alles mit ansehen müssen? Und wer war dieser »Doktor«, der ihre Mutter mitgenommen hatte?

Er richtete sich auf. Eigentlich hatte er angenommen, die Operation Castle fände heute ein Ende. Doch dem war nicht so. Da gab es noch andere Frauen, falls sie denn noch am Leben waren. Um des kleinen Mädchens willen, um der Gerechtigkeit willen würde er diesen alten Mann aufspüren, ganz gleich, wer er war oder wo er sich versteckte.

38

Wenn ich jetzt innehalte, dachte Kate, *wenn ich versuche, alles in mich aufzunehmen, wird es mich überwältigen.*

Der Himmel über ihren Köpfen riss auf, Wolken, die eben noch die Sonne verdeckt hatten, teilten sich und ließen die späten Nachmittagsstrahlen durch. Kates Magen war wie zugeschnürt, ihr Kopf hämmerte. Und ihr Herz – nun ja, schlug in einem neuen Rhythmus. Sie blickte auf und sah Paul, der sie beobachtete, und sie tauschten ein Lächeln aus. Seines war von Besorgnis durchdrungen. Aber da war noch etwas. Der Blick, mit dem er sie bedachte, war derselbe, den Stephen ihr so häufig zugeworfen hatte, und er bedeutete, dass er sie liebte. Das ließ sie nach Luft schnappen.

Aber sie vermisste Jack. Ganz plötzlich überkam sie das dringende Bedürfnis, seine süße Stimme zu hören, eine Stimme, die manchmal jammernd und fordernd war, es allerdings immer schaffte, sie mit Glück zu erfüllen, wenn sie nur an sie dachte – selbst wenn seine Betonung sie gelegentlich schrecklich an Vernon erinnerte.

»Kann ich dein Handy benutzen, um Jack anzurufen?«

»Natürlich.« Er reichte es ihr, und sie wählte Mirandas Nummer.

Als Miranda ans Telefon ging, weinte sie bitterlich. »Du musst kommen. Sofort!« Kate versuchte, ihr weitere Informationen zu entlocken, aber das war alles, was ihre Schwester äußerte. Die Verbindung wurde unterbrochen, doch Mirandas Schluchzen hallte in Kates Ohr fort.

Paul legte ihr die Hände auf die Oberarme. »Was ist los?«

Kate riss sich von ihm los und rannte zum Auto. Jedes andere Gefühl war von einem stummen Entsetzen wie weggewischt – der überwältigenden Angst, dass ihrem Kind etwas zugestoßen sein könnte.

Als sie Churchill erreichten, ging die Sonne gerade unter. Paul fuhr, und Kate starrte aus dem Fenster und beobachtete die immer länger werdenden Schatten, während die wildesten Horrorszenarien vor ihrem geistigen Auge abliefen. Erneut versuchte sie, Miranda anzurufen, Licht ins Dunkel zu bringen, doch Miranda ging nicht ans Telefon. Paul fragte Kate ununterbrochen, ob bei ihr alles in Ordnung sei, was ihr nach einer Weile auf die Nerven ging, bis sie ihn anfauchte und er sich entschuldigte und sie daraufhin das schlechte Gewissen plagte. Doch die Schuldgefühle währten nicht lange, denn ihre Angst war einfach zu groß, und sie lenkte alle Schuldgefühle auf sich selbst. Warum hatte sie Jack zurückgelassen? Wie hatte sie so selbstsüchtig sein können?

»Wir wissen überhaupt nicht, ob ihm irgendetwas zugestoßen ist«, sagte Paul, auch wenn er keineswegs überzeugt klang.

»Was soll denn sonst passiert sein?«

»Keine Ahnung. Warten wir ab, bis wir dort sind.«

Sie hielten vor Mirandas Haus. Kate rechnete fast damit, Polizeiautos und Krankenwagen zu sehen, Miranda, die mit eingefallenen Augen auf dem Bürgersteig stand, in eine Decke gehüllt, neben einer Polizistin. Doch das Haus lag dunkel und still da. Niemand war zu sehen.

Die Haustür stand einen Spalt offen. Kate schob sie ganz auf. »Miranda?«

Keine Antwort.

Sie spähten ins Wohnzimmer, das leer und verlassen dalag. Kate schrie erneut: »Miranda? Jack?«, und Paul stimmte mit ein.

Da hörten sie ein kleines Mädchen rufen: »Tante Kate?«

Sie rannten die Treppe hinauf, zwei Stufen auf einmal nehmend.

Miranda und Amelia saßen im Dunkeln in einem der Kinderzimmer, kauerten zusammengedrängt auf dem Boden, während Mirandas Arm um ihre Tochter geschlungen war. Kate schaltete das Licht an, und Amelia vergrub das Gesicht am Bauch ihrer Mutter. Kate erkannte rasch, dass dies Georges Zimmer war, auch wenn von George jede Spur fehlte.

»Wo ist Jack?«

Miranda schüttelte den Kopf und begann zu weinen. »Es tut mir so leid.«

Kate kniete sich nieder, beugte sich über Amelia, packte ihre Schwester an den Schultern und schüttelte sie. »Wo ist er?«

Als Miranda antwortete, roch ihr Atem sauer, wie bei jemandem, der nach einem Trinkgelage ohne Zähneputzen ins Bett gegangen war. »Vernon hat ihn mitgenommen.«

»*Was?*«

»Er ist plötzlich aufgetaucht und … und ich konnte ihn nicht aufhalten. Er war zu stark. Er hat mich weggestoßen.«

»Verdammt. Wann war das?«

»Keine Ahnung. Kurz vor sechs.«

Kate erhob sich, fuhr sich mit den Händen durchs Haar. »Er ist längst in Heathrow, vielleicht sogar schon in einem Flieger zurück nach Boston. Oh …« Sie drehte sich zu ihrer Schwester zurück. »Wo ist Pete? Konnte er Vernon nicht aufhalten?«

»Er ist nach der Arbeit noch was trinken gegangen. Er wird

immer noch in irgendeinem Pub sein, keine Ahnung, in welchem. Sein Handy ist ausgeschaltet.«

Allmählich begriff Kate, dass – so schlimm es auch war, dass Vernon aufgetaucht war und Jack mitgenommen hatte – hier etwas noch Schlimmeres unter der Oberfläche lauerte. Etwas viel Schlimmeres. »Und George?«

Miranda brach wieder in Tränen aus. Kate wollte vor Verzweiflung laut schreien. Da sagte Amelia: »Nachdem Onkel Vernon mit Jack weggefahren ist, ist der böse Mann aufgetaucht.«

Kate starrte sie an.

»Er ist gekommen und hat George mitgenommen. Sie suchen Jack. Er hat Mummy dazu gebracht, ihm zu verraten, dass Jack mit einem Flugzeug wegfliegen wird. Er meinte … er meinte … er würde mich umbringen, wenn Mummy es ihm nicht sagt …« Amelias Lippe zitterte, und sie starrte Kate mit weit aufgerissenen Augen an.

Paul trat vor. »Wie hat dieser böse Mann ausgesehen, Kleine?«

Amelia barg das Gesicht an der Brust ihrer Mutter. »Wie ein Monster.«

Miranda gelang es, den Mund aufzumachen. »Er hat dein Handy hiergelassen. Da.« Miranda zeigte mit dem Finger darauf, und Kate erblickte erstaunt ihr verschollenes Handy, das auf dem Teppich lag.

Genau in diesem Moment läutete es.

Wie erstarrt sah Kate zum Telefon. Paul hob es auf und wollte schon rangehen, als Miranda zu kreischen begann: »Nein! Kate muss abheben.«

Kate nahm das Handy und drückte auf den grünen Knopf. »Hallo?«, flüsterte sie.

»Hallo, Kate. Wollen Sie Ihrem Sohn Hallo sagen?«

Amelia hatte recht – er war ein Monster. Aber in der echten Welt hatten Monster keine Fangzähne oder Hörner und Schuppen. Einige von ihnen, zumindest die Art, der Kate bei ihrer tagtäglichen Arbeit begegnete, waren für das Auge unsichtbar. Andere Monster wiederum waren unsichtbar, weil sie so unscheinbar aussahen. Gewöhnliche Menschen mit gewöhnlichen Gesichtern und Stimmen, aus Fleisch und Blut. Das, was sie von den anderen unterschied, war tief in ihnen verborgen, in ihren Herzen und verkorksten Köpfen.

Bei Sampsons Worten überkam Kate das Gefühl, als würden kalte Finger sie streicheln. Sie hörte die Finsternis in ihm. Die ganze Zeit über hatte sie entsetzliche Angst ausgestanden, Vernon könnte Jack finden, und jetzt hatte ihn ein viel, viel schlimmerer Mensch in Händen. Zumindest hätte Vernon das Leben ihres Sohns nie in Gefahr gebracht – aber genau das hatte sie selbst getan. O Gott! Sie konnte nicht glauben, dass ihr das widerfuhr.

Ein paar Sekunden lang brachte sie keinen Ton heraus. »Ich rufe die Polizei.«

»Nein, Kate. Wenn Sie das tun, werde ich ihn töten.«

»Nein! Tun Sie ihm bitte nicht weh. Wenn Sie ihm irgendetwas antun …« Sie verstummte. Welchen Sinn hatte es schon, leere Drohungen auszustoßen? »Lassen Sie mich mit ihm reden.«

»Mummy?« Jacks leise Stimme bohrte sich in ihren Kopf, und sie erkannte erst, dass sie weinte, als ihr warme Tränen vom Kinn tropften. Paul stand neben ihr, mit finsterem Gesicht, trat von einem Fuß auf den anderen, gequält von dem Unvermögen, alles in Ordnung bringen zu können.

»Jack«, sagte sie. »Jack, Liebling, ich bin's, Mummy. Geht's dir gut?«

»Der Mann hat gesagt, du wirst kommen, um mich zu holen.«

»Das werde ich, Liebling. Ich komme so bald wie möglich. Wo bist du?«

»Keine Ahnung. Ich mag es hier gar nicht.«

»O Jack, es tut mir so leid. Ich verspreche ...«

»Sparen Sie sich die Mühe.« Sampson war wieder am Apparat.

»Mistkerl! Warum zum Teufel tun Sie das? Ich weiß nicht, was Sie von mir wollen.« *Außer dass du mich töten willst*, dachte sie.

»Haben Sie das denn noch nicht herausgefunden? Das ist doch alles in Ihrem Kopf.« Er hielt inne, und Kate hörte eine weitere Person im Hintergrund, die Stimme eines Mannes. Sie spitzte die Ohren, um auszumachen, was er sagte. Sampson hatte ihre schlimmsten Befürchtungen bestätigt: Sie waren wegen der Sache hinter ihr her, die sie vor sechzehn Jahren herausgefunden hatte. Aber sie wussten nicht, dass sie eine Hypnotherapeutin aufgesucht hatte, und auch nicht, dass sie sich an alles erinnerte. Aber sie begriffen, dass sie eine tickende Zeitbombe war, die es zu beseitigen galt.

Einen entsetzlichen Augenblick lang glaubte sie, Sampson hätte aufgelegt und das Band zwischen ihr und Jack durchschnitten. »Hallo? Hallo?«

»Wenn Sie Ihren Sohn zurückwollen, werden Sie und Wilson zu uns kommen müssen. Ein Wort zur Polizei, und das Kind ist tot. Keine Tricks. Kommen Sie einfach her, wenn Sie ihn noch einmal lebend sehen wollen.«

»Aber wo sind Sie?«

»Das kann ich Ihnen nicht verraten.«

»Wie zum Teufel soll ich dann zu Ihnen kommen?«, rief sie.

Er zögerte einen Moment, und ihr Herz sackte in ihren Magen.

»Fahren Sie zu dem Dorf Blackmarsh in Sussex. Seien Sie um ein Uhr dort. Dann erhalten Sie weitere Anweisungen.«

»Um eins? Wie lange dauert es, um dorthin zu gelangen?«

Doch er hatte längst aufgelegt.

Paul drehte sie behutsam zu sich um und nahm ihr Gesicht in beide Hände, um sie zu zwingen, ihm in die Augen zu sehen, aber sie schüttelte ihn ab.

»Wir haben keine Zeit, wir müssen um eins in Blackmarsh sein. Das ist ein kleines Dorf in Sussex. O Gott, Jack, sie werden ihm etwas antun, o Gott ...!«

Paul hielt sie fest. »Kate, beruhige dich. Schsch. Komm schon.«

Eine Flut von Tränen brach sich Bahn, und Kate presste ihr Gesicht gegen Pauls Schulter und ließ alles heraus. *Jack, o Jack,* dachte sie entsetzt, *es war alles meine Schuld, wenn ich nicht nach England gekommen wäre, wenn ich nicht so dumm und selbstsüchtig gewesen wäre und ihn dann hier bei Miranda zurückgelassen hätte, während ich mich davongestohlen habe, um mit meinem neuen Freund zu vögeln.* Die Schuldgefühle trafen sie mit einer solchen Wucht, dass sie taumelte.

Paul wartete, bis ihre Tränen versiegten, hielt sie in seinen Armen und küsste ihr Haar, raunte ihr beruhigende Worte ins Ohr. Doch sie kämpfte sich wieder frei.

»Wir müssen los. Wir müssen zu Jack. Und zu George.«

Miranda saß immer noch mit aschfahlem Gesicht in der Ecke und presste Amelia an sich. »Es tut mir so leid«, flüsterte sie. »Wenn dieser Mann Jack hat, dann muss George bei Vernon sein. Er sagte, er würde sie austauschen ...« Der Ausdruck auf Kates Gesicht ließ sie verstummen.

Hoffnung und Erleichterung huschten über das Antlitz ihrer Schwester, und obwohl es völlig irrational war, war Kate auf einmal noch wütender auf Miranda.

»Wir müssen los, Paul«, sagte sie schroff.

»Ja, aber zuerst …«

»Wir müssen los, sofort!«

»Kate, hör zu. Wir müssen erst herausfinden, *wohin* wir fahren sollen. Okay? Wie hieß das Dorf gleich noch mal? Blackmarsh?«

Sie nickte stumm.

»Habe ich noch nie gehört.« Er wandte sich an Miranda. »Haben Sie GPS im Auto?«

»Nein, tut mir leid.«

»Verdammt, ich auch nicht. Ich habe eine Straßenkarten-App auf meinem iPhone – ich schaue da nach, aber das 3G ist nicht immer verlässlich.«

Paul begann, auf dem Display seines Handys herumzutippen, doch es kam Kate wie eine Ewigkeit vor, bis er die Wegbeschreibung nach Blackmarsh fand. Sie fürchtete, vor Übelkeit ohnmächtig zu werden, schritt aber dennoch nervös im Zimmer auf und ab.

»Okay«, sagte er schließlich. »Es sind knapp hundertdreißig Meilen, und wir brauchen zwei Stunden fünfundfünfzig Minuten, sofern der Verkehr mitspielt.«

»Wie viel Uhr ist es?«

Paul blickte auf seine Uhr. »Viertel vor zehn.«

»Mist! Das schaffen wir nie.«

»Doch, das werden wir. Uns bleiben drei Stunden fünfzehn Minuten, und die Straßen sollten um die Uhrzeit leer sein.«

»Aber was, wenn wir aufgehalten werden? Irgendwo könnten Straßenbauarbeiten sein. Oder ein Unfall. Oh … Jack.«

Paul hob Kates Kinn und zwang sie, ihn direkt anzusehen. »Wir werden es schaffen, Kate. Das verspreche ich dir. Und jetzt lass uns losfahren.«

Ein lautes Klopfen an der Haustür erscholl. Paul drehte sich zu Miranda um. »Könnte das Ihr Ehemann sein?«

Mirandas Augen waren groß vor Angst. »Nein. Er hat einen Schlüssel. Und er wird bis zur Sperrstunde im Pub bleiben. Das tut er immer, wenn er mit *ihr* zusammen ist.«

Paul hatte weder die Zeit noch Lust, sie zu fragen, wer *sie* war. Hastig suchte er das Zimmer mit den Augen ab und sah einen Kricketschläger, der in der Ecke lehnte. Er schnappte ihn sich und schlich die Treppe hinab, riss die Tür auf und holte mit dem Kricketschläger aus.

Ein Mann mit ingwerfarbenem Bart und einem langen braunen Mantel stand vor ihm, ein aufgewühlter, wutentbrannter Mann. Ein kleiner Junge drängte sich an Pauls Beinen vorbei und rannte ins Haus.

»Ist meine Frau hier?«, fragte Vernon.

39

»Kate.«

»Vernon.«

Er öffnete den Mund, um etwas zu sagen, aber Kate marschierte einfach an ihm vorbei, ihr Handy fest an sich gepresst, als stellte es ihre einzige Verbindung zu Jack dar. Vor ein paar Tagen wäre das hier ihre größte Angst gewesen: Vernon von Angesicht zu Angesicht gegenüberzustehen, die Konfrontation, die sie gefürchtet hatte, seit sie aus Amerika geflüchtet war. Doch im Moment war die Anwesenheit ihres Exmanns kaum mehr als ein kleines Ärgernis, eine lästige Unannehmlichkeit.

»Nun …«, begann Vernon, während er ihr in die Küche folgte, wo sie sich ein Glas Wasser eingoss. Sie hörten das erleichterte Schluchzen von oben, als George seine Mutter und Schwester endlich wiedersah.

Kate drehte sich um. »Ich habe keine Zeit für deinen ganzen Mist, Vernon. Wir müssen los.«

»Weil, falls ich George richtig verstanden habe, du unseren Sohn in die Hände eines Psychopathen hast fallen lassen«, sagte Vernon.

»Genau genommen warst es wohl eher du, der ihn dem Psychopathen ausgeliefert hat.«

»Hättest du unseren Sohn gar nicht erst nach England gebracht, wäre er immer noch sicher in Boston, wo er hingehört.«

»Er gehört zu mir.«

»Ja, wirklich, bravo, und wie du ihn wie deinen Augapfel

gehütet hast. Ach nein, du hast ihn ja einfach bei deiner Schwester abgeladen, damit du etwas Zeit mit deinem Romeo hier verbringen kannst?« Er zeigte mit dem Daumen in Pauls Richtung, der gerade das Zimmer betreten hatte.

»Zumindest hatte ich keine Affäre, als wir noch zusammen waren.«

»Ach nein? Und das soll ich etwa glauben?«

»Es stimmt. Und ich habe Jack bei Miranda gelassen, weil ich dachte, hier wäre er in Sicherheit.«

»Ha! Sicher? Eins sag ich dir …«

Paul trat zwischen die beiden. »Bitte hört auf, und zwar beide.«

Vernons Gesicht wurde purpurrot. »Sagen Sie mir nicht, was ich zu tun habe. Dazu haben Sie kein Recht. Ich kann mit meiner Frau reden, wie ich will.«

»Exfrau«, warf Kate ein.

»Noch sind wir nicht geschieden.«

»Bitte«, sagte Paul mit lauter Stimme. »Hört auf. Wir müssen uns auf den Weg machen. Wenn wir Blackmarsh um eins erreichen wollen, müssen wir jetzt los.«

Kate wandte sich wutentbrannt an Vernon. »Siehst du, du hältst uns auf. Komm schon, Paul!« Sie eilte aus dem Zimmer, Paul im Schlepptau.

Vernon folgte ihnen. »Ich komme mit.«

Kate stemmte die Hände in die Hüften. »Was? Auf keinen Fall.«

»Er ist auch mein Sohn. Ich will helfen.«

»Du würdest uns nur behindern.«

»Kate, ich komme mit.«

»Wenn du denkst, dass ich im gleichen Auto wie du sitzen werde, dann hast du dich …«

»Ich finde, wir sollten ihn mitnehmen«, sagte Paul. »Er könnte hilfreich sein.«

»Endlich jemand«, sagte Vernon, »der einen Hauch von Vernunft zeigt.«

Kate traute ihren Ohren nicht. Doch sie hatten mit ihrem Streit schon viel zu viel Zeit vergeudet.

»Okay, wie ihr wollt. Lasst uns gehen. Ich nehme an, du hast ein Mietauto, Vernon. Hat es ein Navi?«

Vernon nickte.

»Na schön, dann nehmen wir deins, das ist wahrscheinlich schneller als Pauls. Aber du lässt Paul fahren, Vernon – er kennt die Straßen hier viel besser.«

Die Männer taten, wie ihnen geheißen, auch wenn Vernon Paul die Schlüssel mit unverhohlenem Widerwillen überreichte.

»Ich hole unsere Sachen aus dem Peugeot, nur für alle Fälle«, sagte Paul. »Wir wissen nicht, wie lange wir fort sein werden.«

Kate kletterte auf den Beifahrersitz von Vernons Wagen und tippte das Wort Blackmarsh in das Navi ein, da sie vermeiden wollte, allein auf Pauls iPhone angewiesen zu sein. Aber sie hatte Schwierigkeiten mit den ungewohnten Anweisungen auf dem Display und schrieb den Ort mehrmals falsch. Die Buchstaben purzelten wild durcheinander. Sie rieb sich den Nasenrücken und zwang sich, sich zu konzentrieren. Wenn sie die Nacht im Labor durchgearbeitet hatte, immer kurz davor, einen Durchbruch zu erzielen, half es meistens, und auch, wenn sie gegen eine unaufhaltsame Deadline anarbeitete. Wenn sie dann auf ihre Unterlagen und Zahlen sah, tanzten und wirbelten die Schriftzeichen durcheinander. Aber jetzt schien sie nichts beruhigen zu können: Ihr Herz hämmerte zu schnell, ihr Verstand fühlte sich an, als würde er sich teilen, in Stücke gerissen werden, und ihre Gedanken glichen kleinen Fliegen, die um eine Glühbirne herumschwirrten.

Sie reichte Vernon auf der Rückbank Pauls iPhone. »Du kümmerst dich darum«, befahl sie. »Die Verkehrs-App zeigt dir, ob es irgendwo auf der Strecke Unfälle oder Staus gibt.«

»Ich habe meine Lesebrille nicht dabei.«

»Um Himmels willen ...«

Paul knallte den Kofferraum zu, und das Auto schwankte leicht. »Macht nichts«, erklärte er, während er sich auf den Fahrersitz schwang. »Das Navi sagt uns auch, ob es irgendwelche Verkehrsstörungen gibt.«

Er ließ den Motor an und führte gerade ein Wendemanöver in drei Zügen aus, als sie Mirandas Ehemann Pete heimkommen sahen, sichtlich angetrunken nach seinem Abend im Pub. Noch bevor er überhaupt den Schlüssel ins Schloss stecken konnte, hatte Miranda die Tür aufgerissen und schleuderte ihm einen Schwall Beschimpfungen entgegen, weil er nicht zu Hause gewesen war, um sie und die Kinder zu beschützen.

»Der arme Kerl wird sein blaues Wunder erleben«, bemerkte Paul beim Wegfahren.

Schon bald erreichten sie die A44 und fuhren nach Süden, Richtung Oxford. Auf der Straße war es einigermaßen ruhig – die erste gute Nachricht des Abends. Kate hatte immer noch Angst, dass ein Unfall sie aufhalten könnte, weshalb sie Pauls Handy von Vernon zurückverlangte und wie eine Besessene die Straßen auf der Verkehrs-App kontrollierte, um sicherzugehen, dass sie frei waren. Sie glaubte Sampson die Frist, die er ihr gesetzt hatte. Nicht nur, weil sie kein Risiko eingehen durfte, sondern auch, weil er so kalt war, ein Roboter, der weder bluffte noch seine Meinung ändern würde. Ihn überreden zu wollen, wäre dasselbe, als wollte man mit einem Computer verhandeln.

Vernon beugte sich zwischen den beiden Vordersitzen vor. »Hätte vielleicht jemand die Güte, mir zu erklären, was in Teufels Namen hier los ist? Wer ist dieser Kerl, der unseren Sohn entführt hat? Und warum haben wir die Polizei nicht eingeschaltet?«

»Wenn wir die Polizei rufen«, sagte Kate, »werden sie Jack umbringen.«

Vernon schwieg einen Moment. »Ihn umbringen? Meinen Jack… Meinen Sohn. Aber *wer*? Wer sind die, Kate? Was hast du getan, um an solche Leute zu geraten?«

»Das ist eine lange Geschichte.«

»Ich habe hier hinten gerade nichts Besseres zu tun.«

»Und wir wissen noch nicht einmal die Hälfte von allem.«

»Das kümmert mich nicht. Erzähl mir einfach, was du weißt.«

»Okay. Der Kerl – der Mann, der Jack entführt hat – heißt Sampson. Er hat früher in der CRU gearbeitet…«

»Der was?«

»Der Cold Research Unit.«

»Der Einrichtung, in der sie vergeblich nach einem Heilmittel gegen Erkältungen gesucht haben?«, fragte Vernon. »Dort warst du doch als Studentin, nicht wahr?«

»Ja.«

»Und hattest einen hübschen Urlaub, wie du mir erzählt hast.«

Kate sah Paul an. Da war ein neues Gefühl, das ihr unter die Haut kroch, sogar unter die Angst vor dem, was man Jack antun könnte: eine Verlegenheit, aus dem Umstand gespeist, dass sie in einem Auto saß mit Vernon und ihrem neuen … nun, was war er? Ihr Liebhaber? Ihr Freund? Es war zu verwirrend. »Da gibt es Dinge, die ich dir nicht erzählt habe.«

Vernon schnaubte. »Warum überrascht mich das nicht?«

»Nein – das ist Zeug, das ich dir nicht erzählt habe, weil ich mich selbst nicht daran erinnern konnte. Anscheinend … nun ja, hat man mir das Gedächtnis ausgelöscht.«

»Das ist jetzt nicht dein Ernst.«

»Willst du, dass ich es dir erzähle, oder nicht? Wenn ja, dann hör auf, mich zu unterbrechen. Okay? Wir haben herausgefunden, dass etwas in der CRU vorgefallen sein muss. Ich habe eine Hypnotherapeutin aufgesucht. Das war, nachdem Mrs. Bainbridge erschossen wurde.«

Vernons Stimme sprang um eine Oktave höher. »*Wer?* Ich denke, du solltest lieber von Anfang an beginnen.«

Und das tat Kate. Sie weihte ihn in alles ein, was sie bisher in Erfahrung gebracht hatten, die Gedächtnislücken, die nun gefüllt waren. Sie erzählte ihm, wie sie zur CRU gekommen war und Stephen getroffen hatte. Wie sie für einen zweiten Aufenthalt zurückgekehrt war. Sie erzählte von der Nacht des Feuers, als sie krank gewesen war und Stephen und ihre Zimmergenossin Sarah gestorben waren, und wie sie, Kate, in einem eigenartigen Krankenhaus aufgewacht war.

Dann übernahm Paul und erklärte Vernon, dass er kurz vor dem Feuer einen Brief von seinem Bruder erhalten hatte, einen Brief, der Stephens Zweifel offenbarte, dass nichts so war, wie es den Anschein hatte.

»Deshalb sind wir zu Mrs. Bainbridge – Jean – gefahren, der Witwe von Leonard, dem Leiter des Zentrums, einem alten Freund der Familie. Während wir dort waren, ist Sampson aufgetaucht und hat sie erschossen. Bevor sie starb, hat Jean

Kate jedoch ein paar Unterlagen gegeben, die eine Methode beschreiben, die an ihr – Kate – durchgeführt worden war, während sie im Krankenhaus gelegen hatte, und die ihr Gedächtnis verändert hat. Dann haben wir einen Termin mit einer Hypnotherapeutin vereinbart, die all diese unterdrückten Erinnerungen aufgedeckt hat. Und dann war Sampson hinter Jack her.«

Im Auto herrschte Schweigen, nur das Geräusch des vorbeifahrenden Verkehrs auf der anderen Seite war zu hören. Schließlich sagte Vernon: »Und was denkt ihr, ist in der CRU vorgefallen? Und warum passiert das alles jetzt? Ich meine, das war vor fünfzehn Jahren!«

Kate dachte an das zurück, was sie in der Hypnotherapiesitzung herausgefunden hatte. Das Gespräch zwischen Dr. Gaunt und dem fetten Deutschen hatte ihr einen Schauer über den Rücken gejagt, obwohl sie nicht wusste, worüber sie geredet hatten oder was als Nächstes geschehen war. Aber sie musste nach Antworten gesucht haben, angestachelt von ihrer Neugier. Das war es: Sie hatte beharrlich nach Antworten gesucht wie eine Klette. Andere waren ihretwegen wohl gestorben: Sarah – vielleicht. Stephen – höchstwahrscheinlich.

»Ich verstehe nicht, woher sie wussten, dass sie nach mir Ausschau halten müssen, woher sie wussten, dass ich wieder im Land bin«, sagte Kate. »Es ist fast so, als hätten sie mich überwacht. Allein bei dem Gedanken bekomme ich eine Gänsehaut.«

Vernon lehnte sich wieder vor. »Was, du glaubst, die Leute hatten dich die ganze Zeit über im Fadenkreuz?«

»Höchstwahrscheinlich. Es könnte Professor Scott in Harvard gewesen sein, derjenige, der mir den Job beschafft hat. Er war ein Kollege von Gaunt. Vielleicht hat er mit ihnen unter einer Decke gesteckt – jetzt, wo ich darüber nachdenke, hatte er etwas an sich, das ich ein bisschen unheimlich fand, und er hat mir ständig sonderbare Fragen gestellt… verdammt. Was, wenn die mir seit Jahren hinterherspionieren?« Sie konnte sich die Spitze nicht verkneifen: »Das bedeutet wohl, dass sie ein paar hübsche Beweisfotos haben, wie du die reizende Shirl in unser Haus geschmuggelt hast.«

»Was? Ich habe niemals…«

»Wir sind gleich in Oxford«, sagte Paul, um ihren Streit im Keim zu ersticken.

»Oxford«, seufzte Kate und rief sich ins Gedächtnis, wie sie in ihrem Talar das Ende ihrer Abschlussprüfungen gefeiert hatte. »Da war mein Leben zum letzten Mal normal.« Da kam ihr etwas in den Sinn. »Paul, erinnerst du dich an die Nachrichten, die es kürzlich gab? Die Geschichte von einem Wissenschaftler, der hier in seinem Labor ermordet worden ist? Ich kann mich nicht mehr an seinen Namen erinnern, aber ich bin sicher, sie meinten, er wäre auf Viren spezialisiert.«

»Du meinst, Sampson könnte etwas damit zu tun haben?«

»Das ist doch denkbar, oder?«

Vernon beugte sich zwischen ihren Sitzen vor. »Hey, könnten wir uns bitte darauf konzentrieren, meinen Sohn zu finden?«

Kate lehnte den Kopf gegen das Fenster und starrte hinaus auf die Lichter der Autobahn, die vorbeifahrenden Autos, die beleuchteten Schilder über ihnen. Sie kamen nach Oxford, fuhren den Stadtring entlang und weiter in südlicher Richtung.

Paul war sehr schweigsam, und Kate vermutete, es läge daran, dass er sich auf die Straße konzentrierte, doch dann platzte es aus ihm heraus: »Ich habe eine Waffe.«

Kates Hand flog an ihren Mund. »Was?«

»Im Kofferraum – da ist eine Waffe. Eine Schrotflinte. Die habe ich aus Andrews und Pennys Haus in Cannock Chase mitgehen lassen. Dann habe ich sie aus dem Peugeot in diesen Wagen geladen. Ich dachte, wir könnten sie vielleicht gebrauchen.«

»Paul… Wie konntest du? Mit deiner Vergangenheit und allem – ich dachte, du würdest um Waffen einen großen Bogen machen.«

Doch Vernon widersprach. »Nein, das sind gute Neuigkeiten.«

»Wissen Sie, wie man ein Schrotgewehr benutzt?«, wollte Paul wissen.

»Mmh. Ich gehe jagen. Nicht so häufig wie früher – Kate hat keinen Hehl daraus gemacht, dass es ihr nicht gefällt –, aber ich bin ein verdammt guter Schütze.«

Das entsprach der Wahrheit. Kate und Vernon hatten sich gestritten, ob diese Tradition an Jack weitergegeben werden sollte. Kate verabscheute den Gedanken, dass ihr Sohn hilflose Tiere töten könnte, während Vernon darauf bestand, dass dieses Blutritual ihn erst zum Mann machte.

»Du schlägst doch wohl nicht vor, uns eine Schießerei mit Sampson zu liefern, oder? Du bist verrückt. Sampson kann mit an Sicherheit grenzender Wahrscheinlichkeit besser mit einer Waffe umgehen als ihr beide, und wenn Jack dort sein sollte, will ich nicht, dass sich versehentlich ein Schuss löst. Überleg nur, was mit Mrs. Bainbridge passiert ist. Ich kann nicht glauben, dass du es auch nur in Erwägung gezogen hast.« Während sie all dies sagte, stellte sie sich vor, wie sie selbst ein Loch in Sampsons Brust pustete.

»Ich sage nur, dass es eine Möglichkeit ist«, erwiderte Paul.

»Ich finde, wir sollten es tun«, sagte Vernon. »Er wird nicht damit rechnen, dass wir im Besitz einer Waffe sind. Niemand in diesem bescheuerten Land hat normalerweise eine Waffe, nicht wahr? Lasst ihn uns überrumpeln.«

Kate schlug aufs Armaturenbrett. »Nein! Es ist viel zu gefährlich. Wir müssen tun, was er sagt. Ich will nichts weiter, als Jack in Sicherheit zu bringen – und das ist er nicht, wenn ihr zwei mit einer verdammten Schrotflinte in seine Richtung zielt.«

Paul und Vernon wechselten einen Blick – von der Art, die Männer einander zuwerfen, wenn sie eigentlich »Frauen« seufzen wollen.

»Okay«, sagte Paul. »Du hast wahrscheinlich recht. Wir lassen sie einfach hinten im Kofferraum.«

Aber aus irgendeinem Grund glaubte Kate ihm kein Wort.

Die nächsten fünf Minuten fuhren sie schweigend weiter. »Wir müssen bald tanken«, verkündete Paul.

»Du machst Witze.«

»Kate, keine Panik. Weiter vorn kommt eine Tankstelle. Das wird uns nur ein paar Minuten kosten. Wir liegen gut in der Zeit.«

»Wenn du sicher bist.«

»Ja.«

Nach ein paar Meilen sahen sie ein Hinweisschild für eine Tankstelle, und Paul bog von der Autobahn ab. Kate trommelte ungeduldig mit den Händen auf ihren Knien, während sie darauf warteten, dass eine Zapfsäule frei wurde. Vernon stieg aus, marschierte ein paar Minuten nervös auf und ab und ging dann in den Laden, während Paul tankte.

Als Paul bezahlen wollte, folgte Kate einer plötzlichen Eingebung. Sie schnappte sich Vernons lächerlich lange braune

Wachsjacke von der Rückbank (irrtümlicherweise glaubte er, dass die tiefen Taschen und das Innenfutter im Schottenmuster ihm das Aussehen eines englischen Gutsherrn verliehen) und zog sie an. Dann rannte sie zur Rückseite des Wagens, überprüfte, dass keiner der Männer aus dem Fenster der Tankstelle in ihre Richtung blickte, öffnete den Kofferraum und sah die doppelläufige Schrotflinte auf Jacks kleinem Rollkoffer liegen. Der Anblick ließ sie schaudern. Sie hatte noch nie ein Gewehr berührt, zwang sich jedoch, es aufzuheben und unter ihre lange Jacke zu schieben, wo sie es an ihre Seite presste. Unter keinen Umständen würde sie zulassen, dass Vernon oder Paul in einem Anflug heroischer Selbstüberschätzung ihrer aller Leben – vor allem das von Jack – aufs Spiel setzten.

Sie schlang sich den Mantel um den Körper und marschierte mit gesenktem Kopf in die Tankstelle. Vernon sah zur Auslage mit der Schokolade, während Paul an der Kasse stand, wo er das Benzin bezahlte.

Da blickte Vernon auf. »Warum trägst du meinen Mantel?«

»Mir ist kalt«, sagte sie. »Muss wohl der Schock sein, die Nerven. Mein Magen grummelt. Ich gehe rasch aufs Klo, versuche mich aber zu beeilen.«

Kate ignorierte seinen verächtlichen Ausdruck und sauste auf die Toilette, die zum Glück frei war. Sie verriegelte die Tür, dann holte sie die Schrotflinte hervor und musterte sie eingehend. Mehrmals hatte sie Vernon dabei zugesehen: Irgendwo neben dem Scharnier in der Mitte musste es einen Riegel geben, mit dem die Waffe aufgeklappt werden konnte, sodass das Patronenlager frei lag. Sie fand den metallenen Sicherheitshebel neben dem Magazin und drückte mit dem Daumen darauf, wobei sie peinlich vermied, auch nur in die Nähe des Abzugs zu kommen. Nach kurzem Herumhantieren gab der Verschluss zu ihrer großen Erleichterung nach, die Waffe klappte auf, und Kate sah die kleinen, dicken Patronen im Magazin. Kate schüttelte sie in ihre Handfläche und warf die Kugeln in den Mülleimer mit Schwingdeckel für die Damenbinden. Aber was zum Teufel sollte sie mit dem Gewehr selbst tun? Da klopfte jemand an die Tür, und Kate zuckte erschrocken zusammen.

»Einen Augenblick!«, rief sie und versuchte, ihrer Stimme die Panik zu nehmen.

»Kate? Ist bei dir da drinnen alles in Ordnung? Vernon meinte, dir wäre schlecht.«

»Mir geht's gut«, rief sie zurück und blickte sich verzweifelt in dem kleinen gefliesten Raum um. Nirgends gab es ein Versteck für das Gewehr. Allerdings konnte sie es schlecht einfach offen zurücklassen. Einer der Angestellten könnte die Waffe finden und die Polizei alarmieren, bevor sie bei Jack waren. »Habe mich nur übergeben.«

»O Baby. Du Arme! Aber wir müssen los.«

»Ich komme. Du kannst schon mal zum Auto gehen, ich bin gleich bei euch.«

»Ich fahre den Wagen bis zur Tür«, sagte er, und sie hörte, wie sich seine Schritte entfernten. Sie ließ die leere Schrotflinte wieder einschnappen, nahm Vernons Jacke, versteckte das Gewehr in ihren zahlreichen Falten und drückte es fest an die Brust. Bevor sie die Toilette verließ, überprüfte sie im Spiegel, dass die Mündung der Flinte nicht aus dem Mantel ragte. Sie sah schrecklich aus, stellte sie fest – das Gesicht aschfahl, das lange Haar ein einziges dunkles Durcheinander, die Lippen blutleer. Sie holte tief Atem, um sich zu beruhigen, und entriegelte die Tür.

Als sie aus der Tankstelle trat, wartete der Wagen bereits

auf sie, und Paul hatte ihr schon die Tür aufgestoßen. »Eine Sekunde«, sagte sie, ging um das Auto herum und öffnete den Kofferraum. Dann schob sie den Mantel und die Waffe hinein, schüttelte das Gewehr frei, damit es – das hoffte sie zumindest – so aussah, als hätte es die ganze Zeit dort gelegen.

»Was zum Teufel *tust* du da?«, schrie Vernon sie an.

»Ich sehe nur nach, äh, ob es hier eine Straßenkarte gibt, die wir benutzen können. Falls unsere Handys keinen Empfang haben …«

»Dieses Auto hat ein Navi! Du hast es doch selbst benutzt! Was zum Teufel ist nur los mit dir? Steig endlich ein!«

»Für den Fall, dass das Navi plötzlich nicht mehr funktioniert oder wir in ein Funkloch kommen«, war ihre lahme Ausrede. Sie glitt auf den Beifahrersitz und schnallte sich an, während Paul losfuhr, so schnell er konnte. »Es gibt keine Karte, nirgends. Ich habe deinen Mantel hinten reingelegt – mir ist schon wieder warm.«

»Großer Gott, Kate, du bist verrückt, das weißt du hoffentlich?«

Kate biss sich auf die Lippe und faltete die Hände im Schoß. Dann riss sie den Kopf hoch und sagte bedächtig, wenn auch entschieden: »Vernon, verdammt noch mal, ich *verbitte* mir, dass man so mit mir redet, das lasse ich mir weder von dir noch von sonst jemandem gefallen. Unser Sohn schwebt in Gefahr, und wir müssen so rasch und so sicher – und so exakt – wie möglich zu ihm. Die Situation ist unglaublich stressig, aber das gibt dir nicht das Recht, mir gegenüber ausfallend zu werden. Diesen Ton möchte ich nie wieder hören. Verstanden?«

»Zum Teufel, hör auf, mir Vorhaltungen zu machen. Wie du vorhin so schön ausgeführt hast, bist du nicht mehr meine Frau.«

»Ich habe dir nie Vorhaltungen gemacht oder an dir herumgenörgelt. Ich bin dir immer eine gute, treue Ehefrau gewesen, die deine Affären schweigend hingenommen hat, wie auch die Partys für all die langweiligen Professoren und Dekane, die du unbedingt beeindrucken wolltest. Ich habe den ganzen lieben langen Tag gearbeitet, bin nach Hause gekommen, habe dein Essen gekocht und deine Unterwäsche gewaschen. Ich habe deine schlechte Laune ertragen, wenn deine Bücher nicht veröffentlicht wurden. Ich habe deine Zornausbrüche und Wutanfälle ertragen. Ich habe dir gezeigt, wie deine verdammten Handys funktionieren und habe für dich Musik auf den iPod geladen. Ich habe dir zwölf Jahre meines Lebens geschenkt. Und ich habe dir *nie* Vorhaltungen gemacht.«

Vernon schüttelte den Kopf. »So bist du früher nicht gewesen. Du hast dich verändert, Kate.«

Sie drehte sich nicht zu ihm um. Paul warf ihr einen Blick zu und lächelte, die Art Lächeln, die bedeutete: »Ich weiß, im Moment dürfte ich kein Glück empfinden, doch ich kann nichts dagegen tun.« Und sie spürte einen Anflug von Liebe in sich aufsteigen. Sie konnte immer noch Pauls Berührung auf sich spüren, als sie sich das letzte Mal geliebt hatten.

»Du hast recht, Vernon«, sagte sie. »Ich habe mich verändert.«

Kate beugte sich hinüber und küsste Pauls Hand, ohne sich darum zu kümmern, dass sich Vernons Augen in sie hineinbrannten.

Sie fädelten sich wieder auf die Autobahn ein. Die Minuten verstrichen: Kate beobachtete sie auf der Anzeige des Armaturenbretts, beobachtete den Tachometer, besessen von dem Meilenstand auf den Schildern, an denen sie vorbeikamen. London 50 Meilen, 40 Meilen, 30 Meilen. Sie verließen die M40 und bogen auf die M25. Immer noch kein Anzeichen eines Unfalls oder Staus. Paul schaltete das Radio an, um die Verkehrsnachrichten zu hören, doch alles schien erstaunlich ruhig zu sein.

Das ist ein Traum, dachte Kate. *Aber wenn ich aufwache, wo werde ich dann sein? In Boston, immer noch mit Vernon verheiratet, der neben mir im Schlaf grummelt? Oder in einem Londoner Hotel, nass geschwitzt vor Angst, gefunden zu werden?*

Oder gar in dem Apartment, das sie vor all den vielen Jahren mit Stephen geteilt hatte? Sie würde erwachen und feststellen, dass er ihr beim Schlafen zusah, wie er es manchmal getan hatte, und dann würde er sie küssen, bevor sie die Möglichkeit hatte, zu sagen: »Ich hatte einen sonderbaren Traum.«

40

Mit einem Puffer von einer halben Stunde rollten sie in das kleine Dorf Blackmarsh in Sussex und fuhren durch die stillen Gässchen. Die Scheinwerfer strahlten die Bäume an, die die Fahrbahn säumten, gespenstische Schatten in der Dunkelheit. Da sie nicht wussten, wo sie anhalten sollten, folgte Paul einem sanft geschwungenen Hügel hinauf zu der Straße, die er für die Hauptstraße hielt. Sie parkten vor einer Kirche mit einem Friedhof, der sich jenseits der krummen Steinmauer hügelabwärts erstreckte. Keine Menschenseele war zu sehen, in keinem der Fenster brannte Licht. Das Dorf hätte abgesehen von ihnen völlig verlassen sein können, und als Kate etwas sagte, stellte sie fest, dass sie flüsterte.

»Und was sollen wir jetzt tun?«

»Auf den Anruf warten«, erwiderte Paul.

Sie starrten auf das Handy auf dem Armaturenbrett. Kate nahm es in die Hand und drückte auf einen Knopf, sodass das Display leuchtete. Paul beugte sich zur Seite und rieb Kates Schulter, was sie aufschrecken und zurückweichen ließ.

»Tut mir leid. Ich bin nur so nervös.«

»Ich hole das Gewehr«, sagte Vernon, kletterte aus dem Wagen und öffnete den Kofferraum. Kate hielt den Atem an – würde er es bemerken? Allmählich bereute sie ihre übereilte Entscheidung, die Kugeln entfernt zu haben – was wäre, wenn es die Männer in trügerischer Sicherheit wiegte, da sie glaubten, bewaffnet zu sein, obwohl sie es in Wahrheit nicht waren? Sollte sie es zugeben, bevor Sampson kam? Sie wusste nicht, was sie tun sollte.

»Warum rufen wir das Arschloch nicht an?«, schlug Vernon vor. Ihm schien nicht aufgefallen zu sein, dass die Waffe nicht geladen war.

Kate machte sich nicht einmal die Mühe, sich umzudrehen, um ihn anzusehen. »Weil er uns gesagt hat, dass wir das nicht tun dürfen.« Beinahe hätte sie hinzugefügt: »Dummkopf«, aber sie war es leid, sich mit Vernon zu streiten. Er war es nicht wert. Nicht mehr. Er war es nie wert gewesen – sie hatte nur sehr lange gebraucht, um das zu erkennen. Der Gedanke an all die verlorenen Jahre, ihre jungen Jahre, in denen sie frei oder mit jemand anders hätte zusammen sein können, der sie glücklich machte, erfüllte sie mit Traurigkeit. Jack war das einzig Gute, das aus ihrer Ehe hervorgegangen war.

Jack. Eine Welle der Übelkeit und Erschöpfung fegte über sie hinweg, als sie die Tür aufstieß, da ihr plötzlich wirklich schlecht war und sie sich dumpf fragte, ob es Gotteslästerung wäre, sich auf dem Gelände einer Kirche zu übergeben. Während sie es tat, läutete das Handy; der fröhliche Klingelton war erschreckend unpassend.

Paul stand auf, um es vom Boden aufzuheben, aber Kate stieß seine Hand weg, schnappte sich das Telefon und schluckte ihre Übelkeit hinunter, bevor sie sagte: »Ja? Wir sind hier. Wo ist er?«

»Ich wusste, Sie würden den Jungen nicht im Stich lassen.« Sampsons Stimme war kalt und ausdruckslos, wie immer.

»Sein Name ist Jack, Mistkerl.«

»Es besteht kein Grund, so ausfallend zu werden, Kate. Das hier ist eine ganz normale Geschäftstransaktion. Sie geben uns, was wir wollen, und wir geben Ihnen, was Sie wollen.«

»Aber ich weiß ja nicht einmal, was Sie wollen!« Am liebsten hätte sich Kate das Handy gegen die Stirn geschlagen.

Oder noch besser, damit auf Sampsons Schädel eingedroschen. Mit plötzlicher Gewissheit erkannte sie, dass sie ihn töten würde, könnte sie damit Jacks Leben retten. Hass kochte in ihren Adern, verlieh ihr ein falsches Gefühl von Macht, obwohl sie letztlich wusste, dass sie vollkommen schwach und hilflos und ihr jegliche Kontrolle entglitten war. »Wer ist bei Ihnen im Auto?«, fragte Sampson.

»Nur …«

»Nicht lügen, Kate. Das wäre ein schlimmer Fehler.«

»Paul ist hier. Und Vernon.«

»Ihr Freund und Ihr Exmann. Sie sind sehr beliebt. Stört es diesen Wilson nicht, dass Sie seinen Bruder gefickt haben?«

Kate hielt den Atem an.

»Stephen Wilson war schwach, als es darauf ankam. Ich vermute, sein Bruder ist aus keinem besseren Holz geschnitzt. Letztes Mal hat ihm eine alte Frau das Leben gerettet. So viel Glück wird er nicht noch einmal haben … Hier sind die Anweisungen: Sie fahren von Blackmarsh nach Crawley. Dort kommen Sie an einer Werkstatt vorbei, dann geht es geradeaus über einen Kreisverkehr. Anschließend kommt links ein freistehendes Pub, mit einem Parkplatz dahinter. Fahren Sie auf den Parkplatz.«

»Sind Sie jetzt dort? Mit Jack?«

Aber er hatte bereits aufgelegt.

Kate gab die Anweisungen an Paul und Vernon weiter. »Er hat auch etwas über Stephen angedeutet. Es klang so, als wüsste er, was damals passiert ist. Als wäre er dabei gewesen.«

Pauls Fingerknöchel wurden weiß, als er das Lenkrad umklammerte und aus dem Dorf schoss.

»Was stand gleich noch mal in Stephens Brief?«

Paul sagte ihn aus dem Gedächtnis auf, in das er sich vor

Jahren eingebrannt hatte: »Sag ihr, sie hatte recht. Und bitte sie in meinem Namen um Verzeihung.«

»Stephen muss gewusst haben, was los war.«

»Und Sampson hat herausgefunden, dass er es wusste.«

»Aber wir wissen immer noch nicht, was ich ihm verzeihen soll.« Ein entsetzlicher Gedanke kroch in ihren Kopf. »O Paul, du denkst doch nicht, dass er etwas mit der Sache zu tun hatte, oder?«

Die Anspannung im Auto war während der folgenden paar Meilen regelrecht greifbar.

»Das muss es sein«, sagte Kate, als sie einen Kreisverkehr erreichten, der auf Sampsons Beschreibung passte. Eine Minute später entdeckten sie das Pub und den Parkplatz.

Sie bogen ab, langsam, alle drei starr vor Angst. Kate blickte auf ihre zitternden Hände. Aber sie war zu hundert Prozent konzentriert und hellwach. Es kam ihr vor, als wäre dies der Moment, auf den sie seit langer Zeit zugesteuert hätte. Sie war hier, um ihr Baby zu holen.

Ein einziges Auto stand auf dem Parkplatz: Kate erkannte die bedrohliche Silhouette von Sampsons Audi, doch da der Wagen allein vom Mondlicht beschienen wurde, war es zu dunkel, um viel des Innern zu sehen, auch wenn sie sicher war, den Umriss eines Jungen auf der Rückbank ausmachen zu können. Ihr Herz klopfte. Sie beobachtete, wie die Tür des Audis aufging, und dann das orangefarbene Glimmen einer Zigarettenspitze, die einen Schauer an schnell verglühenden Funken herabregnen ließ, als Sampson sie fortschnalzte. Es war keine Zeit, um Vernon zu sagen, dass das Gewehr nicht geladen war.

Sampson blieb vor seinem Wagen stehen und rief: »Aussteigen! Alle!«

Kate zischte Vernon zu: »Tu nichts Dummes. Okay?«

»Okay, okay, verstanden.«

»Wir werden alles tun, was er sagt«, flüsterte sie Paul ins Ohr.

Die drei stießen die Türen auf und stiegen aus. Kate und Paul gingen langsam auf Sampson zu, dicht beieinander, auch wenn sich ihre Körper nicht berührten. Auf dem Parkplatz war es still, und über dem Pochen ihres Herzens, das in ihrer Brust hämmerte, vernahm sie das Zirpen von Heuschrecken im Gras.

Sampson zündete sich eine neue Zigarette an, und die Flamme seines Feuerzeugs warf einen flackernden Schatten auf sein Gesicht. In der anderen Hand hielt er eine Waffe, mit der er fast beiläufig auf sie zielte. Hinter Kate raschelte es, was auch Sampson nicht entging. Er richtete die Pistole auf Vernon, der versucht hatte, die Schrotflinte zu heben. »Fallen lassen, Arschloch, oder Sie sind ein toter Mann!«

»Tu es, Vernon, bitte«, flehte Kate mit erstickter Stimme. Sie packte Pauls Hand, kaum in der Lage, sich umzudrehen und nachzusehen, was geschah.

Vernon ließ die Schrotflinte zu Boden gleiten und begann zu weinen, als Sampson auf ihn zuschritt und ihm seine Pistole ans Ohr drückte. Sampson hielt sie mehrere lange Sekunden dort, ließ Vernon zittern und wimmern, bevor er herumwirbelte und ihm den Lauf fest gegen die Schläfe schmetterte. Vernon schrie auf und ging in die Knie, krümmte sich in Embryonalstellung auf dem Asphalt zusammen, hielt sich den Kopf.

»Der einzige Grund, warum Sie überhaupt noch am Leben sind, Sie wertloses Stück Scheiße«, sagte Sampson im Plauderton, während er die Schrotflinte aufhob, »ist der, dass jemand das Kind nach Hause bringen muss. Und die Mutter des Kindes wird woanders erwartet. Und so wird es ablaufen: Ich werde den Jungen aus dem Wagen lassen. Sie«, – er zeigte mit der Pistole in Kates Richtung – »und Wilson werden statt seiner ins Auto steigen, dann fahren wir los.«

»Kommt nicht in Frage«, sagte Paul.

»Das ist keine Verhandlungssache«, sagte Sampson mit leiser Stimme. »Sie tun, was ich Ihnen sage.«

»Ja«, erwiderte Kate. »Wir tun alles.«

»Kate …«, protestierte Paul, aber sie schüttelte den Kopf.

»Jack geht mit Vernon. Dann ist er in Sicherheit. Das ist alles, was zählt.«

»Aber er wird uns umbringen.«

Ihr standen Tränen in den Augen. An Paul gewandt sagte sie: »Vielleicht wirst du eines Tages Vater, und dann wirst du mich verstehen.«

»Im Grunde ist es äußerst unwahrscheinlich, dass Sie jemals Vater werden, Wilson, aber Sie sollten trotzdem tun, was ich sage«, entgegnete Sampson in fast freundlichem Ton, wobei er nun mit der Pistole auf Pauls Brust zielte.

Nachdem Sampson seine Zigarette auf den Boden geworfen hatte, ging er rückwärts ein paar Schritte auf sein Auto zu und öffnete die hintere Tür. Jack sprang heraus und rannte direkt in Kates Arme. Sie hob ihn hoch und presste ihn fester an sich, als sie ihn je zuvor umarmt hatte. Er roch so gut, fühlte sich so warm in ihren Armen an, und sie weinte in sein weiches Haar, als er sagte: »Mummy, der Mann hat geraucht. Und er hat Daddy wehgetan.«

»Daddy geht's gut, Liebling. Ihm geht's gut, schau, ist nur eine Beule am Kopf. Du fährst mit ihm.«

Jack versuchte, sich aus ihrer Umarmung zu winden. »Und wohin fährst du?«

»Ich mache nur kurz eine Spazierfahrt.«

»Mit dem Mann da? Ich hasse ihn! Ihn und den Doktor.«

»Welchen Doktor?«

Sampson schaltete sich ein. »Das reicht. Setzen Sie ihn ab und kommen Sie mit mir. Sofort!«

»Mummy!« Jack krallte sich an ihr fest, weshalb sie ihn regelrecht von sich wegstoßen musste. Auch wenn all ihre Instinkte danach verlangten, ihn an sich zu drücken, spürte sie doch seine Verzweiflung, die sich in sie hineinbohrte.

Er begann zu weinen, schniefte die Tränen zurück und machte dieses schreckliche wehklagende Geräusch, das er immer von sich gab, wenn er wirklich aufgebracht war. Oder vielleicht stammte das Geräusch auch von ihr – das vermochte sie nicht zu sagen. Aber das war der einzige Weg. Ihm würde es gut gehen bei Vernon. Dieser Ausgang der Dinge war im Grunde besser, als sie erwartet hatte. Eigentlich hatte sie angenommen, dass Sampson sie alle töten würde, aber sie versuchte gar nicht zu verstehen, was hier im Gange war. Dafür wäre später noch Zeit, hoffte sie.

Oder sie würde die nächste Minute nicht überleben. Dies war womöglich das letzte Mal, dass sie ihren Sohn sah.

Jack abzusetzen und von ihm wegzugehen, war das Schwierigste, was sie je in ihrem Leben hatte tun müssen.

Sie stieg in Sampsons Wagen auf den Rücksitz, und Paul tat es ihr gleich. Sampson kletterte auf den Fahrersitz, schob das Gewehr in den Fußraum und brauste ohne Jack davon. Im Rückspiegel sah Kate ihren Sohn auf dem Parkplatz stehen, schluchzend, sich an dem knienden Vernon festklammernd. Er war in Sicherheit. Das war alles, was zählte.

»Wohin fahren wir?«, fragte sie mit der ruhigsten Stimme, die sie aufbringen konnte.

Doch Sampson gab keine Antwort. Er beobachtete sie einfach im Rückspiegel, bis sie den Blick abwenden musste. Paul versuchte, ihre Hand zu nehmen, aber sie wollte nicht, dass er sie berührte. Nicht jetzt. In diesem Moment hatte sie das Gefühl, dass sie nie mehr wieder von irgendjemandem berührt werden wollte.

Zehn Minuten später, nachdem sie eine lange, dunkle Landstraße entlanggefahren waren, hielten sie vor einem großen weißen Haus.

Hier also wird es enden, dachte Kate.

41

Laut der Uhr auf dem Armaturenbrett war es 01:25 Uhr. Kate erinnerte sich an Nächte vor Jacks Geburt, als sie häufig zu dieser Uhrzeit an ihrem Labortisch zu finden gewesen war, manchmal bis weit in den Morgen. Irgendwann hatte sie von ihrer Arbeit aufgeblickt und der Sonne draußen beim Aufgehen zugesehen, der Himmel ein Zartrosa, die Stadt ruhig jenseits der geschützten Mauern der Universität. Diese Welt und dieses Morgengrauen schienen jetzt unendlich weit entfernt zu sein.

Sampson schaltete den Motor aus und drehte sich zu ihr und Paul um. Er wirkte angespannt, und kurz fragte sich Kate verwundert, warum sich seine Laune im Laufe der Autofahrt verändert hatte. Dann begriff sie, dass es mehr als sonderbar war: Es war das erste Mal, dass sie bei ihm einen Anflug von Gefühlen bemerkte.

Innerlich sehnte sie sich nach Jack, betete inständig, dass es ihm gut ginge, dass sich Vernon um ihn kümmern würde. Wohin würde Vernon fahren? Bestimmt würde er die Geschehnisse abwarten und Jack nicht sofort nach Amerika bringen. Vielleicht würde er zurück zu Miranda fahren. Oder zur Polizei, nun, da Jack in Sicherheit war. Sie wünschte, sie hätte Gelegenheit gehabt, mit ihm zu reden, nachdem Sampson verkündet hatte, er könne Jack mitnehmen. Ihr Handy war in ihrer Tasche, und es juckte ihr in den Fingern, Vernon eine SMS zu schreiben. Aber wäre das möglich, ohne dass sie entdeckt wurde? Vielleicht, sobald sie im Innern des Hauses waren.

»Mitkommen!«, befahl Sampson und nahm die ungeladene Schrotflinte mit. Plötzlich war Kate sehr froh, die Patronen entfernt zu haben.

Er führte sie über den Vorhof bis zur Haustür eines großen heruntergekommenen georgianischen Landsitzes. Kies knirschte unter ihren Füßen. Früher einmal musste es ein prächtiges Anwesen gewesen sein, aber jetzt blätterte die Farbe von den Fensterrahmen und -bänken ab, und eine dicke Staubschicht ließ den Glanzlack der Haustür matt aussehen. Efeu kroch die Wände hinauf, und tote Blätter und Bonbonpapier hatten sich am Rand der breiten Stufen aufgetürmt. In Sichtweite gab es keine anderen Häuser, abgesehen von ein paar verlassenen Wirtschaftsgebäuden, die sich am Horizont unscharf abzeichneten. Sie waren allein.

Sampson drückte auf den Klingelknopf und redete in eine Sprechanlage, zu leise, als dass Kate etwas verstanden hätte. Paul fing ihren Blick auf, und sie sahen sich in die Augen, die Anspannung zwischen ihnen war greifbar.

Die Tür wurde von einem uniformierten jungen Mann mit rasiertem Schädel aufgemacht, der Sampson zunickte, bevor er wieder in die Schatten zurückwich. Sie befanden sich in der Eingangshalle eines traditionellen Landhauses der englischen Oberschicht: dunkles Holz und verstaubte Kronleuchter, Gemälde von Männern mit Jagdhunden an den Wänden. Das Haus roch muffig wie ein Museum, das nur selten seine Pforten öffnete.

»Mir nach«, sagte Sampson, und sie folgten ihm den Korridor hinab, während der glatzköpfige Sicherheitsmann die Nachhut bildete.

Sampson blieb vor einer Metalltür stehen, die überhaupt nicht zu der altehrwürdigen Umgebung passte. Der Wachmann trat vor sie, holte ein Handy hervor und murmelte ein paar Worte hinein. Fast augenblicklich öffnete sich die Tür, und Sampson gab ihnen mit einem Nicken zu verstehen, dass sie ihm folgen sollten.

Das Erste, was Kate auffiel, waren der Temperatursturz und die hellen Lichter. Sie standen in einem kleinen kahlen Zimmer mit Metalloberflächen und dem Summen einer Klimaanlage. Es kam ihr vor wie ein plötzlicher Bildwechsel in einem Traum, wenn man sich auf einmal in einer neuen Umgebung befindet, ohne jede Verbindung zu der, in der man zuvor gewesen war. Sampson schloss die Tür hinter ihnen, ließ den Wachmann draußen zurück, und eine weitere Tür am anderen Ende des Raums öffnete sich. Ein Asiate in einem weißen Laborkittel trat ein.

Er begann, ihnen Fragen zu stellen – Waren sie kürzlich im Ausland? Hatten sie sich mit irgendeiner Virusinfektion angesteckt? –, aber Sampson herrschte ihn an, er solle den Mund halten.

»Das sind Gaunts ganz spezielle Gäste«, sagte er.

Der Asiate hob eine Augenbraue. »Ich verstehe.«

»Wo ist er?«

»In seinem Büro. Ich denke, er erwartet euch.« Der Mann starrte Kate eindringlich an, als wäre sie ein faszinierendes Exemplar, von dem er schon viel gehört hatte.

»Folgt mir!«

Er öffnete die Tür, hinter der eine Treppe zum Vorschein kam, die nach unten führte, höchstwahrscheinlich in den Keller des Hauses. Es war fast zu surreal, um angsteinflößend zu sein, dachte Kate – fast, aber nicht ganz. Gleichzeitig überkam sie unwillkürlich ein Schauder der Erregung: Die Wahrheit musste jetzt genau vor ihnen liegen. Sie nahm Pauls Hand und drückte sie. Kate spürte, dass er sich den Anschein von Tapferkeit geben wollte, aber unter der Oberfläche war er ebenso nervös wie sie.

Am Fuß der Treppe stießen sie auf einen langen, hell erleuchteten Korridor, so makellos sauber, wie der obere Teil des Hauses schmutzig war. Sie folgten Sampson. Rechts und links reihten sich Zimmer aneinander, mit kleinen Fenstern, die leere Feldbetten ohne Bettzeug offenbarten. Die leeren Zellen verbreiteten eine ausgesprochen unheimliche Atmosphäre. Sie erinnerten Kate an die Zimmer, in denen Geisteskranke eingesperrt wurden. Nur dass es den Anschein machte, als wären alle Patienten gestorben. Vielleicht waren das auch nur die Räumlichkeiten, in denen die Bewohner dieses sonderbaren Hauses schliefen, wenn sie die Nacht durchgearbeitet hatten.

Sampson klopfte an einer Tür am Ende des Korridors.

42

Harley beobachtete Dragan Popovic durch einen Einwegspiegel, der das Vernehmungszimmer in eine Art TV-Show verwandelte. Dragan saß aufrecht da, ein Lächeln zuckte um seine Mundwinkel, ein Lächeln, für das Harley ihn am liebsten grün und blau geprügelt hätte.

Er betrat den Befragungsraum und setzte sich Popovic gegenüber, der immer noch dieses verdammte Grinsen im Gesicht hatte. Dies hier war ein privates Gespräch unter vier Augen. Kein Tonband, keine Zeugen.

»Ich will alles über den Arzt wissen«, sagte Harley. »Die Frauen, die sie gefangen gehalten haben, nennen ihn Doktor Mengele.«

»Kann ich jetzt eine Zigarette haben?«, fragte Popovic. Sein Englisch war perfekt, nur der Hauch eines Akzents war zu hören.

»Das ist ein Nichtrauchergebäude«, erwiderte Harley.

»Aber Mr. Harley, mir fällt es schwer, ohne Nikotin nachzudenken.«

Harley beugte sich über den Tisch und sah dem Serben fest in die Augen. »Sie wissen, was mit Ihnen geschehen wird, nicht wahr? Sie werden dem Internationalen Gerichtshof in Den Haag überstellt, vor dem sie sich wegen Kriegsverbrechen verantworten müssen. Es wäre eine gute Idee, mit Denken anzufangen. Ohne Nikotin.«

Popovic lehnte sich zurück und neigte den Kopf leicht schräg. »Wenn ich Ihnen diese Information gebe, können Sie mir dann helfen?«

Harley blinzelte nicht. »Ich werde alles in meiner Macht Stehende tun.«

»Warum interessieren Sie sich für den Doktor?«

»Ich bin kein Idiot, Dragan. Wir wissen, dass zumindest eine der Frauen, die Sie nach England verschleppt haben, von dieser Person, diesem Doktor, fortgeschafft wurde. Da gibt es ein kleines Mädchen, das wissen will, was ihrer Mutter zugestoßen ist. Ich will wissen, wer er ist und was mit Slavna geschehen ist.«

Popovic lachte. »Gefühle, Mr. Harley. Die sind in Ihrer Profession sicherlich nicht hilfreich?«

Schnell wie eine angreifende Kobra schoss Harleys Arm vor, packte Popovic am Kragen und zog ihn über den Tisch, bis ihre Gesichter nur Zentimeter voneinander entfernt waren. »Hören Sie auf, mir blöd zu kommen, Dragan! Erzählen Sie mir von dem Doktor.«

Er ließ den Serben los und wartete. Schließlich nickte Popovic. »Okay, okay. Aber ich will nicht nach Den Haag. Wir können einen Deal aushandeln, ja? Ich sitze meine Haftstrafe in England ab, in einem englischen Gefängnis. Slavna war nicht die einzige Frau, die der Doktor mitgenommen hat. Im Laufe der vergangenen zwei Jahre waren es fünf Frauen. Ich erzähle Ihnen, was ich weiß – aber nur, wenn wir einen Deal haben. Ja?«

Harley zögerte. »Ja, das ließe sich einrichten.«

»Das ist … großartig.« Er lächelte. »Nun – der Doktor. Ich kenne seinen Namen nicht. Wir nennen ihn einfach nur Doktor.«

»Wie kommt er zu diesem Namen?«

Popovic bedachte Harley mit einem Blick, als wäre er strohdumm. »Weil er ein Doktor ist. Er stellt Fragen wie ein Doktor, untersucht die Mädchen, bevor er sie akzeptiert, achtet darauf, dass sie gesund sind. Einmal, als einer der Männer eine Erkältung hatte, hat der Doktor mit ihm geredet, hat ihm gesagt, was er hat, welche Medizin er nehmen soll. Und alle paar Monate ruft er mich an, will ein Mädchen. Wir handeln einen Preis aus, und dann führen wir den Tausch durch. Er bezahlt sehr gut.«

»Wofür braucht er die Frauen?«

Popovic zuckte mit den Schultern. »Das habe ich nie gefragt. Vielleicht, damit sie sein Haus putzen?«

»Sie stellen meine Geduld schon wieder auf die Probe. Ich brauche mehr Informationen. Hat er die Frauen selbst abgeholt?«

»Nein. Ich habe sie geliefert.«

Harley spürte, wie Erregung in seinem Magen Wellen schlug. Endlich gab es Fortschritte. »Aber ich hoffe, Sie wollen mir jetzt nicht weismachen, Sie hätten vergessen, wo es war.«

»Nein, Mr. Harley, ich erinnere mich. Ich kann Ihnen die Adresse geben. Und dann helfen Sie mir? Ich werde meine Haft in einem englischen Gefängnis verbringen?«

»Ja«, log Harley.

Zwei Stunden später stand Harley in dem Büro seines Vorgesetzten, Sir Terence Brann, und berichtete ihm, was Popovic preisgegeben hatte. Er verheimlichte Sir Terence jedoch, dass Popovic nun in dem Glauben war, seine Auslieferung wäre vom Tisch.

»Wir haben die Adresse überprüft, die Popovic uns gegeben hat, und dieser Name hier ist aufgetaucht. Es gibt eine Geheimakte über ihn.«

Er reichte Sir Terence einen Bogen Papier.

Der ältere Mann hob eine weiße Augenbraue.

»Sie haben schon einmal von ihm gehört?«, fragte Harley.

Sir Terence strich sich übers Kinn. »Ja … Auch wenn ich diesen Namen seit geraumer Zeit nicht mehr gehört oder gesehen habe. Seit den Neunzigern. Was *führt* er nur im Schilde?«

Harley erklärte, wie sein Plan aussah. Dass er ein Team bräuchte, Unterstützung. Sein Vorgesetzter hörte ihm bedächtig zu und nickte zum Schluss.

»Sehr schön«, sagte er. »Ich muss gestehen, ich wollte Sie schon von der Operation abziehen, die Verantwortung an die SOCA übergeben, damit die sich darum kümmern. Menschenhandel obliegt nicht unserem Aufgabenbereich. Aber falls Gaunt darin verstrickt ist, möchte ich, dass Sie weitermachen, nur bis wir herausgefunden haben, was er plant.«

Er las das Blatt Papier noch einmal sorgfältig durch und lächelte in sich hinein. »Nun … Gaunt. Es ist wohl an der Zeit, dass man dich aus der Kälte holt.« Er kicherte. »Entschuldigen Sie meinen Sinn für Humor.«

43

Die Tür wurde von einem dünnen Mann mit breitem Grinsen geöffnet, das gelbe Zähne offenbarte. Als er zu reden begann, ließ der Schwall Mundgeruch Kate würgen. Oder vielleicht war es nicht nur der Gestank – es war die Erinnerung. Kate kannte ihn. Er war der Mann, den sie im Wald gesehen hatte, der Arzt, der ihr nach dem Feuer die Spritze gesetzt hatte. Weitere Erinnerungen bahnten sich einen Weg an die Oberfläche. Er war im Krankenhaus gewesen, während sie sich dort erholt hatte. Dr. Gaunt. Doktor Tod.

Er fuhr sich mit der Zungenspitze über die trockenen Lippen. »Miss Carling«, sagte er. »Wie schön, Sie wiederzusehen. Oder sollte ich Sie lieber Dr. Maddox nennen?«

Er wandte sich an Paul. »Sie sehen Ihrem Bruder so ähnlich. Nun ja … wie Ihr Bruder *früher* ausgesehen hat.«

Er lachte, und Paul stürzte sich auf ihn, aber Sampson war zu schnell, packte Paul und stieß ihn ins Büro.

»Vielleicht sollte ich Wilson gleich umbringen«, schlug er in kühlem Ton vor.

Dr. Gaunt dachte kurz nach. »Vielleicht … oh, lieber doch nicht. Dafür haben wir später noch genug Zeit. Ist mit dem Kind alles reibungslos über die Bühne gegangen?«

»Ja. Sein Vater hat ihn.«

»Wunderbar.« Gaunt rieb seine pergamentenen Handflächen aneinander. Dann nahm er hinter seinem Schreibtisch Platz und griff nach einem Medaillon, mit dem er beim Reden spielte. »Es ist mir wirklich eine große Freude, Sie wiederzusehen, Kate. Bei unserem letzten Treffen waren Sie ganz aus dem

Häuschen über Ihr neues Leben in Amerika. Und dem Anschein nach haben Sie sich dort prächtig gemacht. Von Zeit zu Zeit habe ich mich nach Ihren Fortschritten erkundigt, habe meine Kontakte gebeten, ein Auge auf Sie zu werfen. Sie schulden mir etwas, immerhin habe ich Ihnen geholfen, all das zu bewerkstelligen.« Er seufzte. »Und dann mussten Sie alles zerstören, indem Sie sich entschieden, nach England zurückzukommen.«

Kate war übel. War ihr gesamtes Leben von diesen Menschen arrangiert worden? »Ich schulde Ihnen gar nichts.«

»O doch. Nun ja, im Grunde müssten Sie Leonard Bainbridge dankbar sein. Er hatte diesen schrecklich sentimentalen Zug. Aber fairerweise muss angefügt werden, dass auch ein wenig Pragmatismus in seiner Entscheidung mitschwang, Ihnen zu helfen, in Harvard aufgenommen zu werden, damit Sie dort Ihre Studien fortsetzen konnten. Er glaubte – und ich habe ihm zugestimmt –, dass Sie uns eines Tages von Nutzen sein könnten. Vermutlich könnte man behaupten, dieser Tag sei nun gekommen …«

»Wovon reden Sie nur?«

Er lächelte, was er offensichtlich für ein einnehmendes Lächeln hielt.

Da ergriff Paul das Wort. »Sie haben ihr Gedächtnis ausgelöscht.«

Gaunt wirkte sichtlich überrascht. »Das wissen Sie also.«

»Ja«, sagte Kate. »Sie haben an mir die Pimenov-Technik angewandt.«

»Wir haben wohl ein bisschen Recherche betrieben, hä? Sie haben recht. Außer dass wir der Sache nie ein echtes Ende gesetzt haben.«

Während des gesamten Gesprächs spürte Kate, dass Sampson sie eindringlich musterte, sie auf eine Art anstarrte, die ihr eine Gänsehaut über den ganzen Körper jagte. Sie drehte sich halb zu ihm um und erschrak, als sie seinen Gesichtsausdruck las: Lust. Er schien sich gerade auszumalen, mit ihr zu schlafen. Bei dem Gedanken hätte sie vor Entsetzen am liebsten laut geschrien. Ist das der Grund, warum sie sie hierhergebracht hatten, damit Sampson sie vergewaltigen und anschließend töten könnte? Zum ersten Mal, seit sie Gaunts Büro betreten hatte, war sie starr vor Angst.

Dennoch gelang es ihr, etwas zu sagen: »Ist es das, was Sie nun vorhaben – der Sache ein echtes Ende zu setzen? Mein Gedächtnis richtig auszulöschen?«

Gaunt lächelte. »Das ist nicht nötig.« Er lehnte sich in seinem Stuhl zurück. »Der Stein wurde heute Nacht ins Rollen gebracht und lässt sich nicht mehr aufhalten.«

»Wovon reden Sie da?«

»Ich frage mich … Ihr kleiner Junge – Jack, nicht wahr? – Ich frage mich, ob Sie sich eine große Zukunft für ihn ausgemalt haben. Ein Wissenschaftler wie Sie, vielleicht. Ich vermute, sein Vater hatte für ihn eher eine Karriere als Baseballspieler im Sinn. Erfolgreich, das auf jeden Fall. Eine Berühmtheit.« Er verschränkte seine langen Finger ineinander, wie ein Mann, der gerade ein köstliches Essen genossen hatte.

»Jack wird berühmt werden, so viel steht fest. Der kleine Junge, der die Welt veränderte.«

Und Kate erkannte mit einem inneren Aufschrei des Entsetzens, der ihr Tränen in die Augen trieb und ihren Mund mit Galle flutete, was Gaunts Worte bedeuteten. »Sie haben Jack mit einem Virus infiziert.« Sie musste sich an der Lehne eines Stuhls festkrallen, um nicht in Ohnmacht zu fallen.

Gaunt machte eine verächtliche Handbewegung. »Nicht irgendein Virus. Die *Crème de la Crème* der Viren. Das Pandora-Virus. Die Krönung vieler Jahre Arbeit. Seit über zwanzig Jahren habe ich auf diesen Moment hingearbeitet.« Eine Vene zuckte auf seiner Stirn, seine Augen glitzerten vor Aufregung.

Er berührte eine Taste auf seiner Tastatur, und der PC erwachte zum Leben. Auf dem Bildschirm war eine Computeranimation des Virus zu sehen, das langsam in 3D um die eigene Achse rotierte. Kate konnte ihr Interesse nicht verhehlen. Sie beugte sich vor, um eine bessere Sicht zu haben. Wie Gaunt fand Kate Viren ehrfurchtgebietend und faszinierend; doch im Gegensatz zu ihm hielt Kate sie nicht für schön. Sie waren Feinde, und Kate hatte ihr gesamtes Leben nicht nur darauf verwendet, sie zu studieren, sondern auch, sie zu bekämpfen. Viren wie dasjenige, das ihre Eltern getötet hatte. Manchmal, während sie über Reagenzgläsern brütete, kam es ihr vor, als wäre es ihr ganz persönlicher Kreuzzug.

»Perfekt, nicht wahr?«, fragte Dr. Gaunt.

»Ein Grippevirus.« Das erkannte Kate sofort.

»Woher weißt du das?«, fragte Paul.

»Siehst du das?« Kate zeigte matt auf die Oberflächenstruktur des Virus, die pelzigen Spikes des Hämagglutinin. »Das dort sind die Proteine – sie werden H genannt. Und das dort, am Rand des Virus, sind Enzym Neuraminidasen – N. Jedes Grippevirus hat somit seine eigene Kombination aus H und N. Folglich war die Schweinegrippe H1N1, die Vogelgrippe H5N1 und so weiter.« *Jack, o Jack*, dachte sie entsetzt.

»Ja, im Grunde ist es ein Grippevirus«, sagte Dr. Gaunt. »Aber es wurde so verändert, dass es keinem anderen Grippevirus gleicht. Es ist brandneu, weshalb niemand auf der Welt dagegen resistent ist. Und es ist unglaublich stark. Es peitscht durch den Körper wie eine Flutwelle, verursacht unsägliche Kopfschmerzen, Hustenanfälle, Halluzinationen, alle üblichen und grässlichen Grippesymptome, allerdings zehnmal so schlimm, wobei der Patient noch dazu aus Augen, Ohren und der Haut blutet. Der Tod tritt nach einer Flutung der Lunge mit anschließender Zyanose ein. Das Blut erhält keinen Sauerstoff mehr, was für die bläuliche Verfärbung sorgt. Im Grunde ertrinkt man in seinen eigenen Körperflüssigkeiten.«

Er redete, als würde er ein interessantes Naturphänomen beschreiben, etwa das Paarungsritual einer exotischen Tierart. »Die Spanische Grippe – ein weiteres H1N1-Virus, wie wir heute wissen –, die nach dem Ersten Weltkrieg auf der ganzen Welt wütete, hat einen von zwanzig Menschen getötet, die daran erkrankten. Eine beeindruckende Zahl. Pandora hingegen wird achtzehn von zwanzig dahinraffen, vorsichtig geschätzt.«

»Und Sie haben meinen Sohn damit infiziert, meinen Jack…« Kates Kehle fühlte sich so zugeschnürt an, dass sie die Worte kaum herausbrachte. Sie glaubte, sich übergeben zu müssen, als das ungeheure Ausmaß des Graues über sie hinwegfegte.

Gaunt betrachtete Kate mit ausdruckslosem Blick, als hätte sie überhaupt nichts gesagt. »Eine der erstaunlichsten Eigenschaften dieses Virus, eine kleine Besonderheit, die wir uns von unseren asiatischen Freunden ausgeliehen haben, ist der Umstand, dass es eine sichere Phase von fünfzehn Stunden gibt, bevor es ansteckend wird. Das erlaubt uns, die Überträger an jeden beliebigen Ort zu schicken, ohne dass wir uns selbst in Gefahr begeben. Wir wissen, dass Ihr Exmann Jack außer Landes bringen will, da er direkt zum Flughafen gefahren ist, nachdem er den Jungen bei Ihrer Schwester abgeholt hat. Beim ersten Mal hatten wir Glück, und Sampson konnte ihn abfangen. Diesmal wollen wir ihn überhaupt nicht aufhalten.«

»Wann haben Sie Jack das Virus verabreicht?« Kates Stimme zitterte.

Gaunt sah auf seine Uhr. »Vor elf Stunden.«

»Gibt … gibt es ein Gegenmittel?«

Gaunt lächelte. »O ja. Das haben wir im selben Atemzug entwickelt. Um allerdings sicherzugehen, dass es wirkt, muss das Antivirus während der sicheren Phase gegeben werden. Aber es besteht keinerlei Grund, sich Hoffnungen wegen Jack zu machen. Für ihn ist es zu spät, ebenso für Ihren Exmann. Sie werden beide sterben. Jack ist nur ein unbedeutendes Kind. Er spielt keine Rolle in der natürlichen Weltordnung …«

Kate krallte sich die Goldkette, mit der Gaunt eben noch gespielt hatte, machte einen Satz auf den Tisch, rutschte mit den Knien über die Platte und stürzte sich auf den Wissenschaftler. Sie knallten zu Boden, und als Gaunt versuchte, sich aufzurichten, schlang sie ihm die Kette um den Hals. Als Kate das Medaillon sah, packte sie es zum besseren Halt mit der Faust und zog die Kette fest, innerlich betend, dass sie nicht riss.

»Sagen Sie mir, wo das Gegenmittel ist!«

Gaunt keuchte auf. »Sampson …!«

Paul wollte Sampson den Weg versperren, aber der Killer verpasste ihm einen tiefen Schlag in den Solarplexus, und Paul brach zusammen. Dann stieg Sampson über ihn hinweg, packte den Schreibtisch und schob ihn zurück, warf ihn halb durchs ganze Zimmer, als wäre er aus Sperrholz, nicht aus schwerer Eiche. Kate zog die Kette noch fester, wollte das Leben aus diesem Monster quetschen, diesem kranken kleinen Mann, der im Widerspruch zu allem stand, woran sie glaubte, und der Jack, ihren kostbaren Jack, als *ein unbedeutendes Kind* bezeichnet hatte. Wenn Gaunt die Wahrheit sagte und es ihr nicht gelang, das Gegenmittel zu beschaffen und innerhalb der nächsten dreieinhalb Stunden von hier zu fliehen, hätte Gaunt ihren Sohn auf dem Gewissen. Sie zerrte noch entschlossener an der Kette, was Gaunt krächzen ließ.

Da spürte sie starke Hände an ihren Handgelenken. Sampson drückte zu, und der Schmerz ließ sie den Griff an der Kette lockern. Gaunt sackte vornüber, rieb sich die Kehle und keuchte. Sampson umklammerte sie von hinten, presste ihr die Arme an die Seiten.

Gaunt rappelte sich auf. »In eine Zelle mit ihnen. Getrennte Zellen!« Mit zitternder Hand zeigte er auf Kate. »Sie werden Ihren Sohn sehr bald wiedersehen, Kate. Ich werde dafür sorgen, dass Sie seinen Leichnam halten.«

44

Kate saß auf der nackten Pritsche in einem der leeren Zimmer, die sie auf dem Weg zu Gaunts Büro gesehen hatte, und versuchte, ihre Gedanken zu sammeln, sie nicht sinnlos in alle Richtungen lospreschen zu lassen. Ihre Handgelenke pochten immer noch an den Stellen, an denen Sampson zugedrückt hatte, aber das war ihr kleinstes Problem. Alle zehn Sekunden blickte sie auf ihre Uhr, jedes Ticken ein Stich ins Herz. *Jack, o mein Baby!* Sie musste entkommen, musste das Gegenmittel finden. Auf einmal erinnerte sie sich an ihr Handy, und nachdem sie sicher war, dass niemand durch die Scheibe sah, zog sie es aus der Tasche. Wie nachlässig von ihnen, es ihr nicht abgenommen zu haben, dachte sie. Dann begriff sie, warum sie sich die Mühe nicht gemacht hatten: In den Tiefen dieses Kellers gab es keinen Empfang. »Kein Netz.«

Sie wollte sich auf die Pritsche legen, schlafen und beim Aufwachen feststellen, dass alles nur ein Albtraum gewesen war. Doch gleichzeitig war sie von überschäumender Energie erfüllt – sie hämmerte mit der flachen Hand gegen die Tür und brüllte sich die Seele aus dem Leib. Ihre Stimme hallte in dem winzigen Zimmer wider.

Da waren immer noch so viele unbeantwortete Fragen. *Warum* tat Gaunt so etwas? Was erhoffte er sich davon, ein tödliches Virus zu entfesseln? Er schien keine politischen oder ideologischen Gründe zu haben – zumindest kam ihr Gaunt nicht wie ein religiöser Fanatiker vor. Tat er es des Geldes wegen, und wenn ja – wie wollte er Kapital daraus schlagen? Hegte er einen Groll gegen die Welt, der in seiner Kindheit begründet lag? Oder war er einfach nur wahnsinnig? Konnte die Antwort wirklich so banal sein?

Weitere Fragen wirbelten ihr durch den Kopf: Warum hatte Sampson sie hierhergebracht, statt sie gleich auf dem Parkplatz zu töten? Und sie wusste immer noch nicht, was vor sechzehn Jahren in der CRU vorgefallen war. Was genau hatte sie herausgefunden, bevor sie ihr das Gedächtnis ausradiert hatten, und in welchem Zusammenhang stand das mit Stephens und Sarahs Tod? Was hatte Stephen mit seinem Brief sagen wollen?

So viele Fragen – aber sie wollte herzlich gern auf jede Antwort verzichten, könnte sie Jack dadurch retten.

Das war das Einzige, was zählte. Dafür hätte sie alles getan.

Bevor sie die Gelegenheit hatte, darüber nachzudenken, was »alles« bedeutete, öffnete sich die Tür, und Gaunt trat ins Zimmer, dicht gefolgt von Sampson.

Sie stand auf, aber Gaunt gab ihr mit einer Handbewegung zu verstehen, dass sie sich wieder setzen sollte, und sie fügte sich zögerlich. Er nahm neben ihr Platz. Nur ein paar Zentimeter trennten sie, und die Nähe löste Juckreiz bei ihr aus.

»Nun«, sagte er. »Sind Sie bereit, sich zu entschuldigen?«

Sie traute ihren Ohren nicht. »Sie wollen, dass *ich* mich bei Ihnen entschuldige? Sie …«

»Was? Wollen Sie mich wieder des Wahnsinns bezichtigen?« Seine Stimme war sanft, wie die eines trostspendenden Arztes am Bett eines Krebspatienten. »Ich bin bei Verstand, Kate. Ich bin ein rationaler Mensch. Wie Sie habe ich mein Leben der Wissenschaft gewidmet, dem Streben nach Wahrheit.«

»Sie sind nicht wie ich. Kein bisschen. Sie wollen Menschen töten, ich will Leben retten.«

Sie nickte in Sampsons Richtung, der neben der Tür lauerte und sie mit leerem Blick anstarrte. »Sie wollen die Menschen nicht nur umbringen – Sie schicken diesen Roboter, der die Schmutzarbeit für Sie erledigt. Ich habe gesehen, wie er Leonard Bainbridges Frau getötet hat. Die Witwe Ihres früheren Kollegen! Wie können Sie das gutheißen?«

»Das war ein bedauerliches Versehen. Sie stand uns im Weg.«

Kate beugte sich vor, auch wenn der Mann sie anwiderte. »Bitte, ich flehe Sie an. Lassen Sie meinen Sohn Jack nicht sterben. Sie könnten ihn retten, Gnade zeigen. Bestimmt wäre das, rational gesehen, die richtige Entscheidung.«

Er hob eine dünne Augenbraue, kratzte sie und wägte Kates Worte ab. »Gnade – etwas Rationales? Glauben Sie das wirklich? Gnade ist eine emotionale Reaktion, weit entfernt von allem Rationalen.«

Da Kate spürte, dass er weitere kostbare Sekunden vergeuden würde, um über ihre Frage nachzudenken, wiederholte sie: »Retten Sie ihn einfach! Bitte.«

Gaunt blickte zu Sampson auf. »Sie bettelt, Sampson. Wenig originell. Allmählich verliere ich jeden Respekt vor ihr.« Er wandte sich wieder Kate zu. »Das Ganze hätte anders verlaufen können. Wir hätten zusammenarbeiten können. Ich, Sie …« Er lächelte in sich hinein, bevor er fortfuhr: »Ich habe Sie im Laufe der Jahre beobachtet, Kate – habe die Aufsätze gelesen, die Sie veröffentlicht haben, und einen alten Freund von mir auf Sie angesetzt, damit er uns Bescheid gibt, wenn Sie das Land verlassen. Professor Scott. Er spricht in den höchsten Tönen von Ihnen.«

»O mein Gott«, stöhnte Kate. »Professor Scott?« Ihr Mentor in Harvard. Ein Mann, dem sie vertraut hatte.

»Ja. Und ich war ebenfalls im höchsten Maße beeindruckt. Sie verstehen Viren, Sie wissen, wie sie arbeiten, wie sie denken. Ja, ja, ich weiß, dass Viren nicht wirklich denken, aber Sie wissen, wie sie funktionieren. Sie flößen ihnen Respekt ein, nicht wahr?«

Er hatte recht. Sie nickte. Aber sie wollte, dass er sich beeilte. Die Zeit schien immer schneller zu laufen, wie bei einem dieser Zeitrafferfilme, in denen Blumen in Windeseile aufblühten und Wolken über den Himmel rasten.

»Sie erinnern mich in vielerlei Hinsicht an Leonard. Ein guter Wissenschaftler, aber ohne jeglichen Ehrgeiz. Von Moral zurückgehalten, von irrationalen Gefühlen. Sie erinnern mich auch an Ihren Vater.«

»Sie kannten meinen Dad?« Sobald die Worte ihren Mund verlassen hatten, bereute sie sie schon. Es war nur mehr Zeit, die vergeudet wurde. *Jack!*, schrie sie in ihrem Kopf, hörte kaum Gaunts Antwort.

»Wir sind uns kurz begegnet, in den Siebzigern. Leonard hat uns vorgestellt. Wir haben eine sehr interessante Unterhaltung über Ethik und Wissenschaft geführt. Er meinte, Wissenschaft dürfe nie von der Moral abgekoppelt werden, und dass Wissenschaftler bei all ihrem Tun die Pflicht hätten, jederzeit über das Richtig und Falsch ihres Handelns nachzudenken. Wir hatten eine hitzige Auseinandersetzung über Nuklearwaffen. War es von den Wissenschaftlern, die sich als Erste die Macht der Kernspaltung nutzbar machten, falsch, ihre Entdeckung voranzutreiben? Seiner Meinung nach ja. Ich hingegen fand seine Argumentation lächerlich.«

Sampson stand in der Ecke, mit gleichgültiger Miene, auch wenn Kate die Anspannung spürte, die unter seiner leblosen Maske brodelte.

»Meiner Ansicht nach haben Wissenschaftler die Pflicht, ihre Entdeckungen fortzuführen, und das mit allen Mitteln. Das Streben nach Wissen, das Herausfinden von etwas Neuem, das ist der Schlüssel. All diese Narren können weiter über Stammzellenforschung und Genetik und Fruchtbarkeitsbehandlungen jammern, über künstliche Intelligenz, Klonen und so weiter. Sollen diese Dinge verboten werden? Sind sie vom moralischen Standpunkt aus falsch? Wohin führt uns die Wissenschaft? Gähn, gähn. Ich sage, wenn Menschen es tun können, dann sollten sie es tun. Dafür sind wir hier. Um die Welt nach unserem Gutdünken zu formen.«

Kate lauschte ihm, auch wenn sie ihn durch schiere Willenskraft dazu bringen wollte, endlich zum Punkt zu kommen. Allerdings wagte sie es nicht, ihn zu unterbrechen. *Halt den Mund, halt den Mund, halt den Mund,* murmelte sie innerlich vor sich hin.

Gaunt setzte wieder an: »Was mich zu meiner Forschung führt. Als die Cold Research Unit gegründet wurde, war das Ziel einfach: ein Heilmittel gegen Erkältungskrankheiten zu finden. Wären sie erfolgreich gewesen, hätte es viele Menschen verärgert – denken Sie an all die Firmen, die Milliarden damit verdienen, Mittel gegen Schnupfen zu verscherbeln. Aber als ich vor fünfundzwanzig Jahren dort zu arbeiten begann, fast dreißig Jahre nach der Gründung, waren sie der Antwort noch keinen Schritt näher. Mir war von Anfang an bewusst, dass sie niemals etwas erreichen würden. Es war allerdings ein solch angenehmer Ort, mit seiner staatlichen Finanzierung und all den Freiwilligen. Die Wissenschaftler, die dort arbeiteten, führten sich die Hälfte der Zeit auf, als hätten sie selbst eine Erkältung; spießige Rotzlümmel.«

Er leckte sich die Lippen. »Aber es war der perfekte Ort,

um an dem zu arbeiten, was mich wirklich interessierte. Während des Zweiten Weltkriegs machten die Nazis und die Japaner aufregende Dinge in Bezug auf Viren und Bakterien. Die Amerikaner trafen viele Vereinbarungen, um dieses Wissen in die Finger zu bekommen. Einige bedeutende Nazigrößen haben ihre Freiheit und ihr Leben erkauft, indem sie mit den Amerikanern zusammenarbeiteten. Oder mit der britischen Regierung. Ich sollte als Erklärung wohl hinzufügen, dass ich in den Fünfzigern und Sechzigern fürs Verteidigungsministerium gearbeitet und Zeit in Deutschland, Russland und China verbracht habe. Ich habe diese überragenden Wissenschaftler getroffen und ihre Ergebnisse dokumentiert. Und ich habe viele Menschen kennengelernt, die genauso dachten wie ich: die die Schönheit einer Epidemie zu würdigen wussten und exzellente Forschungsarbeit leisteten bei der Frage, wie diese Viren und Bakterien nutzbar gemacht werden können, um …«

»Menschen zu töten.«

»Nicht nur das, aber ja, Kriegsführung spielte eine Rolle. Ein weitaus größerer Teil war jedoch die intellektuelle Herausforderung. Wenn ein neuer Grippestamm oder ein brandneues Virus auftaucht, ist das aufregend. Die Wirkung dieser Viren aufzudecken und wie sie genau arbeiten – nun, ich muss Ihnen wohl kaum aufzeigen, wie spannend das ist. Ich wurde Teil eines weltweiten Netzwerks an Mikrobiologen, deren Leidenschaft den Viren galt. Manche Menschen sammeln Schmetterlinge oder beobachten die Sterne. Wir liebten eben unsere Viren.«

Er hob den Kopf. Der Ausdruck in seinen Augen jagte ihr einen Schauder über den Rücken. Wenn die Augen die Fenster zur Seele waren, dann blickte sie an einen Ort, an dem es keine warme Gefühlsregung mehr gab: Güte, Mitgefühl,

Empathie, alles war ersetzt durch kalte Logik und Grausamkeit. Er war schlimmer als Sampson. Gaunt war selbst ein Virus – tat das, was er tat, weil er es konnte. Steckte andere an. Zerstörte alles, ohne innezuhalten oder einen Gedanken darauf zu verschwenden. Allein durch seine körperliche Nähe wurde ihr übel.

»Nun ja, die CRU lieferte das perfekte Umfeld. Die perfekte Tarnung, wenn man so will. Während Leonard die Verantwortung für die administrativen Dinge innehatte«, er spuckte die Worte mit Abscheu aus, »leitete ich die Labore. Ich stellte Gleichgesinnte ein: junge Männer, die die Beschränkungen leid waren, die ihnen die Moral, die Gesetze und Vorschriften auferlegten. In meinem Labor stand ihnen die Welt offen.«

»Sie reden von Wissenschaft, als wäre es ein Wettbewerb«, sagte Kate.

»Und Sie denken, dem ist nicht so? Wie verlogen von Ihnen. Natürlich ist es ein Wettbewerb. Ein köstliches intellektuelles Spiel. Menschen wie uns gab es überall auf der Welt, kleine Grüppchen von Wissenschaftlern, die an einem heimlichen Wettkampf teilnahmen, die besten Viren und Krankheiten zu erschaffen. Wir hatten Zugang zu den Ergebnissen all jener Wissenschaftler aus der Kriegszeit, jenen brillanten Köpfen, die tun konnten, was ihnen beliebte. All die Gefangenen, an denen sie experimentieren durften, ohne dass ihnen jemand Einhalt geboten hätte. Wie wunderbar! Wir haben in staatlich geförderten Laboren gearbeitet, direkt vor der Nase der Behörden. In Amerika, Südafrika, China und Japan. Russland und Westdeutschland. Einige der eindrucksvollsten Viren wurden in diesen Laboratorien gezüchtet. Wie HIV. Auf das waren wir besonders neidisch.«

Er seufzte. »Nachdem die CRU geschlossen wurde, sind

wir hierhergezogen. Seitdem brachten unsere Konkurrenten in Asien eine Reihe unglaublicher Viren hervor. Zum Beispiel SARS.« Er stieß einen weiteren Seufzer aus. »Lange Zeit wurde unsere Zelle, die britische Zelle, von den anderen als minderwertiger Mitstreiter angesehen. Ein kränklicher kleiner Bruder. Wir hatten seit Jahren nichts mehr hervorgebracht, was sie beeindruckt hätte. Ich muss gestehen, auch während der Zeit der CRU ist uns keine wirklich bahnbrechende Forschung gelungen – Leonard hat mich stets zurückgehalten. Aber es ist besser geworden, seit wir nicht mehr dort arbeiten. Keine Geheimnistuerei mehr. Niemand, dem man Rede und Antwort stehen muss. Keine Freiwilligen, die ihre Nase in Dinge stecken, die sie nichts angehen.«

Bei seinen Worten sah er Kate an. »Außerdem arbeiten hier ein oder zwei Genies für mich, und die Fortschritte in der Technologie haben die Dinge im Laufe der vergangenen zehn Jahre unglaublich vereinfacht. Und nun ist unser Meisterwerk vollendet – das Virus, dem weder AIDS noch SARS das Wasser reichen können. Wir werden nicht mehr der kränkliche kleine Bruder sein. Wir sind die Gewinner. Wir haben das furchterregendste Virus erschaffen, das die Menschheit je gesehen hat. Wissenschaftler auf der ganzen Welt werden vor uns auf die Knie fallen. Vor mir. Ich werde zum Helden.«

Kate starrte ihn mit offenem Mund an, während seine Worte durch den Nebel aus Angst und Schrecken zu ihr drangen. »Es geht also allein darum? Eine Art *Wettbewerb* zu gewinnen? Sie wollen Millionen Menschen opfern, um in den Augen Ihrer ebenso verschrobenen Kollegen gut dazustehen? Das kann ich einfach nicht glauben.«

Gaunt schüttelte den Kopf, als würde ihn das, was sie gerade gesagt hatte, traurig stimmen. »O Kate, ich dachte, Sie würden verstehen. Sie sind Wissenschaftlerin! Sie wissen, wie berauschend es ist, seine Worte veröffentlicht zu sehen, bekannt zu sein und von denen respektiert zu werden, die man selbst bewundert. Versuchen Sie nicht, mir weiszumachen, das sei bei Ihnen anders.«

»Aber Wissenschaft sollte für das Gute angewendet werden. Das hier ist einfach nur krank.«

»Jetzt drehen wir uns im Kreis. Die Diskussion langweilt mich. In meiner Fantasie hatte ich mir vorgestellt, Sie hätten womöglich gut zu uns gepasst. Ich hatte den Plan gehegt, Sie hierher zu bringen, aber Leonard bestand darauf, Sie nach Amerika zu schicken, wo Sie sicher wären. Ich konnte nicht viel tun. Von diesem Ort hier wusste er nichts. Dann wurde alles zu kompliziert, und ich habe Sie gehen lassen. Letztlich haben wir Sie nicht gebraucht.«

Das Bild von Jacks süßem Gesicht erfüllte ihren Kopf. Wo waren er und Vernon gerade? Sie wollte, dass Gaunt endlich den Mund hielt oder ihr verriet, warum er sie hierher gebracht hatte, aber er redete ungerührt weiter.

»Sie haben die Wahrheit fast ans Licht gebracht, damals in der CRU. Ich hatte Leonard eingetrichtert, dass ich keine Wissenschaftler oder Chemiestudenten im Zentrum wollte, aber dann hat er Sie dummerweise eingeladen.«

»Hat Leonard gewusst, was im Zentrum vor sich ging?«

»Das meiste. Natürlich. Aber er glaubte, wir täten es zum Wohl des Landes. Er war ein zutiefst patriotischer Mensch. Und er hatte seine Befehle.«

Kate blinzelte. »Das verstehe ich nicht.«

»Das spielt keine Rolle. Wie schon gesagt, Sie sind uns damals fast auf die Schliche gekommen. Stephen, bei dem es sich, wie ich gestehen muss, nicht um einen meiner Leute handelte – er war von Leonard eingestellt worden, damit er sich um die Freiwilligen kümmerte und die lästige Forschungsarbeit zu den Erkältungskrankheiten leistete, auch wenn seine intellektuellen Fähigkeiten ihn zu etwas Höherem berufen hätten – nun, er hat Sie durch die Labore geführt, erinnern Sie sich? Und zwar nachdem Sie mich und meinen deutschen Gast im Wäldchen belauscht haben. Das haben wir herausgefunden, während Sie im Krankenhaus lagen. Sie waren neugierig, hatten den Verdacht, dass etwas ›nicht in Ordnung‹ war. Als Sie sich im Labor umgesehen haben, stießen Sie auf Unterlagen, die ein Virus beschrieben, an dem wir zu jener Zeit arbeiteten. Sie wollten Stephen überzeugen, dass etwas nicht mit rechten Dingen zuging, da es sich nicht um ein gewöhnliches Erkältungsvirus handelte, doch er weigerte sich, Ihnen Glauben zu schenken. Er liebte die CRU. Er vertraute Leonard und wollte nicht in Erwägung ziehen, dass etwas … Unlauteres im Gange war.«

Während Gaunt redete, blitzten verschollene Bildfetzen vor Kates geistigem Auge auf. Sie erinnerte sich, im Labor herumgeführt worden zu sein und an ein Streitgespräch mit Stephen. Wie sie wutentbrannt aus seinem Apartment gestürmt war. Ihn überredet hatte, sie ein zweites Mal in der CRU aufzunehmen.

Es war ein verhängnisvoller Fehler.

Die Schranken, die Gaunt und seine Kumpanen während Kates Krankenhausaufenthalt um ihr Gedächtnis gebaut hatten, stürzten auf sie herab, und die Bilder und Geräusche und Gerüche – das Glück und der Schmerz – fegten über sie hinweg, erfüllten und durchfluteten sie in einem Wirbel aus kaleidoskopischen Lichtern. Stephens Haut, blass im fahlen Sonnenschein, der durchs Schlafzimmerfenster fiel. Das künstliche Glimmen des Laboratoriums. Der süße Duft des Grases im Sommer vor dem Zentrum. Der Streit mit Sarah, die in Stephen verliebt und eifersüchtig auf seine Beziehung mit Kate war. Der Schrecken des Feuers, und der Rauch, der sich durch die Gänge wälzte …

»Sampson, den ich für die Sicherheit im Zentrum eingestellt hatte, belauschte zufällig ein Gespräch, das Sie und Stephen eines Nachmittags führten. Sie versuchten, Stephen zu überreden, Sie erneut mit ins Labor zu nehmen, damit Sie sich noch einmal gründlich umsehen konnten. Sampson verständigte mich augenblicklich. Ich traf die Entscheidung, Sie mundtot zu machen. Sie waren zu gefährlich.

Das Virus, an dem wir zu jener Zeit arbeiteten, war eine Variante des Watoto-Virus. Er war nicht sonderlich ausgefallen oder ausgereift. Aber tödlich. Als Sie dachten, man hätte Sie mit einer Erkältung angesteckt, wurde Ihnen in Wirklichkeit dieses Virus verabreicht. Sie mussten verschwinden, Sie hatten zu viel herumgeschnüffelt. Was wir erst später herausfanden – ein dummer Anfängerfehler unsererseits, Ihre Krankenakte nicht zu überprüfen –, war, dass Sie als Kind bereits an Watoto erkrankt waren und überlebt hatten. Deshalb hatte Ihr Körper Abwehrkräfte gebildet. Ja, Sie wurden krank, doch Sie wären nicht gestorben.

Stephen wusste nicht, mit welcher Krankheit wir Sie infiziert hatten. Nachdem er sah, wie schwer Sie erkrankt waren, bekam er es mit der Angst zu tun und entschied, auf eigene Faust Nachforschungen anzustellen. In jener Nacht, in der Nacht des Feuers, ist er ins Labor geschlichen, hat Ihre Unterlagen überprüft und entdeckt, was wir Ihnen angetan hatten. Stellen Sie sich das Entsetzen vor, das ihn befiel, als er erkannte, dass seine Freundin nicht nur recht hatte, was die

Einrichtung betraf, in der er arbeitete, die Einrichtung, die er liebte, sondern auch noch ein tödliches Virus gespritzt bekommen hatte. Er ist ausgerastet … Sampson – möchten Sie fortfahren?«

Sampson wirkte wie ein Computer, der nach einer langen Zeit im Standby-Modus wieder hochfuhr. »Ich hatte gerade meinen Rundgang gemacht, als ich Wilson im Labor überraschte. Er hatte das Gegenmittel gegen Watoto aus dem Gefrierschrank genommen und wollte es zu Ihnen bringen. Zuerst hat er jedoch versucht, das Labor abzufackeln. Er hatte einen Bunsenbrenner in der Hand und steckte die Unterlagen in Brand. Dann schüttete er einige Chemikalien auf den Boden und warf brennende Papiere darauf. In dem Moment bin ich dazugekommen. Wir haben gekämpft. Er war schwach, aber wütend und verzweifelt. Ich konnte ihn überwältigen, doch es war zu spät, um das Feuer zu löschen. Es war längst außer Kontrolle.«

Kate konnte es nicht glauben. Stephen hatte das Feuer selbst gelegt. »Und Sie sind aus dem Gebäude geflohen und haben ihn dort zum Sterben zurückgelassen?«, krächzte sie.

»Ich habe etwas, das ich Ihnen zeigen möchte«, schaltete sich Gaunt ein. »Sampson, holen Sie Dr. Maddox' Freund. Wir wollen ihm den Spaß doch nicht vorenthalten, oder?«

45

»Ich will zu Mummy«, jammerte Jack, außer sich vor Kummer und Verwirrung, und hämmerte mit den Füßen gegen das Armaturenbrett von Vernons Mietwagen.

»Hör auf, Jack«, fauchte Vernon barscher als beabsichtigt.

Jack unterließ das Trommeln, aber sein Schluchzen war so herzzerreißend, dass Vernon am Seitenrand der verlassenen Straße anhielt, wobei er Schwierigkeiten mit dem Schaltknüppel hatte, da sein Kopf unsäglich pochte.

Sie waren ein paar Meilen außerhalb von Blackmarsh, aber Vernon hatte nicht den blassesten Schimmer, wo genau sie sich befanden oder was er als Nächstes tun sollte. Das einzig Positive an seiner Situation war, dass er Jack bei sich hatte und außerdem Jacks Pass, sicher verstaut in seinem Koffer. Außerdem hatte er ein Auto, das ihn zum Flughafen bringen würde, sodass er jederzeit das Land verlassen könnte.

Nun ja – wenn da nicht dieser kleine Haken wäre. Was zum Teufel sollte er wegen Kate unternehmen? Sie war eine Nervensäge, und sein Leben wäre ohne sie viel leichter – Vernon vermutete, dass Sampson sie und Wilson nicht für einen Spaziergang im Park mitgenommen hatte –, aber sie war Jacks Mutter.

Er blickte zu seinem untröstlichen Sohn und fuhr dem Jungen mit schwerer Hand durchs Haar.

»Komm schon, Kleiner«, sagte er, versöhnlich, wie er hoffte. »Ich bin sicher, Mummy geht's gut. Sie hat Paul, der auf sie aufpasst – auch wenn ich jede Wette eingehe, dass sie am Ende diejenige ist, die Paul aus der Patsche hilft, haha!«

Sein schlechter Witz half nicht, die Woge an Hysterie einzudämmen. Schwer atmend löste Vernon seinen Sicherheitsgurt und beugte sich zur Seite, um Jack zu umarmen.

»Ich brauche deine Hilfe, Kleiner«, sagte er und versuchte eine andere Taktik. »Ich glaube, der böse Mann Sampson bringt Mummy zu dem Ort, an den er auch dich gebracht hat. Du musst jetzt ein ganz tapferer Junge sein und mir alles sagen, woran du dich erinnern kannst. Tust du das?«

In den Armen seines Vaters beruhigte sich Jack. »Rufst du die 911 an, Daddy?«, fragte er.

»Nun, das würde ich – aber mein Akku ist leer, und ich habe keinen Adapter, um das Handy aufzuladen. Wir müssen also eine rote Telefonzelle suchen, wenn es heutzutage überhaupt noch welche gibt. Oder vielleicht leiht uns jemand sein Telefon. Sollen wir nach jemandem Ausschau halten, der freundlich aussieht?«

Vernon spürte das Nicken seines Sohns. »Braver Junge. Du bist mein toller kleiner Helfer, nicht wahr? Und, wie sah es da aus?«

»Es war ein großes Haus, ohne andere Häuser daneben«, flüsterte Jack mit zitternder Stimme. »Es hatte unten ein Stockwerk ohne Fenster, wie bei Scooby Doo.«

Vernon runzelte die Stirn, versuchte, den Gedankengang seines Sohns nachzuvollziehen. »Du meinst einen Keller?«

Wieder ein Nicken. »Ja. Da unten war es irgendwie wie in einem Krankenhaus, und oben wie in einem normalen Haus. Ich glaube, der untere Teil ist ein Geheimnis, eine Art Gefängnis.«

»Was genau meinst du mit einem Krankenhaus?«

Jack zuckte mit den Schultern, schniefte lautstark. »Da gab es Betten in einigen der Zimmer, und ich musste mit einer Frau in einem der Zimmer reden, und sie hat sich im Bett übergeben. Ihre Tür war zugesperrt, weil ich glaube, die Frau war ein böser Geist, der sonst weggelaufen wäre, wenn man die Tür nicht zugesperrt hätte. Aber sie war echt krank. Die hätten die Tür gar nicht absperren müssen.«

»Du musstest zu einer kranken Frau?« Vernon spürte, wie eisige Finger der Angst sein Herz umkrallten.

»Ja. Sie war traurig. Ich wünschte, ich hätte Billy bei mir gehabt, um sie ein bisschen aufzumuntern. Vielleicht wollte sie auch zu ihrer Mummy.« Jacks Stimme verhallte, und Vernon presste ihn fester an sich.

Verdammte Scheiße, dachte er, *was zum Teufel ist da vorgefallen?* Fieberhaft ging sein Verstand alle Möglichkeiten durch: War es dasselbe Cold-Research-Zentrum, in dem Kate gewesen war? Nein – das war niedergebrannt, hatte sie gesagt. Aus irgendeinem Grund hatte er das Gefühl, dass der Ort irgendwo in der Nähe von Stonehenge gelegen hatte.

»Daddy, ich bin müde.«

»Das kann ich mir gut vorstellen, mein Junge. Du gehörst längst ins Bett. Warum springst du nicht nach hinten und machst ein kleines Nickerchen? Ich fahre uns direkt zum Flughafen, und dann steigen wir in ein Flugzeug. Und stell dir nur vor! Morgen sind wir schon wieder zu Hause. Vielleicht kannst du sogar Tyler besuchen, wenn er Zeit hat.«

Noch während Vernon das sagte, stiegen Schuldgefühle in ihm auf. Schließlich konnten sie nicht wirklich nach Hause fliegen. Wenn es Kate gelänge, Sampson zu entkommen, würde sie ihm sofort die Polizei auf den Hals hetzen. Falls sie es nach Boston schafften, müssten sie wohl bei Shirley wohnen – nicht gerade das kinderfreundlichste Apartment –, bis er eine Wohnung für sich und Jack gefunden hatte … Verdammt, das war alles schrecklich kompliziert.

Vernon half Jack, der sich allmählich beruhigte, auf die Rückbank. Das arme Kind hatte wohl keine Tränen mehr. Wahrscheinlich stand er unter Schock, dachte Vernon, während er seinen Sohn behutsam mit seinem Jackett zudeckte.

»Wird Mummy zurück sein, wenn ich aufwache?«, fragte Jack schläfrig.

»Davon bin ich überzeugt. Mach dir keine Sorgen, mein Kleiner«, log Vernon, jagte den Motor hoch und brauste die ruhige dunkle Landstraße hinab.

Als Vernon schließlich den Weg zur Autobahn fand, die zum Flughafen führte, hatte er eine Entscheidung getroffen. *Ich mache die Fliege*, dachte er. *Ich habe meinen Teil beigetragen. Jetzt will ich nichts weiter, als meinen Jungen nach Hause zu bringen.*

Er würde die Polizei verständigen, sobald er sicher im Flugzeug saß und niemand ihn daran hindern könnte, Jack aus England zu schaffen. Und dann wäre es nur noch eine Frage von Stunden, bis sie weit von Kate und dem Chaos entfernt waren, mit dem sie sich umgeben hatte. Wenn er ehrlich zu sich war, hatte er sie immer prüde und langweilig gefunden. Und jetzt waren ihr skrupellose Wissenschaftler und deren Schergen und wer weiß wer sonst noch auf den Fersen. Wäre sie damals so interessant gewesen, als sie noch zusammen waren, hätte er es vielleicht nie nötig gehabt, sich seinen Nervenkitzel bei Shirl zu holen. Nicht dass er etwas bereute. Es überraschte ihn selbst, dass er keinerlei Eifersucht verspürte, als er Paul getroffen hatte. Eigentlich mochte er den Kerl sogar. Na dann, viel Glück! Solange er nicht vorhatte, bei Jack den Stiefvater heraushängen zu lassen.

Er warf einen Blick über die Schulter zu seinem schlafenden Sohn auf der Rückbank.

Warum hatten sie Jack in das Zimmer einer kranken Frau gesteckt? Was zur Hölle führten die Leute im Schilde, die seinen Sohn entführt hatten?

Jack geht's gut, dachte Vernon, bemüht, sich selbst zu überzeugen. *Er muss nur aus diesem durchgeknallten Land raus und weg von all den Verrückten.* Falls sich Jack eine Erkältung eingefangen hatte – oder was auch immer hier los war –, würde er Shirley bitten, Jack morgen Nachmittag, wenn sie wieder zu Hause in Boston waren, in das Ärztehaus zu bringen. Ein Tag würde wohl keinen Unterschied machen, oder?

46

Gaunt führte Kate zurück in den grell erleuchteten Korridor, umklammerte fest ihr Handgelenk und hauchte ihr seinen fauligen Mundgeruch in Haar und Gesicht.

Sampson sperrte die Tür des Zimmers gleich auf der anderen Seite des Gangs auf, zerrte einen protestierenden Paul heraus und bog ihm den Arm auf den Rücken, um ihn außer Gefecht zu setzen. »Beeilung, Wilson, wir haben ein Meeting vor uns.«

Paul blickte zu Kate, froh, dass sie unversehrt zu sein schien, abgesehen von der Angst, die sich in ihr Gesicht eingegraben hatte.

Die sonderbare Prozession hielt vor einer schweren Tür, in die ein Bullauge eingelassen war. Gaunt drückte mehrere Tasten auf einem alphanumerischen Tastenfeld neben der Tür. Das Licht schaltete von Rot auf Grün, und er schob die Tür auf, die in ein großes, unterirdisches Labor führte, beleuchtet von langen Neonröhren.

Während sie hineinmarschierten, wagte Paul einen weiteren Blick auf Kates Gesicht. Ihre Augen waren glasig vom Stress. Sie sah aus, als wäre es ihr in diesem Moment völlig egal, wenn ihr jemand eine Waffe an den Kopf hielte, nur damit sie sich keine Sorgen mehr machen müsste. Er wusste, dass das Einzige, was sie zum Weitermachen zwang und sie davon abhielt, sich wimmernd zu einer Kugel zusammenzurollen, die Hoffnung war, die in ihr brannte. Die Hoffnung, dass es ihr irgendwie gelingen könnte, ihren Sohn zu retten.

»Ich liebe dich«, formte er mit dem Mund, aber Kate war

nicht in der Lage, etwas zu erwidern, war sich dieser Liebeserklärung wahrscheinlich nicht einmal bewusst. Sie glaubte, in einem bösen Traum zu stecken, der in Endlosschleife immer weiterlief, leise vorspulte und von einem Albtraumszenarium zum nächsten schwenkte.

Ein sehr dünner buckeliger alter Mann in einem weißen Laborkittel saß am anderen Ende des Raums, mit dem Rücken zu ihnen, und hämmerte auf eine Tastatur ein.

»Wer ist das?«, sagte Kate mit müder Stimme. »Ein weiteres Mitglied der Gaunt-Familie?«

Beim Klang von Kates Stimme drehte der alte Mann am Computer langsam den Kopf, wie eine Schildkröte.

Gaunt lachte. »O nein. Er ist kein Mitglied *meiner* Familie.«

Mit selbstzufriedener Miene zeigte Gaunt auf den dürren kahlköpfigen Mann, der nun auf sie zukam, Angst und Verwirrung in dem totenähnlichen weißen Gesicht.

Sampson schloss die Labortür hinter ihnen, ließ Paul los und lehnte sich mit verschränkten Armen gegen die Wand, als wartete er darauf, dass eine Vorstellung beginnen würde.

Paul bemerkte es als Erster.

»O mein Gott«, murmelte er und klammerte sich an einer Werkbank fest. »O – mein – Gott. Nein …!«

Etwas in seiner Stimme holte Kate schlagartig in die Gegenwart zurück, zurück in die schreckliche Realität ihrer Situation, die sie akzeptieren musste.

Sie blickte zu dem gespenstisch anmutenden Mann, der immer noch wie ein Zombie auf sie zuwankte, und halb keuchend, halb schluchzend brachte sie ein »*Stephen?*« heraus.

Vor ihr stand zweifellos ihr früherer Geliebter. Er sah aus, als hätte er die vergangenen fünfzehn Jahre in einem Grab verbracht und wäre nun von Gaunt, einem leibhaften Totenbeschwörer, von den Toten zurückgeholt worden. Eine Art Frankenstein-Monster, das der Arzt erschaffen hatte.

All die vielen Jahre war Stephen am Leben gewesen.

Er stand reglos da, stützte sich mit schwachen Fingern am nächsten Labortisch ab. Kate blickte zu Paul, der seinen Bruder anstarrte, ein Kaleidoskop an Gefühlen auf dem Gesicht: Schock, Mitleid, Entsetzen. Niemand hätte vermutet, dass es sich bei den beiden um Zwillingsbrüder handelte. Stephen wirkte doppelt so alt wie Paul. Spuren einer Verbrennung zogen sich an der einen Seite seines Gesichts und seiner Hände entlang, längst verheilte Narben von jener Nacht des Feuers.

Ohne zu überlegen, machte Kate mit ausgestreckten Armen einen Schritt auf Stephen zu, wollte ihn halten und ihm die Arme um den Hals schlingen, wie sie es so oft in ihrer Fantasie getan hatte, in ihren Träumen und Tagträumen, all die Male, die sie in ihren Wunschvorstellungen gefangen gewesen war, in denen Stephen noch lebte. Doch in all diesen Träumen hatte er nicht so ausgesehen. Er war derselbe wunderschöne junge Mann gewesen, den sie in jenem Sommer vor sechzehn Jahren kennengelernt hatte. Sie wollte ihn umarmen, aber er stieß ein quietschendes Geräusch aus und duckte sich weg.

»Stephen«, sagte sie in dem Ton, den sie immer anschlug, wenn Jack aufgebracht war. »Ich bin's, Kate. Erinnerst du dich nicht?«

Er sah sie nicht an, konnte es einfach nicht. Stattdessen starrte er unbewegt auf den Fußboden des Labors.

Paul trat vor. »Was ist mit mir, Stephen? Erinnerst du dich an mich? Ich bin's, Paul. Erinnerst du dich, Stevie? Erinnerst du dich?«

Stephen blickte auf, die Augen blutunterlaufen und wässrig. Kate fragte sich, was er wohl dachte: Was ging in seinem Kopf vor? Seine Augen zeugten von schrecklicher Verwirrung, von Schmerz und Unverständnis. Aber da war noch etwas anderes, als er Paul ansah. Ein Hauch des alten Stephen. Vielleicht erkannte er in Paul den Mann, der er hätte werden sollen. Vielleicht verlieh ihm das Kraft.

Doch als Paul auf ihn zuging und versuchte, ihn zu berühren, wich er zurück wie ein Hund, der sein ganzes Leben verprügelt worden war. Tränen schossen Paul in die Augen. »O Stevie«, flüsterte er. »Was haben sie dir nur angetan?«

Kate drehte sich zu Gaunt um, der sich ein Grinsen nicht verkneifen konnte.

»Welch ein wunderschönes Wiedersehen«, höhnte er. »Brüder und Geliebte wiedervereint.«

»Sie Mistkerl!«, fauchte Kate.

Gaunt hob die Hände. »Na, na. Ich dachte, Sie wären hocherfreut. Da erfülle ich Ihnen Ihre lang gehegten Wünsche, und Sie sind so undankbar.« In gespielter Enttäuschung schüttelte er den Kopf. »Sie glaubten, Stephen wäre im Feuer gestorben. Und das wäre er auch fast. Als ihn die Feuerwehrleute aus dem Gebäude holten, hatte er starke Verbrennungen und war bewusstlos von dem vielen Rauch, den er eingeatmet hatte. Aber er war am Leben.«

Kate erinnerte sich so deutlich: Wie sie gesehen hatte, dass Stephen aus der CRU getragen worden war. Sie hatte zu ihm laufen wollen, doch Gaunt hatte ihr den Weg versperrt. Dann hatte er ihr eine Spritze verabreicht, und sie war ohnmächtig geworden. Und als sie wieder erwachte, hatten sie ihr von Stephens Tod erzählt.

»Wir haben ihn schnellstmöglich ins Krankenhaus gebracht. Eigentlich sollten Sie uns dankbar sein, dass wir ihm das Leben gerettet haben.«

»Welches Krankenhaus?«, wollte Kate wissen. »Dasselbe, in dem ich war?«

»Genau.«

»Sie meinen, die ganze Zeit, die ich dort gelegen habe, war Stephen auch da?«

»Nur den Gang hinunter.«

»Aber warum?«, wollte Paul wissen. Seine Augen waren auf seinen Bruder geheftet gewesen, doch nun starrte er Gaunt an. »Warum haben Sie seinen Tod vorgetäuscht?«

»Ist das nicht offensichtlich? Ich wusste, ich bräuchte Unterstützung, um meine Arbeit fortzusetzen, und sah darin die perfekte Gelegenheit. Anfangs wurden wir von einem alten Freund, Charles Margold aus Utah, finanziert, der bereits unserer Forschung in der CRU mit Geldmitteln unter die Arme gegriffen hatte. Das war mir sehr gelegen gekommen, aber ich brauchte auch Hilfe hier im Labor. Stephen war intelligent, ein guter Wissenschaftler. Offen gesagt, seine Talente lagen in der CRU brach. Ich wusste, dass er sich mir wegen seiner … Moralvorstellungen niemals freiwillig anschließen würde. Deshalb habe ich allen weisgemacht, er sei im Feuer umgekommen. Ich habe Sampson losgeschickt, damit er einen Obdachlosen findet, den er angezündet und dann als Stephens Leichnam ausgegeben hat.«

»Da liegt ein Fremder in Stephens Grab? Noch ein armer Mensch, der ermordet wurde?«

»Ja, eine bedauernswerte Seele, die Sampson nachts auf der Straße eingesammelt hat.«

Kate schüttelte den Kopf. »O mein Gott!«

»Und dann haben Sie ihn hierhergebracht?«, fragte Paul. »Ihn gefangen gehalten wie einen Sklaven.«

Gaunt zuckte mit den Schultern. »Nun, nicht direkt wie

einen Sklaven.« Er hielt inne. »Oh, okay, ja. Wie einen Sklaven. Aber ihm gefällt seine Arbeit hier. Nicht wahr, Stephen?«

Stephen reagierte nicht, starrte weiter mit leerem Blick in die Ferne.

Gaunt erhob die Stimme. »Nicht wahr?«, wiederholte er barsch.

Stephen zuckte zusammen und nickte. »Es gefällt mir.« Seine Stimme war rau wie Sandpapier, spröde von all den Jahren, in denen er sie nicht benutzt hatte. Doch darunter erkannte Kate den weichen, sanften Tonfall ihres früheren Freunds. Ihrer ersten Liebe.

»Durfte er jemals nach draußen? Hat er – hat er überhaupt einmal die Sonne gesehen? War ihm irgendeine Art von Leben vergönnt?« Sie hasste es, über ihn zu reden, als wäre er nicht anwesend, aber sie wusste, dass Stephen ihr nicht antworten würde, hätte sie ihn direkt angesprochen.

Gaunt lächelte nicht. »Sein Leben spielt sich hier unten ab.«

Kate hörte jemanden schniefen, und als sie sich umdrehte, sah sie, dass Paul beim Anblick seines Zwillingsbruders Tränen die Wangen hinabliefen. »Sie Arschloch«, sagte er zu Gaunt. »Sie verdammtes unmenschliches Arschloch!«

Einen Moment lang glaubte Kate, Paul wollte sich wieder auf Gaunt stürzen. Sampson beschlich dieselbe Ahnung, und er trat vor seinen Boss, ein menschliches Schutzschild. Nicht dass sie Sampson als »menschlich« bezeichnet hätte. Aber Paul warf sich nicht auf Gaunt – stattdessen packte er Stephen, und obwohl sein Zwillingsbruder zurückwich, hielt er ihn fest und zwang ihn zu einer Umarmung.

»Es tut mir so leid.« Pauls Stimme klang erstickt, sein Gesicht an Stephens Schulter vergraben. »Ich hätte dir ein besserer Bruder sein müssen. Ich hätte…« Die Worte kamen ihm nicht über die Lippen. »Wir bringen dich von hier weg, und dann wird alles anders werden. Wir machen dich wieder gesund.«

»Ach, wie rührend«, spottete Gaunt. »Aber Sie sollten Ihren Bruder nicht bemitleiden. Er hat großartige Arbeit geleistet. Ohne sein Genie – ein Genie, das verkümmerte, bis ich ihm half, es zu entdecken – wäre das Pandora-Virus immer noch nur ein Traum. Stephen Wilson wird in die Geschichte eingehen. Sobald die Welt …«

Kate biss die Zähne zusammen und stählte sich gegen eine weitere von Gaunts größenwahnsinnigen Reden. Doch seine Stimme wurde übertönt, als plötzlich eine Sirene aufheulte und das Kreischen durch alles hindurchfuhr und von den weißen Wänden und der niedrigen Decke des Zimmers widerhallte, das so viele Jahre Stephens ganze Welt gewesen war.

47

Das Heulen der Sirene versetzte Kate zurück in die Nacht des Feuers. Mit einem Schlag erinnerte sie sich an jede Einzelheit – mit welcher Verzweiflung sie trotz des Fiebers Stephen hatte suchen wollen. Damals war ihr vorgelogen worden, dass er in den Flammen umgekommen wäre. Aber jetzt war er hier, und obwohl er ein kranker Schatten des Mannes sein mochte, den sie vor all den vielen Jahren geliebt hatte, wollte sie ihn immer noch retten.

Außer dass diesmal kein Feuer ausgebrochen war, obwohl sie wünschte, es wäre so. Ein Feuer, das diesen Ort in Schutt und Asche legte, die Erde vor den Viren bewahrte, die hier lagerten, Gaunt und Sampson und all das Böse, das sie hervorbrachten, für immer auslöschte. Damit sie Jack finden konnte.

Gaunt drehte sich zu Sampson um, und zum ersten Mal, seit sie ihn kannte, schien er besorgt zu sein. »Schauen Sie nach, was los ist!«, befahl er.

Sampson beeilte sich, die Tür aufzuschieben, da hielt er inne. »Ich brauche die Karte.«

Gaunt hatte ein System ausgetüftelt, das es jedem so schwer wie möglich machte, in das Labor zu gelangen oder wieder hinauszukommen. Schließlich hatte er verhindern wollen, dass Fremde Zutritt hatten oder Stephen flüchten konnte. Seinem Gefangenen war es nicht erlaubt, sich in dem Gebäude frei zu bewegen. Wie ein Tier im Käfig durfte er nur hinaus, wenn Gaunt es ihm gestattete. Wenn man in das Zimmer wollte, musste man den Code auf dem Zahlenfeld kennen, und zum

Hinausgehen brauchte man entweder jemanden, der den Code von außen eingab, oder die Karte, die Gaunt immer bei sich trug.

Gaunt reichte Sampson die Schlüsselkarte. Sampson zog sie durch den Schlitz neben der Tür, das LED-Licht sprang von Rot auf Grün, und er verließ das Labor. Kate sah ihm durch das Glas nach, wie er ruhig auf die Treppe zumarschierte, die zurück ins Erdgeschoss des Hauses führte.

Genau in diesem Moment hörten sie das erste Knallen, wie Feuerwerkskörper über dem Kreischen der Sirene. Schüsse.

»Hört sich an, als hätten Sie Besuch«, sagte Paul.

Auf dem Gang erschien der asiatische Wissenschaftler, dem sie auf dem Weg in den Keller begegnet waren, und er wechselte ein paar Worte mit Sampson. Der Asiate wirkte erschrocken.

»Was zum Teufel ist da los?«, wetterte Gaunt. Er ging zur Tür und wollte sie öffnen, da stieß er einen Fluch aus. Natürlich, er konnte nicht hinaus, weil Sampson die Schlüsselkarte mitgenommen hatte.

Stephen kauerte sich in der Ecke zusammen, hinter dem Labortisch. Kate eilte zu ihm, um ihn zu beruhigen, die Arme um ihn zu legen, doch er wich zurück. Nicht in der Lage, ihn so zu packen, wie Paul das eben getan hatte, ließ sie die Arme schlaff herabhängen.

»Stephen, ist schon okay. Es ist kein Feuer. Und wir bringen dich von hier weg.«

Gaunt höhnte spöttisch: »Machen Sie ihm keine falschen Hoffnungen.« Doch seine Augen verrieten ihn. Er hatte Angst.

Sampson lief auf das Labor zu und verschaffte sich Zutritt, indem er den Code eingab, den Gaunt ihm irgendwann im Laufe des Tages anvertraut hatte, für den Fall, dass er ihn bräuchte.

»Utada hat mir gerade gesagt, dass die Polizei hier ist.«

»Was?« Gaunts Gesicht verlor das bisschen Farbe, das es noch gehabt hatte.

»Es ist vorbei, Gaunt«, sagte Paul genüsslich. »Sie sollten lieber aufgeben.«

»Schnauze!« Er strich sich mit dem Finger über den Nasenrücken. »Das spielt keine Rolle mehr. Pandora ist längst freigesetzt. Ihr Sohn erledigt jetzt meine Arbeit.«

Alle Hoffnung, die Kate in den kurzen Minuten erfüllt hatte, schwand mit einem Schlag – wie Luft, die aus einem zerplatzten Ballon zischte. Gaunt hatte recht: Selbst wenn die Polizei in dieser Sekunde nach unten käme und Gaunt und seine Spießgesellen tötete, würde Jack immer noch eine Zeitbombe in sich tragen. Und sie wusste nicht, wo Gaunt das Gegenmittel aufbewahrte.

Sie spürte Stephens Blick auf sich, aber als sie sich umdrehte, schlug er die Augen nieder und starrte wieder in seine eigene, leere Welt.

Sampson verschwand erneut aus dem Labor und rannte den Korridor hinab, während er eine Pistole aus der Tasche zog. Er hastete die Treppe hinauf, und sie hörten weitere Schüsse. Kate faltete die Hände und betete leise, dass er einer tödlichen Kugel zum Opfer fiele.

Sampson nahm zwei Stufen auf einmal, zwei Herzschläge für jeden Schritt, umklammerte den Griff seiner Pistole, den Finger am Abzug. Sein Kopf war von einem hämmernden Tosen erfüllt, das das Heulen der Sirene übertönte.

So fühlte es sich also an, lebendig zu sein.

Sein ganzes Leben hatte er nie etwas für irgendjemanden gefühlt, nicht für seine Mutter oder seinen Vater und für keines der Kinder in der Schule (abgesehen von einer gewissen Verachtung). Auch nicht für die Menschen, die er gequält oder ermordet oder verstümmelt hatte. Er fühlte überhaupt nichts für Gaunt, tat jedoch, was ihm aufgetragen wurde, weil er ihn bezahlte und weil er die Macht über andere, schwächere Menschen nun mal genoss. Er arbeitete schon so lange für Gaunt – auch wenn er das Gefühl hatte, dass ihre Zusammenarbeit heute ein Ende finden würde.

Während dieser langen Nacht war ihm etwas Sonderbares widerfahren. Hätte er innegehalten, um darüber nachzudenken, hätte er vielleicht erkannt, dass es sich schon seit einer Weile angekündigt hatte. Seit Kate nach England zurückgekehrt war. Denn es drehte sich allein um sie.

Es war Kate, die ihm das Gefühl gab, lebendig zu sein.

Vorhin im Auto, als er sie und Wilson hergefahren hatte, hatten sich befremdliche Gedanken in seinen Kopf geschlichen. Er hatte sich vorgestellt, wie er Wilson aus dem Wagen stieß, ihn zurückließ und Gaunts Befehle missachtete, indem er allein mit Kate weiterfuhr – einfach weiterfuhr, nur sie zwei, eine Reise in die Dunkelheit. Gemeinsam. Sie saß neben ihm auf dem Beifahrersitz, legte ihm die Hand auf den Oberschenkel. Und sie warf ihm ein Lächeln zu, ein Lächeln, das ihm ein … wohliges Gefühl bescherte.

Unten im Labor war es dasselbe gewesen. Er hatte die Augen nicht von ihr lassen können. Der Geruch ihrer Angst berauschte ihn. Er wollte sich mit ihr auf den harten Boden legen und die Hitze ihres Körpers auf seinem spüren. Er wollte hören, wie sie seinen Namen sagte. Nein – seinen Namen *seufzte*. Gaunt und die Wilson-Zwillinge verblassten, lösten sich in Nichts auf, und es blieben nur noch er und Kate zurück. Für einen verrückten Moment hatte er sich sogar ausgemalt, ihren Sohn zu retten, weil er wusste, dass sie das glücklich machen würde. In den Sekunden, nachdem er aus seinen Tagträumen erwacht war, war ihm übel geworden. Was war nur los mit ihm?

Er erreichte den oberen Treppenabsatz und blieb schwer atmend stehen. Er war nicht in Form, das Resultat zu vieler Zigaretten, die in seiner Lunge brannten. Aber auch das fühlte sich gut an, schärfte seine Sinne. Von jenseits der Tür hörte er Schreie und weitere Schüsse. Die Schrotflinte, die er dem flennenden Amerikaner abgenommen hatte, lehnte gegen den Türrahmen, und er packte sie und nahm sie als Ersatz mit.

Er stieß die Tür auf, stürzte hinaus und ging hinter einem Ledersofa in Deckung. Hinter ihm, zusammengekauert in der Ecke, hockte Utada. Neben dem Eingang weiter vorn presste sich einer der Sicherheitsmänner mit erhobener Schusshand gegen die Wand. Die Polizei umstellte das Gebäude, einer von ihnen sprach durch ein Megafon, befahl ihnen eindringlich, nach draußen zu kommen.

Der Sicherheitsmann blickte zu Sampson, die Augen wild vor Panik. Er wartete auf Anweisungen. Sampson bedeutete ihm mit einer Handbewegung, nach draußen zu gehen und zu kämpfen, und als der Wachmann in den Türrahmen trat, streckte ihn die Kugel eines Scharfschützen nieder.

Sampson kroch zur Tür und wagte einen raschen Blick nach draußen, während er gleichzeitig die Pistole des toten Sicherheitsmanns an sich riss und mit der anderen Hand die Schrotflinte und seine eigene Pistole hielt. Drei weitere Wachmänner lagen tot im Gang zwischen diesem Zimmer und der Haustür, durch die Sampson die Polizei erspähte, die immer näher rückte.

Jetzt bin ich der Einzige mit einer Waffe, dachte er, und zusammen mit dem Adrenalinrausch machte sich ein neues Gefühl in ihm breit: Angst. Er war zahlenmäßig und waffentechnisch unterlegen. Er konnte nicht gewinnen. Dann musste er an Kate im Keller denken. Wenn er nun sterben würde, sähe er sie nie wieder.

Warum ließ ihn die Erkenntnis vor Kälte erstarren?

Ein in Schwarz gekleideter, bewaffneter Polizist erschien im Türrahmen, und instinktiv hob Sampson seine Pistole und feuerte. Der Polizist fiel zu Boden, und Sampson hörte von draußen Schreie. Kugeln durchlöcherten die Wände um ihn herum.

Er könnte hierbleiben, die Polizei ein wenig aufhalten. Versuchen, Gaunt noch etwas länger zu beschützen. Vielleicht würde es ihm gelingen, ein oder zwei weitere Polizisten mit sich in den Tod zu reißen. Dem Jungen mehr Zeit zu verschaffen, um das Virus zu verbreiten.

Doch das kümmerte ihn nicht. Hatte es nie.

Er kroch über den Fußboden zurück zur Treppe und warf die Pistole, die er dem toten Wachmann abgenommen hatte, dem kauernden Wissenschaftler Utada zu. Es war kein Akt der Nächstenliebe. Er wusste, wenn die Polizei ihn mit einer Waffe in Händen fand, würden sie ihn erschießen.

Und jetzt wusste auch Sampson, was er wollte. Er würde Kate mit sich nehmen. Wenn nötig, bis in die Hölle.

Unten im Labor presste Gaunt die Nase gegen das Glas, verzweifelt bemüht zu erfahren, was vor sich ging.

Hinter ihm sagte Paul: »Ohne Ihren Bodyguard sind Sie wohl nicht mehr so mutig, was, Gaunt?«

»Schnauze.« Er versuchte, überlegen zu klingen, doch seine Stimme brach.

Paul ging auf ihn zu und packte ihn an der Kehle, stieß ihn gegen die Scheibe. »Es juckt mich wirklich in den Fingern, Sie einfach umzubringen, Gaunt. Wegen allem, was Sie Stephen angetan haben. Weil Sie Jack mit dem Virus infiziert haben. Ich sollte Sie hier und jetzt töten.« Er drückte zu, quetschte Gaunt mit der Hand die Luftröhre zusammen. Gaunt stieß ein klägliches ersticktes Röcheln aus.

»Wo ist das Antivirus?«, bedrängte ihn Kate, die an Pauls Schulter stand.

Gaunt versuchte, den Kopf zu schütteln.

»Das Pandora-Antivirus. Wo ist es?«

Paul lockerte den Griff an Gaunts Kehle, damit er reden konnte. »Das verrate ich Ihnen niemals.«

»Es muss hier sein«, sagte Kate, »in einem der Gefrierschränke. Wir werden es finden. Womöglich müssen wir jeden durchsuchen …« Sie wusste, es wäre ein schwieriges Unterfangen, aber sie wollte nicht, dass Gaunt glaubte, sein Leben wäre von unschätzbarem Wert.

»Es kümmert mich nicht, wenn Sie mich umbringen«, sagte Gaunt. »Ich werde es Ihnen nicht verraten.« Aber Kate sah, wie sich seine Augen vor Entsetzen weiteten, und sie drehte sich um.

Stephen hatte eine der Gefriereinheiten geöffnet. Als er eines der Schubfächer aufzog, waberte eine kalte Dampfwolke heraus. Er hatte sich ein Paar Handschuhe übergestreift, nahm mehrere Phiolen heraus und streckte sie Kate entgegen. Ihre Blicke trafen sich, und für den Bruchteil einer Sekunde war ihre alte Verbundenheit wieder zu spüren. Kate hatte das Gefühl, als würde ihr Herz vor Kummer und Dankbarkeit zerspringen.

Sie lächelte ihn an, während Gaunt hinter ihr laut aufkeuchte.

»Das spielt keine Rolle«, sagte er. »Es ist zu spät.«

»Auf jeden Fall zu spät für Sie«, sagte Paul und verstärkte den Druck auf Gaunts Kehle. »Sagen Sie uns, wie wir aus dem Labor gelangen!«

»Ohne die Schlüsselkarte kommt man nicht hinaus.«

»Es muss einen Weg geben. Sie haben das Labor gebaut. Sie müssen es wissen!«

»Es gibt keinen anderen Weg!«

»Das macht nichts«, erwiderte Kate. »Die Polizei wird gleich hier unten …«

Bei Sampsons Anblick, der am anderen Ende des Korridors auftauchte und auf das Labor zugerannt kam, blieben ihr die Worte im Hals stecken.

Sampson, die Hände voller Waffen, klemmte sich die Schrotflinte unter den Arm, während er die Pistole in der rechten Hand behielt. Mit der linken hämmerte er den Code in das Zahlenfeld und schob die Tür auf, bevor er sie mit dem Fuß offen hielt. Blitzschnell stieß Paul Gaunt weiter in das Labor, packte Kate an der Hand, warf sich auf Sampson und rempelte ihn mit voller Wucht gegen die Wand. Die Schrotflinte fiel klappernd zu Boden.

Paul und Kate stolperten in den Gang und drängten Sampson beiseite, da krachte die Labortür ins Schloss und sperrte Gaunt und Stephen wieder ein.

Gaunt trommelte gegen das Glas, aber niemand nahm auch nur die geringste Notiz von ihm. Paul wollte Sampson einen Faustschlag versetzen, doch der größere Mann wehrte den Hieb ab und konterte geschickt. Paul duckte sich, trat zu und traf Sampson an der rechten Hand. Die Pistole flog zu Boden und trudelte unter einen Schreibtisch.

»Blöder Wichser«, fluchte Sampson. Dann blickte er sich

um und bemerkte die Flinte neben der Tür. Hastig duckte er sich und bekam die Waffe am Lauf zu fassen, zerrte sie hoch und holte zum Schlag gegen Paul aus, als dieser ihn gerade packen wollte. Der Griff der Waffe bohrte sich in Pauls Wange, brach ihm die Nase und schleuderte ihn zu Boden, wo er sich schmerzgepeinigt das Gesicht hielt. Blut quoll ihm zwischen den Fingern hindurch.

»Lauf!«, rief er Kate durch das Blut zu. Starr vor Entsetzen hatte sie dem kurzen Kampf zugesehen, aber jetzt gehorchte sie, sprintete den Korridor in Richtung Tür entlang, in dem Wissen, dass die Polizei – und Sicherheit – oben auf sie warteten.

Sampson legte die Schrotflinte an und zielte auf Kates Hinterkopf.

Im Labor hämmerte Gaunt weiterhin unablässig gegen die Glasscheibe und schrie Sampson zu, ihn herauszuholen. Er war so beschäftigt damit, seine Freilassung zu fordern, dass er nicht bemerkte, wie Stephen die Türen der Gefrierschränke hinter ihm öffnete. Systematisch riss er die Schubladen auf, nahm eine Phiole nach der anderen heraus und sammelte sie auf dem Labortisch.

Die schönsten Stücke aus Gaunts Virenkollektion lagen nun nebeneinander aufgereiht da. Marburg. Spanische Grippe. SARS. Vogelgrippe. Watoto. Pandora.

Und noch ein weiteres Virus, eins, an dem Stephen vor ein paar Jahren gearbeitet hatte. Sein Codename lautete Piranha und war eine Art superaggressives Ebolavirus, das von der Haut absorbiert wurde, den Körper in atemberaubender Geschwindigkeit anfiel und das Innere innerhalb weniger Minuten zum Schmelzen brachte. Es verursachte schwere Blutungen in jedem Organ und sorgte für einen qualvollen Tod. Gaunt hatte die Forschung an Piranha eingestellt, da das Virus das Leben zu vieler Labormitarbeiter gefordert hatte. Es war schlicht und ergreifend zu gefährlich, um mit ihm zu arbeiten, und hätte sich unmöglich erfolgreich auf der ganzen Welt verbreiten lassen.

Stephen suchte das Reagenzglas mit dem Piranha-Virus aus, durchmaß ruhig das Labor und klopfte Gaunt auf die Schulter.

Gaunt drehte sich um, und Stephen schmetterte ihm die Phiole ins Gesicht.

In der Sekunde, in der Kate die Tür am unteren Treppenabsatz erreichte, wagte sie einen Blick über die Schulter. Sampson zielte mit einer Schrotflinte auf sie. Sein Gesicht war schmerzverzerrt, aber selbst in diesem Moment registrierte sie, wie absonderlich es war, echte Gefühle auf Sampsons Gesicht zu sehen.

Sie warf sich gegen die Tür, in dem vollen Bewusstsein, jeden Augenblick das heiße Brennen einer Kugel zu spüren. Sie würde Jack nie wiedersehen, ihn nicht retten können.

Doch aus irgendeinem Grund zögerte Sampson, das Gesicht immer noch von Schmerz gezeichnet, was Kate die zusätzliche Sekunde Aufschub bot, während der sie durch die Tür zur Treppe stürzen konnte, fast hyperventilierend, zwei Stufen auf einmal nehmend. Sie blieb erst stehen, als sie ein Keuchen über sich hörte.

Utada stand am oberen Treppenabsatz, eine Waffe in der Hand. Er zitterte, blickte zur Tür, dann zu Kate. Sie erstarrte. Von der anderen Seite der Tür hörte sie die Polizei, die Utada befahl, sie reinzulassen.

Der Wissenschaftler war schweißgebadet und sah aus, als würde er jeden Moment in Ohnmacht fallen.

»Geben Sie mir die Waffe«, sagte Kate bestimmt und streckte die Hand aus, während sie auf Utada zuging. Er zögerte, wusste nicht, was er tun sollte. Die Polizei hämmerte weiter gegen die Tür. Utada sackte in sich zusammen, ließ die Waffe los, und Kate schnappte sie sich genau in der Sekunde, als Sampson unter ihr erschien.

Er hob seine Pistole. Kate hob ihre. Ihre Hände bebten, nie zuvor hatte sie eine Waffe benutzt. Sampson stieg langsam die Treppe hinauf. Ein paar Stufen unter ihr kam er zum Stehen. Kate zitterte immer noch, versuchte zu zielen, Tränen der Panik in den Augen. Die Waffe flatterte in alle Richtungen. Kate brachte es nicht übers Herz. Das war es. Alles war aus und vorbei.

Da begriff Kate, dass die Waffe, die Sampson in Händen hielt, die Schrotflinte war, aus der sie alle Patronen entfernt hatte. Hinter Sampson kroch ein Scharfschütze der Polizei leise über den Korridor. Sampson hatte ihn nicht bemerkt – seine ganze Aufmerksamkeit war auf Kate gerichtet. Sie hatte doch noch eine Chance.

»Bitte erschießen Sie mich nicht«, flüsterte sie. »Bitte.«

»Das wollte ich schon seit so langer Zeit tun«, sagte Sampson. War es nur Einbildung, oder versagte ihm vor Ergriffenheit die Stimme? »Seit ich Sie zum ersten Mal gesehen habe.«

»Ich hasse Sie«, sagte Kate und beobachtete aus dem Augenwinkel, wie der Scharfschütze seine Waffe hob und auf Sampsons Rücken zielte. »Sie sind erbärmlich. Gaunts kleine Marionette. Sie sind kein richtiger Mann.«

»Miststück!«, schrie Sampson, und sie sah, wie sich sein Finger um den Abzug spannte.

Klick.

»Verdammt!«

Kate nickte dem Polizisten zu, was den fassungslosen Sampson dazu verleitete, den Kopf zu drehen. Im selben Moment warf sie sich auf den Bauch und schleuderte ihre eigene Waffe fort, die polternd die Treppe hinabtrudelte. Das Letzte, was sie sah, bevor sie das Bewusstsein verlor, war Sampsons vergeblicher Versuch, auf den Scharfschützen zu zielen, gefolgt von einem ohrenbetäubenden Kugelhagel, der Sampson auf die Treppe nagelte und sein Blut an die Wände hinter ihm spritzte.

48

Jason Harley erkannte, dass er Paul mit Gewalt von der verschlossenen Tür des Labors wegreißen müsste, wo dieser beharrlich mit den Fäusten gegen die dicke Stahloberfläche hämmerte.

»Stephen! Stevie!«, schrie Paul immer und immer wieder, während ihm Tränen das Gesicht herabrannen. Allem Anschein nach war ihm seine eigene Sicherheit völlig gleichgültig, oder er hatte die Schießerei nicht mitbekommen, die sich keine zehn Meter von ihm entfernt abgespielt hatte.

»Stevie, Kumpel, öffne die Tür! Wir kriegen das schon hin. Wir bringen dich von hier weg, es ist noch nicht zu spät!«

Harley hatte Pauls durchdringende Worte bereits vom oberen Treppenabsatz gehört, spürte die unverfälschten Gefühle in seiner zitternden Stimme, wusste, dass Paul die Unmöglichkeit dessen, was er sagte, durchaus realisierte.

Er riskierte einen Blick durch das Bullauge der Labortür und sah hastig wieder weg, angewidert von dem Massaker im Innern: zwei sich windende Körper auf dem Boden, dickes schwarzes Blut, das sich in einer riesigen Lache um sie gesammelt und die Gesichtszüge völlig verunstaltet hatte.

Harley hatte nicht erwartet, dass die Operation Castle so enden würde. Nicht in einem verschlossenen Labor mit zwei Leichen, einschließlich des Leichnams eines der Männer, die sie hatten verhaften wollen. Was zum Teufel war hier nur passiert?

»Wir müssen ihm helfen!«, schluchzte Paul. »Er ist mein Zwillingsbruder … er ist seit fünfzehn Jahren dort eingesperrt, und ich habe es vermasselt! Jetzt habe ich ihn schon wieder verloren ...«

Einer der bewaffneten Polizisten näherte sich Harley und flüsterte ihm etwas ins Ohr. Dann kam sein Kollege von der SOCA, Simon Donahoe, panisch die Treppe hinabgelaufen.

»Haben Sie auch nur den blassesten Schimmer, was hier vorgefallen ist?«, fragte Harley.

Donahoe nickte. »Ich habe gerade mit Kate Maddox gesprochen. Das wird Ihnen nicht gefallen. Wir müssen von hier verschwinden und das Labor versiegeln.«

»Warum, was ist hier los? Wir sind hergekommen, weil wir dachten, einen Haufen Prostituierte vorzufinden, und stattdessen stecken wir mitten im verdammten *Andromeda*.«

Donahoe warf Harley einen ausdruckslosen Blick zu, dann ging er zu Paul und packte ihn am Arm. »Sir. Wir müssen Sie jetzt von hier wegbringen.« Er drehte sich wieder zu Harley um. »Die Erklärungen folgen später, wenn wir oben sind.« Erschöpft lehnte Paul die Stirn gegen die kühle Stahltür. »Kate ... wo ist Kate?«

Donahoe legte Paul die Hand auf die Schulter. »Ihr geht es gut, Sir. Sie sitzt oben im Auto. Sie müssen mit uns nach London kommen, damit wir ...«

»Nein!«, unterbrach ihn Paul. »Ich begleite Kate.«

Harley seufzte. »Tut mir leid, Sir, aber ich bezweifle, dass Sie in der nötigen Verfassung sind ...«

Paul klammerte sich an ihm fest, mit wildem Blick und verheultem Gesicht. »Mir geht's *gut*. Sie braucht mich – ich werde stark für sie sein, versprochen. Ich habe Stephen im Stich gelassen, und denselben Fehler werde ich bei Kate nicht wiederholen. Machen Sie schon, wir müssen los – die Zeit läuft uns davon. Wir müssen zu Jack.«

Harley schüttelte den Kopf. Auf einmal überkam ihn eine bleierne Müdigkeit, und er fragte sich, in was für ein Schlamassel sie geraten waren. Und ob Köpfe – insbesondere seiner – rollen würden.

Doch als er den Kummer in Pauls Gesicht sah, erwachte sein Mitgefühl. Das dort drinnen war sein Bruder? Armer Kerl, dachte er, während sie sich vorsichtig einen Weg die Treppe hinaufbahnten, an den von Kugeln durchsiebten Leichen von Sampson, Utada, zwei Polizisten und den Sicherheitsbeamten vorbei.

Kate saß mit Susan French, einer M16-Agentin, auf der Rückbank eines Streifenwagens, wiegte sich vor und zurück, zerrte sich an den Haaren. Als sie Paul und die zwei anderen Agenten aus dem Haus kommen sah, stürzte sie aus dem Wagen und rannte in Pauls Arme.

»Paul, o Gott, Paul, geht's dir gut? Zum Glück bist du in Sicherheit! Hast du Stephen herausholen können? Es war ein solches Chaos, dass ich …« Beim Anblick von Pauls Gesicht verstummte sie.

Einen Moment lang glaubte Harley, dass Paul wieder zusammenbrechen würde, und er stieß ein Seufzen aus, eine Mischung aus Mitleid und Verärgerung. Seine Geduld war erschöpft. Er wollte wissen, was los war. Sofort.

»Raus mit der Sprache!«, fauchte er Donahoe an.

Aber Kate unterbrach ihn. »Wir müssen zu Jack.« Ihre Stimme war schrill vor Hysterie.

»Wer ist Jack? Und warum ist er so wichtig?«

»Jack ist ihr Sohn«, sagte Donahoe. »Sechs Jahre alt. Wir müssen zu ihm, weil er ein Virus in sich trägt, mit einer sicheren Phase von fünfzehn Stunden – aber zwölf sind schon verstrichen … Uns bleiben also noch ungefähr drei Stunden, um ihn zu finden. Sonst bricht die Hölle los.«

Er berichtete Harley, was Kate ihm in einem kaum verständlichen Gestammel erzählt hatte, kurz nachdem sie sie aus dem Gebäude gezogen hatten. Donahoe und French hatten Kate anschließend genau ausgefragt, wie Sampson Jack entführt und ihn dann in Blackmarsh wieder ausgeliefert hatte, samt der tödlichen Ladung.

Harley fluchte.

»Allem Anschein nach lässt das Virus die Schweinegrippe und SARS wie einen leichten Heuschnupfen aussehen.«

»Einen Augenblick«, sagte Paul. »Ist das nicht der Grund, weshalb Sie hier sind? Wegen des Pandora-Virus?«

»Nein, wir sind hier, weil …« Harley zögerte, verunsichert, wie viel er ihnen verraten durfte. »Haben Sie irgendwelche jungen Frauen dort unten gesehen?«

»Junge Frauen? Wovon reden Sie?«

Donahoe ergriff das Wort. »Wir sind auf der Suche nach den Opfern eines Menschenhändlerrings hergekommen. Junge Frauen. Dieser Gaunt hat sie hierhergebracht … weiß Gott aus welchem Grund.«

»Experimente. Dafür müssen sie die Räume benutzt haben, die mit den Feldbetten«, murmelte Paul fast zu sich selbst.

Da platzte es aus Kate heraus: »Was ist mit Jack?«

»Okay, Miss«, sagte Harley mit seiner geschult ruhigen Stimme. »Beruhigen Sie sich.«

»Nein, ich werde mich nicht beruhigen! Mein Sohn hat ein Virus, das ihn nicht nur umbringen wird, wenn wir ihn nicht rechtzeitig finden, sondern auch noch eine Kettenreaktion auslöst, die womöglich die Hälfte der Menschheit ausrottet. Insbesondere, wenn mein bescheuerter Ehemann in einem

Flugzeug nach Boston sitzen sollte.« Mit einem Schlag stieg das gestochen klare Bild von Jack vor ihrem geistigen Auge auf, wie er am Abflug-Gate stand, ansteckend nach der sicheren Phase, und das Virus unbeabsichtigt an Umherstehende aller Nationalitäten weitergab. Und all diese Menschen würden in ihre jeweiligen Flugzeuge steigen und um die ganze Welt reisen, nicht wissend, dass Pandora mit an Bord war.

»Entspannen Sie sich, Miss Maddox«, begann Donahoe.

»Dr. Maddox«, berichtigte sie ihn automatisch.

»Tut mir leid. Dr. Maddox. Sobald Sie mir von der Sache erzählt haben, haben wir eine Großfahndung nach Mr. Maddox und Ihrem Sohn eingeleitet. Wir überwachen jede Zufahrtsstraße zu jedem Flughafen. Wir wissen, wohin sie wollen. Wir kriegen sie.«

»Was gibt's Neues?«, fragte Donahoe Susan French, die gerade telefoniert hatte.

»Nichts. Vernon und Jack Maddox haben weder einen Flug an einem der Flughäfen gebucht, noch sind sie an einem Hafen oder beim Eurostar aufgekreuzt. Kein Zeichen von irgendjemandem, der auf ihre Beschreibung passt. Sie sind spurlos verschwunden.«

Harley stöhnte. »Verdammt. Und wir haben noch – wie lange genau?«

French sah auf die Uhr. »Die sichere Phase des kleinen Jungen wird in … zwei Stunden und fünfundvierzig Minuten ablaufen.«

Kate gab ein lautes Wehklagen von sich, eine Mischung aus Weinen und Kreischen. »*Tun* Sie etwas! Wir müssen ihn finden!«

»Also schön«, sagte Harley und übernahm das Kommando. Sein Verstand schwirrte. »Anscheinend versuchen sie nicht, das Land zu verlassen. Daher können sie höchstens ein paar hundert Meilen entfernt sein, wenn überhaupt. Hat Maddox irgendwelche Freunde, bei denen er Unterschlupf gefunden haben könnte?«

Kate schüttelte den Kopf. »Meines Wissens kennt er niemanden in England, abgesehen von meiner Schwester, und ich bezweifle, dass er zu ihr zurückgefahren ist.«

»Nein, ist er nicht – das haben wir bereits überprüft. Ihre Schwester macht immer noch ihre Zeugenaussage im Polizeipräsidium in Oxford. Gibt es sonst noch einen Ort, an den er Jack gebracht haben könnte? Ein besonderes Hotel? Ein B & B, in dem Sie früher einmal übernachtet haben?«

Du klammerst dich an Strohhalme, Harley, dachte er im Stillen.

Kate strich sich mit zitternder Hand durchs Haar. »Nein … nun, falls er in einem Hotel abgestiegen sein sollte, ist es kein teures. Vernon ist zu geizig. Wahrscheinlich schlafen sie irgendwo im Auto. Ich hoffe, sie schlafen … am ehesten wird er Jack zurück nach London gebracht haben. Immerhin weiß er nicht, dass Jack in Gefahr schwebt. Deshalb wird sein oberstes Ziel lauten, ihn nach Hause zu schaffen. Wenn er heute Abend keinen Flug gebucht hat, würde ich wetten, dass er es morgen früh versucht. Höchstwahrscheinlich von Heathrow aus – das ist der Flughafen, den er kennt, und er ist ein Gewohnheitstier.«

Donahoe sagte: »Jeder verfügbare Mann im ganzen Land wird innerhalb der nächsten halben Stunde nach dem Auto suchen. Alle Häfen und Flughäfen werden geschlossen, für den Fall, dass sie doch außer Landes wollen. Wenn er im Auto ist, werden wir ihn finden. Wir versuchen weiterhin, ihn über sein Handy zu orten, auch wenn es im Moment ausgeschaltet ist.«

»Wir werden ihn finden, Kate, keine Sorge, wir finden ihn«, sagte Harley mit mehr Zuversicht, als er empfand. »Das Gegenmittel. Brauchen wir einen Arzt, um es ihm zu verabreichen?«

»Nein«, sagte Kate. »Das kann ich tun. Jack hat panische Angst vor Spritzen. Er würde ausrasten, wenn es ein Fremder versuchen würde.«

Bei dem Gedanken an die weltweiten Folgen, die es nach sich zöge, wenn ein kleiner Junge eine Injektion verweigerte, zuckte Harley zusammen. Aber wie sollten sie ihm eine Spritze setzen, wenn sie überhaupt nicht wussten, wo er war? »Wo ist das Gegenmittel jetzt?«

»Hier«, sagte Kate und griff in ihre Tasche. Ihr Gesichtsausdruck veränderte sich. Sie überprüfte ihre andere Tasche. Dann in wilder Verzweiflung wieder die erste.

»Kate, was ist los?«, fragte Paul eindringlich.

»Ich habe es nicht. Es ist weg.« Sie war aschfahl geworden.

»Bist du sicher?«

»Ja. Oh …« Sie stülpte das Innenfutter ihrer Hosentaschen nach außen. Ihr Handy klackerte zu Boden.

Die Phiole, die Stephen ihr gegeben hatte, war verschwunden.

49

Kate und Paul rannten zurück ins Gebäude, bevor einer der Agenten sie aufhalten konnte.

»Ich muss … ich muss es haben fallen lassen, als du mich aus dem Labor gezogen hast. Oder als Sampson mir die Treppe hinterhergejagt ist.«

Sie erreichten die Tür, die in den Keller führte, doch einer der bewaffneten Polizisten stellte sich ihnen in den Weg.

»Wir müssen nach unten«, sagte Kate. »Lassen Sie uns durch.«

Der Polizist schüttelte den Kopf.

Harley und Donahoe waren ihnen dicht auf den Fersen. »Lassen Sie sie durch«, befahl Harley.

Die Wache trat beiseite, und die vier eilten die Treppe hinab, setzten vorsichtig ihre Schritte und suchten die Stufen mit den Augen ab, für den Fall, dass die zerbrechliche Glasphiole hier war. Was, wenn sie zerschmettert wäre? Gäbe es einen Vorrat im Labor? Eine Welle der Übelkeit durchflutete Kate. Wie hatte sie nur so unaufmerksam sein können? Was, wenn sie Jack fanden, aber kein Gegenmittel hatten? Dann wäre es, als hätte sie Jack selbst umgebracht, durch ihre eigene Inkompetenz.

Sampsons Leiche sowie die von Utada waren von der Treppe entfernt worden. Als Kate die leere blutgetränkte Stelle sah, wo sein Körper gelegen hatte, war ihr erster Gedanke, dass er wie der Bösewicht aus einem Horrorfilm wiederauferstehen und am Fuß der Treppe auf sie warten würde. Sie hoffte, er hatte gelitten, als die Kugeln ihn durchlöcherten.

Niemals würde sie den Ausdruck auf seinem Gesicht vergessen, während er die Waffe auf sie gerichtet und den Abzug gedrückt hatte. Der blanke Hass, gemischt mit etwas anderem. Lust. Nackte Begierde. Dieser Blick würde sie ihr Lebtag verfolgen.

Die Phiole war weder im Treppenhaus noch unten im Korridor.

Kate näherte sich dem Labor, doch Harley hielt sie am Arm zurück. »Da sollten Sie lieber nicht hineinschauen, Miss … Dr. Maddox.«

Sie schüttelte ihn ab. »Ich muss diese Ampulle finden. Ich bin diejenige, die sie verloren hat – ich muss sie finden.«

Eine weitere bewaffnete Wache stand vor dem Labor. Kate hatte den Eindruck, als wäre der Mann ein bisschen grün im Gesicht. Als sie durch das Fenster sah, verstand sie den Grund und wünschte beinahe, sie hätte Harleys Ratschlag befolgt.

Gaunt und Stephen sahen aus, als wären sie innerlich geschmolzen. Blut hatte sich in Pfützen um sie gesammelt. Hätte Kate nicht gewusst, um wen es sich im Labor handelte, sie hätte sie nicht wiedererkannt. Galle kroch ihre Kehle hinauf, und sie drückte sich die Hand auf den Mund und musste ihre ganze Willenskraft zusammennehmen, um sich nicht zu übergeben. Sie musste sich konzentrieren. Sie musste das Gegenmittel finden.

Paul, der so krank aussah, wie sie sich fühlte, presste das Gesicht gegen die Scheibe.

»Ich sehe es«, sagte er.

Kate stellte sich neben ihn und spähte durch das Bullauge. »Wo?«

Aber er musste es ihr nicht zeigen. Sie sah es sofort, ein paar Zentimeter von Stephens Leichnam entfernt auf dem Boden.

»Es muss mir aus der Hand gefallen sein, als du mich aus dem Labor gezerrt hast«, sagte Kate.

Ohne zu überlegen, rüttelte Paul am Türgriff des Labors, doch die Tür gab keinen Zentimeter nach.

Harley packte ihn am Arm. »Was zum Teufel tun Sie da? Wollen Sie wie die armen Schweine dort im Zimmer enden? Wollen Sie, dass wir alle so enden?«

Paul wirbelte wutentbrannt zu dem Agenten herum. »Eines dieser ›armen Schweine‹ ist mein Bruder. Aber die Tür lässt sich sowieso nicht öffnen.«

»O nein …!« Die Erleichterung, die Kate beim Anblick des Gegenmittels durchflutet hatte, war wie weggewischt. Die Phiole war im Labor eingeschlossen.

»Du hast wohl nicht zufällig den Code mitbekommen, den Gaunt eingetippt hat, um ins Zimmer zu gelangen, oder?«, fragte Paul, während er die Tastatur neben der Tür untersuchte. Buchstaben und Zahlen – ein QWERTZ-Tastenfeld. Das war ungewöhnlich. Die meisten Sicherheitsschlösser dieser Art funktionierten ausschließlich mit Zahlen.

Kate schüttelte den Kopf. »Nein.«

Paul begann, ein paar Tasten zu drücken, und versuchte es mit den gängigsten Passwörtern: HALLO, PASSWORT, dem Benutzernamen. Doch das Passwort musste aus einer Kombination von Buchstaben und Zahlen bestehen.

Harley packte ihn erneut am Arm. »Mr. Wilson, würden Sie bitte den Versuch unterlassen, die Tür zu öffnen. Das gesamte Gebiet muss abgeriegelt werden. Wir können nicht zulassen, dass das, was Ihren Bruder getötet hat, aus diesem Labor entfleucht.«

»Aber wenn wir das Gegenmittel nicht bekommen, wird Jack das Pandora-Virus über die ganze Welt verbreiten.«

Die beiden Männer drehten sich gleichzeitig um und blickten sprachlos ins Labor.

Ohne Vorwarnung sprintete Kate den Korridor hinab.

Harley rief ihr nach, aber sie reagierte nicht. Sie warf die Tür zu Gaunts Büro auf und stürmte hinein. Als sie den Blick durchs Zimmer gleiten ließ, sprang ihr sogleich das Goldmedaillon auf dem Schreibtisch ins Auge. Hastig zog sie die Schranktüren und Schubladen auf. Doch das, wonach sie suchte, war nicht zu finden.

Sie verließ das Zimmer und ging zurück zu Paul und Harley.

»Ich war mir sicher, er hätte einen, aber anscheinend nicht… Wir brauchen einen Seuchenschutzanzug. Für den gesamten Körper, Handschuhe, Maske, das gesamte Brimborium. Irgendwo hier muss es einen geben.«

Harley sah zu French und Donahoe, die sich zu ihnen im Gang gesellt hatten. French nickte. »Wir finden einen.« Sie ging eiligen Schrittes fort und zog ihr Handy aus der Tasche, während sie die Treppe hinaufmarschierte.

»Nun… selbst wenn wir einen Schutzanzug besorgen, müssen wir immer noch irgendwie in das Zimmer gelangen.« Harley untersuchte die Tür und das Tastenfeld. »Wir brauchen einen der Computertypen hier unten.«

»Wie lange wird das dauern?«, wollte Kate wissen.

»Keine Ahnung. Eine Stunde für die Herfahrt und dann noch mal so lange es eben dauern wird, die Tür zu öffnen…«

Kate raufte sich die Haare. »Uns läuft die Zeit davon. Oh, *Jack*!«

»Ich schaffe das«, sagte Paul.

Harley warf ihm einen skeptischen Blick zu. »Das sollten Sie den Experten überlassen.«

»Ich *bin* Experte«, beteuerte Paul. »Damit verdiene ich

mein Geld. Wir haben zwei Möglichkeiten. Entweder finden wir einen Weg, das System auszuschalten, oder wir finden Gaunts Passwort.« Er nahm die Tastatur genauer in Augenschein. Sie war in die Wand eingelassen, ohne sichtbare Kabel oder Drähte. Er schritt den Korridor ab, dann die Treppe hinauf, ließ Kate und Harley einfach stehen, die sich verwundert fragten, was er vorhatte.

Als er zurückkehrte, erklärte er: »Dort oben gibt es keine Spur eines Control Panels.«

Er ging in Gaunts Büro und sah sich um, wiederholte Kates Bewegungen von vor wenigen Minuten. »Hier auch nicht, also wird alles von Gaunts Computer aus gesteuert.«

Die Festplatte des Computers, bei dem es sich um einen mehrere Jahre alten Mac handelte, befand sich unter dem Schreibtisch. Paul bückte sich, um ihn anzuschalten, dann wartete er einen Moment, bis er ihn hochfuhr, und drückte gleichzeitig auf einen Knopf am Monitor. Kate schritt ungeduldig im Zimmer auf und ab, während Harley das Medaillon aus Gold aufhob und es von einer Hand in die andere warf.

»Der Computer ist passwortgeschützt«, sagte Paul, als ein Kasten auf dem Bildschirm erschien, in den er sich einloggen sollte.

»Natürlich!«, stöhnte Kate, die sich nicht zurückhalten konnte.

»Aber das ist kein Problem. Ich kann den Computer einfach zurücksetzen. Dazu brauche ich nur den Treiber.«

»Nur!«

Paul und Kate zogen die Schubladen auf und durchforsteten den Schreibtisch. Kate blickte zu Paul, beeindruckt von der Art, wie er mit ruhiger Besonnenheit die Kontrolle übernommen hatte, und versuchte, einen Teil seiner Gelassenheit auf sich abfärben zu lassen. Mit letzter Kraft gelang es ihr, ihre Panik zu bändigen.

»Da sind sie!«, rief Paul triumphierend und hielt ein kleines Päckchen mit CD-ROMs in die Höhe. »Sie waren ganz hinten in der Schublade. Die meisten Menschen bewahren die Installationsdisketten in der Nähe des Computers auf. Sobald der Computer eingerichtet ist, stopft man sie einfach in die nächstbeste Schublade.«

Er beugte sich vor, fuhr den Mac hinunter und schob die CD ins Laufwerk. Sekunden später schaltete er den Computer wieder an und hielt gleichzeitig die C-Taste auf der Tastatur gedrückt.

»Sie machen es einem einfach, weil so viele Menschen ihr Passwort vergessen und dann ihren eigenen Computer nicht mehr benutzen können«, erklärte Paul.

Ein Feld ploppte auf dem Bildschirm auf, mit der Eingabeaufforderung, das Passwort für den Administrator-Account zu ändern. Kate beobachtete, wie er das Wort »Bruder« tippte, um ein neues Passwort zu generieren – »Das war das Erste, was mir durch den Kopf geschossen ist«, sagte er –, und eine Minute später waren sie im System.

Mithilfe der Maus klickte er sich durch den Computer, auf der Suche, wie er erklärte, nach dem Programm für das Sicherheitsschloss an der Tür. Es dauerte nicht lange. Mit einem raschen Doppelklick öffnete er das Programm, dann durchkämmte er das Hilfemenü in der Hoffnung, das System überschreiben oder außer Kraft setzen zu können.

Kate beobachtete in banger Erwartung, wie Paul die Tastatur bearbeitete, das Terminal öffnete und das schwarze Bildschirmfenster mit etwas füllte, das Kate wie Hieroglyphen vorkam.

»Das könnte funktionieren«, sagte er und lehnte sich zurück. »Geh und schau nach. Versuch ja nicht, die Tür zu öffnen, sag mir einfach nur, ob das Licht am Schloss grün aufleuchtet.«

Kate rannte aus dem Zimmer und kehrte im Bruchteil einer Sekunde mit einem enttäuschten Ausdruck im Gesicht zurück. »Es ist immer noch rot.«

»Mist!« Er klopfte mit den Fingern auf den Schreibtisch. »Ich bin beeindruckt. Hier handelt es sich um ein Sicherheitssystem, das den Namen verdient.«

»Vergiss sein beeindruckendes Scheißsystem. Was machen wir jetzt?«, fragte Kate mit immer schriller werdender Stimme.

»Wir müssen das Passwort finden. Es ist hier gespeichert, aber versteckt – sieh nur.« Er tippte wieder etwas auf der Tastatur und rief ein Dialogfenster auf, das nach dem Passwort fragte. Das Passwort bestand nur aus vier schwarzen Punkten.

»Es sind also nur vier Buchstaben oder Zahlen. Was wissen wir über Gaunt? Welche Art von Wörtern würde er benutzen? Vielleicht ist es auch ein Datum.«

Kate und Paul starrten sich an, dann stürzten sie zurück zum Labor.

»Versuch das Jahr, als die CRU geschlossen wurde«, schlug Kate vor.

Nichts geschah.

Kates Hand schwebte hilflos über dem Ziffernfeld. »Es könnte alles sein.«

»Und wenn man es zu viele Male probiert, könnte sich das System ganz abschalten.«

Kate konnte sich nicht länger zusammenreißen und begann zu weinen. »Mein kleiner Liebling wird sterben. Warum habe ich ihn nur nach England gebracht? Das ist alles meine Schuld.«

Harley tauchte hinter ihnen auf. »Hören Sie, wir kommen in den Raum rein, selbst wenn wir die Tür wegsprengen müssen. Wir bringen die leistungsstärkste Fräsmaschine herunter. Keine Sorge.«

»Aber uns läuft die Zeit davon!«, schluchzte Kate.

»Ich habe eine Idee«, sagte Paul, joggte zurück ins Büro und warf sich auf den Schreibtischstuhl. Dann tippte er weiteren Datensalat in das Dialogfenster und sagte zufrieden: »Ja.«

»Was?«, fragte Kate, die hinter ihm auftauchte.

»Erinnerst du dich, als ich dir gesagt habe, dass die Leute häufig ihr Passwort vergessen? Nun, so ist das auch, wenn man sich fürs Online-Banking oder irgendetwas anmeldet – dann bekommt man für das Passwort einen Hinweis. Der ist gut versteckt, aber hier ist eine Datei, auf der einer gespeichert ist.«

»Was ist es?«

Paul tippte ein paar weitere Befehle ein, und ein Bild zeichnete sich auf dem Monitor ab.

Das Bild eines Virus.

»Das ist ein sonderbarer Hinweis«, sagte Harley, der ihnen über die Schultern spähte.

»Nein«, sagte Kate. »Das ist vollkommen schlüssig. Das Gros der Menschen würde nicht wissen, was sie vor sich haben – und selbst wenn sie wüssten, dass es sich um ein Virus handelt, wären sie nicht in der Lage, es zu lesen. Außerdem ist es die Art Witz, die Gaunt gefallen würde.«

»Aber du kannst es lesen?«, sagte Paul.

»Natürlich«, erwiderte Kate. Sie zeigte auf den Bildschirm. »Drei Proteine. H3. Und zwei Enzyme. N2. H3N2. Der Name eines wirklich schlimmen Virus. Und das Passwort. H3N2.«

In diesem Augenblick tauchte French mit etwas in Händen

auf, das stark an einen Astronautenanzug erinnerte. Der Seuchenschutzanzug. »Hier ist er«, frohlockte sie. »Ich habe ihn in einem der anderen Labore gefunden.«

»Lassen Sie mich hineingehen«, sagte Kate und nahm ihr den Anzug ab. »Ich bin daran gewöhnt, diese Anzüge zu tragen.«

»Sei vorsichtig«, sagte Paul.

»Keine Sorge, alles wird gut.« Sie gab ihm einen Kuss. »Wir sind ein gutes Team, Paul. Jetzt müssen wir nur noch Jack finden.«

»Gibt es etwas Neues zu Dr. Maddox' Sohn und Mann?«, fragte Harley.

French blickte finster drein. »Nein. Aber jeder Uniformierte bis hin zum Premierminister wurde über die Gefahr in Kenntnis gesetzt. Die Armee wurde eingeschaltet. Jeder sucht nach ihnen. Einfach *jeder*!«

50

In dem kleinen stickigen Zimmer eines Zweisternehotels an einer der Zufahrtsstraßen zum Heathrow-Flughafen betrachtete Vernon Maddox mit Missfallen die senffarbenen Wände und die schmuddelige Tagesdecke. Rote Lichter, die am Rand der Rollläden aufblitzten, erregten seine Aufmerksamkeit, und er ging zum Fenster und schaute hinaus.

»Was zum Teufel ist dort draußen los?«, fragte er laut.

Obwohl es vier Uhr morgens war, wimmelte es auf der Straße von gepanzerten Fahrzeugen. Polizei und Armee in kugelsicheren Westen sprangen aus Streifenwagen und Transportern, und das Rauschen von Walkie-Talkies durchschnitt die nächtliche Luft.

»Du meine Güte«, entfuhr es Vernon. »Sieh nur, Jack – Soldaten!«

Jack reagierte nicht. Er saß auf dem Doppelbett, die dünnen Knie an die Brust gezogen, die Augen übernächtigt und schwer vor Verwirrung.

»Soldaten, Jack!«, beharrte Vernon mit mehr Enthusiasmus in der Stimme, als er in Wirklichkeit fühlte.

»Die Soldaten sind mir egal. Ich will Mummy«, kam als Antwort.

Vernon atmete vernehmlich aus. »Das haben wir doch schon besprochen, Jack. Du kannst mit Mummy im Moment nicht sprechen, es ist mitten in der Nacht.«

»Sie hat mir gesagt, dass ich sie jederzeit anrufen kann«, sagte Jack, der zu erschöpft war, um bockig zu klingen.

»Komm schon, Jack, lass uns schlafen. Ich schalte nur

kurz den Fernseher an, um zu erfahren, was dort draußen im Gange ist.«

Der Hotel-Fernseher hatte allerdings keinen 24-Stunden-Nachrichtensender, und alles, was Vernon sah, als er sich durchs Programm zappte, waren ein paar Poker spielende Männer, eine Talkshow über defekte Brustimplantate und eine Late-Night-Music-Show, die Ausschnitte eines Open-Air-Festivals von einer Band zeigte, die er nicht kannte. Vernon griff zum Telefon neben dem Bett und wählte die Null, während Jack ihn teilnahmslos beobachtete.

»Hallo? Hier ist Zimmer 242. Was ist dort draußen los? … Huch … Ja … Okay. Wie lange? Oh. Hm. Gute Nacht.«

Er blickte zu seinem Sohn, der an Billys Ein- und Ausschaltknopf spielte. »Verdammt. Ist irgendein Sicherheitsalarm, Genaueres wissen sie nicht. Alle Flüge sind gestrichen, mindestens bis zum späten Vormittag. Nun ja, da können wir wohl nichts machen, nicht wahr, Kleiner? Lass uns ein paar Stunden schlafen, der Rest wird sich morgen ergeben. Leg dich hin, Jack. Ich gehe nur rasch zur Toilette, dann komme ich auch.«

Bevor Vernon im Bad verschwand, drehte er die Musik im Fernseher auf. Ein Kerl mit langem Haar sang über jemanden, der einen herrlichen Tag verlebt hatte. Selbst vor seinem eigenen Sohn ekelte es Vernon bei dem Gedanken, dass ein anderer die Geräusche seines Körpers durch die dünnen Wände mitbekommen könnte, und sein Magen hatte schon den ganzen Tag verrückt gespielt.

Jack starrte die Band im Fernseher an. Dann streckte er die kleine Hand zum Telefon aus und wählte die Null, genau wie er es eben bei seinem Vater beobachtet hatte. Der Hörer war immer noch warm und roch nach seinem Dad.

Eine Frau war am anderen Ende der Leitung.

»Hallo«, sagte Jack. »Ich möchte bitte mit meiner Mummy reden.«

Die Nachtrezeptionistin, eine junge, künstlich aufgepeppte Irin namens Sheila, hatte mit großem Interesse die Talkshow über defekte Brustimplantate verfolgt, bis der lärmende Tumult draußen sie abgelenkt hatte. Sie war neu hier, und als sie Jacks Bitte hörte, fragte sie sich, was in Bezug auf Hilfestellungen beim Telefonieren von kleinen Kindern erlaubt war. Jack war ihr aufgefallen, als sein Vater eingecheckt hatte, und sie hatte gedacht, wie süß er mit seinem Roboter aussah, den er fest an sich presste, und auch, wie erschöpft.

»Es ist ein Direktwahltelefon, Kleiner«, sagte sie und hoffte, dass Al-Quaida keinen Selbstmordanschlag auf den Flughafen plante. Im Hotel waren am vergangenen Abend einige Gäste abgestiegen, die wie Muslime aussahen. Auf jeden Fall Ausländer. Vielleicht sollte sie die Polizei anrufen. »Du solltest lieber deinen Daddy bitten, dir zu helfen.«

»Er ist im Bad. Das dauert ewig, und ich muss sofort mit ihr sprechen.«

Sheila bemerkte das Zittern in der Stimme des Jungen. *Jesus, Maria und Josef,* dachte sie, *hoffentlich hat der Mann ihn nicht entführt.* Es könnte sicherlich nicht schaden, wenn sie dem Jungen half, mit seiner Mutter zu telefonieren, oder?

»Kennst du die Nummer, Süßer? Dann kann ich dich durchstellen.«

Feierlich sagte Jack eine lange Telefonnummer auf. »Da ist auch schon die Vorwahl mit dabei«, sagte er mit einem Anflug von Stolz. »Mummy hat sie mich auswendig lernen lassen.«

»Wie clever von deiner Mummy«, sagte Sheila und zuckte innerlich zusammen, als sie erkannte, dass es eine ausländische Handynummer war. Würde sie deshalb Ärger bekommen?

»Ich will meine Mummy«, schniefte eine traurige kleine Stimme in der Leitung, und Sheila seufzte. Sie müsste das Risiko wohl eingehen, den Zorn des Vaters auf sich zu ziehen – nicht dass sie ihn am eigenen Leib spüren würde. Sie würde um halb sieben nach Hause gehen, sobald ihre Schicht beendet war. Falls sie dann immer noch am Leben wäre. Sie bekreuzigte sich verstohlen.

»Okay, Süßer, es klingelt schon«, sagte Sheila und stellte ihn durch.

Nervös fiel ihr Blick auf die Eingangstür des Hotels. Vielleicht hätte sie doch den Job bei Tesco annehmen sollen. Die Bezahlung war zwar viel schlechter, aber die Arbeitszeiten wären zumindest human gewesen, und es hätte keine bewaffneten Soldaten gegeben, die mitten in der Nacht draußen aufmarschierten …

Kates Handy klingelte, als sie dicht neben Paul auf der Rückbank eines Zivilfahrzeugs der Polizei saß und Richtung London brauste, kaum neunzig Minuten bevor Jacks sichere Phase auslief. Das Antivirus befand sich im Besitz von Susan French. Als Kate das Handy aus der Jackentasche zog, blitzten die Worte »unbekannter Teilnehmer« auf. Sie hielt den Atem an und drückte auf die grüne Taste.

»Mummy?«

»Er ist es!«, sagte sie zu French und Harley. Sofort zog French ihr eigenes Telefon heraus und wählte rasch eine Nummer.

Kate unterdrückte die Tränen und versuchte, so unbeschwert wie möglich zu klingen, während Jack wimmerte, dass er bei ihr sein wolle und Daddy im Bad sei und Kaka machte und Billy sich langweile.

»Ich bin auf dem Weg zu dir, Jack«, sagte sie.

»Was ist mit dem bösen Mann?«

Sie zögerte. Sollte sie ihm erzählen, dass Sampson tot war? »Die Polizei hat ihn festgenommen, Liebling. Er kann dir nichts mehr antun. Wo bist du, Jack?«

»In einem Hotel. Da sind Soldaten draußen. Oh, Daddy hat gerade gespült. Ich sollte lieber aufhören. Bis bald, Mummy.«

Jack legte auf.

Kate starrte French gespannt an, die nickte.

»Geortet«, sagte sie.

Eine knappe halbe Stunde später saßen Kate, Paul und die Agenten Harley, French und Donahoe in einem Polizeihubschrauber, der in Richtung Heathrow flog, die einzige Maschine, die im gesamten Luftraum der Britischen Inseln Fluglaubnis hatte.

Wiederum zwanzig Minuten später plauderte Sheila, die Rezeptionistin, mit Ernesto, dem Nachtwächter, und stellte Spekulationen über die Art der Terrorbedrohung vor ihrem Hotel an – und, wie es aussah, des gesamten Flughafens.

Sie klebte gerade einen ihrer künstlichen Fingernägel wieder an, als die Eingangstüren des Hotels aufgerissen wurden und ein Team aus bewaffneten Polizisten hereinstürmte, gefolgt von einer jungen Frau mit wildem dunklem Haar, die von drei jungen Männern und einer Frau in teurem Anzug flankiert wurde.

»Vernon Maddox«, bellte einer der Männer. »In welchem Zimmer wohnt er? Er und sein Sohn. Schnell!«

Sheila ließ ihre falschen Fingernägel fallen.

»Zwei … vier … zwei«, stammelte sie und starrte dem Pulk mit offenem Mund nach, der in Windeseile die Treppe zum zweiten Stock hinaufstürmte.

Sonderbar, dachte sie. Die Frau schien eine *Spritze* in Händen zu halten.

Harley klopfte an der Tür des Hotelzimmers. Sobald Vernon sie einen Spalt öffnete, packte ihn einer der bewaffneten Polizisten und zog ihn auf den Gang.

»Was zum Teufel? Kate? Was ist hier los …?«

»Sei still, Vernon«, sagte Kate und schob sich an ihm vorbei ins Zimmer.

Während Vernon aus dem Gebäude geleitet wurde, lautstark seine Rechte proklamierte und damit drohte, den US-Botschafter einzuschalten, näherte sich Kate ihrem Sohn. Jack saß auf dem Bett, starrte sie und all die Fremden mit weit aufgerissenen Augen an. Billy lag in seinem Schoß.

Kate presste Jack fest an sich und gab ihm einen Kuss auf den Scheitel. Das Pandora-Virus war in ihm, noch nicht ansteckend, aber es blieben ihnen nur noch wenige Minuten, bevor es ausbrach. Außerdem konnte die sichere Phase nicht auf die Minute genau vorhergesagt werden. Womöglich war er bereits ansteckend. Kate wusste, dass sie, Vernon und alle anderen in diesem Raum in Gefahr schwebten. Sie müssten behandelt und unter Quarantäne gestellt werden.

»Mummy, ich hatte so große Angst«, sagte Jack. »Und ich bin so müde.«

»Es gibt nichts mehr, wovor du Angst haben müsstest«, besänftigte sie ihn. Doch während sie das sagte, war sie sich der Spritze bewusst, die in ihrer Hand lag. Und als könnte Jack ihre Gedanken lesen, drehte er den Kopf und sah sie. Augenblicklich wich er zurück.

»Mummy, warum brauche ich eine Spritze?«

Sie versuchte, ihn näher an sich zu ziehen. »Jack, es tut mir so leid, aber es ist schrecklich wichtig.«

»Nein!«, schrie er, sich windend und um sich schlagend. Sie hielt ihn fest, während er gegen sie ankämpfte. Die Spritze hatte sie bereits vorbereitet, bevor sie das Gebäude betreten hatten.

»Brauchst du Hilfe?«, fragte Paul, der im Türrahmen stand.

»Nein. In diesem Zustand lässt er sonst niemanden an sich heran.«

Paul zögerte. Sie sah, dass er wirklich helfen wollte, irgendetwas tun wollte, aber das hier war allein ihre Sache.

»Jack, wenn ich dir die Spritze geben darf, gehen wir auch zu McDonald's.«

»Ich will nicht zu McDonald's.«

»Ich kaufe dir einen zweiten Roboter, damit Billy einen Freund hat.«

»Ich will keinen zweiten Roboter.«

»Ich kaufe dir alles, was du willst.«

»Werden du und Daddy wieder zusammenkommen?«

Sie zuckte zusammen. »Das kann ich dir nicht versprechen, Jack. Aber wir werden dich immer lieb haben, das weißt du.«

»Ich will nicht, dass ihr mich lieb habt.«

Sie lachte. »Dann bekommst du einen fetten, nassen Kuss von mir.«

»Bäh!«

Sie streichelte ihm das Haar. »Du musst jetzt ganz tapfer sein, Jack. Wie ein großer Junge.«

»Aber Spritzen tun weh.«

Sie würde ihn nicht anlügen. »Nur eine Sekunde lang. Und anschließend wird die Stelle etwas wund sein. Aber erinnerst du dich, als du von der Wespe gestochen wurdest? So schlimm wird es nicht sein.«

»Doch.«

»Nein, wird es nicht. Versprochen.«

Er schüttelte den Kopf und schloss die Augen, und genau diesen Moment wartete Kate ab, um ihn zu packen, auf ihren Schoß zu ziehen und ihm Hose und Unterhose nach unten zu schieben. Er schrie, aber sie hatte keine andere Wahl. Vielleicht würde er sie eine Weile lang hassen, doch das würde sich wieder legen. Sie betete inbrünstig, dass das Gegenmittel wirkte. Als Jack erneut versuchte, sie mit der Faust zu schlagen, bohrte sie ihm die Nadel in das weiche Fleisch seines Hinterteils. Jacks Schrei verwandelte sich in ein schrilles Kreischen, dann ließ Kate ihn los und zog seine Hose hoch, während ihm Tränen das rote Gesicht herabströmten. Er klammerte sich an Billy, dem Roboter, fest, und Kate legte vorsichtig die Spritze beiseite, nahm ihren Sohn in die Arme und kuschelte sich an ihn, bis er aufhörte, sich zu wehren.

Nun konnte sie nichts weiter tun, als abzuwarten und zu beten, dass alles gut ausginge.

Epilog

Jason Harley und sein Vorgesetzter, Sir Terence Brann, saßen in dem Wohnzimmer des Anwesens, das einst Dr. Gaunts Zuhause gewesen war. Im Keller unter ihnen räumten Wissenschaftler in Schutzanzügen auf, katalogisierten und packten die vielen Phiolen mit Viren und Bakterien zusammen, aus denen Gaunts Sammlung bestanden hatte.

»Eine echte Fundgrube«, sagte der ältere Mann mit einem Lächeln.

Harley nickte. »Selbst ohne das Pandora- und Piranha-Virus gibt es dort unten genug Krankheiten, um ganze Länder auszurotten.« Er holte eine Zigarette heraus. Eigentlich hatte er aufhören wollen, aber sein Wille war in der vergangenen Woche stark gebeutelt worden.

»Ich würde sagen, die gesamte Welt.«

»Was wird nun damit passieren?«, fragte Harley. »Vermutlich wird alles irgendwohin gebracht und vernichtet?«

Der ältere Mann lachte auf. »Vernichtet? Nun, so würde sicher die offizielle Geschichte lauten – gäbe es denn eine offizielle Geschichte.« Mit einer Geste bat er Harley, ihm eine Zigarette zu reichen, und zündete sie sich an.

»Wie schade um Clive Gaunt«, sagte er. »Er war ein brillanter Mann. Ein sehr guter Schachspieler, wenn ich mich recht entsinne. Bedauerlich, wie sich die Dinge entwickelt haben.«

Harley versuchte, sich seinen Schreck nicht anmerken zu lassen. Er war ehrgeizig und wollte es im Geheimdienst noch zu etwas bringen. Sein Vorgesetzter sollte von ihm beeindruckt sein. Allerdings konnte er sich folgende Worte nicht verkneifen: »Aber er war ein Mörder. Ein Menschenhändler. Ganz zu schweigen von den Viren. Er war gewiss nie auf unserer Seite, oder?«

Sir Terence lächelte über Harleys Naivität. »Auf unserer Seite. Hm. Ich glaube, Gaunt war nie wirklich auf irgendjemandes Seite, abgesehen seiner eigenen, aber eine Zeit lang war er uns sehr nützlich. Als die CRU gegründet wurde, waren die Absichten gut, und das ursprüngliche Ziel lautete tatsächlich, ein Heilmittel gegen Erkältungskrankheiten zu finden. Doch dann kam die Biowaffenkonvention, die die Entwicklung von Waffen zur biologischen Kriegsführung verbot. Man war allerdings der Auffassung, dass die Konvention ein Klotz am Bein sei. Deshalb wurde Gaunt zur CRU versetzt, wo man ihm die Fördermittel zur Verfügung stellte, damit er an seinen kleinen Nebenprojekten arbeiten konnte. Wir wollten nämlich nicht, dass Großbritannien ins Hintertreffen geriet. Wir hatten die Vermutung, dass für Russland die Konvention nichts weiter war als Klopapier, und ich brauche wohl nicht anzumerken, was die Amerikaner davon hielten. Wie dem auch sei, wir gaben auch Leonard Bainbridge einen Posten im Zentrum, damit er Gaunt im Auge behielt und dafür sorgte, dass er die Beulenpest nicht wieder aufleben ließ oder den Freiwilligen in der CRU die Pocken verabreichte.« Er kicherte. »Gaunt hatte die Erlaubnis, seine eigenen Mitarbeiter einzustellen, einschließlich dieses unangenehmen Zeitgenossen namens Sampson.«

»Ich bin … entsetzt«, sagte Harley.

Sir Terence seufzte. »Die ganze Sache war sowieso Zeitverschwendung. Bei Gaunts Arbeit kam nie etwas Nützliches heraus. Er fand nicht einmal ein Heilmittel gegen einen einfachen Schnupfen. Wie es aussieht, war er weitaus erfolgreicher, als er nicht mehr in unseren Diensten stand. Wir hätten ihn besser überwachen müssen, aber Sie können sich ja vorstellen, die Führungsebene veränderte sich, die Prioritäten wandelten sich … Und was Gaunt anbelangte – aus den Augen, aus dem Sinn. Wie schon gesagt, jammerschade. Er hätte viel Gutes tun können, wenn er für uns gearbeitet hätte.«

Bei dem Gedanken, Hand in Hand mit Gaunt zu arbeiten, musste Harley einen Schauder unterdrücken.

Der ältere Mann erhob sich und bedeutete Harley mit einer Handbewegung, ihm zu folgen.

»Glauben Sie, dass Dr. Maddox und Wilson Stillschweigen über das bewahren werden, was sie gesehen haben?«

Harley dachte darüber nach. »Ich denke schon. Ich hatte den Eindruck, dass sie die ganze Angelegenheit hinter sich lassen wollen.«

»Hm. Nun, nur für alle Fälle möchte ich, dass Sie eine laufende Überwachung der beiden anordnen. Es ist das Beste, ein Auge auf sie zu haben. Und bitten Sie die Amerikaner, dasselbe auch bei Vernon Maddox zu veranlassen.«

Er drehte sich um und legte Harley eine Hand auf die Schulter. »Sie haben hier gute Arbeit geleistet, Harley – auch wenn es zum Teil dem Zufall zu verdanken war. Sie werden es weit bringen.«

»Vielen Dank, Sir.« Er schluckte, seine Kehle und sein Mund waren trocken.

»Alles in Ordnung bei Ihnen, Harley? Sie sehen ein bisschen blass um die Nase aus.«

»Mir geht's gut, Sir.«

»Nun denn. Vielleicht brauchen Sie etwas Urlaub. Sehen Sie sich das an«, sagte er mit einem Nicken in den unglaublich blauen Himmel. »Es ist ein wunderschöner Tag. Sie sollten raus in die Sonne. Oder vielleicht können wir Ihnen einen Auftrag irgendwo im Süden beschaffen, hm?«

»Vielen Dank, Sir.«

Der ältere Mann spazierte fort, und Harley ging zurück ins Haus. Die Sache war nur, dass er sich mit einem Mal überhaupt nicht mehr gut fühlte. Ihm war kalt, trotz der Hitze, die an diesem Tag herrschte, und er hatte Halsschmerzen. Sein Blick fiel zu der Tür, die zum Keller führte, wo all diese entsetzlichen Krankheiten aufbewahrt wurden. Was wäre, wenn …? Nein, er schüttelte den Gedanken ab. Das war paranoid.

Ein Urlaub käme ihm jedoch sehr gelegen. Irgendwo weit weg von hier. Später würde er im Internet nachsehen, ob er einen billigen Flug bekäme. Vielleicht nach Amerika. Oder Asien.

Er setzte sich und kramte in seiner Hosentasche nach einem Taschentuch.

Die Überwachung von Maddox und Wilson würde er in die Wege leiten, sobald er aus seinem Urlaub zurück war. Sobald es ihm besser ging.

Die Einäscherung fand an einem Mittwoch statt, dem heißesten Tag des Jahres, genau genommen einem der heißesten Tage der Wetteraufzeichnung in England. Kate und Paul saßen in der ersten Reihe und hielten sich an den Händen, während der Sarg hinter den purpurfarbenen Vorhang glitt. Es waren nur vier Menschen zugegen: Kate und Paul und Pauls Eltern, die immer noch unter Schock standen. Pauls Mutter Eileen nahm offensichtlich Medikamente ein. Vor dem Gottesdienst hatte Pauls Vater Michael draußen in der prallen Sonne gestanden und eine Zigarette nach der anderen gepafft, wobei er sich gelegentlich den kahlen Kopf mit einem Taschentuch abtupfte. Er hatte wieder mit dem Rauchen angefangen, obwohl er – zum zweiten Mal – vor zehn Jahren aufgehört hatte.

Nicht viele Menschen müssen ihren Sohn zweimal beerdigen.

»Ich hoffe, Jack geht's gut«, sorgte sich Kate, wenn auch leise, die Worte fast an sich selbst gerichtet. Seit den Ereignissen der vergangenen Woche lagen ihre Nerven blank.

»Natürlich geht's ihm gut.«

»Ich muss nur andauernd daran denken, was beim letzten Mal geschehen ist, als ich ihn bei Miranda gelassen habe.«

»Kate, jetzt wird ihm nichts mehr passieren. Sampson und Gaunt sind tot, und Vernon ist zurück in Boston.«

»Ich weiß … Es kommt mir nur falsch vor, im Moment von Jack getrennt zu sein, wenn auch nur für einen Tag.« Sie machte eine Pause und beschattete sich mit der Hand, die nicht Pauls hielt, die Augen. »Daran werde ich mich wohl gewöhnen müssen, wenn er auf seine neue Schule geht. Nächsten Monat schon! Ich hoffe nur, dass er nicht zu traumatisiert ist, er ist so anhänglich …«

Paul umarmte sie. »Kate, hör bitte auf, dir Sorgen zu machen. Okay?«

Nachdenkliche Stille breitete sich aus. Kate fragte sich, ob sie jemals wieder in der Lage wäre, unbekümmert zu sein, zumindest, was Jack anbelangte.

Nachdem Kate ihrem Sohn die Spritze gegeben hatte, musste sie Stunden der Qualen erleiden, in banger Erwartung, ob das Gegenmittel anschlug. Sie, Jack, Paul und Vernon wurden unter Quarantäne gestellt, in einem Krankenhaus, das sie sehr an das erinnerte, in das Leonard und Dr. Gaunt sie nach dem

Feuer gebracht hatten. Dieses Mal war sie jedoch weder desorientiert, noch stand sie unter Drogen. Stattdessen hielt sie eine erschreckende Klarheit wach, während sie rastlos wartete und wartete.

Jack hingegen war glücklich: Ihm war ein kleines Zimmer neben Kates zugewiesen worden, mit einem Fernseher und einer PlayStation und einer Unmenge an Spielsachen, und er bekam so viel Schokoladenmilch, wie er trinken konnte. Selbst Vernon stellte irgendwann nach einer Welle an wilden Drohungen sein Jammern ein, seinen Anwalt, den US-amerikanischen Botschafter, CNN und den Präsidenten der Vereinigten Staaten anzurufen.

Nach ein paar Tagen wurde Entwarnung gegeben, und sie wurden rechtzeitig zu Stephens Beerdigung entlassen. Bevor sie allerdings gehen durften, musste jeder von ihnen in eine offizielle Vertraulichkeitsvereinbarung einwilligen.

»Was ist die Alternative?«, hatte Paul gefragt. »Die Pimenov-Technik?«

Susan French, die Agentin, die ihnen die Unterlagen zum Unterschreiben brachte, schien überrascht, dass sie von dieser Methode gehört hatten.

»Sie verstehen sicher«, sagte sie, »dass alles, was in diesem Labor vorgefallen ist, nicht an die Öffentlichkeit dringen darf. Zum Wohl der Allgemeinheit. Glauben Sie etwa, wir wollen eine landesweite Panik ausbrechen lassen, eine Hysterie, weil es … verrückte Wissenschaftler in unserer Mitte gibt, die uns mit tödlichen Viren umbringen wollen?«

»Vielleicht wäre es besser, wenn die Menschen wachsamer sind«, gab Paul zu bedenken.

French schüttelte den Kopf, ihr glattes blondes Haar glänzte im künstlichen Licht. »Nein. Gaunt war eine Ausnahme.«

Vernon war einen weiteren Tag in England geblieben, ein Tag, an dem er und Kate sich zusammengesetzt und eine Lösung für die Zukunft gefunden hatten.

»Ich kehre nicht in die Staaten zurück«, erklärte Kate entschlossen.

»Das habe ich mir schon gedacht.«

»Und ich will, dass Jack hier bei mir bleibt, zur Schule geht, neue Freunde findet. Vielleicht suche ich mir eine Wohnung in der Nähe von Miranda, damit er mit seiner Cousine und seinem Cousin aufwächst.«

»Nun, wenn du ihn mir wegnehmen willst, dann solltest du auch keine Alimente von mir erwarten, denn von mir siehst du keinen Cent«, sagte Vernon missmutig.

Bei der Vorhersagbarkeit seiner Bemerkung hatte sich Kate ein leises Lächeln nicht verkneifen können. »Eine gewisse finanzielle Unterstützung wüsste ich zu schätzen, aber natürlich nur für Jack, nicht für mich. Ich werde mir einen neuen Job suchen. Nächste Woche fange ich an, mich bei den Universitäten zu melden.«

Vernon schnaubte. »Hat dir das alles nicht die Lust genommen, auch nur in die Nähe von Viren zu kommen?«

»Das ist das, was ich kann, Vernon. Worin ich gut bin. Im Grunde hat mich das Wissen, dass es dort draußen Menschen wie Gaunt gibt – trotz aller Beteuerungen von French, Gaunt sei ein Einzelfall –, nur weiter angestachelt.«

»Um auf der Seite der Guten zu kämpfen?«

»Irgendjemand muss es doch tun.«

Vernon schwieg eine Weile. »Ich werde Jack vermissen«, sagte er. »Dich nicht, aber meinen Jungen werde ich vermissen.«

»Boston ist gar nicht so weit weg. Ich werde ihn ein- oder

zweimal im Jahr rüberbringen, und du kannst ihn jederzeit hier besuchen, falls du dich überwinden kannst, nach England zurückzukehren.«

»Wenn mein Sohn einen bescheuerten britischen Akzent annimmt, sollte ich mich wohl lieber daran gewöhnen.«

Und das war es. Das erste Mal, dass sich Kate und Vernon hingesetzt und wie Erwachsene miteinander geredet hatten seit … nun, ehrlich gesagt konnte sie sich an das letzte Mal überhaupt nicht erinnern. Sie war traurig und hatte ein schlechtes Gewissen. Sie wusste, Jack würde seinen Vater vermissen. Aber einen anderen Weg sah sie nicht. Und letztendlich würde sich alles von allein lösen. Das hatte Tante Lil immer gesagt. »Die Dinge lösen sich immer von allein, Kate. Die Menschen sagen, die Wege des Herrn sind unergründlich, und davon bin ich überzeugt.«

Im Stillen fragte sich Kate jedoch, ob es nicht einfach nur das *Leben* war. Sie war nicht sicher, ob Gott da seine Finger im Spiel hatte.

»Alles klar bei dir?«, wollte Kate von Paul nach dem Gottesdienst wissen, während sie vor dem Krematorium auf Pauls Eltern warteten, die sich noch mit dem Pastor unterhielten.

»Ja. Glaube ich zumindest.« Er nickte, als wollte er sich selbst überzeugen. »Ja, mir geht's gut.« Er zögerte. »Eine Sache bereitet mir allerdings Kopfzerbrechen – war es, du weißt schon, *sicher*, dass sie ihn eingeäschert haben? Den Leichnam angefasst haben? Kann sich das Virus so nicht weiter ausbreiten?«

Kate legte den Arm um ihn und massierte ihm mit den Fingern den Nacken. »Nein. Es ist ein Mythos, dass Leichen ein ernstes Gesundheitsrisiko darstellen, selbst bei Epidemien. Sie werden bei ihm natürlich sehr vorsichtig gewesen sein, und wenn er auf einem Scheiterhaufen in einem Feld mitten in Indien verbrannt worden wäre, sähe die Sache vielleicht ein bisschen anders aus – aber nein, du musst dir keine Sorgen machen. Zumindest nicht darüber.«

Beide blickten zu dem langen Schornstein des Krematoriums hinauf. »Abgesehen davon, wie fühlst du dich?«, hakte sie nach, beunruhigt darüber, wie still er seit dem Gottesdienst war.

Er drängte sich an sie und seufzte schwer. »Wahrscheinlich fühle ich mich genauso wie du. Betrogen, weil ich ihn gefunden und dann wieder verloren habe. Aber ich bin froh, dass wir ihm eine anständige Beerdigung ermöglichen konnten. Vermutlich ist der echte Stephen schon vor langer Zeit gestorben. Das war nicht der echte Stephen, der dort im Labor gearbeitet hat. Er war nicht der Bruder, an den ich mich erinnere. Oder der Mann, den du geliebt hast.«

Kate nickte.

»Ich habe ihn sehr geliebt, früher einmal«, sagte sie. »Doch jetzt liebe ich dich.«

Er drückte ihr einen sanften Kuss auf die Stirn, und dann umarmten sie sich, hielten einander und mussten kein weiteres Wort verlieren. Es war ernst gemeint, als sie Paul gesagt hatte, dass sie ihn liebte, aber sie fragte sich, ob die Sache zwischen ihnen funktionieren würde. Wie würde es ihnen in der echten Welt ergehen, abseits von Verfolgungsjagden und Schießereien und all dem Schrecken und der Aufregung, die ihre Beziehung entfacht hatten? Und sie fragte sich, ob Stephen immer einen dunklen Schatten über sie beide werfen würde. Sie fürchtete, Paul könnte die Sorge nie abschütteln, dass sie ihn nur liebte, weil er sie an seinen Bruder erinnerte, ihre erste große Liebe. Und vielleicht wollte er mit ihr zusammen sein, weil sie eine Verbindung zu seinem Zwillingsbruder war.

Sie konnte nicht vorhersagen, wie sich die Sache zwischen ihr und Paul entwickeln würde. Alles, was sie tun konnten, war, es zu versuchen.

Im Moment allerdings konnte Kate den Gedanken, ohne ihn sein zu müssen, nicht ertragen.

Paul entfernte sich und redete mit seinen Eltern, umarmte seine Mutter und drückte seinem Dad die Schulter. Dann gingen er und Kate zum Parkplatz, um zu seiner Wohnung zurückzufahren.

Im Auto war es wie in einem Backofen – beinahe hätte Kate es auch laut gesagt, doch bei dem Gedanken an Stephens Sarg, der durch diese Vorhänge geglitten war, verkniff sie sich die Bemerkung. Paul schaltete die Klimaanlage ein und startete den Motor.

Während sie vom Parkplatz des Krematoriums fuhren, verspürte Kate ein Kitzeln in der Nase. Heuschnupfen oder etwas Schlimmeres? Für eine Sekunde flackerte Panik in ihr auf. Das Pandora-Virus. Die Inkubationszeit könnte länger gewesen sein, als Gaunt behauptet hatte. Oder das Virus wäre mutiert... Sie rang nach Atem – dann ermahnte sie sich, sich nicht lächerlich zu machen. Sie war gesund. Es war eine Erkältung, nichts weiter. Nur eine ganz gewöhnliche Erkältung.

Dank

Wir möchten danken: Jennifer Baugh für das brillante Originalcover. Sam Copeland und Kate Bradley dafür, dass sie all das möglich gemacht haben, und einer wunderbaren Community von Indie-Autoren, die uns eine große Stütze gewesen sind, einschließlich Mark Williams, Lexi Revellian, Dan Holloway, Cheryl Shireman, J Carson Black, HP Mallory, Sibel Hodge, Scott Nicholson und Stephen Leather.

Ein riesiges Dankeschön auch an Lorna Fergusson, John Harding, Debbie Blackburn, Glenn McCreedy, Edward Baran, Stephanie Zia und Alison Baverstock für all eure Hilfe und lieben Worte, an jeden bei studentbeans.com und an Dr. Jennifer Rohn von Lablit.com für die Hilfe mit dem »wissenschaftlichen Zeug«.

Zu guter Letzt geht unsere Liebe und unser Dank an Sara und Nick und unsere Familien, für all ihre Unterstützung und ihren Glauben an uns und dafür, dass sie immer ein offenes Ohr hatten, wenn wir über unsere Bücher gesprochen haben.

Der Schauplatz des Romans wurde von der Common Cold Unit inspiriert, deren Geschichte in dem faszinierenden Buch *Cold Wars* von David Tyrrell und Michael Fielder nachzulesen ist. Folgende Bücher erwiesen sich für die Autoren bei der Recherche zu diesem Roman als nützlich: *Plague Wars* von Tom Mangold und Jeff Goldberg; *Bird Flu* von John Farndon und

Viruses von Dorothy Crawford. Und nicht zu vergessen, als unentbehrliche Bettlektüre, das *Communicable Disease Control Handbook*.

Jonas Jonasson
Der Hundertjährige,
der aus dem Fenster stieg
und verschwand
Roman

332 Seiten, Broschur
btb 74492

Der Sensationsbestseller aus Schweden!

»Ganz großes Kino.«
Berliner Morgenpost

»Ein Gute-Laune-Schmöker!«
Denis Scheck, ARD druckfrisch

»Ein Schelmenroman erster Güte!«
Der Spiegel

»Ein verrücktes, überbordendes Buch. 5 Sterne!«
Stern

»Ein großes Lesevergnügen!«
NDR Kultur

»Ein Roman, den man am liebsten ewig weiterlesen würde – unterhaltsam und bezaubernd!«
Abendzeitung, München